siameses

antonio geraldo figueiredo ferreira

Copyright ©Antonio Geraldo Figueiredo Ferreira, 2021

Direitos reservados e protegidos pela lei 9.610 de 19.02.1998. É proibida a reprodução total ou parcial sem autorização, por escrito, da editora.

Coordenação editorial: Sálvio Nienkötter
Editor-executivo: Francieli Cunico, Raul K. Souza
Editor-adjunto: Daniel Osiecki
Editor-assistente: Claudecir de Oliveira Rocha
Produção: Cristiane Nienkötter
Designer editorial: Carlos Garcia Fernandes
Capa, preparação de originais e revisão: o Autor

As obras plásticas, as fotografias, os desenhos e os móveis que aparecem no livro são de autoria de Antonio Geraldo Figueiredo Ferreira.

Dados Internacionais de Catalogação na Publicação (CIP)
Angelica Ilacqua CRB-8/7057

Ferreira, Antonio Geraldo Figueiredo
  Siameses / Antonio Geraldo Figueiredo Ferreira. --
Curitiba : Kotter Editorial, 2021.
  1336 p.

ISBN 978-65-89624-34-9

1. Ficção brasileira I. Título

CDD B869.3

21-1403

Kotter Editorial Ltda.
Rua das Cerejeiras, 194
CEP: 82700-510 - Curitiba - PR
Tel. + 55(41) 3585-5161
www.kotter.com.br | contato@kotter.com.br

Feito o depósito legal
1ª Edição
2021

siameses

antonio geraldo figueiredo ferreira

Elohîms cria o terroso à sua réplica,

à réplica de Elohîms, ele o cria,

macho e fêmea ele os cria.

(No Princípio, 1, 27)

"(...) tinham quatro mãos, e pernas em número igual ao das mãos; (...)"

(Aristófanes, **Um Banquete**, Platão)

(...) e nós é um.

(Clarice Lispector, **Uma Aprendizagem ou O Livro dos Prazeres**)

capítulo 1, epílogo

"O poder parecia ser mais do que uma permuta entre sujeitos ou uma relação de inversão constante entre um sujeito e o Outro; (...)"

(Judith Butler, **Problemas de Gênero**)

não,   não nasceram siameses,

não, nenhum dos dois,   eram casados, só isso, siameses porque muito grudados, entende?,   piada desse povinho aleivoso que não suporta o amor em paz de um casal feliz,

é, mas feliz *enquanto dure*, segundo o poeta,   ou, *enquanto duro*, de acordo com os desocupados de sempre, condição esta que não deveria perdurar para além da soleira de casa, como apregoa o senso comum, com a mão enfiadinha no bolso das calças, encobrindo o membro avizinhado e enxerido, claro, sei disso...,

mas o mas se desfaz de mas para somente se fantasiar de porém, é ou não é?,

olha,   por isso não concordo com boa parte dessa corja linguaruda espalhada por aí,   voz do povo, voz do povo,   pffff,   isso é bobagem, rapaz,   o que há, no mais das vezes, é meia dúzia de clichês ecoados por aqueles que não sabem o que dizem,

...ou, em outras palavras e percentuais bem realistas, por meio mundo, percebe?, todos babando as bobagens repetidas de boca em boca, é o que é,   sujeitinhos sujeitados à inconsciência, num arroto pretensioso e mal disfarçado com o hálito alheio,

        cospem sem saber a saliva de um desconhecido, isso quando não a engolem com gosto, estalando a língua, crentes de que a secreção brotada das próprias glândulas,

        vê se pode, meu caro, o outro enfiado neles mesmos sem que nenhum dos idiotas se dê conta disso,

        em todo caso, há um tipo de clichê que se sustenta, não posso negar, porque emaranhado a outras ideias do senso comum, conformando, nas mesmices costuradas, o entendimento súbito de uma espantosa originalidade social,

    depois lhe explico o que penso disso, procópio,

sim,   a história de tomás,

                a nossa...,   a do país, também,

    no autoritarismo de inspiração fascista, um bando ecoa uma voz, enquanto a liberdade, meu amigo, é um coral no gogó dos indivíduos,

    melhorou?,

        então,

bem,   se o amor existe?,   olha,
o troço não é tão simples, espere, você vai me entender, calma,

   não, não,   é assim com todo mundo, poxa,
uma hora o relógio da relação a dois perde os ponteiros,

   aquela dúzia de números soltos estancando a existência no pulso, como se restassem à máquina do peito apenas algumas pancadas em contagem depressiva, tarja preta,   e só,

   o indivíduo acabrunhado, ciente de que passou a vida sem fazer bosta nenhuma,

as tais brancas nuvens, que de brancas nada têm,

   o céu carregado nas costas, isso sim, tempo de nuvens escuras, prontas pra desaguar as lágrimas de uma vidinha cada vez mais atolada na mediocridade,

ele ficou de saco cheio, aquela vidinha morna, sabe como é?,

   o trabalho desabado em seu peso maior, espremendo aos poucos a caixa torácica, devagar, devagar e devagar, dia a dia que parece fabricar a vida, quando, na verdade, vai corroendo tudo com as mãos suadas do tempo,

   o cara imagina construir o edifício do futuro, coitado, mas de repente se vê soterrado nos escombros da rotina,

   a mesma condução todos os dias, ônibus executivo meia-boca, diga-se de passagem, sucateado em peças de outros ônibus desmanchados nessas oficinas fajutas por aí, você sabe, veículo meio *frankenstein, frankenstein* e meio, uns pedaços da lataria de outras cores, expondo as chagas do improviso,

é o brasil, é o país, que se há de fazer?, bem, claro, não deixa de ser um ônibus executivo, o que faria supor algum conforto, uns minutos pra dormir em paz, a leitura chinfrim de um *best seller* vagabundo, desses norte-americanos, mesmo, que se encaixam em qualquer lugar do planeta, pecinha de lego na cachola furada dos mocorongos,

mas não, não, ao contrário, o ônibus virando a esquina, acelerando um desespero bem brasileiro,

o crescente ronco do motor, a fumaça preta do cansaço das peças,

sim, ele mesmo a peça mais avulsa daquele monstrengo de lata que se aproximava gemendo, fantasma que o engoliria para vomitá-lo na porta da fábrica com um bando pedacento de desgraçados, exagero?,

olha, acho que um homem constrói essas imagens sem querer, sem frescuras, sabe, a depressão nervosa também é resultado de uma conjunção histórica para além das individualidades, não sei se me entende,

a angústia com o dedo lambido num vidro de malagueta,

é assim com todos, deus e o mundo esperando que você faça cara de paisagem, como se fosse possível ser o espectador da própria vida, observando-se no leve reflexo da janela fixa de um ônibus todo remendado a caminho do serviço, você ali com muito gosto, fazendo biquinho doce, inclusive,   ...disfarçando na ponta da língua o ardume de uma vontade filha da puta de mandar todos pro inferno,

o ódio sufocado daquele contentamento fingido com o seu lugar, com a posição alcançada, mesmo que ela esteja metida no buraco mais fundo,

a mesma poltrona, dia após dia, o corredor de sempre, 21 - C, C de CU com as letras maiúsculas, C de CUSÃO, de bundão, fundilhos que levam a pior até na hora de defecar a pimenta cotidiana, queimação de ponta a ponta numa profecia que se cumpre na carne mais sensível desta vida,   sempre disse isso,

você ri?,

ah, o demônio não é nada, outro coitado que tomou o pé no rabo,

deixa de ser tonto, rapaz, ir pro inferno será habitar por mais tempo o mesmo lugar,   e só,

não seja bobo, não,

pois é,   pra uns poucos gatos-pingados a vida tempera,

pra outros tantos, salga até os bigodes,

...despeja de propósito o vidro inteiro na cumbuca, e o sujeito vai engolindo a gororoba na marra, empurrando a ração dos erros goela abaixo, com um copo d'água,   fazer o quê?, abanar as hemorroidas, levantando uma banda da bunda na privada?,

adianta?,

não, um homem não consegue se entortar a ponto de soprar o próprio fiofó,

você ri mais ainda?,

é o ramerrão dos pulmões bexigando continuamente a vida, soprada no vazio do mundo, no espaço nadificado da existência,

no fundo, no fundo tudo besteira, um grande engano, todos gastando à toa o diafragma, porque o universo é um balão que estourou faz tempo,   a física já comprovou isso, mas continuamos condenados àquele sopro divino,

a repeti-lo inutilmente,

por isso falamos, por isso escrevemos, mas em vão, esperança canhestra de que o ar, o papel e a pedra dessem às palavras a materialidade que esta fábrica encarnada de vento jamais repetirá,

ingenuidade humana, concorda?,   criação?,

não é à toa que "obrar" seja sinônimo de "cagar", meu amigo,

olha, eu me explico, preste atenção,

nós só cuspimos no barro,   você me desculpe a crueza de minhas opiniões,   ...aí está a inocência daquele paraíso perdido,

seu deus me perdoe, procópio, mas creio que a culpa seja dele, quando soprou tudo com exagerada força,

                              se é que não nascemos de um acaso,
de uma tosse divina que tivesse originado o engano universal a partir do
que apelidamos de *big bang*,

                    ...ou de sopro de elohîms,

         hálito de olurum,

                   silêncio de nhanderuvuçu,

                                        e o escambau,

         procópio, procópio...,

                        quem explica o chão joga poeira nos olhos,
esse punhado de terra que agarramos com a mão fechada, murro preso
às linhas de um destino que jamais será o caminho de nossos passos,

pois é,   filhos do catarro, todos,   a argila é apenas uma metáfora,
autorizada pela consistência da matéria,

olha,   você também me perdoe, já que é mais ou menos religioso,

   ...neste caso somos deus, estamos condenados a ele por nós mesmos,
um criador enfiado até o pescoço da criatura, compreende?,

                                        não?,

         ora, ora,   no mínimo tudo isso justifica teologicamente
a presunção descabida daquela imagem e semelhança,

veja,   resumindo, o homem nunca passou de um fole sem valia, ou algo parecido, então...,

bem,   lá vou eu me afastando da história, de novo,   mas,

pense comigo,   os passos não dados, por atalhos intrilhados, deixariam pegadas na memória?,   hein?,

ao voltarmos os olhos para trás, no depois da balança, quando colocamos a custo os pesos na consciência das decisões tomadas, veríamos de algum modo, no chão das lembranças, as pegadas certas por desvios nunca escolhidos?,

viver é perder-se por onde não se foi?,

isso,   ...parece que imito aquelas figurinhas de banca de revistas, né?,

a filosofia se esconde nos rasos de mais difícil desentranhamento, porque cotidiana, ao contrário do que se pensa,

sim,   melhor deixar pra lá,

no entanto, a todo momento, queremos esse lá – tão desejado – revivido por aqui mesmo, o que é um ninguém nos acuda...,

onde estava?,   na porta da fábrica?,   pois é, ele não aguentava mais a vida, conforme lhe disse, as mesmas pessoas, os colegas de serviço, passageiros e parceiros da firma, como dizem os gurus da globalização, nessas palestras motivacionais de merda,

    isso, *você não é empregado,*   *não, não,*   *...é parceiro da firma,*

        então tá,   todos sentadinhos nos mesmos lugares, as conversinhas sem fim, porque sem começo, reatadas no dia seguinte, e no outro, e no outro,   uma hora o sujeito se cansa, cacete, e olha que o dia apenas começando,

    a primeira fila do dia,   a descida do ônibus em desordem unida, ou em ordem desunida, tanto faz,   o cuidado civilizado de não pisar no calcanhar do amigo sonso da frente, a vida na ponta dos pés, e, de repente, pronto, você tem o sapato arrancado pelo imbecil de trás, que deve pensar que o sonso seja você,

    por isso não é só o calcanhar de fora, é você, você atravancando o maldito cortejo, aquiles suburbano que se equilibra numa perna pra enfiar o dedo indicador na boca aberta do sapato, operação complicada para o saci de si mesmo ali encarnado, saltitante,

        então alguém grita lá do fundo, **anda, anda**, e o desgraçado que o pisoteou obedece à ordem com gosto, claro, encoxando a bunda do perneta, que quase cai, não fosse o espaldar do assento,

        é isso,   o enganoso conceito daquela pseudomotivacional parceria sistêmica, explicitado na pele em sua dimensão claudicante, não pensa assim?,

        poucos percebem essa desgraceira, a verdade fodida de um grupo de esfomeados que labuta em troca de uma lasca de goiabada cascão, enfiada na boca pra malemal tamponar o buraco da cárie de um molar, que então passa a doer mais, lá no fundo, sem explicação,

        sim,

                todos bem dispostos como um dente quebrado dessa engrenagem filha da puta que gira em falso apenas para o indivíduo, nunca para o sistema, bem reguladinho para estalar as correias de seu mecanismo no lombo dos coitados,

    a certeza vergastada de um iminente avanço tecnológico que os fará, um por um, sucata vendida a quilo,

conceitos ultrapassados?   eu?,   como?,   antiquados?,

      olha, você é um tonto, mesmo, ecoando o discurso da ordem,

            de uma nova ordem,   pfffff,

      isso é de uma burrice atroz,   ...estupidez construída pra ser arrastada por todas as mulas do mundo, cevadas nos arreios de bem atreladas esperanças,

        sei, sei,

vai engolindo a cusparada que lhe deram na cara sem que percebesse,

              bobão,   ...e babão, o que é pior,

     é,   não adianta rir agora, como se mostrar os dentes fosse um movimento irônico, não, não,   você pode até cobrir seu cavalinho com o guarda-chuva de um sorriso mal dissimulado, mas a tempestade é de vento, sempre, tenha certeza disso, meu caro,

pra gente como nós não há escapatória, não há abrigo, não há desculpas,

   olha,   você está, na verdade, mostrando a dentadura pra si mesmo, e rir da própria desgraça é muito mais a confissão de uma derrota, tartuficada de consciência pra que tudo fique na mesma, porque vai ficar, independentemente do que finja compreender,

   ...ou mesmo do que possa fazer,

            a gente se ilude, procópio, caindo de quatro com as mãos espalmadas na terra, supondo conseguir empurrar o planeta pra baixo, na órbita de giros mais felizes,

            isso vale pra mim, também, é lógico, que penso o que penso pra fazer contrapeso e manivela na sincronia ferramental de nossa alienação,   pra dar corda nela, tenho certeza,

   ...ou quase certeza, pra não morder a língua na minha mal engrenada teoria de dentes quebrados,

            então,

   em outras simplificadas palavras, um sujeito que sabe que é bobo deixa de ser bobo?, hein?,   ora, ora, as gengivas apenas massageiam a utopia de um sorriso falseado em dentaduras de sonho,   e olhe lá,

         quem mastiga mingau se esqueceu dos caroços?,

o melhor talvez seja não tocar no assunto, que não é disso que falamos, ou será que é?,

        mesmo porque, um cabra boca dura é sempre meio cara de pau pra obra nenhuma...,

às vezes me perco no caminho da conversa, sei disso, me perdoe,

    em todo caso, você tem culpa também, caramba, dando corda desfiada pra mim, que sempre gostei de amarrar as coisas bem amarradinhas, sentado no sofá desta quase minha sala de estar, onde sou um enforcado da cohab, isso sim,

        vivemos a prestações?,

    não entendi, procópio,

nova distribuição de forças?,   poder?   palavra vazia, rapaz!, não sejamos bestas,

    retomo a metáfora, se me permite humanizá-la ainda mais, pra ver se agora você me entende, ó,

        afirmei que deus provavelmente soprou o universo com força exagerada, não é?, ou tossiu-o por acidente, sei lá, então,

    ...um lampejo especulativo que tive ainda muito jovem,

acredito que criação, homens e deuses se embaraçam de modo inevitável no caminho de uma entropia absoluta, pela qual o onde e o quando, entrelaçados, serão tudo e todos, porque nenhum – e todos, pelo mesmo motivo, serão ninguém e nada, visto que por completo desemaranhados,

calma, eu me explico sem a física,

olha, o discurso de um conceito estabelecido de qualquer tipo de igualdade, diferentemente daquele doentio impulso criador, está sendo esvaziado porque insistimos em soprá-lo sem força, aceitando contingências retrógradas que nos recolocarão em nossos devidos lugares,

ou em nossos lugares sempre devidos, isso sim, posição a se pagar indefinidamente com o suor do rosto, moeda sem lastro para uma situação que os administradores do capital apelidaram de "volatilidade saudável do mercado", ou qualquer outra expressão de mesmo quilate, tanto faz,

ouro de tolo, é o que é,

escute o que estou lhe falando, todos terão de pagar pra ver, pagar pra viver, o que é muito, mas muito pior,

história?, pfff, ficção mal escrita, a lápis,

não nego, cultivo um ódio sincero desses vivos de fome, babando por dentro da palavra "poder" uma gosma que enoja, antes, o verdadeiro dono do salão de festas, obrigado apenas a recolher, no dia seguinte, as tripas de borracha ainda úmidas dessa pseudoconsciência salivada, bexiguenta e murcha, dependurada no varal de falsos novos tempos, o custo desse grande filho da puta é lavar as mãos, depois,   e só...,

por isso não me iludo,

        deuses não aceitam cair das nuvens, principalmente quando obrigados a fincar os pés na terra e trabalhar pesado, condição incômoda para quem apenas olhava a colheita lá de cima, da varanda de um país assentado nas prerrogativas de classe dos verdadeiros mandachuvas,

    fila do gargarejo de pobre é grito no pé do ouvido,

    bem,

        acho que as esquerdas erram, sim, ao permitir que o passado se infiltre nos debates fantasiado de diálogo...,

o chorumento fluente e influente da política, dos acordos, das coalizões,

    pois é,   cavam uma brecha que os obrigará, na prática, a entrar de cabeça na própria cova,

      porque é preciso ter consciência de que atos verdadeiramente políticos se fundam na palavra **"não"**,

        ponha isso na cabeça, procópio, a possibilidade de mudanças sistêmicas que se oferece apenas dentro dos ditames legais da manutenção é jogo de cartas constitucionais e jurídicas sempre marcadas,

      ...é preciso saber rabiscar um ás na cara do rei, meu amigo!,

       olha,   não adianta sentar-se à mesa
quando somos vistos como históricos penetras,

         para os bicões,

            ...os pratos bicados,

   sim, o "regime",   falam desse jeito, de boca cheia,

  enquanto a vaca, no próprio lombo, carrega o bife malpassado – bem mau passado, com o perdão servil desse trocadilho –, para o brejo que cavoucamos de olhos abertos, atolados até o pescoço do dia a dia,

ai, procópio, ...churrasco de pobre é na chapa da enxada, meu velho,

      a carne temperada com o sal do suor,

           já lhe disse isso,

o céu dos capachos será sempre uma sola imunda...,

      sabe,   acho que as esquerdas erram ainda mais quando se veem do outro lado, no espelho d'água dos palácios, como outra indisfarçável direita nelas mesmas,

           vê se pode!,

     reflexão capenga que prepara, na verdade,
a reviravolta destra e maneta de sempre,

    ponha isso na conta do povo, meu amigo,

tenho um medo desgraçado disso, dessa enganosa unificação física das condutas sociais, teoria das cordas em nosso pescoço...,

não, não,

    nada que ver com bakunin, é um autor fundamental, mas o próprio marx apontou nele uma boa dose de infantilidade, lembra?,

        ora, não somos crianças virando ou revirando copos de vodka na cozinha dos bacanas,

            mau comportamento político-social?, pfff, as elites não precisam de mais nada, de mais nada!,

      ...é muito fácil distender os erros particulares da plebe até uma presumível certeza coletiva, arrebanhada com a benção ruidosa e aquiescente do quarto poder,

              ...pensa isso mesmo?,

bem, a anarquia sempre me pareceu uma ideia apenas literária, com o perdão de kropotkin,

      ...uma utopia para a reversão completa de outra ordem, finalmente prática, porque só assim um novo sistema imporá distinta e diversa natureza à espécie humana,

          e isso é tudo!,

...acho que nem terno deveriam usar, sabia?, muito menos gravata,

      sim, preconceito também,

                sei disso,

mas a fábula daquele autoritarismo fascista
ao qual me referi, há pouco, se faz como crônica de semeadas e pacíficas
intolerâncias para os muares famintos de toda classe...,

gente que pasta, sim, mas trota conforme a música dos *"altos falantes"*,

nada mais, nada menos que o adágio popular, retorcido até
a conduta mandatária, de modo que a tortuosidade dominante seja vista
como um caminho de retidão justificada para o poder,

...a atitude,

pfff...,   "*quem pode, pode*",   não é assim?,

cabe aos homens de esquerda, procópio, quando sobem dois
ou três degraus, retorcer a ordem e exercer ao máximo, na própria pele,
com dissipativa e necessária força, a proverbial observação de pompeia,
chutada pelo mais famoso césar, lembra?,

eu refresco a sua memória, ó,   mas do meu jeito...,

à mulher de júlio, cambada, não basta parecer honesta!,

e, mesmo assim...,

uma essência contrária às regras de qualquer sociedade terá a aparência conveniente àqueles que a sustentam, sempre,

então, meu amigo, pensando bem, nem desse modo, em mangas de camiseta, se é correto supor que a verdade seja construída por aqueles que exibem a pica grossa por aí, fazendo questão de andarem com a braguilha aberta, balangando prá lá e pra cá as prerrogativas, mesmo que murchas, nos interlúdios inesperados do poder,

daí lhe dizer, em resumo, que só outro alicerce, refundado num terreno muito distante do centro, promoverá a mudança possível para uma organização mais ou menos aceitável da estrutura que chamamos hoje, indevidamente, de sociedade,

...melhor dizendo, precisamos de uma animalização universal!,

é simples,

um sistema desumano existe porque mastiga e engole homens,

só um bicho inventado, portanto, cuspiria gente,

não,   não me iludo,

os antes poderosos querem voltar e voltarão, pós-poderosos, nem que, para isso, tenham de incorporar um repulsivo outro falso canhoto, fingidos de ser quem não são até os ossos,

...estes, inclusive, oferecidos de bandeja, em restos que chupamos pra não lamber sabão,

isso presumindo que, algum dia, os proprietários tivessem se afastado dessa configuração deslavada de poder, ideia descabida, em si, porque dilatada para além das fronteiras conceituais e práticas de nossa histórica configuração social,

ora,   vendendo, por exemplo, a carne fraca dos desejos consumistas,

essas ideias burguesas religiosamente disseminadas com berloques, rocalhas e miçangas,

procópio, é com tristeza que lhe digo isto,

o mercado está vencendo,

...o mercado venceu, arrastando para as gôndolas de um imenso *shopping* – sob um céu fechado e carregado em sacolas –, essa legião inconsequente que personificamos, conduzida pela mão direita de um deus caviloso, *ex machina*, filho da puta que faz figa com a mão esquerda escondida atrás das costas quentes, isso sim,

aqueles mandachuvas proclamam aos quatro ventos a ideia de que dissipam as tempestades porque o granizo – *vejam!* – se derrete nas mãos,   pfffff,

...irônico, no mínimo,

    não,   não ocorre só por aqui,

        isso não seria possível apenas num local,

        a globalização é o barbante – ou a corrente – que amarra os balões coloridos que os miseráveis ingênuos andaram dependurando por aí, imaginando-se convivas de um novo mundo,

umas bestas, já falei, dizimistas sem saber de quinquilharias e, por isso mesmo, crentes do ideário mais preconceituoso da história, substrato de um suposto esterco, ui-ui, que lhes daria o crescimento social que nunca experimentarão, justamente por exsudarem a merda que espalham com as opiniões pulverizadas pelos donos do jardim, proprietários dos fatos, dos livros,

    sim,   dos lápis,   ...das canetas e borrachas também,

e eles vão sentar a borracha, meu camarada,

pode esperar em pé de guerra, porque vai sobrar pra nós, você vai ver,

    o beabá garranchado em linhas retas, mas bem apagadinho, a olhos nunca vistos, soletrado com gosto pelos analfabetos da própria condição,

    ...e pelos safados e filhos da puta de sempre, é lógico,

a argirocracia acenando em roda lá de cima, para o escadão, pés-rapados que acompanham o enterro deles mesmos sem saber – valha-nos joão cabral, hein! –, acreditando que um dia subirão na vida, pelos degraus da conduta resignada, até o reino de uma imensa

        VARANDA PROMETIDA,   ai-ai...,

não acho,   a ideia natalina, no final do auto, desgraçou com tudo,

    a redenção das potestades demarca os limites intransponíveis de uma aceitação covarde, ainda que disfarçada de esperança,

        severino deveria ter pegado o moleque à força e saltado com ele da ponte, isso sim,

      os pobres também sabem gritar "foda-se", poxa vida!,

   pois é,   li que morreu enquanto rezava,

não devemos misturar artista e composição?,   ...não sei, procópio,

     se o estilo é o homem, como dizem, as carnes da obra, pelo menos para os verdadeiros criadores, terão o seu DNA, sim,

          bem, a maioria remenda tudo, copiando descaradamente as feições alheias,

      não,   os imbecis não contam...,

de todo modo, pra não trocar de ferramenta, pense nisso, meu amigo,

corrimão de pobre sempre foi cabo de enxada,

e olhe lá!,

...poder,   tsss,

acham que transpiram conquistas quando, na verdade, foram besuntados pela ideologia tacanha de que as bugigangas brotam dos músculos, do trabalho,

a política, procópio, passou a ser um espetáculo de prestidigitação em que as próprias mãos, ao contrário do que recomenda a severa poética da arte, mostram-se descaradamente como instrumentos de uma troca perene de polegares, confundindo – com a verdade escancarada a que todos se submetem, segundo as necessidades da ocasião –, os membros bem-comportados de uma plateia escolhida a dedo,

não sei se fui claro...,

sim,   a verdadeira mágica está no homem, não no truque,

ou, pra não subverter a delusão, o homem é o truque,   não a mágica,

não entendeu?,

...os polegares trocando de lado na palma das mãos do ilusionista, de modo que nunca se sabe se o sujeito encarna mal e porcamente um jano bifronte ou um zé binadegado,

        duas caras, pra ser e não ser, ao mesmo tempo,

     e duas bundas, pra fingir que chuta o rabo de quem quer que seja, enganoso interregno para o pé no toba que leva de deus e todo mundo,

     um atrás do outro,   ...e um na frente do outro, também, um chute bem dado no saco,   o que não deixa de ser, por outro lado, uma refinada ironia da violência social,

        outro lado que é o mesmo lado, claro,

mas,   **abracadabra!**,   o mais importante de tudo,

     ninguém sabendo ao certo se o lazarento está indo ou voltando,

...ou, melhor ainda, sabendo muito bem que ele está **indo e voltando**, movimento que traduz por inteiro a realidade despedaçada de uma vidinha apenas brasileira,

        manufaturada pra cima

          e pra baixo,

prum lado

                       e pro outro,

em quintais e praças,   roças e fábricas,   mundos e fundos,

     ...e rasos, também,   bem rasos,

note que a ambiguidade entre teoria e práxis é incontornável, procópio, visto que não há como desnudar truques de mágica econômica sem reencená-los de um modo estritamente social, e, por isso mesmo, falso em sua verdade desnudada,

sim,

coberta de farrapos que são o *prêt-à-porter* conceitual do desfile a portas fechadas dessa corja que só arrota peru, mas a partir do bafo de chuchu e nabo que nos empurra historicamente goela abaixo,

ou cu adentro, tanto faz, concorda?,

os ditames da boa educação...,

quem peida sem traques, meu amigo, comemora em silêncio, debaixo do nariz de todos, com fogos de mudo artifício, a enrabada estrondosa que leva da vida,

mais amendoim?,

bem,   voltemos logo pro caso do nosso amigo que, depois de descer do ônibus, coitado, enfrenta outra fila na portaria da fábrica, pra bater o ponto,

...mas antes quero que você me responda,

        a história desimportante de um homem qualquer carregaria os pedriscos que dão consistência à concretude humana?,

        ou seria somente a pedra no sapato de seus passos, surpresa dolorida por escolher mal o feijão de um dia a dia intragável, hein?,

    pelo menos era um cartão, lembra?,

        hoje, o polegar no relógio de ponto digital...,

uma nova prestidigitação?,

    não creio,

a mágica social renova os velhos truques da miséria aceitável, só isso,

        opa,   o sujeito tendo de jogar, na própria cara, a estúpida alegria de um trejeito engessado de joia, oportunidade ímpar de marcar presença num emprego com benefícios, ui-ui,   a turma falando isso de boca cheia,

  e ele novamente obrigado a bancar o boca dura no meio do magote, trucando a vida em falso, sem as manilhas,

    nem um três de paus,   um dois de espadas, ao menos,

...ou um ás de ouros, vá lá,   sim, sim,   um ás, sabe?,   não?,

    ora, muito simples...,

o cara ciente de que é um banana *expert* no ofício da pindaíba, e pronto,

nada nas mangas de camisa, menos ainda nos bolsos rasgados,

um falastrão gago, de beiços moles, fingindo alegria com a cesta básica de produtos baratos debaixo do sovaco, uma vez por mês,

...tá, tá bem, sou um pouco revoltado, sim, mas e daí?,

um sujeito que desfia as desgraças do outro há de colocar a própria vida no enredo, pelo menos pra cerzir, com a comparação, alguma vantagem – remendada que seja, não acha?,

loucura a conta-gotas?,

tomás sofria de surtos psicóticos, eu já sabia, acho que os amigos todos sabiam, e isso explica muita coisa, claro, você vai ver, espere, pensei que soubesse...,

ele me disse uma vez que tomava uns medicamentos,

haloperidol, qualquer coisa assim,

mas nunca mais tocou no assunto, até porque tinha um medo desgraçado de ser despedido, então levava seus parafusos soltos bem embrulhados, os barbantes amarrando com força o pacote das angústias, carregado com cuidado nos bolsos furados da vida,

contava, às vezes,

acho que a necessidade de dar algum sentido ao que via,

compartilhar a doideira, talvez, buscando um caminho para a racionalidade desviada,

toda razão é fingimento, procópio?, carregamos também, sem saber, as peças quebradas da consciência?,

calma, já falei, você vai entender,

...sempre invejei os loucos que discursam sozinhos para todos, mesmo quando ninguém por perto, paradoxo de uma ausência, em si, inexplicável para mim,

as verdadeiras palavras?,

esse negócio de relógio de ponto sempre me irritou, sabe,

um amigo mesmo me disse que teve, várias vezes, vontade de morder o próprio dedão, de arrancá-lo, acredita?,

só pelo prazer de cadastrar no RH, depois, o dedo médio, vê se pode, o pai de todos diariamente em riste para tudo, estendendo o gesto libertário até a aposentadoria, caso a invalidez provocada não o livrasse de imediato da triste faina,

...claro, a pose carregada até o infarto, até o câncer,

no fundo, no fundo, tomás dizia o mesmo,

se bem que um cagado como ele com a sensação de que muito provavelmente cairia de boca no chão, depois de um AVC dos brabos, incapaz até de morrer e de levantar qualquer dedo que fosse pelo resto da vida, de enfiá-lo no sapato, num vidro de pimenta, no próprio cu, vá lá,

agora cu com minúsculas, cê, u, cu, cuzinho, porque o rabo finalmente na reta, a bunda funcionando à perfeição, por infelicidade, numa dependência lambuzada de alguém de casa para limpá-la pelo restante arrastado dos dias, quem sabe a esposa, aceitando aquele derrame como a obrigação religiosa de um dever,

o marido, marido até o fim, na doença e na doença,

é..., tudo isso girando na cabeça de um imbecil que entra sorridente na empresa para mais um dia suado de trabalho,

o serviço na baia, ele me dizia desse jeitinho, *na baia de produção, apelido cuja etimologia retrata a três por quatro, no crachá, a minha essência miúda, ruminada,*

repetia sempre essa frase, terminando a observação pseudofilosófica com um coice de mentira, fingindo um riso besta que forjasse alguma autonomia ao próprio cabresto, como se o simples fato de saber que estava ferrado na vida o livrasse dos cravos, ...bobagem, acabei de lhe dizer isso, não foi?, é esforço que não passa de um corcoveio inútil da alienação, um pinote que derruba o cavaleiro dele mesmo, caído de cara na terra, sem derrame nenhum, a não ser o de si, tombo muito a calhar pra um sujeito que sempre pastou pra sobreviver, comendo o capim que o diabo do patrão pisou com as solas sujas, sei, você já ouviu essa história, claro, se é que não experimentou a verdade daquela tomasiana patada teatral, como dizíamos,

um tanto exagerada, não vou negar, você tem razão, mas a desgraceira continuando para além do serviço, coitado, no ônibus de volta pra casa, depois do expediente, de novo e de novo,

por isso falo em sistema, percebe?, um maquinismo interpotente que vai urdindo o enredamento dos fatos todos e inteiros da existência, sem brechas, então não há fuga possível, não há aqui, não existe ali, muito menos lá,

sim,

ele voltava pra casa sentindo-se mal, a esposinha no lar, esperando, esperando, esperando, muito apaixonada, fidelíssima, a janta pronta, a porta de casa se abrindo em dueto com a porta do forno, coincidência rangida que passou a irritá-lo mais e mais, porque nunca haveria de a externar, presa na mandíbula tensa de raiva contida, mascada, um bruxismo consciente, se é que seja possível alguém cultivar de propósito tal anomalia nervosa,

bem, ele deveria ficar feliz com aquela *ouverture*, não acha?, a mulher escuta o barulho do ônibus, levanta-se do sofá e vai pegar o prato do marido no forno, o que é que tem?, o amor não se requenta?,

ela, com certeza, ficava em frente à TV, coitada, justamente esperando o seu homem, o barulho da condução, e pronto, a chave mastigando a porta da frente, marido batuta que chegava do emprego, sim, abria o forno em duo com a porta do lar,

claro, talvez fosse isso, um *pas de deux* sonoro, só isso, e o marido é que maldando tudo, numa intuição dolorida de que a composição exaustivamente ensaiada, no caso, cadenciasse apenas a ironia sem refinamento de uma vida muito, muito brasileira, a certeza de que jamais seria o regente dos próprios passos e compassos,

então a raiva aos poucos daquela salmodia chiada nos engonços da porta de casa com a portinhola do forno, *pot-pourri* do samba miudinho que sempre viveu, isso sim, o sebo escorrido nas canelas engraxadas de operário da indústria nacional, com uma inveja desgraçada daqueles turistas estrangeiros que sambam com os braços, apenas, levantando os dedos pra cima e pra baixo, as unhas limpas, sem o pretume feio nas cutículas,

é, os dedos limpos, sem pimenta, sem relógio de ponto, enquanto ele tendo de se esforçar pra não abrir os sovacos azedos de inhaca perto de ninguém, nenhum desodorante capaz de refrescar o turno inteiro de um trabalhador braçal – ou quase braçal, como fazia questão de dizer –, homem mais ou menos algemado ao bodum de si, como definira, não nesses termos, o general figueiredo, já que falamos de cavalos e burros morrinhentos, lembra?,

é desse jeito que chega à porta de casa,   ao *lar, ardido lar,*

então bate os pés com força no capacho, movimento seguido de um repetido e quase diário selinho, porque a esposa, às vezes, no plantão da santa-casa,   ...selinho sem se encostar na mulher, bitoca distante, leve, quase infantil, *a fábrica continua muito suja, rebeca*, e caminha para o banheiro rapidamente, na ponta dos pés, o mijo cuidadoso, *sem espirrar, hein! parece que todos os homens nasceram com o pinto torto, meu deus!*, o rosto molhado, a água fria, gostosa,

      assoa o nariz bem baixinho, pra não estragar o apetite da esposa, que faz questão de beliscar um pouco da mistura de seu prato, enfiando o garfo num pedaço de carne, numa rodela de tomate, enquanto fala do dia, de um médico mal educado, de um paciente nervoso, da falta de remédios, dos plantonistas chatos, do entojo daquela enfermeira padrão que não larga de seu pé,

ele vai mastigando tudo, palavras e arroz com feijão, mastiga devagar, de propósito, tentando imprimir ao relógio, com o maxilar acostumado às pancadas, um ritmo distinto ao da fábrica, *pelo menos em casa, poxa!, pelo menos em casa...*, até coloca mais carne por isso mesmo, repetindo o prato, sempre, *você não fez um prato de peão, mulher!*, costuma dizer, brincando, porque sabe que a esposa vai lhe roubar um pouco do pão, lamber-lhe o suor de cada dia, ao petiscar um naco de peixe na borda do prato, e ele gosta disso – mas sempre com um calafrio –, porque precisa sentir que sustenta a esposa, que ele é o provedor insubstituível de sua casa, mesmo que isso não seja uma completa verdade, mesmo que seja apenas aquela meia mentira atravessada, difícil de engolir,

      é, é por isso, claro, ele fazia questão de que rebeca jantasse antes, quando chegava do hospital, varada de fome, uma vez que não suportava a comida de lá, *não sei, tomás, cismei que ela tem o cheiro dos doentes, então não desce*, ele ri disso, também, de antemão, enquanto cospe o pó da fábrica na louça do banheiro, com o devido cuidado de conduzir a sujeira respingada para o ralo, como se brincasse de chuva com as mãos, criando enxurradas, *ela tem razão*, depois tira a camisa, molha uma ponta da toalha de rosto, passa nela um pouco de sabonete e a esfrega debaixo dos braços, olhando no espelho os pelos das axilas, momentaneamente esticados numa mesma direção,   *ah, se a vida fosse fácil desse jeito, apontando o caminho certo da felicidade...*,   vira o pano, seca-os com cuidado, enrolando depois a camisa fedida, que ficara largada no chão, na mesma toalha de rosto, atirada em seguida no cesto,   só então cheira o sovaco, pronto, já dá para jantar, enfia uma camiseta velha,

        ele sabe que talvez devesse tomar um banho, antes, mas o hábito escolheu esse outro caminho, a ducha depois do jantar,

    desde que se casou foi assim,   o costume,

        olha, dito desse modo parece até bom, não?,

pois é, creio que o banheiro da casa de um homem seja o cômodo mais importante do lar, quando está casado, claro,   pois é,   pois é, não me conformo com o caso do ubiratã, já lhe contei?,

    sabe, às vezes tenho vontade de dar uns tabefes na cara dele, pra ver se o banana acorda,   outra hora lhe conto,   bem, voltemos ao banheiro, onde deixamos o tomás sozinho,

      é isso,   nem nós o deixamos em paz, coitado,

    ele então para um pouco, fecha a torneira, olha o rosto no espelho, vira pra lá e pra cá, *poxa, estou ficando velho*, e arranca, com a pinça dos dedos, um ou outro fio de cabelo branco, respira fundo...,

      ele sabe que a derrota está quase completa, o que nunca foi álibi para a angústia de ninguém, mas o que um homem deve fazer diante disso tudo, hã?,   invariavelmente sai do banheiro pensando em se matar, ele me disse, juro, sai do banheiro enxergando melhor, talvez, a inutilidade da vida, e ele está certo, ora, pensa bem, o mesmo lugar à mesa, o prato para a sobremesa de borco, ao lado, a toalha velha, assombrada com aqueles fantasmas de manchas antigas, mal lavadas, quintessência de um permanente estado de espírito de porco,   ...a suína condição levemente encarnada, lembrança triste de conversas opacas e molhos antigos, só pode ser isso, ele pensava isso todos os dias, isso com carne de panela, com bife, isso com batatas fritas, isso com isso, isso cozido, isso frito, ensopado, ao mesmo tempo que sem coragem de dizer tudo pra mulher, no máximo algumas letras sujas, engorduradas, impressas no guardanapo das refeições,

                          talvez ela intuísse aquele discurso interior com as frases mais duras da percepção feminina, porque silenciosas,

   ...o sexto sentido?,

          pode ser,   as mulheres têm maneiras de ouvir e de dizer com o vocabulário intraduzível de orifícios insuspeitos do corpo, buracos da alma por onde escorrem palavras que ele seria incapaz de babar, mesmo depois daquele inescapável AVC,

                mas veja se entende o que tento lhe dizer, procópio, para a maioria das pessoas a vida é um acidente,

                     é,   acidente de carro, por exemplo,

...a ideia é dele, do tomás, e ele tem razão,   viver é se arrebentar, um desastre capotando interminável, depois, e depois, e depois, sem parar, tragédia em câmera lenta,   *...em câmara de lenta tortura, de lenta tontura,* sim, ele dizia isso pra todos os amigos, rindo de si, do jogo bobo de palavras,

e continuava, *a vida é uma batida com o carro a toda, numa rua sem saída*, na hora eu sempre ria com ele, *você faz muito drama, tomás*, e ria um pouco mais,

...entretanto me via perfeitamente envolvido naquele acidente, também, se não com ele, num carro que vinha em sentido contrário, num carro que fugisse do paredão de uma via obstruída pela municipalidade – de uma vida sem saída, se se quiser copiar a direção e o estilo trocadilhado de tomás,

sim, eu também me estrepando naquele desastre, num carro em sentido contrário ao dele, o que resultaria no mesmo acidente, concorda?,

olha, até me arrepio, vê?, o jantar, o banho, o pijama, a novela, o filme vagabundo, ela querendo dormir juntinho, juntinho, de conchinha, pedia, de conchinha, sem saber de seu ódio à expressão, *de conchinha*, ele, caramujo que teria a obrigação de carregar nas costas aquela casa, aquela vida de merda,

um dia falou de suicídio com mais certeza, citando esse caso, entre um gole e outro, expondo para fora do lençol esse rasgo de sua intimidade, *dormir de conchinha*, tínhamos tomado umas a mais, disse-lhe que entendia perfeitamente um suicida, é isso, ou mesmo uma atitude oposta, assentada no amor, outra maneira de se encarar a mesmice pelo seu antônimo, a morte pela monotonia de uma existência aos poucos,

é, é isso, sim, suicídio e amor estão ali, ó,

uma hora o sujeito não aguenta, dá de cara com uma sirigaita qualquer que nem precisa ser bonita, e, no caso dele, nem era,

assim-assim, como se diz,   a esposa não teve tanta culpa, compreende?,

                 claro, o que rebeca fez foi terrível, inacreditável, notícia que correu o mundo, tem gente até hoje dizendo que vai virar filme, vai virar livro,   não,   não foi apenas ela, é fácil culpar os outros,   ...creio mesmo que foi a vida, não sei,

                              não foi ela, não,

            talvez esteja pensando por mim, você me desculpe, falo demais, você sabe,

                 um homem trança as pernas com a amante não porque o sexo em casa enfadonho,

        não, não é isso, pelo menos pra mim,   por favor, tudo apenas entre nós, hein!,   ...tive algumas amantes por conta da vida, nada que ver com o casamento, que vai muito bem, obrigado,

               olha, o sexo com as outras nem tão grande coisa, juro, acho que você sabe disso melhor do que eu, até porque a sua cerca bem antiga, os mourões velhos, comidos por um bom mau tempo de vida conjugal, os arames farpados rompidos e enferrujados, soltos no chão muito mais para indicar o caminho do desvio do que para contê-lo, e o maridão aí nem precisando saltar, bastando esticar as pernas pro outro lado dos pastos e repastos, quase sem querer, como se numa caminhada,

               então posso confessar o que pra você é um eco de sua voz,

não ria não, compadre, olha, nunca trepei com amante ou puta que fodesse tão gostoso quanto a minha esposa, portanto não é o casamento mesmo, entende?, é a vida, não tenho outra explicação, a vida se repondo culpada, em seus detalhes, até calejar os dias, - isso, você insensível aos pescoções cotidianos, que dirá aos carinhos de pluma do amor, desaparecido sob a pele cada vez mais grossa, simples assim, meu amigo, você sabe disso melhor do que eu, o toque da esposa vai desaparecendo na insensibilidade do hábito, a mão dela fica sendo a sua, a mesma carne, o que deve se repetir com a esposa, claro, mas não posso falar por ela,

ou posso?,

levando-se em conta o que acabei de dizer, posso, sim, não acha?, pelo menos da boca pra fora, mas siga o meu raciocínio, pra não perdermos a linha no buraco de uma agulha errada,

olha, a coisa vai indo daquele jeito até que outra fulana qualquer encoste no seu braço,

nem é preciso muito, basta um resvalar, você se arrepia, se assusta, não porque seja muito gostosa, ...não, não, você se arrepia porque outra pele, então dá corda, barbante e retrós à moça,

vai se aproximando, a pressão desconhecida dos dedos,

...o pau endurece mesmo, poxa, um nó gostoso na garganta, quando ela fala o seu nome, costurando possibilidades por atalhos e retalhos até então insuspeitos, ou redescobertos, tudo debaixo dos panos, a princípio, mas depois sem tecido algum, num motelzinho barato, em outra cidade,

pronto, o homem é bicho, de novo, muito mais do que míseros milênios de cultura fariam negar, aliás,   retifico a observação, porque, pensando bem...,

...esta que acabo de lhe fazer, ignorando que o próprio conceito pressuposto é arquitetura dessa razão inventada pelo ser humano, espécie desajustada nascida de si, não acha?,

estou complicando?,

tudo bem, eu consigo ser claro, quer ver?,

o pau se levanta sem que um pensamento se faça, simples assim, levanta-se como se levanta o pau de um cavalo que fará bom uso de seu instrumento apenas pela força da natureza,

assim,   um pau duro numa boceta,   e só...,

vento que balança o galho da árvore como a chuva que corre até o riacho, entendeu agora?,

na verdade um homem será sempre incapaz de criar, com as mãos, as enxurradas que arrastam a própria vida, meu caro,

...mas você está coberto de razão, quase se afogando nela, eu diria, caso fosse um piadista,

claro,   por isso as cenas bobinhas com o vento,   a chuva,   o riacho,

...contrapeso para o choro de um homem, na pia do banheiro, a torneira aberta como álibi dos soluços,

agora você está me entendendo,

pra que perder tempo com divagações criadas pelo acidente de uma construção estúpida que é a inteligência, a cultura, o que seja, hein?,

não somos a imagem e semelhança de uma tossida catarrenta?,

cultura, inteligência,   pfffff,   baboseiras que talvez desapareçam num desvio mais bem-sucedido da evolução da espécie, o ser humano extinto em prol do bicho ao qual retornará em si,   ...exemplos não faltam,

conheço indivíduos que, não obstante o sucesso, o dinheiro que ostentam – e, quiçá, por isso mesmo –, encarnam um quadrúpede melhor do que tivessem nascido de uma vaca, literalmente,

então você enfia o pau na boceta da amante e pronto, fim de papo,

ou, melhor ainda, na boceta de uma puta qualquer que o dispense até mesmo do início da conversa, livrando-o de um blá-blá-blá bem chato, antiatávico, aprofundando deste modo cabal, portanto – com elegância bufada e gemida –, a metonímia natimorta do gênero humano,

foi o que ele fez, poxa, mas a moça não era puta, não,   antes fosse,

era funcionária de uma papelaria,

foi num sábado de manhã que a tragédia abriu braços e pernas,

não, não é piada,   parece, mas não é, vai me deixar contar?, faz anos que você se mudou, ficou sabendo só pelos jornais, e a imprensa distorce tudo,   então fica quietinho, vai...,   quanto tempo você morou na cidade?, seis, sete meses?,

    a esposa lhe pediu que comprasse papel manteiga, queria fazer um bolo, à noite, porque dava plantão naquele dia, a santa-casa com falta de enfermeiras, por causa da crise,

        ela não reclamava, um dinheirinho a mais no final do mês, ainda que nem todas as horas contabilizadas,

                pronto, batata!,

                      o destino vincando o tecido amarfanhado dos dias somente pra esquecer ligado, no fim, o ferro de passar em cima das calças, você sabe,

      ele foi, entrou mecanicamente na loja, pediu o papel manteiga, *o nome é esse, mesmo?, até abre o apetite, não acha?*, a funcionária sorriu ao ouvi-lo,

        tinha vinte anos, se não me engano,   menina, menina,

    pegou o papel manteiga, ele sorriu de volta com algum atraso, sabia disso, mas essas coisas são assim, o de repente se esticando pra depois, querendo-se pra sempre,

            boa funcionária, pensou,

solícita, alegre, trocaram um olhar rápido, daqueles que revelam sem querer o encontrão das intenções mal dissimuladas, os dois se esquivando dos golpes luminosos, confissão escamoteada de uma verdade visível, descoberta como um tapa estalado na cara, ...um murro bem dado,

ela ficou com as maçãs do rosto vermelhas, afogueadas em romãs, como dizia a minha mãe,

até logo, o-bri-gado, ele quase gaguejou,

não conseguiu dizer mais nada, mas voltou pra casa outro homem,

passou o dia com a pulga atrás da orelha, permitindo, no entanto, que o inseto saísse dali e fosse coçar outras partes, o que era bom, um bicho-de-pé no corpo todo, mais ou menos isso, o amor?,

não ligou a TV, não espiou os classificados, como era seu hábito, aos sábados, procurando, no jornaleco que lhe jogavam por debaixo da porta, alguma tranqueira sendo vendida no bairro, qualquer coisa que pudesse render uns trocados, depois de reformada,

não, não fez nada disso, ficou um bom tempo sentado no sofá olhando a parede branca, assistindo talvez ao que fosse a programação de outra vida, uma vida em paz, finalmente um controle que não fosse remoto, inalcançável, a menina na cabeça, sorrindo, sorrindo pra ele...,

gostou daquilo, daquela tranquilidade solitária em sua casa, depois de uma semana pesada na fábrica, nunca pensou em ter filhos por isso, pelo sossego de se preocupar apenas consigo, não nascera pra ser pai, deixou essa condição muito clara durante o noivado, supondo que o instinto de maternidade da companheira o livrasse de um casório do qual ia se arrependendo, à medida que a data se aproximava,

      mas não,   ela também não queria filhos, não tinha paciência com crianças, de modo que, naquele caso, a natureza parecia falhar, conspirando contra a solteirice de um sujeito que até então tocara a vida sozinho, sem grandes ambições ou preocupações, porque ainda crente na possibilidade de construir, num depois de amanhã, a própria felicidade,   ...sentimento que deveria desaparecer pouco depois da adolescência, quando o sujeito se olha como homem na frente do espelho, antes de enfrentar a rua, assustado pela primeira vez com a cara fechada daquele estranho, e, aí mesmo, nesse ponto, na encruzilhada de uma reflexão tortuosa e repentina, a ladeira abaixo da vida,

      mas ele esticou um pouco essa fase ingênua, penso, o que pode ter contribuído negativamente para o caso, não sei...,

bem, a moça era nova na papelaria, por isso sem uniforme,   estava de saia *jeans*, curta,   pegou uma escada,   as pernas bonitas,   imaginou mesmo que ela subisse um degrau a mais sem necessidade, alcançou o papel manteiga e fez um rolinho caprichoso, prendeu-o devagar, com um pedacinho de papel e fita adesiva, enquanto o olhava de soslaio,   acho que ele percebeu, claro, ou fantasiou que ela o olhasse com o rabo dos olhos, o que talvez nem tivesse acontecido, mas as pernas bonitas das mulheres contaminam o resto de seus corpos, dando a movimentos naturais a súbita intenção de um desejo, pelo menos na cabeça dura dos homens,

      até logo, o-bri-gado,

      tomás ficou matutando aquele encontro, sua inexplicável quase gagueira, como se falasse em código morse para si mesmo, tateando o episódio e procurando traduzir, no braile das peles, as notas de rodapé, sobrecoxas e tornozelos que não enxergara muito bem,

note que não falei *compra*, mas *encontro*, certo?, tocou uma punheta ali mesmo, no sofá, deitadão, relembrando os fatos e indo além, bem além, havia tempo que não descascava uma assim caprichada, mesmo quando sozinho em casa, manufatura da imaginação masculina indispensável à saúde do homem, ...tem mulher que não gosta, sabia?,

pensa que está sendo traída de algum modo, o que chega a ser curioso, porque esse exercício mental é o único capaz de fortalecer a musculatura chocha da fidelidade macha,

a mulherada é tonta, não percebe isso,

pois é, é o caso do ubiratã, lembra-se dele, né?, sim, fiquei com a história entalada,

outro dia mesmo me contou que a esposa não o deixa trancar a porta do banheiro, em hipótese alguma, vê se pode um negócio desses, o cara sem a permissão de cagar com a porta fechada...,

é o fim dos tempos, o armagedão, um sujeito sem a posse das partes íntimas, os documentos vigiados de cabo a rabo..., é, isso mesmo, inclusive o *fiantã*, censurado pelo higiênico papel passado e lambuzado de um casamentinho de merda, pode?, não sei por que ele continua com a maluca, poxa, afinal, nesse negócio de matrimônio, ela é a esposa, não uma testemunha, concorda?, bem, volto logo pro caso do tomás porque não me conformo com isso, e é bem capaz de me esquecer do que dizia, mas que o songamonga inhenho merece mesmo uns tabefes, ah, merece, não merece?, ubiratã..., pfff..., sabe, o tomás comeu o bolo, naquele domingo, com muito mais gosto do que todas as vezes que teve de comer bolo na vida..., e olha que ele teve um aniversário marcante, quando fez cinco anos, a família apertada, o pai ausente, a mãe faxinando, fazendo salgadinhos e balas de coco pra vender por aí,

bem, creio mesmo que, às vezes, um pequeno episódio torto pode empurrar a vida inteira de um sujeito para o buraco, sabia?,

é o caso, escute, vale a pena relembrá-lo, você vai entender,

a mãe pegou o menino que faria aniversário dali a dois dias e o levou à festa de uma vizinha que comemorava quatro anos, pediu pra tirar uma foto com o filho na frente do bolo, acredita?,

afastou a aniversariante para o canto da mesa, centralizou o moleque, não sem antes tirar uma vela azul número cinco do bolso e trocá-la com a da menina, como se o festeiro fosse o filho, como se o nosso amigo fizesse ali a sua festa de cinco anos, coisa triste, não acha?,

fez questão da fotografia, da pose, e a colocou no álbum na sequência correta, no aniversário de cinco anos do filho, data importantíssima, porque é o momento em que se enche a mão pela primeira vez na vida, está lembrado?,

cinco anos, caso pra se pensar, sim, a criança tomada pelo tempo, finalmente, e arrastada com vontade pela vida, desde então, até a morte, quando poderá cruzar os dedos novamente livres, bem,   nem todos têm esse privilégio...,

não estou tirando sarro de ninguém, por isso falei que valia a pena relembrar o fato,

um presságio?,

ficaram até o fim da festa, a mãe quieta num canto, sozinha, lendo a reprovação mal rasurada nos olhos dos convivas,   daqueles que, de algum modo, seriam também seus convidados, ora, ora,

gentinha ingrata,   zé-povinho,

então foi isso, coitado,   ele tirou aquela foto, chegou a sorrir, voltou pra casa mastigando um cachorro-quente frio, resto de restos, menino de cinco anos, cinco, a mão direita cheia, cinco anos, a vida começando a agarrar o outro braço...,

engoliu o último pedaço de salsicha que tinha deixado para o fim, o mais gostoso por último,   subiu no sofá, beijou a mãe, agradecido, sujando seu rosto com um restinho de molho de tomate,

ela sentiu a umidade nova do beijo do filho, não esperava por aquilo, um beijo daquele novo homenzinho,   sim, um homenzinho,

levou um susto por não reconhecê-lo, limpou-se discretamente, vendo a pele dos dedos com o sangue daquele sujeito que, de repente, ela não conhecia, um estranho nascido da própria carne, um frio grosso espalmado de repente na barriga, fábrica errada de peças que nunca se encaixariam a nada, ela mesma também quebrada em si,

                         não se aguentou e começou a chorar, disfarçando os soluços com o braço,   virou o rosto,

    mãe, o que foi?,   a senhora tá doendo?,

                        sim, meu filho, estou doendo, ***é isso, bati o braço no canto do armário, mas,***   ***mas já vai passar,***   ***é, já vai passar,***

              (*ela respira fundo*)

                  parabéns, tomás, meu   meu fi   lho, meu   fi   lho,

    ele me disse que jamais conseguiria se esquecer da gagueira da mãe, provocada pela força desumana de um soluço que insistia em rebentar – malgrado seu esforço –, sem que compreendesse o motivo verdadeiro,

                         mas o moleque não era tão bobo, a mãe não batera o braço porcaria nenhuma,

a palavra *filho* saíra difícil da boca, emperrando-se, aos soquinhos,

             ele tinha, portanto, muito que ver com aquelas lágrimas, o negócio era com ele, claro, ***vai, vai pra cama, vai,*** o rosto da mãe virado para o outro lado, para a parede vazia,

                    ele foi, mas ainda pôde ouvi-la no quarto, abafando os soluços desobedientes, como se os pulmões da mãe se quebrassem a golpes secos de um ar empestado de culpas, no começo ele não entendeu bulhufas daquilo, já disse, não tocou nunca mais no assunto com a mãe,   o medo de um castigo, medo de descobrir alguma estripulia feia que fizera sem saber,

é isso,   só depois, mais velho, foi entender o caso, observando na foto um esquisito bolo cor de rosa, fêmeo, estranho, e uma menina ao lado, bem-vestidinha, olhando feio pra ele, fazendo careta pra sua mãe, que retirara talvez a sua vela da *barbie*, quem sabe, para espanto de todos os presentes, enquanto acendia o número cinco azul...,

depois os convidados se divertiram com o caso, tenho certeza, com a desgraça pelada dos vizinhos fodidos, censurando-os, mãe e filho que teimavam em soprar velas alheias contra um vendaval de penúrias sem calmaria, a vida de todo desrumada, perdida, todos cagando de rir da cena, sem disfarçar as cáries e as panelas vazias das próprias bocas...,

a infelicidade se compraz, admirada no espelho ainda mais desgraçado dos outros?,

é isso?,

o episódio em si é de uma tristeza pesada,

contava a história dizendo que compreendia a mãe, tinha dó dela, inclusive, apenas lamentando o fato de que aquela festa usurpada não terminaria nunca, ele preso à fotografia com a mãe e a menina brava pela eternidade afora daqueles cinco anos,

então creio que, de alguma forma, desenformar um bolo com a esposa, no domingo, pudesse ter para ele um significado maior, não sei, o que você acha?,   porque...,

a vida prenuncia as desgraças com arremedos mínimos de mal-estar, tartamudeio de infortúnios mal digeridos que vamos arrotando com as palavras,

ele fez questão de ajudar rebeca a desenformar aquele bolo, como lhe disse, não sem antes estragar o papel manteiga, medo de que talvez pudesse ser reaproveitado,   por isso mentiu, dizendo-se desastrado, *amanhã mesmo compro outro, pode deixar,* a mulher riu dele, *não tem jeito de usar de novo, e a pindaíba não é tanta, seu bobo,* beliscou sua bochecha com carinho, ele ficou satisfeito, as mãos da mulher esticando-lhe com força um sorriso que, na verdade, não vinha dos dedos de rebeca, mas de outras peles,   isso, de outras mucosas, vinha do meio das pernas de uma balconista tesuda que o observara também com vontade, piscando-se disfarçadamente de um desejo novo, esse alimento vazio que nos empurra pra frente salivando, tinha certeza disso, quase certeza, a baba com o gosto imaginado das intenções na ponta língua,

é,   vinha das pernas da moça, quando subiu um degrau a mais sem nenhuma necessidade, sim, sim,   ele ainda era um homem, ora,   um homem,

então olhou a esposa cortando o bolo e teve pena, engoliu a alegria na marra e disfarçou mais, temendo que a companheira lesse, no vão de seus dentes arreganhados, restos involuntários de uma doce confissão, por isso forjou uma frase qualquer, *fazia tempo que você não assava um bolo formigueiro, hein?*,   ...disse, rapando uns cacos que se esfarelaram sobre a mesa,

não queria encará-la, salpicou-os no prato, fingindo atentar na operação, por cima de um pedaço bem grande, retirado da beira da forma, porque gostava daquele torradinho,

mas a premência era outra, tinha que se desviar do rosto dela, afastar de si os olhos da esposa, *olha, meu bem, essa farofinha, que delícia,*

passou um tanto de manteiga, mais do que de costume, despregando-a da faca com o dedo indicador, dedo-duro indicador, melecado de gordura,   percebeu que rebeca o espiava, olhando-o servir-se, teve um pressentimento ruim, um mau agouro, porque ela atentava em seu dedo melecado de manteiga,   ...de porra daquela punheta no sofá, batida com tanto gosto pra outra mulher, *será?*, imaginou que a esposa pudesse perceber aqueles restos de traição *por pensamentos e atos* ali grudados..., franziu-se, *que besteira, porra no dedo?, bobagem, eu não fiz nada, caralho!*, então passou mais manteiga, *eu não fiz nada*, rapou outra vez a lâmina com os dedos, quando a esposa o alertou, espantada, **olha o coração, tomás!**,

o homem levou um susto, quase se engasgou, a verdade embatumada na boca, mas caiu em si e engoliu a massa fazendo força de novo,

ah, o coração, isso, o coração...,

pois é, meu amigo,   pela primeira vez ele viu o enfarto como dádiva fulminante,   sim,   um sujeito estica as canelas de súbito, pego pelas artérias entupidas, mas também se vê de repente na arritmia de um amor que bate do lado errado do peito,   ele se surpreendeu com a consciência de seu estado, ali na cozinha, com a esposa sofrida, trabalhadeira, estudiosa, preparando-se ainda para o vestibular, depois de anos longe da escola, decidida, as apostilas compradas em bancas de jornal, uma delas sempre no criado mudo, outra no banheiro, *uma enfermeira padrão ganha bem, tomás, vamos mudar a nossa vida, você vai ver,*

ele comeu outros dois pedaços, tomou mais duas xícaras grandes de café, xícaras de chá, o que era raro, pois não dormia direito,   a técnica em enfermagem insistiu com ele, a cafeína o deixaria excitado,   ele riu,   um riso comprido, meio forçado, é verdade, mas sorveu a bebida com mais prazer, dizendo que estava se sentindo muito bem, *muito, muito bem...,*

o amor o marca-passava?,   disse à esposa, ainda, que um homem precisaria quebrar as regras de vez em quando, e a palavra *excitado*, que ficara latejando um eco de possibilidades corpóreas, ganhou novo sentido ali mesmo, como se a mulher soubesse de tudo, autorizando-o a sonhar, pelo menos,

olha o coração!,

é,   o coração, músculo de uma concretude espalhafatosa e crescente, quase palpável para ele, ali na cozinha de casa, com a esposa leniente, sabedora de que a fraqueza masculina é, de fato, sua única força...,   tomás chegou a colocar a mão no peito, sentindo os golpes atravessados daquele então ambivalente músculo, sim, um músculo concretamente palpável, pensou, o que de fato acabou sendo, latejado noutras partes, por que não dizê-lo?, claro,   muito, muito mais do que uma bomba besta de sangue...,

então sei o que se passava pela sua cabeça,   ele sempre se abria comigo,   ...sei quase tudo o que aconteceu, se é que não saiba mais do que ele mesmo, afogado em si, incapaz de perceber o gosto daquilo que engolia dele mesmo,

era o meu melhor amigo, pobrezinho...,

isso,   isso mesmo, não é preciso ser bidu pra adivinhar,

ele ficou de pau duro, pegou a mulher e a comeu ali na cozinha, sentando-a na mesa enquanto se movimentava num vai e vem que ia, muito mais do que vinha, na direção da

PAPELARIA SANTA ESCOLÁSTICA,

os olhos fechados, imaginando aquela escada de jacó por onde o desejo subira asinha, asinha, muito bem acompanhado, obviamente, pela balconista de pernas bonitas, de pernocas bem torneadas, anjo besuntado aos poucos de manteiga, de porra, farelos de um sentimento tão masculino, tão autêntico quanto um bolo formigueiro, ao contrário do que pensa a maioria dessas mulheres por aí...,

um minutinho, procópio,   vou dar uma mijada,

calma, a história nem começou, rapaz...,

a gente vai ficando velho e a bexiga cobra o pouco espaço das vontades que os anos vão insaciando ao redor dos órgãos mais importantes, no entanto cada vez mais e mais inúteis, também, inaptos para a vida, é o que é...,   não ria, você também já experimentou o azulzinho, não se faz de besta, não...,

         foi isso, a desgraça começou desse jeitinho, o que acaba por me dar razão no caso do ubiratã, certo?, imaginação por imaginação, um sujeito pode trepar com a mulher que quiser usando as próprias mãos ou a xoxota da esposa, é ou não é?,

     sonhar não ocupa espaço, meu caro, e uma verdadeira multidão pode dormir no quarto de sua casa, inclusive uns desconhecidos, porque, se a esposa pensa isso do marido, é que ela mesma puxa a fila desses encontros fictícios, não acha?,

         ...mesmo de olhos fechados, quem não consegue descascar uma banana, hein?,

         na segunda-feira ele nem almoçou, deu uma desculpa qualquer aos amigos, na entrada do refeitório, e saiu,

     pegou um táxi na porta da empresa e desceu na papelaria, *vou e volto correndo...,*

o coração ainda lambrecado pelo sorriso dela,   ele feito um moleque, fazendo pipa e rabiola com papel manteiga de bobo, isso sim, riu de si, sem graça, entrou, pegou um caderno, não a viu, pegou outro caderno, olhou a capa, umas canetas, quis saber de uns lápis especiais, de desenho,   nada, nem sombra da menina,

até que criou coragem e perguntou pela vendedora assim-assim, que o atendera no sábado, *ô, azar*, ela tinha ido almoçar, voltava às 14h,

saiu da papelaria meio perdido, coçou a testa, quem sabe a moça estivesse ali perto, traçando um pf,   correu até a lanchonete da esquina,   não,   não estava lá, olhou as horas,

ela deve almoçar em casa, entrou agora no serviço, não iria começar a comer um salário que nem recebeu ainda, poxa, mas não vou esperar até sábado, não,

decidiu-se,

foi ao banheiro, lavou o rosto, molhou os cabelos com as mãos, ajeitando o penteado, sim, era um homem, um homem até que bonito, viu no espelho que estava sorrindo, os traços fundos de um homem cansado, másculo e feliz, o que sublinhou sua decisão, *é, é isso*, pegou uma ficha no bolso, correu até o orelhão e ligou para o encarregado, estava mal, bem mal, não conseguiria voltar para trabalhar, nem tinha almoçado, um nó estranho nas tripas, mentira por verdade, porque um frio na barriga quando se lembrava da moça, da escada, das pernas,

isso,   não estou passando bem,   isso, isso..., falava um pouco mais afastado do aparelho, a boca desviada, fraquejando a voz sem a necessidade de mentir no tom,   é, é,   esperteza,

ia dar um pulo no pronto-socorro, depois levava um atestado, claro, o que também não era mentira, dada a facilidade que tinha de consegui-lo por intermédio da mulher, bem,   a consciência pesou pela primeira vez, quando enfiou a esposa na história, mas não a ponto de fazê-lo desistir, porque o amor é leve,   mais que leve,

o amor flutua o homem,

de modo que o lastro do casamento – não obstante a chumbada 17 em anos a fio de ferrenha convivência –, insuficiente para prendê-lo ao fundo barrento das obrigações maritais, principalmente aquelas que o mergulhavam de cabeça numa indesejada fidelidade, até perder o fôlego, até morrer afogado,

não, não,   o amor, quando fisga um sujeito, toma-lhe o molinete das condutas, e ele se imagina boiando, nadando de braçadas, quando, na verdade, apenas recebe mais linha do destino para ir pela última vez ao fundo de si, onde termina os dias enroscado,

olha,   as catástrofes se dão dessa maneira, o que vale para todos os homens, hein!,   vale pra nós, não seja besta,

o amor, o amor,   pffffff...,

bem faço eu, malandro, que nunca entrei nessa roubada,

...ele passou as mãos pelos cabelos, de novo, ensaiou outro sorriso no vidro, conveniente para o encontro, *sim, sim, um homem bonito*, olhou o relógio, passava pouco das 13h, que fazer?, saiu do banheiro, o estômago reclamara mais de uma vez, *ah, o corpo, essa máquina de fabricar desajustes,*

riu agora com gosto, sem a necessidade do espelho,

é, um homem, sim,

olhou ao redor, *não, nenhum conhecido, graças a deus...,* um homem,

repetia para si o que seria sua condição inescapável, a de homem, um homem decidido,

sentou-se lá no fundo da lanchonete, de costas para a porta,

de novo aquele frio na barriga,

se a mulher descobrisse, *puxa, nem quero pensar...,* pediu um refrigerante e uma coxinha, olhou para trás, não, rebeca não tinha entrado na lanchonete exatamente naquele instante, pronta pra começar um escândalo, pra jogar na cara dele que era um salafrário imprestável, um ingrato filho da puta, *não, não, ...pra que imaginar besteiras, construindo a desgraça maior, hein?,* não pôde, entretanto, deixar de se ver como um imbecil, um homem besta, *poxa, o casamento assentado, pacificado,* mas..., sim, sim, talvez fosse essa a razão, justamente isto, o amor...,

é, o amor, o amor aos poucos num triste armistício, fraternizado em diluídas fronteiras,

lembrou-se dos últimos anos, da vida conjugal, o hábito terminando as frases do parceiro antes do ponto, da vírgula, as reticências dissolvidas, tudo adivinhado como se brotasse de si, inevitavelmente, assim, ó,

o sujeito nem bem diz, *vou,* e ela termina, *ali na padaria comprar um maço de cigarros,* mas a estrada desse desastre tem mão dupla, dois veículos, claro, ele me contou tudo, chegou a chorar, acredita?,

desabafou-se a respeito do que seria uma conjunção aniquiladora, cataclismo da individualidade perdida..., você sabe, o tomás sempre foi metido a filósofo, ...como eu, né?,

bem, ele falou desse jeitinho, *ah, osmar, ela apressada, depois, no dia seguinte, quando eu ainda não podia aceitar que alguém estivesse habitado em minhas entranhas, burilando as minhas palavras dela, entende?,*

ou as palavras dela, minhas, não sei, porra, juro, osmar, não é doideira não,

estava deitado no sofá, coçando o saco, vendo um jogo qualquer na TV, e ela gritou lá da cozinha, **meu bem, meu bem, traz um***, e eu, de repente, sabedor sem querer de suas necessidades, sem a consciência de também estar aprisionado na cabeça da mulher, eu nela, eu dela, sendo ela em seus botões, zíperes, saltos e sobressaltos, enfiado nela, mas do lado de fora, eu terminei a frase, osmar!,*

gritei de volta, **um pacote de absorventes noturnos?***, ela riu de mim, enfiou a cabeça pela porta, guilhotinada,* **como você adivinhou, hein?***,*

(não, não adivinhei nada, rebeca, eu mesmo precisava desses absorventes, sei lá por quê), pensei comigo, (um pacote de absorventes noturnos, comprados no mercado da esquina, antes de que se fechasse),

levantei-me aturdido, abobalhado, e fui para o mercadinho, supondo afastar-me dela e de mim, mas sabendo da completa impossibilidade dessa fuga, como se eu corresse de um abismo em direção ao precipício, não sei explicar,

e o pior de tudo, osmar, é que ela não se assustou nem um pouco, acredita?, ele terminou a história abaixando a cabeça, permaneceu quietinho, as duas mãos espremendo as têmporas, e eu fiquei sem saber o que dizer, o que talvez fosse mesmo a melhor abordagem para o caso,

vai que na cagada acertasse uma frase atravessada em sua boca, e pronto!,

o homem endoidava de vez, dava um tiro no peito, sei lá, pulava do décimo quinto andar,   ...e eu com esse peso a mais na consciência, pelo resto da vida, já pensou?,

é, é isso,   agora você está entendendo,   o amor, o casamento, a vida conjugal, tudo desse jeito, terminado numa só carne, num único espírito, porque a danação se completa em almas gêmeas, almas duplas, qualquer coisa assim,

você no outro, o outro em você, inapelavelmente, almas unas, uma alma, dois sujeitos sujeitados a um, sendo um, num, unidos em si, em *sis*, vá lá, houvesse no amor tal liberdade pronominal,

isso,   o tomás tinha razão, a rebeca também, é óbvio,

não,   não ria,   a individualidade é torta, meu rapaz, oblíqua e dobrada em *sis*, em *mins*,   ...a alma estranha de outros *eus*, amarrados em perdido corpo que encarnamos em *nós* até o pescoço de um espírito sempre alheio, afogado no éter de sua insubstância,

ou de minha insubstância,

...vai saber,

vou resumir o busílis
porque estou de saco cheio de você me chamar de maluco, procópio, o caso é simples, o amor de um casal apaixonado, desses que creem nessa ideia absurda de união, acaba sempre desse modo justamente porque sendo muito amor, sentimento transformado em amor próprio, ...porque amor mesmo seria, antes de tudo, estranhamento, ...a convivência anula os limites que separam um do outro, diluindo o que conhecemos por consciência,

se o outro vai dia a dia morrendo em você, e você no outro, nada resta aos corpos, menos ainda ao espírito, e isso não é vida, aqui ou no além, ao contrário do que prega o senso comum,

sei, um ingênuo diria o oposto, que um "re-nas-ce" no outro, pfffff, como se o indivisível pudesse conceber-se da reciprocidade, o que é uma bobagem lógica sem tamanho,

...porque renascido no outro – supondo-se correta a ilação –, ao mesmo tempo que o mesmo outro brotando-se de si, em si, haveria, nesse caso, uma dupla anulação, o aniquilamento, procópio,

um monstrengo morrendo enquanto desnasce, em duas partes, como um ser falsamente uno, ...olha, você me desculpe pensar assim, mas acredito que o amor desses casais seja uma doença grave, um desvio que, em vez de propiciar a multiplicação da espécie, levará a humanidade à extinção, à completa dissolvência,

vai por mim, pior do que qualquer meteorito, do que qualquer hecatombe nuclear, uma pandemia cujas fronteiras limítrofes dessa inteireza descabida estão na pele do indivíduo infectado..., não,   não ria, estou falando sério, meu amigo, você está zombando porque nunca pensou nisso,   agora você tem uma ideia da importância que dou às amantes e putas, ora, forças de resistência dos instintos contra o vírus mais nefasto da história, da pré-história...,   é, é, isso mesmo, o amor conjugal, peste que ainda há de pôr um fim nesses primatas errados que desceram da árvore num mau momento, se é que não caíram dela,

        claro, claro, é isso,   quero dizer que a desgraça acontecida com o nosso amigo comprova a minha teoria,

          olha, arrisco-me a dizer que, depois dessa tragédia, nem é teoria, mas verdade absoluta, talvez a única possível numa cultura assentada na cadeira de pés quebrados da relativização, o que por fim delineia também a certeza de que nada se absolutiza, de fato ou de ideia,

              nem a tal relativização, armadilha de uma lógica filosófica fundada na comprovação mesma dos limites da linguagem e, por que não dizer, do próprio ser humano, caído de bunda no chão do quintal, compreende?,   ...presunção?,

      o meu gosto por filosofias orientais,   por wittgeinstein,

  não?,   deixa isso pra lá, vai,   você foi sempre meio burro, melhor é se fixar na história,   aonde eu parei?,

        na lanchonete, ele pediu um refrigerante e uma coxinha, o estômago queimando um pouco,

        o garçom colocou o pratinho sobre a mesa, abriu a garrafa, despejou o líquido no copo e saiu de perto, sem dizer nada, ele espiou o salgadinho e se lembrou das pernas da moça,

é, ela subiu um lance a mais da escada pra me mostrar as pernas bonitas, torneadas, tenho certeza,

riu de tudo aquilo,

onde estou com a cabeça, meu deus?,

mordeu a parte mais gorda do salgado e sentiu o gosto oleoso da massa, do frango desfiado,

não estou com a boca boa...,

mastigou devagar, as coxinhas da moça entre os dentes, depois bebeu a coca de um gole, encheu o copo de novo e entornou tudo, o gás ardendo a língua num prenúncio bom,

sim, um homem bonito,

pagou e saiu da lanchonete, precisava espairecer as ideias, fazia tempo que não andava à toa, à toa..., talvez nunca tivesse podido estar à toa,

tenho uma inveja desgraçada de quem consegue ficar sem fazer nada de verdade,

lembrou-se da esposa, provavelmente cuidando naquele instante de um velho que teimava em encolher as pernas na cama da enfermaria, sujo de si, fazendo força para ficar neste mundo, doente terminal que se negava a esticar as canelas, a relaxar e deixar a vida escapar desta prisão de órgãos aleatórios que a natureza caprichosamente costurara,

dizem que recebemos os avisos do destino dessa maneira, disfarçados em desimportâncias, pois é, ele não tinha como decifrar o aviso,   ou tinha?,

a mulher lutando com um velho doente, um velho que chorava as dores de uma existência esfarrapada que mal o cobria, coitada,   um velho que se agarrava à vida dependurando-se nela,

claro, claro, eu gosto de rebeca,   gosto, e muito...,

mas o amor, às vezes, sem aviso, também se agarra noutros lençóis, na pensãozinha barata dos nossos dias,

...quem pode com ele?,

disse para si que estava muito certo, não fazia nada de errado, traição era palavra indevida, despejada para fora da cama de casal em razão de alguma inadimplência do outro, *do outro*, que se quer dono do pedaço no qual um sujeito tem o dever de ser mais ele, *um homem*, é, homem no centro de seu corpo, a saber, no seu pau, nos seus colhões, é isso, um homem é isso, caralho!, traição?,   bobagem, talvez o amor repentino até esfriasse, depois que comesse a balconista, quem saberia?,

até porque um sujeito normal não faz amor, expressão besta de um romantismo *démodé*,   ele trepa, e pronto, um homem trepa, mete, come, enfia, fode,

as mulheres querem isso também, caramba!,   então, depois, cumprido o imperativo dos instintos, o sentimento pela esposa retornando mais forte, por que não?,   portanto fazia ali quase uma obrigação da natureza,   é, é isso...,   no fundo, no fundo, pela saúde do relacionamento com a enfermeira, o caso extraconjugal somente um tempero escondido, condimentando o próprio casamento, apimentando-o com o sabor esquecido pelo hábito de papilas gastas no convívio do lar, um segredo de *chef*..., bem, neste caso um segredo de empregado, de operário pé de chinelo, isso sim,

então, mesmo que não fosse tempero de chefe, ao menos um gostinho diferente na marmita para, em seguida, poder dizer que o arroz com feijão de casa sim, *muito, muito mais gostoso,*

já lhe disse isso, não disse?,

ele dobrou a esquina agora sem medo de que contassem a rebeca que o viram zanzando pelo centro, claro, o temor tinha desaparecido, teria de pedir o atestado, e a desculpa iria por esse caminho, com ele, espiando vitrines para esquecer o mal-estar,

ela o entenderia...,

parou na frente do manequim masculino, LIQUIDAÇÃO – TUDO 50% OFF, calça, sapatos, terno, tantos reais, *puxa, estou ganhando mal, mesmo, cacete..., tudo isso?,* o vidro muito limpo espelhava de leve o seu rosto, também, e, por uma estúpida coincidência, percebeu que o manequim era ele mesmo, ...que o manequim o encarava com a sua própria cara, redundância de um pavor inesperado, ...levou um susto, um baita susto repetido no mesmo instante pelo outro ele mesmo, um boneco também apavorado de si para consigo, *porra!,*

mastigou uma súbita raiva no vazio dos dentes,

o que é isso?, eu de repente dentro dessa vitrine do caralho, usando um terno que me custaria os olhos da cara, estampados nesse outro euzinho de merda, num almofadinha preso atrás do vidro, encarando também outro eu aqui fora, tão merda quanto aquele..., ou pior..., a boca se encheu d'água,   cuspiu,

...eu,   bananão pé-rapado que persegue um rabo de saia, fingidamente solto, perdido, sem terno,   sem gravata,   sem sapatos,   sem vida,

baixou a cabeça para ver suas botinas de segurança com o bico de aço, queria ter certeza de que não estava calçando sapatos sociais, de couro marrom, mas o mundo começou a girar com o movimento do pescoço, teve vontade de vomitar, a coxinha revirando o estômago, regurgitou, a tontura girando a rua, a calçada, fez força e reengoliu o caldo ardido que lhe brotava das entranhas, quente, azedo, amargo,

não conseguiu disfarçar uma careta, virou o rosto, porque não suportaria a mesma carantonha naquele manequim, estava cansado, era isso, *não preciso de terno, besteira, pra que um terno, santo deus?, bobagem...,*   tudo porque o vidro de uma vitrine – com o sol em determinada posição –, pregando-lhe uma peça de reflexos, só isso, ele sendo um manequim por átimos, tempo no entanto de uma vida inteira e estranha de si, dentro e fora dele, *bobagem, ou será que...,*   respirou fundo, tentou se recompor, *não, não, nada disso, chega, pra que fantasiar o caso?, coisa à toa, a coxinha caiu mal, só isso, salgadinho meio azedo de uma lanchonete barata, só pode...,*   tentou respirar um naco maior, quase se engasgou com o pedaço exagerado de nada que teve de engolir, tossiu, *...frango se estraga logo,   deve ter sido isso,   o salgadinho encharcado, muito tempo na estufa suada, o calor,*   o mundo deu outro giro rápido, *...é, é isso, não topei comigo aprisionado em gestos de um boneco de resina*, tossiu de novo, pigarreou, *janotinha de merda, ...não, não,*   apoiou-se no vidro para não cair, porque a rotação ia carregando velozmente os dias, anos e anos em rodopios, em volteios sem sentido de uma existência malemal resumida, e, de dentro da loja, então, uma funcionária olhou feio pra ele, sujando e engordurando a vitrine com as mãos ensebadas de pé-rapado, estava na cara e no corpo todo que ele não tinha dinheiro,   *...e que,* chambão, não compraria nem um par de meias..., tomás se percebeu descoberto, a mão direita na frente, a esquerda atrás do vidro, e saiu andando meio cambaio, quase disfarçado de si, como se alguém o tivesse flagrado batendo punheta estirado no sofá de casa, soprando a vela de um aniversário que não era dele..., espalmou a testa fria, suada, *estarei variando, meu deus, intoxicado de mim?*, sentiu a boca amarga, apertou os lábios,

não, não, preciso comprar uns chicletes, só isso,

bateu a mão nos bolsos,

...disfarçar o bafo de um por dentro de mim que talvez afaste a balconista de pernas bonitas, só isso, um chiclete de hortelã, e pronto,

fez uma concha com a mão, baforando nela, cheirando-se, *pra que imaginar besteiras?, olhar vitrines, vê se tem cabimento,*

em seguida viu as horas, *nossa!, passam das duas, nem percebi, caramba!,* a barriga de novo regelando o peito, porém de um modo agradável, o medo gostoso do amor errado, *vou lá, preciso vê-la, saber seu nome, reparar de novo em suas coxas...,* riu sozinho, alto, chamando a atenção de dois rapazes que passavam e o olharam quase espantados, *preciso dela...,* corrigiu-se na hora, fechando o cenho, o que apenas reiterou a admiração jocosa dos dois moços, *imaginá-la nua, peladinha, vê-la de pernas abertas, arreganhadas...,* passou a mão no pau sem perceber, mas desfez o gesto, sem graça, quando se deu conta dele,

...me chamando, piscando os orifícios, me querendo por cima, por trás,

virou-se, para ver se os jovens ainda o olhavam,

...por todos os lados e avessos, a boceta salivada abocanhando meu pau oleoso, massudo, baixou os olhos e lembrou-se da toalha de mesa em sua casa,

reparando nas próprias calças, na mancha transparente de graxa, no meio das coxas, polução ressequida de seu estado de espírito, de seu histórico estado de corpo e alma..., ou de alma e corpo, para ser exato, porque de repente notou o volume intumescido de sua masculinidade..., riu de novo, mas estancou a corpulência nos dentes, atrás dos lábios, encolhendo a bunda para que outros não o imaginassem um doido varrido, com o cabo da vassoura metido em riste no vão das pernas, *...meu pau, último salgadinho deste bar vagabundo da vida,* gostou da tirada, mas em breve estaria entrando na papelaria, precisava murchar o pinto, claro, não ficaria bem se entrasse na loja naquela condição antecipatória e bem marcante de seus desejos, *...calma, menina, estou trazendo só uma lembrancinha...,* sem saber o motivo, no entanto, mudou o tom dos pensamentos e teve raiva de si, *...toma, pode levar, pega logo, aproveita, meu pau ainda está quentinho,* mordeu os lábios, *pois é, é isso, moça, é a estufa maldita destas calças sem vitrine,* passou a língua neles e percebeu-os ressecados, *...um pau sem liquidação, sem etiquetas, sem vendedoras de cara feia, está vendo?, as calças grossas de um operário fodido e mal pago,* sentiu o pinto perdendo a força aos poucos, latejando o brim azul do uniforme, e isso foi bom, *agora sim...,* aliviou-se de um provável vexame, claro, porque o instrumento do homem deve funcionar a todo vapor apenas na hora da transação capital, meu amigo, na hora H,

    H maiúsculo de HOMEM – 100% ON,   não acha?,

    ou 100% IN, sei lá...,

    vai rindo, vai rindo...,

    sou obrigado a concordar com ele, uma boceta nova, diferente, lábios de um sempre renovado discurso, meu caro, assoprado na promessa sussurrada de um vai e vem sacana, peidado, como diz a molecada,

é isso,   uma bocetinha sorridente engolindo o seu pau, é ou não é gostoso, vai?,

pode confessar...,   nada que ver com amor,

...nem com aquele troço besta de boceta dentada, já ouviu falar?,   coisa ridícula,   xoxota tem beiços, todo mundo sabe, mas sempre foi banguela,   é, banguela pra caralho,

de onde será que tiraram a ideia, hein?,   sim, de raízes orientais, claro, mas...,

não vou tão fundo,

uma pompoarista filha da puta, quem sabe, prendendo no jeito um pau que nasceu torto,   e aí, pronto, o medo descabido por dentro da vontade malfeita, transformado em tabu, lenda, mito,

ou o contrário, até, um vaginismo infeliz, a perseguida trancada a sete músculos pélvicos, retorcida, o sujeito incapaz de arrombar a portinhola a pauladas, e, por isso, obrigado a narrar a própria história não de boca em boca, mas de boca em lábios bem fechados, onde não entram moscas nem pintos, forçando a lingueta em vão, numa triste e muda fechadura...,

                                                         tudo é muito triste, sim, e,
se falo desse modo, é porque...,   bem, sei lá por quê,

homem é desse jeito, poxa,   tomás não era diferente de nós,

                  esse tal de "discurso amoroso", com o tempo,
vai virando uma arenga insuportável,

            um aranzel blá-blá-blá-blado da companheira de anos e anos,

                        um monólogo sem sentido,

    a situação caminhou pra esse lado por si, ele também não teve culpa, já disse isso pra um monte de gente, até pra uns repórteres chatos que vieram me torrar a paciência, depois da desgraça toda,

            ele foi pego pelo amor, pelo amor de verdade, amor carnal, eis o renovado discurso a que me referi, meu caro, uma espécie de retórica sexual, por assim dizer,

       era como ouvir a xoxota da moça balbuciando seu nome, persuasiva, lambida, os pentelhos em formato inusitado, desenhando um coraçãozinho,

ou mesmo sem pelos no púbis, quem sabe?, depilada totalmente porque um ex-namorado pedira,   ...então manteve o hábito, a boceta careca, lisinha, cremosa,

              tomás sorriu daquela imagem tátil – ou gustativa –, lembrando-se do gás do refrigerante que espalhava de leve um ardume borbulhado na língua, *é, deve ser gostoso, mesmo*, pensou, *vou pedir isso pra minha mulher, também...*, agora é mania,   *brazilian wax*,   moda, só isso,   como a de um manequim com terno e sapatos caros na vitrine, por que não?,

...as putas, na holanda, mostram a boceta atrás dos vidros, sabia?,

tomás me disse, claro,   entrou na papelaria ouvindo o coração, as pancadas marteladas do amor, autônomas, vegetativas,

ele não tinha culpa daquela disautonomia que lhe brotava ecoada no meio das pernas, latejando, como lhe contei, a vida pulsando nas artérias e veias do pau turgescente de um sujeito decidido, prestes a arrebentar, na porrada, os cristais velhos e empoeirados do casamento,

por isso mesmo entrou confiante na loja,

ele a viu antes de tudo e de todos,   ela estava ali, sorridente, translúcida, no mesmo lugar do sábado, como se fosse possível espiar pelo buraco da fechadura do tempo, o que lhe parecia correto, finalmente uma resposta certa do destino, um vislumbre de predestinação alcançado pela virilidade de sua pertinácia,

...a de um homem sendo o compasso do próprio centro,

ela quer,   ...ela está querendo, claro,

tomás, porém, esbarrou numa estante, que tremeu inteira, rangendo produtos que reverberaram um tremelique cai não cai em sua recente coragem, *puta que o pariu!,*   ele perdeu a moça de vista, porque segurou o móvel com as duas mãos, *puta que o pariu...,* foi obrigado a buscar em outras prateleiras, na memória, o encontrão que o levara até aquela maldita papelaria,

...é, é,   ela subiu um degrau a mais,

aproximou-se sem saber o que dizer, ficou mudo, engasgado com o próprio pensamento,   ela percebeu o desconforto,

...o senhor quer mais papel manteiga?,

primeiro não gostou da palavra "senhor", mas depois a aceitou, a moça tinha razão, ele por certo carregava nas costas quase o dobro da idade da menina,

ele era uns dez, onze anos mais velho que eu,

no entanto, em seguida, desfranziu-se de vez, chegou a sorrir, porque ela se lembrava dele, bom sinal, bom sinal, *não, minha filha, hoje não*, ah, puta que o pariu!, puta que o pariu duas vezes!, quatro vezes!, como é que a expressão "minha filha" pudera escapar naquele momento, *caralho?,*   consertou-se,

...não, moça, eu não,   não,   qual é o seu nome?,   fiquei com vontade de perguntar, no sábado, mas,   mas eu estava com pressa,   ela sorriu, linda, cruzou uma perna na frente da outra, soltando o peso, ao mesmo tempo que cerrava a promessa quente de uma felicidade que ele tão bem exercitara com a mão esperta, no sofá...,   *ela está retorcida*, pensou, ...como aquelas balas de coco da infância, embaladas num papel de seda que o compelia a puxar o doce pelas pontas franjadas, observando o giro de um desejo que se desembrulhava devagar, apenas para dar à boca mais

tempo de se encher de vontade, de saliva, de baba, *sim, ela talvez tenha pentelhos bonitos*, disse para si, enquanto fechava lentamente os olhos, a lembrança estancando as pálpebras numa escuridão que entelava o passado com as tintas respingadas daquele presente bom, numa pequena papelaria do centro da cidade,

        tudo rabiscado num futuro que se empastelava deles, refestelados num lençol branco, procópio,

        ele via os contornos macios de amanhã com clareza, os dois num lençol amarrotado de cambraia, marcado pelo amor em úmidas manchas, aos poucos evanescidas pelo calor dos corpos, oficina de delicadas fronteiras,

mas de repente tudo se escurecendo de novo, para além dos cílios, que gradearam o mal-estar,   a toalha da mesa de sua casa estendida sobre os sonhos, no lugar do lençol, pesada, suja de gordura, de manteiga, de porra, imagens que se baralhavam, sufocando, nódoas ressequidas de molho de tomate, graxa oleosa de feições e refeições intermináveis...,   pensou ter ouvido sons, as portas rangidas de casa, ao mesmo tempo, tudo misturado, turvando a razão, *ah, rebeca, por quê?, por que, mulher?,*   o suor lhe escorreu um calafrio,

                           arrepiou-se,

...por que não ficou sentada um único dia no sofá, esperando os comerciais, antes de se levantar pra pegar o maldito prato de comida, hein?,   ele podia sentir o cheiro da cozinha misturado ao dos sovacos,   *...por que, rebeca?,* o estômago revirou-se mais, engulhado, teve de abrir os olhos e voltar para a papelaria, fazendo força outra vez para não vomitar, *sim, foi a coxinha,*   *com certeza, claro,*   *...a coxinha estragada, claro,* ela teria percebido?, encheu os pulmões, engoliu, teve também de movimentar o corpo para o lado, disfarçando, a bunda meio arrebitada, porque naquele

momento o pau endurecera de vez, novamente, o que era estranho, já que não passava bem, mas fazer o quê?,

os corpos carregam em si máquinas diferentes?, ou uma peça torta pode se movimentar ainda que a engrenagem tenha mascado um giro em falso?,

pigarreou, lembrando-se de um caso familiar, o fato passando depressa pela cabeça oca, fugia de si?,

um parente que morrera com o pau duro, e a viúva, então, obrigada a esconder uma tristeza feliz, ...ou a exibir uma felicidade triste, segundo as leituras folclóricas do divertido velório, porque a esposa não admitiu que se mexesse no órgão do defunto, que dera sinal de vida no momento mais inesperado,

às vezes a grande prova de amor é morrer, esticar as canelas e adjacências, ensejando a maior das liberdades,

segundo o próprio tomás, a tia consorte aceitou um estratagema que, na verdade, sublinhava o acontecimento,

flores amontoadas pra disfarçar,

um cunhado chegou a tirar uma foto, andava com ela na carteira, tem cabimento?,

dia desses, aliás, me disseram que ele a postou na internet, anos depois da pitoresca sem-cerimônia fúnebre, prova cabalmente ereta da masculinidade do clã, que tem a obrigação de cultivar a boa fama em redes e camas, principalmente em cidades pequenas, verdade seja dita,

depois se descobriu que o incidente é mais ou menos comum, acúmulo de sangue, qualquer coisa assim, mas o episódio entrou de cabeça no histórico familiar, até porque o membro em questão nunca teve ombros, conforme antigo chiste,

   ao cabo, tomás só saiu daquela letargia de reminiscências com a resposta da balconista, que talvez o imaginasse abobalhado,

  ou que tivesse algum tipo de surto epilético, vai saber,

azelina, ela falou, *...já tinha ouvido?*,   *...que é isso?*,   *o meu nome!*, tomás saiu correndo do velório,   *azelina?*, *...não tinha, mas é bonito, diferente, é o nome da minha avó, coisa do meu pai, à revelia do gosto de mamãe, que tinha escolhido cassandra,*   sem saber o que dizer, ele repetiu que o nome era diferente, mesmo,

    mas, olha, quando criança eu não gostava não, os meninos da escola pegavam no pé, *...me chamavam de "azedinha"*,

(silêncio)

ele reparava nos traços da moça, achou sua boca atraente, *coisa de moleque*, respondeu com atraso, e continuou, *acho bonito, sim, ...azelina, a-ze-li-na...,* *é, é bonito sim, combina com você,*   ela sorriu, levemente enrubescida, sorriso sem a intencionalidade falsa de uma possível venda comissionada, sem a pretensão de conquistar um cliente tonto,

 e o seu?, ele se assustou, arrebitando mais a bunda, *o meu o quê?,* ela riu dele, supondo que brincasse, *o seu nome, bobo!,* ele caiu em si, pela terceira vez, *ah, claro, me desculpe, é tomás, meu nome é tomás,*   pronto, foi assim, a desgraça se estabeleceu desse jeito, mansa,

   quem lhe adivinharia o desfecho?,

   poucas palavras bastaram para que se sentisse bem, para que o mal-estar passasse, não, a ereção não, ao contrário, é, ele estava apaixonado de rabo a cabo, esqueceu-se da fábrica, da esposa, do lar, até de arrebitar a bunda, e a moça percebeu as duas condições do coitado, os dois estados, ...da alma e do corpo,

a mulherada é esperta, não seja besta, não, procópio, a balconista tinha vinte anos, sei disso, o que não é nada, rapaz, ...um fio de cabelo, sim, mas ajeitado na fronte de milhares de anos de um instinto feminino que a natureza, aos poucos, soube muito bem encaminhar para as ações sociais, *preciso mostrar alguma coisa pra você*, *...uns lápis, pelo menos, porque o gerente, sabe,* lápis?, *...estou começando na loja,* ele já olhou *pra nós duas vezes, de cara feia,*

ah, sim, claro, azelina, sei como é, ele deve estar pensando que sou seu namorado, pegue uns cadernos,

dez matérias,

falou alto,

ela correu à estante e trouxe alguns, tomás viu que a moça apreciara aquela hipótese de um relacionamento sério,

ganhou confiança, *sim, um homem*,

o primeiro caderno tinha uma *barbie* na capa, ele não gostou, sentiu um troço estranho que não soube entender, ficou arrepiado, de novo,

cortou o calafrio com a voz, *a que horas você sai?*,

homem é assim, direto, ela abriu outro caderno, com a capa do cebolinha andando de bicicleta, sorriu com discrição, *aonde vai me levar, tomás?*, não, não, ele usava aliança, mas a tirava pra trabalhar,

o serviço não era propriamente pesado, mas suficiente para entortar o matrimônio nos dedos,

...o que é uma bela metáfora, concorda?,

passava muito mais tempo sem o maldito elo porque se esquecia de recolocá-lo, quase sempre, nenhum comprometedor sinal de sol agrilhoado no anular, não, o *seu vizinho* sem manchas, então se sentiu solto nos arredores de sua repentina casa de solteiro,

nem mesmo um pálido contorno anelado de compromisso, o dedo livre do ouro dos tolos, daquele rastro de um consentimento arrependido,

ele a usava apenas pra sair com rebeca, de vez em quando, comer um sanduíche na praça, comprar pipocas, ir ao cinema, mas olha, isso é bobagem, o mulherio até prefere homem casado, você sabe, elas têm um prazer danado de arrancar o macho de outra fêmea puxando-o pelo pinto, tenho certeza, nem que seja por uns minutos, uma rapidinha,

pode ter que ver com os instintos, sim, elas talvez ajam sem pensar, ora, ora,

se o macho alfa cuida de uma esposa, protege a prole, é mesmo um bom partido, como se diz por aí, e, se é partido, o que custaria ficar com o pedaço mais dependurado dele, não acha?,

então meto essa dívida na conta da civilização, também,

o empurrão da cultura nunca deixou de valer, poxa vida,   um homem casado, de todo modo, se mostra mesmo apto a sustentar uma família, a aguentar o tiro do rojão da vida sem estourar os tímpanos...,

                                                     ou um só tímpano, vá lá,

o estampido seco da pistola, quando o desespero espocando a vida,

        é isso,

baixo e mau tom,   pode ser...,   por cima dos panos quentes, sim,

                      mas por baixo dos lençóis, como não me canso de repetir,

ah!,   faço drama nada!,

                poxa,   as mulheres – todas elas –, mesmo sem querer valorizam a matéria, por evidente e palpável concreção, caramba!,

    ...o mundo meramente físico, pragmatismo natural, biológico,

    é uma puta vantagem darwinista,   lamarckista,

          ...ou mesmo ambas, se se levar em conta os estudos da herança epigenética,

    o macho alfa com os pingos até nos jotas,

        a palavra mais vantajosa escrita com todas as letras, para além dos papéis e dos gogós...,

letras de câmbio, cédulas, propriedades e dinheiro em espécie, é lógico,

...aliás, espécie muito bem adaptada, meu caro, que é que tem?,

        li, outro dia, em algum lugar, que as mulheres gozam mais e melhor quando trepam com um cara rico, acredita?,

   mas e daí?,

       a tranquilidade da existência no bem-bom não poderia relaxar o espírito e, muito mais, o corpo do capitalismo?,

   tudo bem, tudo bem,

        vamos voltar logo pra papelaria, vai,

   não quero me perder de vez, rodando discursinhos numa esquina suspeita do pensamento a tiracolo, onde você nunca fez ponto...,

levá-la?,   tomás se assustou com a presteza de azelina,

   a moça aceitava de antemão uma proposta apenas aventada, possibilidade que ele carregava com o pé atrás, inclusive, mas não muito, porque sabia das coisas, ...mais hora, menos hora, um coscorão qualquer lhe pisaria o calcanhar, atrapalhando o caminho de seus dias, *uma vez cagado, o cheiro de merda pra sempre, na sola dos passos,*

então aceitou o diálogo com alegria, abandonando, desse modo, aquele texto monologado que ensaiara com a mão brejeira, no sofá,

isso, tomás, você não está me convidando pra sair?, ele sorriu, ela não era boba, *mais ou menos,* respondeu, e abriu um caderno dos **power rangers**, *não tem jeito de sair mais ou menos,* ela disse, e tomás ficou atrapalhado, a moça tomava a dianteira como se fosse *o homem da relação, boceta!,* não gostou, seria preciso retomar as rédeas, ele era casado, qualquer mancada o faria cair de quatro do cavalo, recebendo pelo descuido, como pagamento, o que a égua comumente ganha do quadrúpede, isso sim..., ou do burro, do jumento, caso não soubesse levar tudo no trote adequado,

olha, preciso ir, você sai a que horas?, você já vai?, já, azelina, tenho meus compromissos, também..., saio às 18, um pouco depois, dependendo do movimento, *eu passo por aqui, aonde iremos?, sei lá, na hora eu decido, poxa!,*

azelina não disse mais nada, ele percebeu que fora um pouco bruto,

um homem pode retomar o controle da toada usando as esporas, claro, mas se arrisca ao coice, também, então amansou-se, *...tomar um sorvete, papear um pouco, pode ser?,*

ela gostou, abanou um sim e foi guardar os cadernos,

ele viu aí a oportunidade de se impor de vez, como homem, e falou mais alto, **...vou levar o do cebolinha!,**

azelina sorriu, virando-se e dizendo baixinho, *não é preciso, bobo,* ele continuou, agora quase sussurrando, *não custa nada, dou o caderno ao primeiro moleque, na rua,* pagou e saiu, fazendo questão de não olhar pra trás, proprietário de suas passadas, dono de sua coluna cervical e, vale frisar, de uns trocados enfiados no bolso das calças, ora, homem que não nascera pra selas no cangote, não, não, cabresto de nenhuma espécie,

um homem, sim,

entrou em casa com a sacolinha na mão, mas o peso extra da consciência, ao rever a esposa, bambeou aquela marcha até então decidida,

...oi, rebeca, tomás sentiu vergonha ao encará-la, *nossa, o que aconteceu?,* ele tropeçou nas palavras,

eu não estava bem, não estava, eu, então, bem, saí mais cedo da fábrica...,

ela viu a sacolinha, *o que é isso aí?,* é só um caderno, *caderno pra quê, homem?,* pra você..., *eu não estou precisando de caderno,* só aproveitei uma promoção, no ano que vem você estará na faculdade, não é?, a esposa riu, *não é assim tão fácil,*

ela pegou a sacola e tirou o presente, *do cebolinha?, não tinha caderno de menina?,*

tomás pensou rápido,

tinha, mas comprei o do cebolinha pra você não se esquecer do "malidinho", ela riu algo forçado, ...o diminutivo escapou-lhe sem querer, bastava dizer "malido" e a piada estava pronta, ou plonta, vá lá,

enfim, novamente, não gostou das próprias palavras, "malidinho", só ele mesmo,

correu ao banheiro e abriu a torneira, pra interromper a conversa, fez uma concha com as mãos e molhou os cabelos, a nuca,

depois fechou o ralo, encheu a pia e enfiou a cara nela até não poder mais prender a respiração, saiu em seguida, o rosto pingando, ligou a TV e fingiu se interessar pelo noticiário, enquanto secava a pele com as mãos, esfregando-as nas calças,

o mundo está perdido...,

falou num tom que rebeca pudesse ouvir, entretanto não sabia o motivo da perdição, até porque não atentara de verdade nas notícias, mas sabia que a expressão genérica se encaixava em qualquer assunto deste país de bosta,

televisão passa muita merda!,

a esposa não disse nada,

o silêncio é um eco, ainda esticado, de pensamentos que se arrebentaram no vazio?,

...essa cambada de jornalistas vendidos querendo fazer a nossa cabeça, completou, só depois, mais calmo, voltou ao assunto, contando que faltara ao serviço no turno da tarde, uma dor de estômago desgraçada, uma queimação dos infernos, a caminhada pelas ruas do centro, duas pastilhas de magnésia bisurada, e nada,

então pensou em espairecer o desconforto gástrico olhando as vitrines, por isso o caderno, etc. etc. etc.,   ...em todo caso, precisaria mesmo de um atestado, o encarregado era um sujeito muito sistemático, coisas assim,

rebeca não gostou, *se estava mal deveria ter ido mesmo ao pronto-socorro, é chato pedir esse tipo de favor, a gente fica devendo,*

ele não respondeu, deixou escapar um muxoxo gemido, como se a dor ainda o espetasse,   *...homem é bundão pra dor, qualquer pontadinha na pele e parece que vai morrer,*

perguntou em seguida se ele iria jantar, já que não estava bem,

tomás se assustou, lembrando-se de que tinha um encontro,

ele estava quase namorando, caramba, e os compromissos cotidianos da vida conjugal não combinavam com a nova e romântica fase de sua vida,   que fazer?,

de repente o mundo se turvava, ele se viu sem saída, com a cara na parede, precisando correr pro lado dos tijolos,

um encontrão, isso sim,   correr, correr, mas como?,

coçou a cabeça, ouviu a esposa na cozinha, cortando cebolas, o barulho da faca, na tábua,

sim, a esposa cortava cebolas, mas a vontade de chorar era dele, somente dele,

(que é que eu vou fazer, meu deus?)

levantou-se devagar, olhou a porta da sala e resolveu tomar um banho,

acho que o banheiro fica sendo mesmo um refúgio corporal para a essência perdida dos maridos, algo assim,

o ubiratã que o diga, aquele banana, né?,

esfregou-se mais do que o normal, pegou uma escova de dentes velha, que deixava na moldura do vitrô, ao lado dos xampus e cremes de rebeca, para limpar os buraquinhos entupidos do chuveiro, *a água muito ácida*, dizia, e começou a escovar as unhas com força, as cutículas,

passava as cerdas no sabonete e repetia os movimentos, tentando esconder a condição operária, besteira, não acha?,

claro que azelina já teria percebido, afinal, ele saíra da fábrica sem pensar na própria pele, vidrado na cútis de cabo a rabo de saia da moça, com o perdão desse velho *trocadalho do carilho*, encontrando-a daquele jeito que lhe contei, mas um homem apaixonado se abestalha, cara de pau, o corpo inteiro de pau, pau duro, pra não mentir, e, por isso mesmo, um sujeitinho sarambé de tudo,

machucou o dedão de tanto ralar a escova, e aquilo o incomodou, porque dizia muito de seu estado neste mundo filho da puta, a graxa entranhada até tirar sangue, até sangrar, a graxa sendo sangue a seu modo, correndo dentro dele, pegajosa, desenhando por fora as linhas de um destino em digitais escuras,

(que é que eu vou fazer?)

talvez não entendesse tudo com essas frases, claro, mas as palavras mais doídas não têm som, não têm volume, como se tatuadas pelo dia a dia nas dobras do corpo, nas rugas, nas cicatrizes,

tomás fechou os olhos e começou a soluçar, choro de homem, sem as rebentações de maré feminina, choro escorrido, quase ocultado dele mesmo pela água que lhe descia dos cabelos,

então teve vergonha de si, vendo o sangue aquarelado que lhe brotava debaixo do chuveiro, imediatamente diluído pela água dos olhos, do corpo, até sumir, tudo homeopaticamente se misturando, pensou, ...ele mesmo uma partícula da desgraça humana, o corpo se esvaindo aos poucos pelo ralo,

entrando pelo cano, ele mesmo em gotículas de um lento chorume de si,

é, é isso, ele sendo um pingo de veneno para as misérias humanas, sem pingos nos is, nos jotas, um remédio insosso para todos os desvalidos do mundo, para todos os proletários que, finalmente irmanados pelo gotejamento do mais desgraçado deles, estariam protegidos e vacinados de um tomás nocivo, contagioso, todos juntos, criando os anticorpos de sua completa inaptidão social, assim explicada...,

similia similibus curantur?,

ele na merda, ele sozinho, sem amigos, sem amor, sem esposa, sem dinheiro, incapaz de exercer uma existência livre, ele, um doente contaminado de si até a raiz dos próprios ossos, um câncer que padecia de um maligno tomás, ele, cancro que deu errado,

(daqui a pouco ela sai da papelaria, que é que eu vou fazer?),

se ficasse mais uns minutos sob a ducha, quem sabe, desapareceria do planeta, e a esposa, solteira, correria ao banheiro e fecharia a torneira do boxe vazio, rindo do desperdício, de sua cabeça de vento,

rebeca solteira, rebeca livre de um inútil, curada de um tumor, ele mesmo livre de si,

sentou-se no chão, com o cuidado de afastar a bunda do ralo, medo de infância, quando um rato saíra do cano forçando a tampa, um rato grande, ele quase morrendo de susto, correndo pelado pela casa, o irmão cagando de rir do episódio, mas isso era passado, o rato não tinha sido nada...,

no entanto, bem, sentou-se no chão e deixou a água cair mais uns minutos,

(aquele rato teria se formado no esgoto a partir do sangue do meu pai?)

foi se acalmando, se acalmando, *(preciso agir, é o que é!)*

tudo bem com você, tomás?, assustou-se, mas teve pena de rebeca, de novo, **tudo bem, tudo bem...**, respondeu,

ele sempre reclamava da esposa, demorada demais no banho, gastando água, gastando luz, *mulher é diferente, tomás*, sim, mulher é diferente, ele não tinha que ficar ali feito uma besta, sentado no chão do banheiro, empacado, chorando as pitangas numa época de maçãs argentinas...,

(eu...)

o amor num campo sem fim, florescido, adoçando a boca com os frutos ainda em semente?,

já sei o que fazer!, lembrou-se de azelina, corada de desejo, sim, o coração bateu mais forte,

ao erguer os olhos, pôde se ver novamente no vidro do boxe, enfumaçado de vapor, ele sorria, sorria e era um homem, um homem, ...nada daquele boneco almofadinha da vitrine, não, esqueceu-se de tudo, da graxa, das cutículas, do sangue, *chega de frescura, tomás, você é homem, é homem, um homem bonito,* levantou-se, desligou o chuveiro, secou-se, viu que o dedo não sangrava mais, *preciso mesmo largar mão dessas frescuras,* passou desodorante, espirrou um pouco no peito, pra ficar mais perfumado,

depois se arrependeu, rebeca não era boba, poderia desconfiar, rasgou um tucho de papel higiênico e tentou apagar o cheiro excessivo daquele perfume catingudo, não adiantou, então passou a toalha úmida, *melhorou, melhorou,* vestiu-se, saiu do banheiro e foi até a cozinha, tinha de ser direto, quanto menos falasse, tanto melhor, *vou dar uma saída, volto daqui a pouco,* tomou um copo d'água, *vou fazer um purê de batatas, vai lhe cair bem,* ele sorriu, agradecido, *já estou melhor,* beijou o rosto da mulher e saiu, não eram cinco da tarde, ainda, mas seria mais difícil escapar depois, ...sem contar que, ocupada com o jantar, rebeca não inventaria de ir com ele, de mãozinhas dadas,

é, é o que digo, a amante leva a vida de um sujeito pra frente, não vê?, ele fabula muito melhor a existência, meu caro, forjando os rumos, enfiando a cara na vida pra depois melhor enfiar as outras partes do corpo,   é isso mesmo, um homem sente que pode fabricar seu caminho por inteiro, aproveitando-se das brechas do destino, das mulheres com vontade de dar a xoxota, o que não é pouco,   ...é um troço filosófico, metafísico, não vê?, artesanato das atitudes convertido em consciência das ações, entende?, acha que é fácil pular fora da esteira desta fábrica de misérias?,

isso,   se pode gozar a vida talhando o futuro com o pau, por que não haveria de meter o macete em todo o resto, depois, hein?,

percebeu as conjunções históricas?,

tomás pegou o ônibus circular, não queria aparecer suado, claro, e desceu no centro,   mas fez hora, caminhando longe da papelaria, devagar, procurando as sombras do casario,

não queria também chegar muito cedo, dar mostras de apaixonado antes do tempo, *tomar um sorvete, só eu mesmo,* começou a planejar como poderia encontrá-la sem que rebeca descobrisse, *não vai ser fácil,*

matutou, matutou, então escolheu o caminho mais simples, tudo tão escancarado que impossível de ser visto com malícia, *eu mesmo conto pra rebeca que encontrei uma amiga...,* e, desse modo, quando alguma linguaruda fosse dizer à esposa que o vira com uma desconhecida na sorveteria, tudo bem, *é uma amiga dele, eu já sabia, ele mesmo tinha me contado,* o encontro, porém, não foi bom,

tomás não soube me dizer o motivo, a não ser que tinha poucas lembranças, tudo picotado na memória e remendado com o cuspe da imaginação,

acho que mentiu, porque o enredo tão bem amarradinho,   não sei,

claro,   nada diferente do que normalmente fazemos com os dias passados a limpo, mas pelas mãos de um estranho que amanhã seremos,

(carros param no meio da rua, em fila dupla, muita gente saindo das lojas)

tomás a viu de longe,

nossa, ela está bonita,

apressou o passo, não queria perdê-la de vista,

(buzina)

...vai assustar a puta que o pariu!,

(outro carro responde nervoso, com mais e mais buzinadas)

...passa por cima, corno!,

(o primeiro motorista estica o braço para fora da janela, apontando o céu com o dedo médio)

tomás sorriu,

é, as nuvens estão mesmo bonitas,   coradas...,

eu disse isso uma vez,
penso que continue valendo,   a fisionomia do amor tem o
rosto do mundo, o que pra mim é muito mais do que uma frase de efeito,
é um descaramento, isso sim, retrato da submissão completa do olhar,
virado pra dentro de si por inteiro,   ...vesguice absoluta, percebe?,

o amor é um entorse de si até o outro, não sei se me entende,
a pessoa amada fazendo-o prisioneiro de seus traços nos contornos
universais,

ela no horizonte, nas folhas das árvores, ela num carro, num passarinho,

mas, o que é pior, bem pior, ela na única forma que caracterizaria
a individualidade, ou, pelo menos, um vislumbre de autonomia,

é,   é isso, ela em você, você nela, ela no espelho,

aí fodeu de vez, concorda?,   onde eu parei?,

ah, ele se aproximou fazendo pose,

oi, azelina, cheguei na hora?,

(alguém liga o alarme da loja, que dá dois gritinhos escandalosos)

ô!, que susto,   duas vezes, caralho...,

não é nada, tomás,   ...está com medo de quê?,

(o gerente da papelaria ri, enquanto guarda o controle remoto no bolso da calça)

azelina tem razão, é um desgraçado lazarento, mesmo,

       medo?, eu?, desse alarme besta?,
(ele olha feio para o gerente, que não lhe dá bola e sai de perto)

   não, tomás, medo de mim,

        nosso amigo não soube o que responder,
talvez ela tivesse razão de novo, e o filho da puta do gerente também,
bisbilhotando a conversa,   homem é homem,
o desgraçado já devia estar de olho nela, isso sim, o lazarento,

(um motoboy corta os automóveis, deitando o corpo pra lá e pra cá, em tango arriscado com a pressa)

      aonde a gente vai, então?,

      tomás se atrapalhou com a nova pergunta,
o ronco da motocicleta engrossando, ela de novo querendo as rédeas,
aproveitando-se do seu silêncio, mulher é assim, se você não diz,
ela modela o vazio de sua voz com os caminhos tortos que bem entender,
e pronto, você feito mula, ornejando o que não disse com a voz fina da
progesterona alheia, engasgada na própria goela,

ah, outra vez não, azelina, chega!, que mania a dessa moça, caralho!

vamos tomar um sorvete,

(uma amiga toca-lhe o braço, sorrindo)

tchau, azelina, depois você me liga, hein?,

amanhã eu te conto, bobona!,

conta o que, meu deus?, só falta ela mesma espalhar tudo por aí...,

(andorinhas e pardais caçam aleluias com guinadas violentas no ar)

tomás sentiu-se um tonto, um idiota traído e distraído por si mesmo,

...conta o quê, azelina?,

ela fez silêncio com o corpo inteiro, ficou mais bonita, assim, e tomás recordou a infância num repente inexplicável, lembrou-se de djanira, brincando de estátua, **estátua!**, ela ficava parada, quietinha, ele dava a volta nela, olhava a nuca, sentia o cheiro bom dos cabelos da menina, chegava pertinho, ela deixando, deixando, e se mexia de leve, então..., um arrepio?,

tomás fingia que não tinha visto, para que a amiga não perdesse naquele jogo, para que ele não perdesse ainda mais com a vitória, lição bonita pra vida inteira, não acha?,

não, ele não sabia o que era sexo, muito menos ela, tinham sete, oito anos, a infância abrindo rasgos na vida, pra gente espiar sem saber lá na frente, o que só então fará algum sentido, como naquele momento, na papelaria,

olha, acho que o amor começa sempre em formas fixas,   ***estátua!***, não pensa assim?,

a balconista demorou pra responder,

...nada não, tomás, deixa de ser bobo,

então vamos logo, vamos,   eu,   eu gosto do sorvete de palito lá do lelê, conhece?,

do lelê?,   não é muito longe?,

caramba, ela quer me conduzir, mesmo, preciso pôr um basta nisso,

não, não,   vinte minutos caminhando, se tanto,

e não é muito?,   estou cansada, tomás, o gerente não deixa ninguém ficar sentado, "normas da empresa",

as pernas queimam,   disseram que eu me acostumo, mas...,

besteira, caminhar também descansa, você sabia?,

ah, sei...,

ela continuou, insistiu, burilando a ironia asinina, uma teimosice dos infernos,

e a sorveteria do xaxado, ali no outro quarteirão?,
(o relógio da matriz badala uma única vez, seis e meia)

tomás lembrou-se de rebeca, do purê, remexido só pra ele, a colher de pau marcando o tempo nas beiradas da panela com batidas rápidas, circulares, a esposa preocupada com a sua saúde,

rebeca não merecia isso...,

não gostou do que sentiu, uma fisgada de remorso no meio das costelas, espalhando pela barriga aquele frio crescente do medo, a sensação de que errava feio, de que punha a bunda sentada no ralo, e uma ratazana de esgoto entraria fatalmente pelo cu, morrendo dentro dele, nas entranhas de um palerma, incapaz de carregar o rabo para os lados certos da existência, apodrecida com os dias, com a vida, com os fatos e ratos deste mundo,

foda-se!, chega de frescuras,   ...vou no xaxado, mesmo, afinal, resolvi esconder tudo do modo mais escancarado, não foi?,

tá bem, vamos ali no xaxado, mesmo,

caminharam em silêncio, a princípio,   a moça do lado da rua,

      vem deste lado, azelina,

por quê?,

uma vez me disseram que é assim,   que o homem fica do lado da rua, pra proteger a mulher, eu acho,

      ela sorriu, pulou à frente e o contornou, roçando o movimento de quase dança em seu braço,

    upa!,   *pronto, meu capitão!,*

      tomás gostou daquilo, eriçou-se, fazia tempo que não se arrepiava, sorriu de volta, e o rosto de djanira enfiou-se pelo vão da memória, de novo,

      estátua!,

entraram na sorveteria, que estava movimentada,

      caralho!,

ele guardou a coragem no embornal, quando viu alguns conhecidos,

      dois casais, dividindo taças de banana *split*,

essa porra vai dar merda,

     ...onde é que eu estava com a cabeça, meu deus?,
(um menino deixa a bola de sorvete cair no chão e começa a chorar alto)

e aí, tomás?,   vejam quem apareceu!,   resolveu sair da toca?,

as mulheres com aquela cara de espanto indignado,   é sempre assim,
      será que um homem não pode ser amigo de outra mulher sem que se pense em sacanagem?,

      ...esta aqui é a azelina,

    boa noite,

      boa noite,   boa noite,

      boa noite,

boa noite...,

      eu me encontrei com ela saindo da papelaria,
estou com o estômago embrulhado,   ...vim tomar uma coca,
ela me acompanhou,

     opa!, puxem duas cadeiras...,

(as mulheres trocam um olhar rápido)

                              tomás não era bobo,
se obedecesse à oferta dos amigos confessava que ali tinha coisa, claro,
então era fazer o oposto, demonstrar inocência com o comportamento
inesperado de quem deve,

não, não,   faz tempo que não conversamos, não é, azelina?,   vamos
ali no fundo, pôr os assuntos em ordem, obrigado,

                    mas essa mulherada é foda, você sabe,

...a rebeca não veio?,

            tomás engoliu em seco, tentando não movimentar o gogó,
vê se tem cabimento,

*(o menino para de chorar assim que recebe outra casquinha, desta vez com uma
bola menor, bem enfiada no cone abiscoitado,   ...ele começa a rir,
como se passasse da desgraça à ventura, num pulinho)*

                        ah, se a vida saltitasse desse jeito...,

tomás não conseguiu responder nada que fosse além da verdade, ela ficou em casa, preparando o jantar,

(as duas moças abanam a cabeça)

            vai levar a sobremesa, né?,
rebeca adora sorvete de morango, não é, luana?,

(pisca um olho para que todos vejam, de propósito)

  ...oxe, se é, jéssica!, mas só faltava o maridão aí não saber, hein?,

tomás não deve ter conseguido disfarçar o descontentamento, imagine, um sujeito preparando a cama, dobrando as pontas do lençol com vira, o cuidado de não deixar as franjas do cobertor esfregar as patinhas no pescoço, e, de repente, do nada, duas filhas da puta pulando com os pés em cima do colchão, só pelo prazer de ouvir os estalos do estrado,

duas filhas da puta...,   é o que digo, o casamento, não contente de empatar a foda no próprio quarto, enfia-se em cômodos alheios, nas quatro paredes dos outros, pra escancarar a porta,

o tomás, no entanto, era porreta, ...tinha presença de espírito de porco, como gostava de dizer,

      acho que lhe falei disso agora há pouco, não foi?,

  sei, sei, morango, é lógico,   bom, com licença, meus amigos, não quero atrapalhar a **har mo ni a** do encontro de vocês, segurando vela..., sabem, sempre detestei isso, bancar o enxerido,

...a gente acaba queimando os dedos, né?,

                                          tomás supôs que os casais, ali, pudessem ter algum probleminha conjugal, cada um deles em sua casa, claro,   ...os arranca-rabos de toda relação, por isso esticou aquela *harmonia* nas sílabas, apostando no de sempre, numa ironia incerta, se é que isso seja possível,

então sublinhou a negativa do convite para se garantir, de algum modo, com aquela velada ameaça,

                    ...deixe de frescuras, homem,   puxe a cadeira!,

    ...pois é, tomás,   a vela aqui se apagou faz tempo!,

o amigo terminou a frase soprando o rosto da esposa,

(todos riem, menos a mulher que recebeu a baforada)

tomás sentiu que recuperava o controle,   respirou,

        no entanto, o amigo espirituoso resolveu passar-lhe a perna, também, se é que apenas não forjasse uma desculpa para a cara feia da própria esposa,

    mas muuuuito cuidado, hein, tomás!,

                            mulher tem pavio curto...,

(mais risadas)

nosso amigo se viu obrigado a ignorar o conselho, fingindo um desentendimento que o rebaixava em público, justamente perto de azelina – a principal espectadora –, de repente sentada na primeira fila de um desejo ridicularizado,

riu sem mostrar os dentes, na esperança de simular um desdém que lhe restituísse a enganosa centralidade de uma personagem apenas secundária,

agradeço, mas vou ali no fundo, mesmo,

tomás, entretanto, não aguentou o silêncio covarde dos bastidores de si,

ó, sabem de uma coisa?,   o zeca tem razão, ...se bem que pavio apagado com os dedos pega fogo mais fácil,

(tomás se vira discretamente para as duas mulheres)

quem não sabe disso deve tomar cuidado pra não se engasgar com a própria baba, na hora de soprar,   ...ou, então, por um descuido besta, assoprar a vela do bolo errado, não acham?,

todos riram, inclusive a mulher que fora bafejada por seu homem,

riu de um modo forçado, isso foi visível, mas o bicho esposa não morde-e-assopra de bico fechado, você sabe, tanto é que, depois, longe dos maridos, as duas por certo concluíram que aquela história de vela errada era uma confissão inconsciente, ato falho do pecado que põe fogo nos homens, tomás nunca fora flor que se cheirasse, sempre com um perfuminho suspeito, fazendo ar de galã de circo pra mulherada, os dois botões de cima da camisa continuamente abertos, insinuando os cabelos do peito até pras moças casadas,

até pras casadas!, aquele safado, sem-vergonha...,

(um cachaceiro muito conhecido na cidade, chico-bufa, entra e fica bravo com a atendente, praguejando contra um estabelecimento que não vende pinga, onde já se viu?)

tomás se afastou para o fundo, escolhendo a mesa que se encostava na parede, e deu-se conta de que ainda não olhara o rosto de azelina, depois de ter sido pego de calças vincadas, traje de festa, com gravata borboleta e tudo...,

uma coisa é o sujeito mentir e a moça se descobrir amante depois de umas boas trepadas,

ou mesmo depois de preparar o assunto delicado como argumento, *sou casado, sim, mas não aguentei, você me deixa louco, você é linda, o amor não tem freio de mão, não tem freio de corpo inteiro,*

e por aí vai,

as mulheres gostam disso porque vitoriosas na comparação, mas, naquele momento..., *então você é casado, tomás,*

sou,   sou casado, sim,

não havia como negar, ela estava decepcionada, claro, então, perdido por perdido, o negócio agora era assumir os encargos da verdade, desse no que desse,

ou que não desse em porra nenhuma, foda-se...,

sair comigo pra quê?,

fui com a sua cara,

você quer dizer com o meu corpo, né?,

é,   também,

(uma garçonete cansada se aproxima)

uma coca,   e você, azelina?,

não quero nada, não,

caralho!, tanto trabalho pra nada?,

um homem se mostra nesses momentos, procópio,

então só traz a coca e uma bola de chocolate pra mim, na casquinha comum,

...fodam-se aquelas biscates!,

(a garçonete sai, tomás pega a mão da moça, sobre o tampo da mesa, mas ela tenta puxá-la)

assim você me machuca,

        não, não machuco não, azelina,   olha, sou casado, sim, mas, olha, eu,   eu,

(ela se solta, enfia os braços sob a mesa, baixando os olhos)

                seus amigos vão ver,

tomás gostou desse cuidado, a moça tinha juízo,   ...mais do que ele,

não quero ninguém me chamando de vagabunda,

bobagem...,

        que nada, as duas amiguinhas ficaram putas, você vai ver..., amanhã mesmo a sua mulher...,   bom, não tenho nada com isso,

(a garçonete traz o pedido, sai)

        azelina ficou parada, enquanto tomás a observava, por dois ou três minutos, sem saber o que fazer, a casquinha na mão direita, derretendo-se, inútil como um microfone emudecido pelo desabamento da torre de força de sua masculinidade, depois de uma tromba d'água, ou qualquer coisa assim, *o que dizer a ela, agora, santo cristo?,*

    (o sorvete escorre pelos dedos, lambidos com susto)

        dizer o quê?,

    ele fechou os olhos sem querer,   piscar ficara dificultoso, as pálpebras pesadas, ensimesmando os fatos no escuro – a vida por caminhos mais amenos?,   então a imagem de djanira ressurgiu, noutro arrepio mais fundo,

será que azelina é a reencarnação de djanira, meu deus?,
(silêncio)

    você,   você lembra muito o meu primeiro amor...,

a balconista levantou-lhe os olhos,

ela se chamava djanira,   tinha sete anos, um pouco mais nova que eu, brincávamos todas as tardes,   ela era linda, azelina, toda perfumada com as flores todas, se é que fosse possível...,

    eu sentia no peito um calor desconhecido perto dela, todas as vezes, uma vontade de estar com ela o tempo todo, de correr com ela pelas calçadas, de dobrar esquinas...,

    vamos ver quem dá mais rápido a volta no quarteirão, tomás?, eu ria dela,   claro que seria eu, mas nunca a venci, juro, só pra vê-la correr de mim, virando-se e me chamando de moleirão,

eu ria, ria, ria, gostava tanto daquilo,   ela na ponta dos pés, contraindo a batata das pernas que, às vezes, lampejavam um arco-íris escorrido de suor,

ganhei, ganhei!,

ela ofegava,

vem cá,

sentava-se no degrau da casa do seu adolfo, nosso vizinho, e pedia que eu me sentasse ao lado,

olha aquela nuvem maior ali, tomás, olha, fica olhando, sem piscar, vai,   o que você vê, hein?,

ela ficava mirando o espaço, enquanto eu me fixava em seu perfil, no desenho de seus traços, em seus lábios cheios, no pescocinho muito suado...,   era tudo tão bom, azelina,   então eu mentia, mentia descaradamente, cada vez vendo coisas e gentes diversas, porque ela gostava, porque ela ria de mim, ria do céu que eu podia ver, do céu que eu inventava pra ela...,

vejo um camelo conversando com uma girafa, reclamando do frio, do guarda-chuva de algodão que recobre o sol,

ela respirava pela boca, sem perceber, e, às vezes, suspirava,

coitado... é, é isso..., vejo um camelo resmungando por causa do frio, da sombra,

djanira sorria, então, esticando o jardim da sua presença até o azul mais fundo que vinha de mim,   e dela mesma..., ficávamos juntos por um tempo sem ponteiros, parados sem parar, fabricando as conversas até o sol se enfraquecer, dobrado para além do casario em frente, escurecendo tudo,

djanira!, **hora de entrar, vem!,**

quando a mãe a chamava, eu me entristecia demais, pedia que ficasse um pouco, ainda,

...os homens voltando do trabalho, seus rostos escurecidos no lusco-fusco do cansaço, o que a deixava mais radiante, sentadinha ao meu lado, no degrau da porta, prestes a ir embora,

ela também queria ficar e ficar e ficar...,

o seu adolfo de vez em quando aparecia e me piscava um olho, sorrindo,

sim, ele gostava de mim, o seu adolfo, fazia questão de não nos atrapalhar, ...sempre nos deixava sozinhos, dizendo que estava na hora do lanche, do programa na TV, dos remédios,

de qualquer coisa que nos abandonasse apenas conosco,

sabe, azelina, nunca cheguei a lhe dizer isso, que sentia amor, que eu amava pela primeira vez, que eu gostava dela, que gostava de djanira...,

(tomás fica em silêncio)

acho mesmo que não sabia o que eu sentia, que esse quentume era amor, pode ser, por isso o silêncio, até que acon

tchau, tomás!,

vê se aparece lá em casa com a rebeca, hein!,

      tchau,

    tchau,   como você se chama, mesmo, meu bem?,

azelina,

      como?,

a-ze-li-na,

                até mais, **a-ze-li-na**,

(a outra mulher ri além da conta, mais alto do que a situação permitiria)

a balconista da papelaria santa escolástica não parecia mais tão zangada, olhou tomás com o rosto decidido,

                    viu como elas ficaram emputecidas?,
estão achando que você está pulando a cerca, percebeu?,

      umas tontas, mal-amadas, isso sim,   não liga,

azelina virou-lhe o rosto, como se procurasse alguém,

(a garçonete se aproxima)

        mais alguma coisa, moça?,

sim, quero, sim...,   eu quero uma bola grande de sorvete de flocos, com cobertura de caramelo, casquinha de chocolate,

(tomás nota que o tom da voz de azelina está cremoso, quente)

até que a sorveteria não foi má ideia,

ficou com vontade, hein?,

fiquei com raiva, isso sim, tomás...,   mas passou, eu acho,   ...se derreteu,

(ela sorri de leve com a própria piada)

tomás redescobriu num susto que djanira o amara, também, amara o menino que ele fora,

...sim,   que djanira continuava a amá-lo, tanto tempo depois, agora e finalmente,

estátua!,

(os olhos de tomás rebrilham)

o que você acha, procópio?,   quem relembra vive de novo?,

relembrar seria desviver, por caminhos desejados, aquilo que não foi?,

sim,   creio que tomás sentisse isso, a lembrança como pedra de toque do amor, mínimo gesto em praça perdida do tempo,   ...um busto improvável na herma de si mesmo, sem aquela placa de identificação,

...figura que se fazia enfim de pé, erguida em sombras depois da catástrofe de uma existência descoberta aos pedaços,

     é assim com todos, meu amigo,

estátua!,

  ah, minha djanira..., *por quê?,*   *por quê?,*

foi isso, tomás teve vontade de chorar, mas segurou-a com as duas mãos, sustentando, na memória, a tristeza pesada de seus dias que nunca mais foram brincadeira, nunca, nunca, nunca mais,

(azelina percebe-lhe o olhar umedecido)

     por que não disse pra ela que a amava?,

  não, não disse, mas foi muito pior, azelina, muito pior,
(tomás respira fundo)

    acabe o sorvete,   preciso ir pra casa,

sua mulher?,

     isso, ela deve estar preocupada,

como ela se chama, mesmo?,

     rebeca,

      nome bonito,

       você faz isso sempre?,

isso sempre o quê?,

sair com outras,   trair,

o verbo acertou-o na fronte, caco daqueles pensamentos, abrindo-lhe um talho fundo,

rebeca...,

veja bem, procópio, as mulheres falam que somos insensíveis, não é?, preconceito, cara, puta preconceito!,   vou lhe dizer uma coisa, olha, conhecendo o tomás como eu o conhecia, tenho certeza de que nunca se sentiu tão mal,

...uma pedrada, o galo na cabeça cantando três vezes, na cloaca da galinha, o calombo da consciência dolorida, indez para os indevidos prazeres,

nunca traí rebeca, azelina,   nunca!,

(ela sorri)

nem em pensamento?,

aí é outra história,   pensamento não conta,

claro que conta...,   você é católico?,

mais ou menos, fui por obrigação, minha mãe me arrastava para a igreja..., na semana santa, me obrigava a beijar o nosso senhor morto, tinha um medo que só vendo,   aquele homem ensanguentado, deitado ali, no esquife,   os cabelos de verdade, os olhos meio abertos,

bem,   quando fiquei pesado ela desistiu, e o pavor acabou, acho, então quase não vou à igreja, hoje,

é, mas os pecados pesam, também,   *o desespero não acaba, tomás,*

besteira, azelina, a gente vai largando as piores faltas pelo caminho,

será?,   *a oração...,*   *lembra-se dela?,*

...*pequei, muitas vezes, por pensamentos, palavras, atos e omissões,*

ouviu?,   *o pensamento adiante dos descaminhos,*   *...pensamento não sai assim da cabeça, não,*   *o pensamento gruda os erros em nós,*   *por debaixo da pele, até ser pele,*   *...até ir mais fundo, nas dobras da consciência, nos ossinhos da alma, tomás,*

cruz-credo, azelina!,   se pensar assim ninguém escapa do quinto dos infernos!,   ...porque, nesse caso, as almas penadas saindo até pelo ladrão,

é, tomás,   *pelo ladrão,*   *...pelo amante sonhador,*

(ele fica sem graça,   *azelina percebe e volta para o passado)*

...você era criança, sei disso, mas devia ter falado pra djanira que a amava, o amor, ele,   *...ainda tem contato com ela?,*

ela morreu,

nossa!,

(tomás pede a conta, a garçonete finge não ouvir)

...não chegou a fazer oito anos, tadinha,

morreu de quê?,

cheguei da escola e vi um amontoado de gente na porta de sua casa, imaginei alguma desgraça logo de cara, a caipirada é vidrada em tragédias, você sabe, perna quebrada é reunião,   talho no rosto, salseiro,   defunto é legião!, por isso pensei de cara que o pai dela tivesse morrido, ele não era muito bom das artérias,   ou do fígado, não me lembro..., ou a mãe,

...isso,   de repente queria que fosse a mãe, é, sua mãe teria batido as sandálias, porque era ela quem tirava djanira de mim, chamando,   é,   queria que fosse a mãe que tivesse morrido, sabe,   e me peguei gostando daquilo, da possibilidade gostosa de esticar com minha amiga uma conversa que atravessasse a noite, a manhã do dia seguinte,   e o outro dia também, ...o outro,   então saí correndo, porque ela precisava de mim, tinha de lhe dizer que eu estava ali, que ela podia contar pra sempre comigo, que a mãe dela estaria agora no céu, brincando com a girafa, subindo em seu pescoço pra alcançar um pedaço mais azul, lá no alto, ou mesmo bulindo com o camelo, no meio das nuvens, o que seria até divertido,   ...o algodão doce preenchendo as corcovas do bicho eternidade afora, a morte adoçada aos poucos até virar vida, para muito além dela mesma, chuviscando,

    ...existência que respingaria em nós dois, portanto, em dias finalmente açucarados,

     (tomás fica em silêncio por alguns segundos)

    mas foi djanira,   ela é que tinha morrido, djanira estava morta,   fiquei paralisado na entrada de sua casa, ouvindo os gritos desesperados da mãe,

   o povaréu remendando a verdade triste daquela descoberta, como se minha amiga estivesse despedaçada, eu mesmo desencontrado de mim,

(tomás repete o silêncio)

     disseram que tinha saído mais cedo da escola, com as amigas de classe,   e que foram, então, à casa de uma delas, resolveram brincar na rua, brincar de roda,

(a garçonete traz a conta)

o cravo brigou com a rosa, debaixo de uma sacada,   cantavam isso quando aconteceu a tragédia, as amigas repetindo a história, cantando de novo, pra comprovar o episódio bobo, toda vez que alguém perguntava,

      um escorpião a picou, acredita?,   morreu brincando de roda,
no meio da rua, picada por um escorpião,   foi isso,
a coisa mais besta do mundo,   uma picada de escorpião
enquanto brincava de roda, vê se pode...,

      tomás não percebeu que uma lágrima lhe escapara devagar,
com as patinhas de mosca na pele,   coçou-se e viu nos dedos
as asas molhadas daquele inseto impertinente, brilhando transparências,

      desculpou-se, quase envergonhado,   azelina sorriu,
no entanto, e passou-lhe de leve a mão pelos dedos úmidos, secando o
voo que não houve daquela assentada tristeza de um amor indescoberto,

      foi muito triste, tomás,

(ele conta o dinheiro e o coloca junto ao pedido, dentro de uma pasta preta)

      eu não quis ver minha amiga morta,
mas também não queria ficar longe dela, sabe,   minha mãe
percebeu tudo, acho que minha mãe sabia antes de mim que eu a amava,

      hoje entendo isso nos olhos dela, de ontem,

      ficou me vigiando a distância,

ela fez bem, você era muito pequeno,

      não sei, acho que me arrependi de não querer vê-la,
falavam que ela estava linda,   um vestidinho branco
de doer a vista,   tão branco que amarelava o caixãozinho branco,
miúdo, de alças prateadas...,

bem, vamos embora, azelina, você me desculpe, eu,

não fique assim..., você foi ao enterro, pelo menos?,

(*os dois se levantam, saem da sorveteria*)

fui, claro, não poderia abandonar minha amiga, mas fiquei longe, subi num túmulo pra dizer adeus, muita gente chorando, a mãe dela quietinha, dava até medo, seca de tanto chorar, ...de tanto questionar um deus vazio, oco, *plenimpotente*, se é que existe essa palavra,

um filho da puta, era o que era,

na hora não tive peito de dizer isso, de gritar pra todos os mortos dali que deus era um grande filho da puta, e acho que eles me dariam seu consentimento silencioso...,

faltou coragem, mas dentro de mim sabia que ele era isso mesmo, um filho da puta, ...bem, minha mãe me viu,

acho que ela não acompanhava só o enterro da menina, não,

por isso deixou que eu ficasse ali sozinho, no cemitério, longe e perto de djanira, perto e longe de mim mesmo,

ficou muito tempo?,

(*tomás sorri*)

nunca mais me aproximei de mim,

não, seu bobo!, não falo de agora, falo daquele dia,

(*azelina dá um tapa de brincadeira no braço de tomás*)

...me desculpe, azelina, tem assuntos com os quais não se brinca, né?,

bem,   é engraçado, a gente se lembra de certas coisas cada vez mais,
a memória remodelando o que foi?,   será isso?,   eu...,

    o sol estava parado, azelina,   não entendia aquilo,
ele estava esquecido de cair, pensei,   acho que pensei,
a luz engastalhada no topo das árvores, diferente de quando ficávamos
sentados no degrau da casa do seu adolfo,

    levei um susto quando percebi aquela paralisia do tempo,

        é assim com todo mundo...,

            pois é,   o sol, a partir dali, teria outros giros,
quase parando nas dorcs,   ...despencando nas alegrias,

                agora você está me entendendo?,

ah, tomás, sei disso faz tempo!,

    pobre aprende a sofrer com a cara pra fora da janela,

        a felicidade em conta-gotas, garoada,

as tristezas em tromba-d'água,

                ...sei disso faz tempo, bobinho!,

        todos foram embora, deixaram a menina sozinha, sozinha,
o que seria maldade sem tamanho, meu deus,

    o frio da noite, o aperto da terra, a escuridão estendendo os braços,
ela tão miudinha,   como faziam aquilo com ela?,

djanira, sendo nunca mais, doía para sempre em mim,

eu levava pequenos sustos, temia a despedida daquele derradeiro encontro,

se eu pensasse com força, aquilo tudo desexistiria, ao menos comigo, de mim?,

então cerrava as pálpebras,   por que sua mãe não aparecia e gritava o seu nome, berrando, pra que ela saísse de trás de um túmulo e voltasse chateada pra casa?,   por quê?,

a sombra de uma cruz de pedra ia se esgarçando, no chão, aos poucos, esticando-se para perto, cada vez mais,   e eu não conseguia chorar, acredita?,

fiz força, mas não consegui,   não havia meio,

não me lembro de ter ido embora, acho que saí correndo sem olhar pra trás,

abandonei minha amiga correndo, correndo, muito mais que ela,

pela primeira vez corri mais do que ela,   acho que foi isso,

(*tomás sorri*)

minha mãe, anos depois, me disse que colocaram, dentro do caixão, uma boneca velha que ela adorava, de pano, os olhos muito abertos, redondos, e uma pedrinha colorida que parecia um sapo, esverdeada, pedrinha que ela dizia, em casa, ser preciosa, porque viva em si, segredo que fazia questão de esconder do mundo lá fora, embaixo da fronha do travesseiro, *pra não escapar dos sonhos e carregar embora a esperança...*, mas esperança de quê?, ouvi isso com dezesseis, dezessete anos, e comecei a chorar rebentado, como há muito não chorava, nem por outros motivos, as lágrimas acumuladas naquele açude gordo de um tempo de cheias desastrosas,

...não, não pude segurar a represa de mim e desabei-me perto de mamãe, mesmo, sem nenhuma vergonha seca de homem feito,

ou quase feito, mas desfeito tanto, tanto tempo depois,

por que demorou assim, tomás?, você...,

ah, azelina, eu é que tinha dado aquela pedrinha viva pra djanira, quase um ano antes, no seu aniversário, dentro de uma caixa vazia de bombons, pra que não fugisse dela nunca mais, ambos sentados no degrau da casa do seu adolfo, olhando um céu teimoso naquela tarde sem nuvens, o que era raro, um céu sem histórias, como se fosse possível o enredo de nós dois, apenas, e mais nada – o silêncio muito azul do primeiro amor, escondido de nós mesmos,

demorei pra ver, não foi?,

...ou tudo coisa de criança, inocência boba, crescida na memória rasgada de maturidades incompletas, hein?,

às vezes fico pensando, olhar atrás seria construir, num lugar perdido, os tempos em diante que jamais virão, azelina?, hein?,

a vendedora da papelaria santa escolástica não soube responder,

(caminham mais próximos)

pois é, procópio,
o encontro foi assim, besta, o primeiro encontro de um homem, ainda casado, com seu novo e proibido amor,

um encontro que o empurrou de encontro a uma desgraça passada,

ou ao encontro avisado de uma desgraça futura?,

...um vaticínio, claro, ele é que foi tonto de não o ler,

de não o ouvir,

azelina beijou-o na hora de se separarem, demorando-se um tantico a mais com os lábios em sua pele, nas linhas de tempo do rosto, um instantezinho a mais,

ou ele teria imaginado isso, talvez, o que de todo modo lhe atiçou o desejo, com certeza, tapando-lhe os ouvidos para o destino, para os augúrios, foi isso, só pode ser, não acha?,

despediu-se e dobrou a esquina caminhando devagar, disfarçado, o que foi difícil, porque sabia que estava atrasado, *atrasado pra quê?*,

olhou o relógio e levou mais um susto, assim que virou o quarteirão seguinte..., deu uma corridinha instintiva alternando passos e trotes, enquanto caía em si, os joelhos da consciência esfolados, *caramba, nem vi passar o tempo,*

sabia que a esposa esperava por ele, preocupada, claro, *coitada da rebeca,*

parou finalmente na entrada de casa e respirou, fazendo força para não chiar o peito descompassado de amor e cansaço, o fôlego amolecido pelo álibi de um padecimento que, por mal da mentira, era verdadeiro, não só naquela ocasião, mas estendido para todos os dias da vida, tinha certeza disso, desde a fotografia naquela festa de aniversário que não houve, comemoração em falso de seus anos,

rebeca abriu a porta de supetão, no entanto, antes que tomás pudesse encostar os dedos na maçaneta do portão de ferro da rua, como se ela espreitasse o adultério atrás da porta, de tocaia, sem os rangidos concomitantes nas dobradiças de um suado dia a dia,

o sexto sentido?,

sim, ela estava nervosa, incisiva, **aonde você foi, homem?**, tomás sorriu sem mostrar os dentes, de novo, culpando o desarranjo, *fui tomar uma coca,*

rebeca não respondeu nada, ele foi obrigado a continuar, depois de bater os pés no capacho sem muita força, *imaginei que pudesse me fazer bem, sei lá, ...falam que coca é um desentupidor de pias, não é?,*

entrou, incapaz de tocar na esposa, que lhe perceberia o contato diferente, a pressão diversa dos dedos, no ajuste das ferramentas da pele para o outro amor, então achou por bem comer o prato frio do casamento, fingindo fome, *o purezinho ficou bom?*, *...a coca-cola caiu bem, reabriu o apetite*, lavou as mãos na pia da cozinha, com detergente, secou-as no pano de prato, rebeca não gostava disso, *higiene boba de enfermeira*, ele dizia, quando a mulher reclamava, mas naquele momento rebeca não abriu a boca,

tomás estava tenso, *meu deus, ela está percebendo tudo*,

sentou-se à mesa como sempre, imitando-se a si mesmo com dificuldade, o mais difícil arremedo,

você sabe, não é?,

a esposa, porém, cumpriu de certo modo o hábito, pegando o prato no forno a gás, ainda sem um pio que fosse,

tomás olhou o relógio, bateu os dedos no vidro, como se a máquina tivesse emperrado,

era preciso preencher o vazio, porque o silêncio confessa o acontecido com a verve da imaginação alheia, o que, não raro, elucida os fatos em seus mais esconsos detalhes, acertando a bunda no penico, sim, na hora última, depois das apertadas pressas, mas nas bordas dele, que emborca, espalhando merda pra todo lado, sem querer, tudo sem querer, *nossa, nem vi a hora passar*, disse, como se falasse apenas para si,

rebeca passou o prato para o micro-ondas e ligou-o, quieta, apertou o botão, um minuto, de repente, trinta segundos, ele devia contar a verdade logo, antes daquele *pi, pi, pi* em contagem regressiva, sim, devia falar logo, o tempo ia se acabando, vinte e três segundos, *...a verdade*, melhor caminho para o falso enredo de críveis e adjacentes possibilidades, era isso, tinha se decidido por esse caminho, mentir pelos atalhos da franqueza, não foi?,   ...dezessete segundos, *encontrei uma amiga e fiquei batendo papo,*   ajeitou os cabelos, *...disfarçando pra não arrotar perto da moça, vê se tem cabimento,*

tomás gostou da balela digestiva que soprou na cara da esposa, a verdade encoberta bem debaixo do nariz, *isso mesmo,* o detalhe gasoso como testemunha de uma sólida história,

...a verdade tem a obrigação de cheirar, pensou, olhando o micro-ondas, oito segundos, **que amiga?**, ele precisava encaixar algo desimportante no meio, intuiu, como se a pergunta da esposa fosse nada, *luana e jéssica estavam lá, na sorveteria do xaxado,*   *os maridos são dois bananas, você sa...,* tempo esgotado, **pi, pi, piiiiii**, *graças a deus!,* o apito pontuando a angústia em sonoras reticências, finalmente, sim, sim e sim,

rebeca sorriu, como se desanuviada de tudo que pudesse encarnar os pecados da humanidade, de tudo que fosse um ponto-final,   um juízo final,   um simples juízo, afinal,   ...tudo repetido em três apitos quase idênticos, mas tão diferentes, a negação, a negação e a negação, como realidade, já que os erros dele de cambulhada, claro, porque era *um homem,* somente um homem, mas *um homem bonito,*

sim,   a mulher seria obrigada a buscar o prato no micro-ondas, repetindo-se, repetindo-o numa pós-destinação decorada na infância e estendida, naquele momento, no varal de uma desditosa hombridade,

...um mastro murcho, em panos de vela e lençóis, eis a verdade, na indescoberta calmaria da vida de um casamento repentinamente infeliz, *coitada da rebeca,* passou a mão em braile pelo rosto, beijado fazia pouco por azelina, lendo na pele o contorno dos lábios da moça,   ...mas os pelos da barba espinharam o tato e ele se arrependeu de seus passos, *rebeca não merecia isso*,   lembrou-se do cristo morto, então,   do colo da mãe, de onde era despejado na marra, sobre o esquife, para beijar com nojo e medo a carne dura, fria e lacerada de um defunto estranho...,   sim, estranho, porque frequentava, durante o ano, duas igrejas próximas, e o salvador com rostos diferentes em cada um dos templos, *como pode?*, o mais conhecido de todos os homens sem as feições da familiaridade, *será que ninguém percebe isso?*,   nunca falou de suas fundamentadas desconfianças para a mãe, de um cristo impostor, *qual deles?*,

   tomás se lembrou daquilo tudo e sentiu um calafrio, misto de arrependimento, saudade, desejo e sabe-se lá mais o quê, tudo num relance, as palavras do pensamento amontoadas, *coitada da rebeca...*,

   não fazia muito, limpou-se na toalha de rosto e viu o sudário de si mesmo, depois de um dia cansativo na fábrica,

   espantou-se com aquela má impressão e, imediatamente, lavou o pano na pia do banheiro, torcendo-o com força, esganando-se para desaparecer de si pelas próprias mãos, porque a esposa haveria de lhe censurar uma duplicidade tão porca, *higiene boba de enfermeira...*,

   ecce homo, junto a todos os otários do planeta, impostores da própria vida,

   agora queria ficar quieto, caramba, só isso, um homem não teria o direito de silenciar dores e amores?,

rebeca abriu a portinha do micro-ondas e pegou o prato,

vocês ficaram festando, e eu aqui...,   podia ter me telefonado, né?,

...deram sorte, procópio,   havia um orelhão que também recebia chamadas bem na porta da casa,

ouviam a campainha de qualquer cômodo, acredita?, era sair e atender,

a vizinhança até anotava os recados, quando alguém não estivesse em casa,   chique, né?,

secretária eletrônica de pobre funciona com arroz e feijão,

tomás concordou com a mulher e comeu tudo, rapando o prato, estava com fome, e a velocidade das garfadas o livrava momentaneamente daquele diálogo de orações indigestas, o barulho dos talheres na louça, musicando as frases de um desejado samba de breque do casamento,

sim...,   se pudesse, nunca mais pararia de comer, nunca mais, dispensado de qualquer resposta ignorada,   então percebeu, por isso mesmo, no rosto da esposa, que o silêncio esfomeado carregava, na ponta da língua, no ritmo daquelas boas garfadas, uma eloquência duvidosa, mastigada em desconfianças de passos e compassos suspeitos,

ah, burrice!,   fez uma careta,

não repetiu o prato porque não queria desmentir de vez, com a boca tagarela do estômago, as palavras daquele mal-estar que o obrigariam ao jejum, por força das aristotélicas verossimilhanças...,

...ou quase um jejum, vá lá, ascética exigência que o conduziria, ao cabo, não à remissão dos pecados, mas à luxúria gulosa e capital com azelina, heresia de lamber os beiços,   todos os beiços,

lábios de purê e de boceta, por que não?,   *homem é assim, e pronto!,*

...do que você está rindo, tomás?,

ele estava rindo sozinho, sem se dar conta disso, a cabeça enfiada no meio das pernas da balconista, surdo pela tesourada gostosa daquelas carnes que lhe tapavam também o bom senso, retesadas de prazer,

tomás, do que você está rindo?,

ele fechou depressa a cara e as coxas da moça, pego com a boca na botija, como se dizia antigamente,

...de nada,

rebeca estranhou,

parece bobo!,

tomás seria obrigado a dissimular a confessada besteira fisionômica,

não estou rindo de nada,   ...já falei,

o marido tossiu, primeiro fingindo, pra cortar o assunto, depois de verdade, sem querer,   e tossiu de novo, os pulmões rolaram morro abaixo, empurrados,

       tossiu,   tossiu,

                        tossiu mais,   não conseguia parar,

    e continuou tossindo,

ele teve um troço feio, procópio,   disse que não morreu por pouco,

      ...começou a delirar, conforme babava os ventos,

      estrelas piscaram, relampejando a visão, que se turvava em estalos, escancarando as cortinas esfarrapadas da mentira,

                      (rebeca vai descobrir tudo...)

            a escuridão cuspinhava luzes e espocados *flashes*,

      o mundo ia se convulsionando numa névoa espessa e misturada, vapor que invadia os tempos, olhos e cômodos da casa,

                 (preciso desligar o chuveiro!)

    não parava de tossir,

      quase caiu de costas, quando sua mãe, morta havia anos, passou na sua frente, correndo, ia chamá-la, mas a voz não saiu, entupida por espasmos,

        esfregou os olhos e viu-se no banheiro da casa antiga, sentado num canto do boxe de acrílico, cobrindo a bunda com uma das mãos, acuado por uma ratazana que gargalhava dele, a tampa do ralo atirada longe,

        tentou gritar, de novo, mas a palavra "mãe" era maior que a boca e, uma vez engolida, jamais seria regurgitada, a não ser que rebentasse de tossir...,

ela se aproximou, adivinhada,   queria pegá-lo no colo,   arrastá-lo dali,

        (é sexta-feira santa, meu filho...,   vamos!)

        tomás continuava a rolar, caído de si,

        (não quero, mãe!)

supôs que tossisse há anos, desde criança,

        tossia há séculos e séculos..., *amém,*

        (a hora nona chegou, tomás,   não tem jeito...)

                  o calor esticava-lhe as veias do pescoço,
a ponto de romper sentidos e direções,

                        os ouvidos rechinavam,

(escuta, meu filho,   escuta!)

sinos repicaram um "parabéns a você" monótono,   ...esticado,

         chegou a sorrir,

                      de repente, porém, tudo silenciou,

(a minha festa...,   vem, comigo,   entra!)

                  as portas rangeram alto, abrindo-se,

(pode entrar,   a casa não é minha, mas...)

                      era uma velha igreja,

    viu o bolo de seu aniversário de 5 anos cair da mesa eucarística,
com estrondo,

        (e agora?)

                entrou,   espiou os arredores,

                (quero ir embora, mãe!)

              tentou enxergar um cristo amigo, ao menos,
mas os altares estavam desertos,

nenhum dos presentinhos mal embrulhados,
amontoando-se aos pés do genuflexório, era seu,

...lembrou-se da menina brava,

(aonde ela foi?)

pelas portas escancaradas, olhou os santos que corriam lá fora,
ao redor do coreto,

faziam uma algazarra dos infernos, libertos dos nichos,

jamais voltariam à desgraça das graças inalcançadas,

a santidade é um arrependimento?,

(estão rindo da gente, mãe...)

tomás, no entanto, estava sozinho,

(mãe! ...aonde você foi?)

procurou-a, aflito, desconfiado,

correu pela nave,
labirinto de transeptos que formavam cruzes impossíveis, caminhos de
infinitas traves, por corredores desdobrados de si,

até que topou com durga,

(você não é minha mãe!)

a deusa chorava muito, sentada num banquinho de cerâmica marajoara,

...tomás ficou triste, o coração fatiado por uma espátula colorida,

(por que a mãezinha de ganesh está chorando, hein?)

ela apontou, com todos os braços, uma capela escura, perdida na sombra dos escombros sacros,

(vou entrar...)

ouviu um ganido surdo,

(é você, mãe?)

um cachorro-quente de hóstias, no chão, vomitava vermes,

MÃÃÃÃE...,

encontrou-a morta, afogada em molho de tomate, dentro de uma panela de salsichas, no sacrário abandonado,

MÃE...,

o órgão da igreja começou a soprar o hino nacional,

escutou um chio estranho...,

urubus, no clerestório, bateram as asas e cantaram em coro, lá de cima,

joão ratão caiu na panela do feijão!,

        ...joão ratão entrou no brioco do bundão!,

*(não gosto dessa, mãe!, coloca o disquinho da **festa no céu**, coloca, coloca, mãe...)*

os urubus grasnaram,

    some daqui!,   ***...a festa não é sua, moleque!,***

ele disfarçou,   agachou-se...,

        *(**é minha!**,   **ela é minha!**)*

fugiu carregando a vela número 5,   ...acesa,

    ela não se apagava, mesmo na correria,

a chama do círio aumentava e queimava os dedos,

(tá doendo, mãe!,   dói muito...)

    (olha o passarinho, meu filho!)

soprou-a com força, então,

a boca não tinha vento, tanto que tossiu,

...e o número 5 não era mais um 5, mas uma *barbie* de cera que lhe mostrava a língua derretida,

(*mãe!, cadê o pai?, ele não vem?*)

um calafrio rasgou-o ao meio, metade de si desapareceu, saltitando para longe com uma das pernas, saci albino pelas ruas da cidade,

(*corre!, ele entrou no ônibus da firma!*)

volta, matintaperé!, xe ruba!, xe ruba supé-pe ere-só?,

(*não tem jeito de buscar seu pai, menino...,*

o saci morreu, o curupira o matou, lembra?)

xe ruba tobajara ja-ú...,

(*os contrários devoraram o meu pai, e ninguém foi ajudá-lo, por quê?, não, não esconderam a ivirapema dos nossos dias,*

...mas todo mundo inventa um pai, que é que tem?)

tomás sentiu-se observado,

quem...?,

        mãos invisíveis o seguraram,

                jesus...?,

            não,   não conseguia respirar,

(*solta a embira, pelo amor de você mesmo, filho do homem!*)

olhou para o alto, esticando o pescoço,
                e onde o azul?,
        (é isso!   todo mundo foi embora do cemitério!)

não é sangue, djanira!,   *é molho de tomate, derramado sobre a cruz vazia,*
    ....aquela, fincada ao pé das nuvens mais escuras, olha!,
               fica comigo, fica!,
(não posso...,   roubaram os rubis das chagas de jesus)

tomás voltou-se para o sacrário,
            (estão dentro da caixa de bombons!)

correu pra lá,   mas...,

                        ...ao redor de uma panela emborcada, mendigos lambiam os beiços e arrotavam,

            vários deles diziam ser henrique de coimbra,

    outros, pero fernandes,

enquanto os demais não eram ninguém, sem rosto, quase nus,

            (*somos caetés,*   *somos brasileiros,*   *vem aqui, vem...*)

tomás procurou o corpo da mãe, que seria velado no caixãozinho branco de djanira, cujos ossos foram escondidos numa caixa de chocolates, com os rubis das chagas de jesus, sob os degraus da casa do vizinho,

                                        ela não vai caber!,

(*vai sim!,*   *não deixa ninguém pegar, seu adolfo!,*   *não deixa!,*   *por favor!*)

mas o velho, chorando, começou a declamar um poema,

        ...a lua transparente, véu da morte minguante, pontua o desespero,

os mendigos ficaram bravos com os versos,

      olha pra cima, tomás!,   **ergue a cabeça, homem de deus!,**

...lá no alto, pé de vento em desgarrão de torvelinos,

       o lábaro sagrado, o cristograma,

a ratazana saiu do ralo, guinchando, chi rho..., ...chi rho, ...chi rho

☧

repitam comigo a manjada frase, esfomeados pedintes...,

          IN HOC SIGNO VINCES,

   as lágrimas lhe escorriam,

         (não vai embora, seu adolfo...
eu tentei, só que não deu, juro!,

      queria vencer na vida, eu queria...)

uma trovoada recortou a desculpa, ...consciência da tosse?, o seu adolfo abaixou os olhos, então,

...enquanto um sol avermelhado se põe, finalmente, estendendo ao vento as sombras pandas de árvores muito altas, no mar raso do chão, onde boia o túmulo da menina amada, nau para mínguas terras,

estátua!,

(olha, tomás, o que você vê, hein?)

camelos e girafas rolaram das nuvens, mortos,

(não, mãe! não deixa djanira ver..., pelo amor de jesus!)

a voz de azelina ecoou macia, pequeno calado de um amor que fazia água nos olhos,

eu não deixo, meu querido..., ninguém vai fazer feijoada de vocês!,

mas os urubus deram três voltas pela abóboda do templo e cantaram um novo e remendado estribilho,

      joão ratão caiu na panela do feijão...
    e tomás caiu no caixão de satanás!,

joão ratão caiu na panela do feijão...
  e tomás, que nunca foi homem, aqui jaz!,

      joão ratão caiu na panela do feijão...
        tomás é linguiça de homem, nada mais,

ele segurou o pau com força, protegendo-se,

  (...me ajuda, azelina!)

     em meio às carcaças, soltou-se do colo da mãe ausente,
sobre o esquife de jesus,
    (consegui!)

      mas as chagas de um nosso senhor mortificado
esfregaram-se na sua indisfarçável cara de pau duro por outra mulher,

(era você que me segurava?, meu deus! rebeca vai descobrir, azelina!...)

naquele instante, ele se viu em casa,

*(**vem comer, tomás!**)*

(não falei?)

   no espelho do banheiro, flagrou o reflexo da boca lambuzada, mas divisou também, atrás de si, uma corja de cristos em fila indiana,

  (mas o que será o fim disso?)

   o ar rareava,

   uma profusão de imagens despencou ao redor, caídas do vidro quebrado, assembleia de uma angústia que convocava os cristos de todas as igrejas do universo para acusá-lo, ali, enquanto ainda tossia os seus fantasmas,

   viu homens altos, baixos, gordos, cabeludos,   ...barbudos de toda ordem,

      ordem mendicante,   monástica,   regular,

      ...e de outras que, porventura, perambulam por aí,

   um cristo de brincos passou correndo pela cozinha, cigano,

   estava com uma pedra verde nas mãos, viva,

(*solta isso, filho da puta!,*   *é da djanira, seu desgraçado!*)

iria entregá-la à esposa e ler, nas linhas da mão de rebeca, o azar de um marido sem-vergonha, em seu presente contínuo de um amor antigo, renovado em outra pessoa,

      tomás tentou se levantar,   não conseguiu,

                                      (*...me solta!*)

outros nazarenos se aproveitaram de sua fraqueza e vieram correndo,

          um cristo japonês,   um anão,

olha ele ali!,

          (*eu?,   onde?*)

a tontura arremessou-o no vazio,   ...não foi sozinho, porém,

tomás viajava, arrastado pelo delírio,

      ora entalado às corcovas daquele camelo morto,

ora agarrado ao pescoço de uma girafa sem vida, zanzando nas bordas ásperas da panela de feijão, caldo que borbulhava, remoinhado, em torno de um ralo imenso que esperava a carne fraca e arreganhada de sua insubstância...,

no meu cu, não, filho da puta!

procópio, meu caro, acha que as leituras de um homem conformam seus pesadelos?,

ou serão apenas o mote para desejos malsatisfeitos, hein?,

(seguuuura, peão!)

um cristo aleijado se aproximou, sem os braços,

(vocês se foderam!)

troçava de pôncio pilatos, bem como dos juízes reunidos em vão, às portas do sinédrio, edifício guardado por uma enorme estátua de têmis, prostituta que se enforcava com as próprias mãos, de costas para a praça castro alves...,

e os urubus,

...você já foi à bahia, nega?,

na mesma praça, milhares de outros cristos enfiavam braços e pernas pelo vão de incontáveis barras de ferro, entre as janelas e portas trancafiadas de uma penitenciária que se estendia por todos os lados, *babel pan-óptica de horizontes gradeados*, segundo suas exatas palavras,

metade deles gritava o nome de tomás,

...a outra metade, o de barrabás,

ambos candidatos à **presidência do brasil!**,

juro que ele me contou tudo isso, procópio,   desse jeitinho,

premonição?,

mas não acabou por aí,   longe disso...,

o nosso amigo cruzou, depois, com mais um cristo,

era um negro que só chorava,
arrastando pesadas correntes de ouro com a logomarca da *tiffany*,

as pessoas que faziam o *footing* ao redor do presídio batiam palmas, quando o viam, gritando ritmadas..., *ele mere-ce!,*   *ele mere-ce!,*   *ele mere-ce!,*

mais adiante, um cristo feminino, gay, tomava pontapés de um bando de pastores e freiras histéricas, que faziam a propaganda política do zelota, na esquina do semáforo, distribuindo santinhos, vê se pode...,

não, a tosse não passava,

havia um cristo mulher, também, com os peitos murchos,

a cada passo, as tetas balançavam a gula sempiterna de um deus incapaz de sustentar o próprio corpo, mamando em si mesmo o leite ralo de sua desumanidade, sentença cuspida, de tempos em tempos, na cara dos pobres, obrigados a dar a outra face ao divino escarro,

tomás pensou mesmo que fosse morrer...,

depois, ainda, viu um jesus mulato, musculoso, que cantava o pai nosso gingando capoeira com a cruz, adereço falso, de isopor, quebrado no primeiro aú chibata que deu, no meio da avenida,

era um cristo alegre,

ria gostoso da farelagem de um sacrifício que o vento dispersava, inútil, um cristo que dançava feliz da vida, ao som do berimbau, o rosto de joãosinho trinta estampado na camiseta suada, encimando o nome do grêmio

unidos do leão da tribo de judá,

(sim, é possível ser feliz!,

...a felicidade é um impulso muscular, também!)

tomás não conseguia estancar a tosse e cuspia os pulmões com vontade, porque muitos daquela multidão dos filhos de deus e todo mundo se ajuntavam ao redor e enfiavam os dedos sujos em sua boca, procurando desengasgá-lo da malícia catarrenta de azelina, que ele forcejava por engolir,

outros batiam com força em suas costas, pois eram salvadores...,

em verdade, cristos saindo pelo mau-ladrão – este, um condenado que não tremeu diante da desgraça, peitando a verdadeira cruz sozinho, pelos séculos –, enquanto outros e outros cristos, replicados de si, ao mesmo tempo, sem que tomás pudesse impedi-los, passavam por ele correndo pra socar o dedo-duro na boceta da balconista, surgida nua lá na frente, numa rua da cohab, pecadora que confessava com atos e movimentos bem pouco litúrgicos, em seu nome, o erro de um marido subitamente apaixonado por outra mulher, procópio,   não seja burro!,

ele meio que desmaiara, claro,   tudo se passou em poucos segundos,

...os que estão morrendo veem uma luz branca, de acordo com vários testemunhos, mas aqueles que sonham viver enxergam isso aí, meu amigo, o pesadelo do que foi vivido torto querendo endireitar-se na marra,   ...é lógico que acreditei!,   eu...,

rebeca nem percebeu o leve desfalecimento,

bem,   tomás me disse que desmaiou, mas vai saber,

acha mesmo que ele inventou tudo isso?,   ...porque a coisa continuou!,

no fim, lembrou-se de que viu uma quadrilha de cristos tatuados, cristos que mandaram desenhar chagas falsas na pele,   ...buracos de mentira nas mãos, nos pés, nos pulsos de madeira, a tinta coagulada escorrendo impossibilidades de salvação, para sempre, até o final dos tempos, forjicadas,

sim,   policromia de um pecado nada original,

...como eu interpreto essa loucura?,

a minha?,

a sua?,

...ou a de tomás?,

ora, ora, o mesmo sangue, liquefeito – às margens daquele triste amar morto, salgado de lágrimas e corrompido pela memória de um membro inútil –, peregrinava pelos cavernosos caminhos de *qumran*, intumescendo a sua culpa, sua tão grande culpa, na premência incontornável de uma história que a esposa pudesse interpretar como outra verdade,

a exegese forçada de um novíssimo testamento, percebe?,

...ou apenas os manuscritos garranchosos
/ de um amor que nascera apócrifo, só isso,

tomás fechou as pernas, com vergonha,

queria disfarçar o medo ereto, erro de um menino que sonhava escapar do colo da mãe, incapaz de se reconhecer como salvador da própria humanidade, ele, que tomava o lugar dele mesmo numa vida que nunca lhe pertencera, impostor de si,   ...criança que apagava o tempo com um novo sopro em festa continuamente errada,

sopro repetido naquele instante aos borbotões, até esvaziar o peito que explodia,   até murchar o pau,

tomás imaginava que não pararia de tossir,

...que tossia desde o nascimento, como já disse,

(vão embora, desgraçados!)

                              não foram...,

      aqueles cristos, de repente, metiam o cacete numa xoxota imensa, melecada de purê de batatas, muco e saliva de suas mentiras lambidas e deslavadas,

                    mas de quem seria aquela boceta monstruosa?,

    de quem?,

                            o peito batucou mais forte,

      falou que tinha recobrado a consciência,

                        sim,   pensou mesmo que fosse dançar, bater as botas de nenhuma proteção, operário despedido pela vida,

                    e babou sobre a toalha,

um fio de saliva balançou sobre a mesa, corda bamba das palavras, seria possível morrer de tossir?,

ou ele seria um peixe que sonhava hombridades covardes, bracejando as barbatanas disformes nas profundezas de águas turvas que nasciam dele, agora fisgado pela realidade?,

não, não...,

afastou a cabeça,

mas a ponte de cuspe suportou o

abismo,

        tomás queria derrubar a nojeira pontifícia
que o ligava às nódoas ressequidas do pano,

✤   fio de navalha dos pensamentos e desejos que o atordoavam
de cima a baixo,

  inutilmente,

      porque

         a

           pinguela

              balançava,

                  elástica,

     teve de cuspir a cordoalha pênsil que o prendia
à ceia do amargo lar, ele, servido de boca aberta numa grande travessa,
o furo do anzol nas escamas do beiço inferior,

     ele, babando, tossindo pedaços de batata,
sem poder escapar para o espelho das águas na pia do banheiro, onde
andaria sobre a lâmina líquida de um impossível e respingado frescor,
milagre da multiplicação de si,

imaginou que a esposa o detestasse um pouco mais só por isso,

higiene boba de enfermeira da santa-casa que o pegara no pulo, prestes a cair de boca no pontiagudo pecado das ruas,

sim,   o homem é isca de si,
preso ao anzol que balanga minhocado no meio das pernas,

tomás lembrou-se, de novo, do colo da mãe, prisão suspensa de maternidade e repulsa, inocência esfarelada que perdigotava, em vão,

este buraco sem fundo de ser...,

jesus o expulsaria da própria casa, ele, pela primeira vez o judas de seus atos?,

tentou puxar o ar,

nada,   a não ser um assovio rangido,

(fecha a porta do forno, rebeca...   fecha logo!)

esfregou os olhos,

mas aqueles cristos continuavam ali,   eles sim, homens verdadeiros multiplicados em trindades,   em quaternidades...,

em legião, amontoado de deuses ejaculados do escroto paterno num momento de raiva da própria humanidade a que se viu condenado pela criatura que engendrara, e, por infelicidade, da qual também fora parido,

tomás apertou a vista,

não, um homem também não consegue se entortar a ponto de beijar o próprio rosto, procópio,   não há como trair a traição, entende?,

por isso tossia?,

a dobradiça da garganta chiava, portas e portinholas se abriam e se fechavam, estrondando nos batentes a ventania repentina de um amor encarcerado,

ele espiava o mundo pelas frestas da convulsão,

              e, naquele instante, os cristos comiam três mulheres que tinham, no entanto, um só corpo, trepado numa escada que ia até o alto de uma estante infinita, entupida de cadernos despencados sem parar pelo contínuo movimento amoroso daquela impensável orgia,

        quase se abaixou para pegar uma brochura com a capa do cebolinha, chutada para debaixo da cama vazia de casal, quando uma daquelas mulheres arregalhou bruscamente as pernas, o mais que pôde, depois de descer todos os degraus,

    tomás acompanhou o caderno como um bicho de estimação que entrou correndo no quarto, assustado com o estampido dos fogos de artifício de sua tosse,

      virou-se e atentou nas três mulheres de um só corpo,

     um corpo, três mulheres...,

        mais do que mera fantasmagoria, claro,

       o que até hoje me faz questionar, procópio,

você acha que o homem constrói de suas carnes um *hades* particular, do qual é o guardião, para sofrer sua pena imerecida até o fim, mordendo em rodopio o próprio rabo?,

       o monstro maior somos nós?,

pois é,　　　um corpo, três mulheres,

o monstrengo cerberado e curubento trepava com a corja dos desejados das gentes vigiando a porta do quarto de casal,

aquele desgraçado rosnava com a tosse de um cachorro louco,

por isso tomás não se atreveu a abaixar para pegar o caderno fujão que, entretanto, transformara-se inexplicavelmente numa apostila de

HISTÓRIA DO BRASIL,

as janelas abertas dos pulmões, quando ele tossia, folheavam as páginas em branco daquele volume assustado de tanta estimação,

　　　　　　tomás queria entender a muda eloquência daquele texto que a esposa comprara numa banca de jornais para passar no vestibular,

(tenta prender a respiração, entorta o pescoço, força os olhos)

HISTÓRIA DO BRASIL

(mas bufa, tosse e baba)

vivia o resumo de sua vida?,

    o ensaio exaustivo da condição perpetuamente reposta deste país?,

ou os dois, porque nem um nem outro?,   pode ser...,

                                    sim,

    três mulheres, meu amigo,

três,

        você imagina quem?,

            tomás fechou os olhos para distingui-las, mas tinha medo de que entre as bacantes descobrisse a mãe, ressuscitada, o que lhe despejaria goela abaixo um senso filho da puta da própria condição,

...um filho de deus sem pai nem mãe, por assim dizer – consciência, aliás, que faria qualquer homem perder a cabeça de vez, não acha?,

        então ele as reconheceu, assim vislembradas, afinal,

azelina gozava olhando pra ele, e sua boceta ria muito, lambuzada de sorvete de flocos,

era uma grande boca e gargalhava de tesão,   ...uma vagina pompoarista que prendia sem dó, com os dentes saltando dos pequenos lábios, um dos filhos de deus, que gemia baixinho a sua solitária mal-aventurança,

a outra era djanira, enrabada por cristos em trenzinho, um com o pinto no cu do outro, enquanto a menina fechava o cerco enterrando o *pai de todos* na bunda do último jesus, pra ele aprender...,

este, engatado no companheiro da frente, ao mesmo tempo que lhe pisava o calcanhar, gritava,   **anda!**,

e o carrossel girava, multidão ao redor de um ônibus imenso, enferrujado,

djanira, por sua vez, ia entoando uma cantiga triste, cuja letra historiava a lenda de uma menina que chuparia, dos estigmas purulentos daqueles operários, a peçonha seminal da serpente, livrando-os, a cuspidelas, do trabalho a que se viam condenados,

menos um deles,

tomás, o traidor pobre, de poucas moedas,

um bobo da corte e da fábrica, transformado numa estátua de sal que se desmanchava em lágrimas de crocodilo, ao sentar-se no ralo de um banheiro enfumaçado com o vapor negro de um chuveiro curto-circuitado – ducha que coruscava, sem parar, as fagulhas do mau tempo de sua triste condição, sem escapamento...,

(esfrega os olhos de novo)

        a última das mulheres era rebeca, que permanecia inerte, impassível, frígida, **estátua!**, enquanto três cristos ocupavam, simultaneamente, todos os seus buracos, enfiando os paus com vontade,

        não se entendia o que os salvadores falavam, provavelmente em aramaico,

        eli, eli, blá-blá   blá-blá-blá-blá, e suas bocas, entupidas de bolo formigueiro, parabolizavam chuviscados e cuspidos farelos que encobriam a visão de um ridículo tomás, boneco de borracha, sem rosto, mal refletido numa vitrine cada vez mais embaçada pela tosse,

pela tromba de saliva dos restos de comida trovoados,

    perdigotos, também, de uma coxinha comprada numa lanchonete vagabunda, repleta de apóstolos que coçavam o saco enfiando a mão por baixo das túnicas,

        confraria de fanáticos que arrancavam os pelos do escroto por diversão, enfileirando-os com cuidado sobre a mesa, ao redor de um prato plástico de salgadinhos mordiscados,

(uma luz pisca mais forte)

e, de repente,

    as imagens baralharam-se,   tudo girando depressa,

a cozinha rodopiava,   o ar faltando mais e mais,

    o chiado rascante,

aquele anzol espetando agora o peito, por debaixo da costela,

    e tudo rodando de novo,

        pior do que na rua,

de novo,

    e de novo,

        peso indigesto da coxinha azeda,

coxinha de pernas arreganhadas na sua cara, quando foi à papelaria,

(abre muito os olhos, com medo de morrer)

    pernas boiavam no alto de uma escada pela qual se via compelido a trepar depois da primeira vigília, embora estivesse com os degraus lambuzados de manteiga,   ...de papel manteiga, com certeza apenas para que escorregasse e caísse de cara no chão, ao subir o calvário dos desejos,

    (você não me pega!)

                        tomás dependurara-se em tortura no próprio pau de arara de uma inconsciência vertiginosa, autoflagelada e priápica,

            ...tossida até que perdesse enfim o ar de toda a culpa que não queria carregar, como se fizesse parte, ele mesmo, daquela malta de cristos fantasiados de cristo,

                      disfarçados de cristo,

ele teria de comer azelina,   pronto,   nenhum gerente cirineu o faria,

                      não, não...,

        sentiu que novamente o tocavam,   com mais força,

(o outro mundo, de súbito, apaga-se)

                    ...ó, ó, toma, bebe um pouco d'água!,

rebeca o socorria, sempre ela, esposa prendada, enfermeira que, um dia, seria padrão,

    tomou meio copo, respirou,   a vontade de tossir foi passando, raspou a garganta,   tossiu mais uma vez, de leve, pigarreou e bebeu o resto devagar, tremendo, *nossa!, parecia tosse comprida, homem!, ...achei que fosse ter um troço, sei lá,*

tomás concordou, balançando mais e mais a cabeça, colocando as ideias no lugar, como se pisasse nos freios de uma roda-gigante da qual ele mesmo fosse o eixo, gasto em suas polias e estripulias...   pôde rir de si, em seguida, o que lhe fez bem, porque supôs voltar ao ponto de partida, reiterado engano dos que imaginam conduzir a circum-navegação da própria existência,

não,   nunca um parque de diversões,   mas de angústias...,

não foi nada, rebeca,

ele encheu os pulmões e passou sem perceber as costas da mão nos beiços engordurados de pecado até o pescoço, resoluto, apenas para se livrar de vez daquele teatro cristão e retomar, a partir dele, a cena da sorveteria, consumando a mentira agora apascentada em sua escolha,

pense comigo, procópio,

um sujeito deve ser o daniel de si mesmo, revelado nas imagens sem sentido desse pesadelo estúpido de, um dia, encarnar nabucodonosor,   pffff...,   operário do chão das fábricas que alcançaria, esforçando-se e coisa e tal, um reino suspenso de sossegos, trabalhando até calejar a droga dos sonhos do patrão, isso sim,   ...tem cabimento?

      apenas a loucura em atos justifica a ambiguidade proposital do que acabo de lhe dizer,

      ...não tinha percebido?,

quimera na veia de gestor é alucinação de funcionário,

         pronto, disse tudo!,

porra!, quando muito, adubo de jardim,

  e os bananas, ainda, admirados com o amarelão do próprio rosto, supondo reflexos de pétalas distantes...,

      bando de jecas de uniforme!,

  ...cambada murcha de capachos fedidos, girassolando a subserviência mais tola pelos quatro encantos de um mundo sempre alheio, oferecendo as costas para o peso enxundioso da utopia patronal, da merda borrascosa em correria lambuzada pra todo lado,

      ralé que se vê noutra vida, inclusive, se trepar bem agarradinha pelas pernas da classe média, ui-ui,

    ...classe média que caga de medo quando olha pra baixo e sente o cheiro ardido dessa rafameia embodegada, assim, bem pertinho,

      classe média que, então, borrifa perfumes importados do paraguai no próprio cangote, ai-ai, carolina herrera,

                    212,

                            chanel Nº 5 e o caralho a 4 vidrinhos na gaveta de MDF do banheiro mofado,

todos aspergindo por aí uma catinga de ares quase aristocráticos,

            ...na verdade, apenas disfarçam o bodum das elites que sustentam com tanto gosto nos próprios ombros,

                        a imbecilidade como virtude, né?,

também seremos cristos falsos de uma igreja sem fiéis, procópio?,

      a nossa alucinação é o dia a dia?,

                            tss, tss, tss,

...debacle a puta que o pariu!,   um sistema de crenças que sobrevive porque se alimenta dos próprios membros, autofágico!,

    come as próprias pernas pra não sair do lugar!,   pelas beiradas,

morde primeiro o calcanhar, é lógico!,   pisa nele!,

                    anda, desgraçado!,

"*vitória do capitalismo*",   sei...,

quem engole desaforos vomita desculpas esfarrapadas com o tecido das roupas que veste, sempre,

pense comigo, procópio,

um regime incapaz de sustentar-se inteiro está dialeticamente cercado, por todos os lados, pelo vizinho dos fundos!,

questão de tempo...,

ultrapassado o caralho!,

...malpassado e mau passado, é o que é,

falei isso faz pouco!,

olha, vamos deixar isso pra depois, senão é bem capaz de brigarmos feio,

é fácil repetir a letra do som ambiente *sampleado* por *djs* de uma nota só,

não, benzinho...,

você ainda vai morar no *edifício palácio champs-élysées*, viu?,

bobão!,

foi o que eu lhe disse, caralho!,

...põe tenência nas palavras, homem!,

...unidos apenas quando o vulgacho oferece os corpos como substrato de floreadas conquistas alheias,

é um resumo histórico, sim!,

mas chega, vai,   chega,

porque estou com vontade de lhe meter uns tabefes também...,

onde?,   ah,

tomás respirou devagar, retomando o controle do corpo,

ou, em outras palavras, tirou a língua da xirica da moça para colocá-la na casquinha de ferida de uma delicada situação,

o caprichoso engano engenhado numa frieza falsa de sorvete de flocos, pedaços achocolatados de necessárias inverdades,

sou um homem, caralho!   chega de frescuras, porra!,

foi isso, procópio,

a labilidade escorregadia de um grandessíssimo safado que tirava, num ataque de tosse, o diploma – ou o atestado, pra não distorcer o caso com clichês desnecessários – de contumaz e completo sem-vergonha, de malandro com a posse da papelada burocrática de sua pretendida posição de homem de verdade, livre para desfrutar a amante mais nova e tudo, menina apaixonada que subira uns degraus a mais com a intenção de lhe mostrar as rebarbas afiadas da bunda bem feita, é,   é isso...,

aprovado com a distinção e o louvor de uma solércia que nunca pensara ser de sua índole, mas que ficou sendo, a partir dali, até o triste final de seus dias, como você mesmo leu nos jornais,

com o tempo, procópio, a maioria dos homens piora,

em tudo,   em tudo...,

...na verdade, rebeca, lá na sorveteria, não me sentei com eles, com aqueles chatos,

fiquei papeando com outra amiga, como lhe disse,

acho que você não a conhece, um nome estranho, feioso...,   azelina,

a esposa queria saber quem era, claro, nunca tinha ouvido falar dessa "amiga",

filha do encarregado, sabe, de vez em quando aparece na fábrica pra conversar com o pai,

então ela não é sua "amiga!",

não,   não é,   você tem razão...,   falo isso porque um funcionário precisa ser esperto, né?,   puxar o saco até de quem não tem colhões, o que é irônico...,

a esposa não abriu o bico,

...eu pensava exatamente isso, rebeca, rindo de mim mesmo, acredita?, na verdade eu ria de mim, da minha sujeição covarde,

e a encarou com decisão,

suas amigas também me acham um banana, não é?,

rebeca não lhe respondeu de novo, o que deveria chateá-lo, ...mas não, ele gostou daquela desculpa judiciosa, muito mais sofisticada do que imaginava ser capaz de inventar, como frisei,

observação que conduzia a mulher ao silêncio consentido de uma posição falsamente superior,

claro, tomás pôs fim ao assunto antes de fugir para o banheiro, *...eu queria mudar de emprego, sabe, ando de saco cheio de tudo,*

um minutinho, procópio,

não, não...,

vou buscar mais cerveja pra gente, uns comes,

estou com a boca seca,

de tanto falar, caramba!,

o meu também ronca,

...poxa!,

          é simples, meu caro, a verdade fica sempre mais comprida, quando desdobrada,

                      já notou isso?,

                coloque o prato ali,

é, às vezes fico matutando,

                        porque...,

      todo ato, quando explicitado, se acomoda necessariamente na mentira discursiva,   pode pegar,

              ...pra não fugir ao assunto, então,

                    isso,

      qualquer fato narrado também seria uma espécie de ataque de tosse, invariavelmente,

            não acha?,

        às vezes de verdade, o pó das conversas,

      outras vezes fingido, fingido, cabotinagem das conveniências sociais,

          ...e, portanto, esta necessidade visceral de enredar a vida seria apenas uma sequela, percebe?,

                  incurável?,

                                              não sei,   você...,

vamos beliscando,   depois jantamos, pode ser?,

                                                                    mais sal?,

                de fato, mas temperar a vida com o quê?,

                         ...às vezes insossa,   noutras, intragável,

              claro, a patroa requenta o almoço,

                                 porra se continua!,   de mão cheia!,

costelinha de porco com mandioca bem cozida,

                                      sim, couve no alho, rasgadinha,

gosto do extra virgem,   mas o preço,

                vamos dizer que é um *blended*...,

                                            mais um,

                                você tem razão,

os dias todos desse jeitinho!,   viver?,

      um mexidão com as sobras,   ...quando sobra, não,   eu gosto de repetir,

        ...se tudo for sobra?,

    bem,   às vezes é o sujeito que sobra em si, não acha?,

          ou é o ingrediente que falta nele mesmo, eventualidade das mais comuns,

    ...a mercearia sempre fechada de uma improvável consciência de portas trancadas,

por isso mesmo, meu amigo, só praticando a difícil arte da mistureba,

    bem brasileira,   a única verdadeiramente brasileira,

    restos por inteiro?,   ...e viva o virado!,

        as mixórdias e mixarias mais saborosas,

            mais um pouco?,

    sem dúvida,   vai que vai,

          e a gente nem vê...,

eu também gosto de espuma,   pronto,   saúde!,   a nós e aos nossos!,

                  aaaahhh, coisa boa, hein?,   bem gelada,

    arde a língua,

                                 a voz,   ...o pensamento?,

     por que não?,

é o espanto de ser,   só isso,   ser,   ...o susto de colocar o polegar no pulso e perceber a vida aprisionada em nós, querendo pular fora, desatada de uma carne de segundas intenções,

                    não, não,   pode falar sem medo,

   aprendi a dizer que não sei,   e você?,

                                       onde eu parei?,

...foi desse jeitinho que a desgraça encadeou os acontecimentos, porque mesmo as tragédias se ajeitam,

muita gente imagina que os infortúnios se fazem de uma conjunção de erros,

não, não, nada mais ingênuo, meu caro,

a ruína é resultado de uma série de fatos que também dão certo, tudo se encaixando empilhado para o maior desabamento,

quem me disse isso foi o valdecir,

...vivia de representações comerciais, baldeando-se pelas cidades da redondeza, carregado de badulaques e catálogos,

o exemplo dele é besta, mas..., olha, você se mete num negócio arriscado, e transpira sangue, e arruma clientes, e vende, recebe, dá um duro danado, sambando conforme o trinado que procura assobiar, enquanto cantarola, no meio dos sopros, os trinques e trancos, os volteios e arrancos, forjando as rimas, as pautas e condutas, já que a música ambiente sempre um tom acima, destoada,

até que um dia, enfim, acerta os passos e compassos, enchendo os bolsos de uma inesperada bufunfa,

então, supõe a vida guinada, conduzindo-se na marra para o lado certo das curvas,

homem é aquele que aprende a reger os próprios movimentos, conclui, em casa, sentadão no sofá, enfia a mão no bolso, sente as notas graúdas e fica feliz com a parada de sossegos e sucessos que imagina ter composto para si, a tanto custo, alto custo, pra não mentir...,

sim, agora pode colocar a boca no trombone sem medo de desafinar, desfilando a nova pose na avenida,

um *self-made man* dos trópicos, como se diz, num momento propício, inclusive, pra se livrar de vez daquele instrumento de vara que sempre levou no rabo, essa é a verdade, abocanhando com muito gosto a gaita preta, finalmente,

...e diz pra si mesmo, *chega de ferro*, é ou não é?, de tomar cacete, de levar pau, sim, é hora de tocar a vida como sempre desejou, com leveza, pianinho, pianinho,

por isso resolve trocar o carro velho, popular, gol 1000 dos antigos, o quadradinho, por um usado bonito, de luxo, vermelho ferrari, baixa quilometragem, mais de duzentos cavalos, ar-condicionado e o caralho a quatro, a seis cilindros, vá lá, porque agora não precisa fazer conta de gasolina,

chora no preço com o vendedor, claro, porque *burro velho não perde a marcha à ré*, e faz outras piadas, *bancos de arrancar o couro, hein?*, pronto, um sonho realizado para que você cumpra o horário da própria morte, chegando na horinha certa para bater de frente com o ônibus, dois meses depois, dando adeus aos negócios entre a ferragem retorcida do infortúnio, não sei se a lição tinha os próprios dissabores, lá dele, como aluno, discurso com o qual supunha recuperar-se das notas mais baixas da vida, vai saber,

    ...as moedas com a sua cara dos dois lados,

              ...os trocados e destrocados,

é o que digo, meu amigo,   o certo é ficar com o pé atrás da tábua, isso sim, se não com o corpo inteiro, desconfiado da própria sombra, nascida grudada justamente pra arrancar a pele do cabra num momento de descuido sob o sol, quando cochila na areia,

           o marulhar sem férias dessa vida, que embala os desastres nos falseados da alegria, percebe?,   não?,

          sim, claro, também poderia morrer no golzinho, sei disso, uma jamanta sem freios passando por cima, concordo, mas essa outra possibilidade não desmente o raciocínio do viajante, ora, ora, bastando retroceder a lógica até os fatos que o levaram a comprar o carrinho de merda, economizando a sola dos chinelos,

    tomás trabalhou os dois dias seguintes sem tirar azelina da cabeça,

         teve febre de verdade, o que veio a calhar, quando entregou o atestado médico, depois de passar pela enfermaria da fábrica e comprovar, por debaixo do sovaco fedido, quase 38 graus, ou *nem 38 graus,* *...somente uma febrícula,* segundo o filho da puta que o atendeu, mas de todo modo um possível resto daquela doença amorosa que nenhum exame de sangue de barata haveria de apontar, porque tomás foi homem, cumpriu-se como homem, *um homem bonito, cacete,* capaz de fazer a menina beijá-lo por mais tempo, esquecida dos próprios lábios na confissão demorada dos movimentos,

  um homem que fez a balconista subir um degrau a mais na escada pra mostrar as pernas bem torneadas, a polpa da bundica, não foi?,

      ele estava decidido, portanto...,

é verdade, quase tossiu os pulmões antes de resolver molhar o biscoito e despejar na xicrinha nova seu leite quente com mel,

      mas resolveu-se, é ou não é?,

      a abordagem era problemática, lógico, porque contornando diversos atoleiros,   ele me disse isso, era preciso abrir a picada com cuidado, o risco de se afundar de corpo e alma nos brejos de uma curva da moça, metendo os pés pelas mãos, ou os pés pelo pinto, se se quiser abusar do senso comum e das desejadas reentrâncias de azelina,   ele ia por esse caminho, acabrunhado por engendrar estratégias continuamente natimortas no atropelo da vida conjugal, da rotina da fábrica,   por isso insisti nesse assunto, no começo da conversa...,   até que o destino lhe apontou um rumo, pelo menos ele pensou que fosse, coitado,   pois é, o falso "padrasto" de azelina é que lhe mostrou sem querer uma saída, ou uma entrada, não sei,

  ...o chato do encarregado, ele mesmo,   pediu-lhe um favor pela primeira vez,   um funcionário havia faltado, ou estava noutro lugar,

*tomás, dê um pulinho no almoxarifado
e me traga uma chave de catraca reversível, com encaixe de uma polegada,*

nosso amigo não retrucou, seu equipamento estava ocupado por outro funcionário, quando voltou do café, folga obrigatória que tinha uma escala de substituição programada, justamente para que a produção não parasse, então achou normal o pedido, que teria sido feito para qualquer um que estivesse fora da baia, limpando o vão dos dentes com o palito, esta sim a melhor de todas as ferramentas..., *uma polegada?, é pra já,   só isso?,*

na verdade, gostou da tarefa que o afastaria do serviço cansativo por mais uns minutos, pelo menos, o que naquela época já era quase impossível, por causa dos *regimes de otimização dos processos produtivos,*

a reengenharia,   a logística, sei lá,   o escambau, como dizem,

sim, claro, os empregados vão criando modos de contornar o sistema, quem não sabe?,

não, procópio,   "burlar" é palavrório que lhe enfiaram na cabeça, parafusando nela sua tontice pontual, alienada...,   "burlar"!,   parece um gerentezinho de bosta falando...,

por quê?,

ora, somente para que o trabalhador deixe de suspirar quando trabalha, respirando uma folguinha maior no salão inapropriado dos pulmões...,

foles que, quando deixam de bufar, fabricam os pensamentos sem valor da sempre temida oficina do diabo – esse operário vermelho espalhado pelos vazios do mundo de quem cumpre o castigo de suar o próprio pão, alimento ázimo que deus, de sacanagem, confiou ao demônio, que o amassa com muito gosto sobre a tábua dos corpos desvalidos dessa cambada *chubasenta*, é o que é...,

    sei, sei,   sou um dinossauro político, né?,   então, tá...,

vai cuspindo pra cima, vai...,

    quantas vezes lhe disse isso, procópio?,

    quem sabe um dia você se misture à massa, mesmo sem querer, oferecendo com essas cusparadas inconscientes o fermento que falta às revoluções de verdade, cauim das atitudes...,

    porque um tonto como você, dando voltas e mais voltas, um dia cai em si, levanta-se e anda em linha reta por acidente, apontando o caminho da saída,

    ou da entrada, tanto faz...,

    e dinossauro é a mãe, viu?,

    ...dito de outra forma, ou de outra fôrma, vá lá, para usar os argumentos dentro de sua capacidade de discernimento, contornar o sistema é criar, dia a dia, no próprio corpo, os movimentos peristálticos da consciência, entende agora?,   ainda não?,

    este sistema não tem mais jeito!,

é preciso cagá-lo!,

    ...e dar a descarga, quer ver?,

olha,   o tomás mesmo, antigamente, era mestre de obras-primas nisso, batendo um cochilo bem gostoso, sentado no vaso do banheiro, todas as tardes,

    mas essa "nova organização industrial" é foda,

        em pouco tempo arrancou-o do assento privado daquela pseudocagada tranquila, cronometrando os minutos das idas e vindas ao sanitário de todos os funcionários, tem cabimento?,

   leis trabalhistas?,   vai tirando a bundinha da tampa, rapaz!,

olha, só espera sentado quem tem os meios de sossegar o traseiro numa poltrona de couro natural, de preferência envelhecido, ui-ui,

    pois é,   a conjuntura legislativa e judiciária nunca deixou de ser o regrado fingimento burocrático de uma perversidade social arrochada aos poucos, na medida certa pra não espanar o furico de napa da gentalha,

    em outras palavras, essas ditas e malditas leis sustentam na lona, de caso pensado, jurisprudente, um circo ridículo de trabalhadores – ou de palhaços, que seja –, somente pra que a porca não torça o rabo quando bem entender, arrastando a vara para a latrina das convulsões sociais,

    poxa,   não me esqueci...,

o nome era "CÍRCULO OPERÁRIO",   eu o frequentava, claro,
funcionava na praça do rosário, no salão do sindicato dos trabalhadores,

   circo, círculo...,

            os solteiros diziam que, depois dos bailes, o palhaço
carequinha trabalhava gostoso, no picadeiro então mais bonito e suado,
entre as coxas das moças que dançaram a noite inteira, roliças,

quem não fazia a piada?,   uma pena, não é?,

   ...mas tomaram o sindicato, procópio!,

         uma pelegada filha da puta, sei disso,

uns bailes muito bons, mesmo,   o operariado,   as conversas...,

   sim,

      é, é isso,   faço questão de repetir,

            ...tudo pra que a porca não torça mesmo o rabo,
levando a vara de pau duro para a latrina das verdadeiras subversões,

o povo iluminado, consciente, sentando o cacete, como lhe disse,

                  ...mas pra fora da privada,
urinando finalmente no chão particular, isso sim,

         o medo de uma descarga revolucionária que espalharia,
neste mundico entupido, merda pra todo lado, vamos dizer a verdade,

quem carrega cu de pelicas tem medo de unhas compridas, é ou não é?, vai ver que é isso, o sistema controla as partes baixas de todo mundo,

           o banana do ubiratã que o diga,

bem,   vale muito mais para o processo civilizatório, histórico, sei lá,

      ...não sejamos ingênuos, procópio,

    um fodido que sobe na vida só pode ser exemplo para o indivíduo, caso contado nos dedos de uma única mão,

justamente!,   o aniversário sempiterno dos nossos cinco aninhos,

        sem saber, éramos também convidados de tomás naquela acontecida festa que não houve?,

    qual a cor de sua vela fincada em bolo errado, hein?,

         não, meu caro, nunca para o sistema,

porque desse modo ele deixaria de se regular conforme as regras estritas que o caracterizam justamente como um conjunto de leis e tradições que se quer *ad perpetuam rei memoriam*, mesmo quando supostamente se modifica,

              sim,   mais ou menos lampedusa, porque as filosofias precisam se ajustar ao clima, claro,   e tomás...,

    isso,   quase ao pé do nome próprio, coitado,

que nada, não vejo assim, não,

tudo bem, agora o berdamerda compra maquiagem, cremes e coisa e tal,   ...mas o calo nas mãos, por debaixo das pomadas, não continua calado?,

então lhe pergunto,

bebemos o laxante que a conjuntura social e política distribui nos postos de saúde e trabalho, para os quais, inclusive, damos graças a deus e amém quando um condenado qualquer caga nas calças ao espirrar, supondo ter apenas peidado?,

é pra chorar de rir, sim...,

é desse jeitinho que nos borramos dentro das calças, culpando-nos de nossa condição malcheirosa, em vez de nos revoltarmos com a merda deste mundo, procópio,

...em vez de dizermos **não!** para a história excrementícia de uma posição delicada, sob a cloaca do mundo,

...ou dentro dela,

pra meia-dúzia, choca, é certo,   ...mas, pra maioria, caga em riba,

o caso do ubiratã é paradigmático,

agora conceituou bem!,

gostei,

a exploração é um matrimônio com a patroa mais filha da puta do mundo,

boa comparação, muito boa!,

uma espécie de casamento forçado, isso mesmo,

...e você obrigado, ainda, a dar graças a deus por não tomar o pé na bunda dessa baranga cheia de história, despedido pela mais injusta das causas,

o olho do cu arroxeado na rua da amargura, onde quem não tem vez aguarda a hora incerta das pauladas sociais, dos empurrões disfarçados de tapinhas nas costas,

você fedendo em público,   no lar,   a cagança escorrendo pelas pernas,

daí se contentar com a sua posição e achar até gostoso o ardume dos sovacos, ao retornar pra casa, depois de um dia quente de serviço na fábrica,

empresa, aliás, que anda pensando em despedir 30 funcionários, sabia?,

pois é, procópio, a fábrica pensa, ao contrário da gentalha que ela mastiga e cospe, quando não a engole e defeca,

uma bosta completa!,   a verdade?,   com todas as letras, inclusive o T maiúsculo de tomás,   ...de tomasi no rabo?,

a merda mal limpada com o holerite, é isso,

...o papel vagabundo esfolando a prega-rainha, de *courvin* barato, com as tintas da miséria mais fodida, de poucos algarismos, sistematizada,

porque o fiofó de pelica dos ricos é lavado com chuveirinho, na água morna e relaxante das prerrogativas de classe,

você não é tão bobo..., o "salário mínimo" e o "piso salarial bem estabelecido por lei" existem apenas para que o pobre fique convenientemente de quatro, reverenciando arreganhado a passagem de sua vidinha com as calças arriadas, a bunda de fora, limpa que nem a de um santo do pau oco de tanto bater punheta para fabricar, em si, de si e por si, alguns minutos falsamente dourados de prazer ou folga, no banheiro apertado da empresa ou no sofá desbeiçado de casa, num sábado à tarde,

sabe como é, né?,

eu?, nem isso...,

tomás era um sujeito esclarecido, que sabia entrever as oportunidades, o que pode ser a perdição do homem, conforme lhe exemplifiquei no caso do acidente de carro,

o almoxarifado ficava no fundo de um galpão, do outro lado da fábrica, um enorme depósito cheio de caixas e estantes altas, atrás de paredes de bloco vazado, imitando cobogós, tudo trancafiado com exagero, quase um cofre, vê se pode..., um lugar bem grande, mesmo, mas só um funcionário tomando conta, um sujeitinho meio abobalhado, parente do empresário que, por certo, se viu na obrigação familiar de arranjar um servicinho para o primo retardado de segundo grau, só pode,

um sujeito esquisito que tentara o suicídio mais de uma vez, segundo me disseram,

ermelino!, ô, ermelino!, preciso de uma chave de catraca reversível de uma polegada...,

tomás ficou em silêncio e começou a rir, alguns segundos depois,

o cara estava puxando um ronco feroz, refestelado nalgum canto, provavelmente atrás de umas caixas de papelão, escondido,

acho que tomava uns remédios fortes, tarja preta, porque todos sabiam que ele dormia a maior parte do tempo, ressonando alto, como tomás tão bem percebera,

olha só como o desgraçado ronca, meu deus!,   falam que é maluco, mas o besta aqui sou eu, que não posso cochilar sossegado nem no sofá de casa...,

a porta reforçada era trancada por dentro, e a sineta de mesa, no balcão de uma pequena janela recortada nos blocos, não o despertava de jeito nenhum, *tlim-tlim à toa, à toa,* pensou,

ô, ermelino!, ermelino!, acorda, homem!,

nada, abaixou a cabeça, bufando, *é hoje...*,

então leu algumas frases rabiscadas na madeira do parapeito, colóquio surdo e mudo de outros funcionários que, com certeza, ficaram ali chamando em vão o parente dorminhoco do homem,

...o primeiro deles perdeu a paciência e escreveu com raiva, a caneta vermelha até sulcando a madeira,

patrão chupa pinto,

mas outro sujeito, depois, acho que um desses *neopentecostais* desesperados, que refutam darwin numa descontrolada proliferação da própria subespécie, tomou as dores do empresário, vê se pode, escrevendo com letras grandes, na cor azul, logo abaixo,

JESUS TE AMA,

mas a conversa fragmentada não parou aí, não,

o primeiro operário voltou outro dia, por certo, e viu aquela admoestação de sua conduta, digamos, contrarreformadora, treplicando aquele evangelista de araque novamente com o vermelho, as letras ainda maiores, mais fundas, além de rabiscar uma seta, pra não deixar dúvidas,

JESUS TAMBÉM CHUPA PINTO,

tomás riu bastante daquele instrutivo diálogo, ou bate-papo, que seja, catequese literária da condição humana e histórica de uma nação sufocada pelo peso do ocidente, concluiu, sentindo que seus pesadelos faziam parte da noite de muitos brasileiros, o que talvez fosse um consolo egoísta, tudo bem...,

e enfiou a cabeça pela janela para sublinhar o grito,

ermelino!, ô ermelino! vem aqui, rapaz!,

por fim, urrava e batia na campainha com força, chutando a porta de ferro,

mas o sujeito dormia o sono dos justos, ou, nesse caso, pra não desvirtuar ainda mais os textos sagrados, ermelino gozava o sono dos parentes do Homem, daqueles que estão sentados e deitados à direita do patrão,

ou à esquerda, dependendo da orientação política do fiel...,

ou infiel, claro, mas, em todo caso, aproveitando-se de um estado que conferia ao funcionário uma supina posição, por assim dizer, no espírito das leis trabalhistas, conforme lhe exemplifiquei há pouco,

ô, ermelino!...,

não houve meio,

voltou e disse ao encarregado que o sujeito do almoxarifado não estava sujeito às regras da empresa, dormindo feito um cachaceiro no banco da praça, confirmou que gritara e espernara na porta, inutilmente,

de novo?, ai, meu santo, nem no relatório posso colocar isso, tomás..., é bem capaz de sobrar pra mim, você sabe, ele é parente do patrão...,

o preboste de merda coçou a cabeça, numa tentativa de encaminhar no cérebro, com os dedos, uma solução que não o pusesse em risco,

vem comigo,

tomás o acompanhou até o escritório e, no caminho, ainda ouviu um conselho, *a corda só não arrebenta do lado mais fraco quando está enrolada no pescoço do pobre, entendeu?,*

o operário subalterno riu forçado, pagando aquele aforismo da submissão com os dentes arreganhados, o que confirmaria a verdade filosófica do ditado no próprio cangote, sabia disso, mas *um funcionário precisa ser esperto, né?, puxar o saco até de quem não tem colhões...,*

sim, a descrição nua e bem passada dos encarregados de toda classe,

entraram numa saleta, passaram para outro cômodo maior,

tomás não conhecia o lugar, na verdade, os operários fugiam dali...,

leu um pequeno cartaz, sobre o balcão de entrada,

> *precisa-se de secretária*
> *com experiência em datilografia*

depois ficou espiando os calendários na parede, uma coleção deles arranjados em sequência, desde 1954, ano da fundação da empresa,

brindes que a fábrica oferece até hoje aos clientes, folhinhas com imagens de cartão postal da europa, sempre,

nosso amigo tinha uma raiva desgraçada dessa tradição besta, você sabe, e encafifou com a fotografia desbotada do big ben, no ano de 1965, com o palácio de westminster em primeiro plano,

inglês é um povinho filho da puta, mesmo, olha só,

um relógio de ponto gigante,
construído pra regrar o mundo inteiro no tique-taque do colonialismo...,

nessas horas de ódio existencial, tomás mordia o lábio inferior, lembra?,

chegava a resmungar uns grunhidos que seriam raspas amargas do que pensava, coitado,

...e a corja aqui achando bonito, fazendo folhinha com as datas vermelhas nos feriados, nos dias santos,

um bando de bocós que paga as prestações de um pacote turístico vagabundo só pra dizer, depois, debaixo da soalheira tropical, que visitaram a casa chique do patrão, ui-ui-ui,   mas do ladinho de fora, é lógico...,

e exibem pra todo mundo a foto na qual encarnam, sem saber, o pano de fundo deslocado daquela paisagem,

...bando de bocós!,

tomás fazia muito gosto em jogar fora esses presentes de final de ano, às vezes acompanhados de chaveiros, canetas com a logomarca da indústria, porcariada que contaminaria sua casa com a pestilência daquela fábrica, do mesmo modo que a graxa por debaixo das unhas, mas sem uma escova de dentes velha pra desentranhar a imundície durante o banho,

enfia esse calendário big bem enroladinho no cu!,

então virou-se e atentou na conversa,

o encarregado falava com um rapaz magro, de cavanhaque, camisa branca, gola muito bem passada e engomada,

...a palavra "contabilidade" no bolso, bordada com volteios rococós, o azul das linhas meio desbotado,

um perfeito dândi de escritório,   um janotinha completo,

tomás pendulou, na hora, um reservado "não" com a cabeça, enquanto o media, imperceptivelmente, quase como o andar dos ponteiros de um grande relógio, no coração da europa,

   ou, mais precisamente, na parede encardida do escritório de uma fábrica ultrapassada, no meio do mato deste brasil mais fundo,

e olhou de novo o banana do encarregado, que evitava o assunto daquela visita a todo custo, temeroso do parentesco complicado de ermelino, claro, vomitando as bobagens de sempre,

        o futebol,

    um filme de *kung fu*,

  os tiros em reagan,

         a bomba, no riocentro,

    o chumbo grosso, no papa,

a saudade do mazzaropi,

        a feiura do príncipe charles,

  o sbt do sílvio,

     o pedido de demissão do golbery,

a morte do glauber, ontem,

       a fórmula 1,

 o...,

...quem sabe estivesse mesmo apenas passando o tempo, esticando o nada por dentro do expediente, por que não?,

sim, esse desgraçado também sabe enrolar...,

bem, bem, bem,

...*cada um finge que caga onde lhe convém*, rematou, contente do versículo trabalhista que acabara de inventar com tanto engenho e uma pitada de artimanha, emulando assim os sinos daquele calendário parado em 1965, ano em que os milicos estavam com as manguinhas de patentes altas e baixas de fora,

e de dentro, espalhados pra todo lado, metendo-se onde foram chamados, infelizmente...,

essa classe média filha da puta!,

é isso mesmo, tomás se orgulhava de seu discernimento histórico, que punha a culpa do golpe político e militar numa espécie de multidão de contadores hipócritas,

é, punha a culpa no brasil, ou, se se aceitar algum desconto, porque pagamos muito caro, numa parte do brasil, naco significativo, mas no fim só um pedaço podre, gangrenado, indigesto como a coxinha azeda numa lanchonete pobre de esquina,

bem, bem, bem, ...*cada um finge que caga onde lhe convém*, repetiu,

gostou mesmo da tirada,

inclusive imaginou caprichosamente escrevê-la por debaixo daquele diálogo teológico, no balcão do almoxarifado, elevando a discussão alheia ao refinado patamar da grande filosofia,

amanhã mesmo trago uma caneta de ponta grossa,

até que seu chefe imediato, depois de cinco ou seis minutos, *bons minutos*, resolveu desembuchar e entrou no caso daquele ermelino fingindo certo desinteresse, mas estava na cara que era mentira,

o outro apertou os olhos, cônscio da gravidade consanguínea da questão, passando a mão nos pelos do queixo, cultivados provavelmente para esses momentos decisivos, quando o pensamento pesa o cocuruto, necessitando de um apoio físico, visto que somente a inteligência, nesse triste episódio, incapaz de sustentar o pescoço,

...compleição esta, aliás, natural para o exercício da contabilidade,

depois o magricela riu, porém sem exagero, claro, porque um relatório pode muito bem ocultar, no meio de folhas e folhas, a sombra de uma árvore genealógica inteira, mas não a dúvida escabrosa e a céu aberto a respeito da sanidade do clã mandatário, e, se a boca pequena e rota do atavismo já derrubou a dinastia de príncipes e reis, que se há de dizer da posição precária de operários quebra-galhos e contadores de meia pataca, hein?,

canja de galinha de bico fechado não faz mal a ninguém, principalmente se o doente é um pé-rapado que cisca no chão de fábrica dessa monarquia absenteísta da qual somos infiéis súditos, é ou não é?, pois bem,   o contador não disse nada, fechou o semblante, virou-se e foi até um armário muito estreito, no fundo da sala,

tirou um molho do bolso, caçou a chave com os dedos ágeis, treinados no teclado das rendas alheias, e o abriu,

tomás estava curioso, é óbvio, o que haveria nele?,

o contador arreganhou as duas portas e olhou para os operários, estendendo a mão direita para o conteúdo do móvel, centenas e centenas de chaves muito bem dispostas e etiquetadas,

em seguida, voltou-se, deu dois passos e mirou as identificações, aproximando a vista do conjunto até encontrar o que buscava, uma pequena chave que entregou ao encarregado, fazendo com que assinasse, depois, um documento circunstanciado que dava conta de que a levara, etc. etc. etc.,

olha, melhor assim, sem estardalhaço, certo?,

coçou o cavanhaque,

apenas peço que anote por lá, também, a ferramenta que vai pegar, pra que o ermelino dê a devida baixa...   no momento oportuno, combinado?,

a pequena pausa foi talvez sua única crítica àquele morfético episódio..., lia-se em suas feições que estava atenazado com o caso,

pronto, combinado e assinado, o encarregado saiu de lá e, novamente, passou a missão para tomás, repisando as ordens daquele são pedro almofadinha, contador de prosa mole, era o que era, foi isso,   nosso amigo entrou no almoxarifado, procurou o ermelino, que estava mesmo lá no fundo, ressonando alto, deitado sobre muitas caixas abertas de papelão, desmontadas, a baba absorvida pela gramatura pesada do colchonete, numa escura e melecada mancha de saliva,

    tomás fez uma careta de nojo,

        agora acordo esse babão desgraçado!,

                e berrou pertinho dele, baritonando seu nome, mas decerto o sujeito tomara dois comprimidos de uma vez, se é que dois ou três já não constassem na prescrição médica do maluco, porque de nada adiantou a proximidade da opereta, nada, o homem não acordou,

    o sem-vergonha destabocado ainda espalha por aí que sofre de insônia...,

    tomás cerrou os panos na garganta e desistiu do espetáculo, com raiva de um sujeitinho que se aproveitava do parentesco e fazia a própria cama com os restos de sua obrigação, amontoando o trabalho desfeito pra dormir melhor que o dono da fábrica em sua cama *king size*, cacete!, *um filho da puta,*

    ...pensou melhor, *não, não,   dois filhos da puta, ...dois!,* uma vez que o proprietário estendia ao primo distante os beneplácitos indevidos de sua condição patronal,   ou hereditária,

...isso mesmo, dois filhos da puta!,

        não sabia por que, ficou com ódio de si, também, de um azar que lhe caía na cabeça todos os dias, chave de catraca reversível, com encaixe de uma polegada, despencando de cima da estante, sem parar, direto em sua testa que nunca haveria de ser de ferro, *a merda dessa vida é assim, quem não se aproveita da ocasião é ladrão de si mesmo,* pegou a porra da ferramenta, que não lhe escapou das mãos, infelizmente, e descreveu o ocorrido numa folha, deixada com cuidado sobre a cena pouco bíblica daquele cristo de boca cheia, no balcão, um cristo com a piroca e os bagos de todo mundo empurrados goela abaixo, pagando mais e mais pecados no vaivém dos tempos, pobrezinho, *sim, eis o homem, o cristo verdadeiro...,*

lembrou-se do colo da mãe e das tossidas que quase o mataram, *(entorta a cabeça para olhar melhor o diálogo rabiscado na madeira, ...sorri)*

bem feito..., pra Ele aprender!, porque não é possível que os deuses não aprendam nada com os homens, caralho!, a humanidade colocou as palavras na boca dessa cambada, mas...

isso quando não enfiou outras partes do corpo, lição que, por certo, há de contribuir com a história da teologia, caramba!,

(ermelino ronca pesado, engasgando-se, tomás relê o que escreveu)

discriminou tudo, a ferramenta, o horário, o nome completo do encarregado, omitindo propositadamente o seu,

não vou nem assinar esta merda..., vai que a ferramenta desaparece, que o desgraçado do ermelino faz alguma bobagem...,

a corda só não arrebenta do lado mais fraco quando está enrolada no pescoço do pé-rapado, ...não é assim?, riu de seu plagiário bom senso, mas percebendo, no gogó, o aperto da própria ironia,

uns filhos da puta!,

colocou a folha no balcão, a sineta como o peso de papel de uma situação inútil na qual ele, tomás, era ator secundário, fazendo outra vez o papelão mal escrito de sua vida sempre infeliz, *sempre...,* papelão com a baba de um maluco deitado no chão confortável de sua existência inconsciente, *corja de filhos da puta!,*

trancou a porta do almoxarifado, enfiou a chave no bolso, *sou um ladrão preso pra fora da cela, isso sim,* e entregou a ferramenta ao lazarento do encarregado, que nem lhe agradeceu, *três filhos da puta...,*

quando voltou à baia de produção, faltava pouco para o fim do expediente, *tss, ah!, fodam-se, 17h06, até que compensou, poxa, até que compensou...,* era sexta-feira, teria o dia seguinte livre, rebeca no plantão da santa-casa,

sentiu um frio bom na barriga, sentimento físico e espiritual que já experimentara, você sabe,

dou ou não dou um pulinho na papelaria, pra conversar com azelina?, o apito da fábrica, às sextas-feiras, tinha outro tom,

        sabia que era coisa de sua cabeça,   o trilo era o mesmo, por certo,   *mas o mesmo pode ser um outro, a filosofia e a literatura comprovam tal hipótese,*   bem, talvez fosse um tiquinho mais curto, só isso, ...sim, era isso, um assovio interrompido em seu último suspiro, trinado que ele sentia, no fundo, como sadismo psicológico do sistema, ironizando dentro dele, apenas, a alienação folgada dos proletários, amontoados aos finais de semana pra coçar o saco devagar, em uníssono, e pronto,

    bem, o nada é condição primeira de todas as possibilidades, e, naquela altura, tomás fabricava uma saudade rascada de azelina, ela sim num tom maior da vida, encompridando-se nas pautas rasuradas de seu cotidiano monocórdico, sem graça, não fosse o súbito amor errado arranhando os tímpanos com aquela coceirinha boa, o dedo mínimo com a unha mais comprida, lixada de modo que fosse uma chave mestra sutil, de si para si, ferramenta apropriada para retirar dos ouvidos a graxa inútil dos dias livres, quando um homem se sente quebrado justamente por não fazer merda nenhuma, aceitando a realidade repetitiva das horas paradas, rendendo-se a elas,

        azelina não lhe saía da cabeça, sorrindo nos cantos ensombrados da fábrica do corpo, em seus botões, sim, sim, em todos os botões, teclas que deveria apertar, apertar e apertar, a partir de segunda-feira, com as duas mãos, ao mesmo tempo, para que a máquina de corte funcionasse, os braços abertos na imitação de um cristo que ele malemal reencarnava, tudo pra não perder um pedaço do corpo na lâmina da guilhotina, que cairia pesada sobre a folha metálica, decepando-lhe uma indesejada, mas previdente, eucaristia de si mesmo, *corpo de tomás, amém,* quando saiu da fábrica, não tirava tudo isso da cabeça,

    os amigos, inscientes da farsa, riam mais do que nos outros dias, contentes com o fim de semana que nem começara,   *imbecis...,*

        sentou-se na última poltrona, contrariando o hábito,

(o ônibus buzina para um carro que lhe corta a frente)

          ...em relação à segurança do trabalho, procópio, ingênuo quem não sabe que protege muito bem o mecanismo da exploração manipulada dos operários, pegando-os para cristo,

    tomás sabia disso,

        em todo caso, *se apenas perdesse um ou dois dedos, não seria má ideia,* e ria do projeto bobo de uma sossegada aposentadoria por voluntária invalidez, ele, que sempre zombara dos panacas que até hoje falam que o presidente fez isso no mindinho, *justamente o mindinho, dedo da unha mestra, vê se tem cabimento...,*

(tomás fecha os olhos e descansa a cabeça no apoio do assento)

azelina...,

    o que ela estaria pensando naquele exato instante?,

a moça de verdade ele não sabia, mas a outra, habitante dele mesmo, insistia em beijá-lo cada vez mais, esquecendo os lábios na pele quente da lembrança, *um pulinho só, por que não?,* mas sem um encontro posterior, claro, sem sorvete, sem recordações doloridas de um passado morto e enterrado,

...sem um tempo que o engasgaria na frente da esposa, desvairado, cuspindo-se feito um doido,

às vezes tomás não se lembrava do rosto de djanira, fazia força, mas ela não vinha, os traços da menina desencontrados, como se estivesse indefinidamente de costas para ele, brincando de estátua, escultura em pedra-sabão que espumava, nos cantos da boca, o ódio daquela graxa indelével nas cutículas, por baixo das unhas, na pele do homem que ele não conseguira ser para ela, mesmo menino, incapaz de dizer, *djanira, eu gosto de você*, antes que o escorpião o fizesse,

queria ver a menina morta, seguir as feições que não teve peito de olhar no caixãozinho branco,

por isso delirava, tenho certeza, procópio, tonto de tanto esforço para olhar atrás, vida afora, a loucura brotando no arrependimento dos atos presentes, em mentiras tossidas como um sopro, se há razão em suas desconfianças...,

queria que ela parasse de doer...,

então, djanira aparecia de relance, inesperadamente, no vapor do boxe do banheiro, por exemplo, enquanto tomava banho, fantasma que o assombraria sem descanso, mas desfeito na fumaça do chuveiro e da memória, apagando-se no ar para recordá-lo de que se esquecia dela aos poucos,

nunca mais vi uma girafa nas nuvens,   nenhum camelo...,

o amor quebrado ainda na caixa de um presente que não era seu, mas de uma vizinha que fazia quatro anos e se aproveitava de sua festa, intrometida,   sim,   ...da festa dele, tomás, festa de seus convidados, de sua mãe, que o impedia de rasgar o papel das lembrancinhas baratas que ganhara dos amigos, *poxa vida!,*

nessas horas, chegava a tatear o vento,

onde coloquei a escova de dentes?,   tudo tão sujo, tanta graxa que grudou,   tanto cerume,   ...os dias perdidos,

olhava as mãos,   a ponta dos dedos,

...as unhas lascadas de tanto esgaravatar as peles da saudade em mim, quando o universo é somente um cômodo trancado,   ***...djanira!,***

                               um homem?   não, não, tomás sentia-se um menino, um moleque condenado a ficar sentado com a bunda no ralo, estátua de uma brincadeira infindável do destino, à espera da ratazana que se enfiaria nele, pelo olho cego do cu, roedor morrendo dentro dele, aos pedaços, por ele, cristo de pelos cinzentos e rabo pelado,

...outro verdadeiro jesus?,

que blasfêmia?,   você parece bobo!,

                                    parece o padre ornelas!,

                ,

vi a cara que fez, quando falei daquele amontoado de cristos, lá atrás,

            é bobo, mesmo,   na hora fiquei quieto,   mas...,

olha,   se o tal nazareno existisse agora, hoje, em carne, osso e espírito, sempre, tudo ao mesmo tempo, porque, segundo a teologia, sem tempo,

        ...vou por aí, sim, já que você quer bancar o chatinho sabereta,

                leu duas dúzias de livros e quer arrotar, com os braços, uma penca de bananas justamente pra mim?,

                                    porra, procópio!,   eu...,

            tá,   tá bom,   *em verdade, em verdade*, meu caro, admito,

        sou um grande gozador,   mas as coisas mais sérias, procópio, são as que pedem as maiores risadas, sabia?,

                                é a minha ín...,

            tudo que ver com o caso, caralho!,   você leu nos jornais!, jesus?, sim, jesus, sim!, ...ele também, porque tomás o carregava até no sobrenome, porra!,

se a teologia não enfia os pés na terra, procópio, será um pombo condenado a voar sem pouso nem repouso,

vale pra cambada toda, ...**homem, deus e espírito**, compreende?,

na época lemos muito, discutimos, o professor astolfo gostava do assunto...,

sim,

quicumque, ou *qüê com qüê*, como pronunciei de sacanagem, para desespero do padre ornelas, lembra-se disso?,

ele ficou puto, falei que poderia ser pior, ...*qüê sem qüê, sem pé nem cabeça, nem nada, o ateísmo de corpo vazio e presente!,*

o filho da puta gritou comigo, espumou, cuspiu os perdigotos de hóstia velha do seminário,

...e me ameaçou de excomunhão,

vocês ficaram em silêncio, quietos, com medo de que a intimidação respingasse em todos,

eu cagava e andava pra ele, então sublinhei, fingindo seriedade, que só queria "*atenazá-lo*" um pouquinho, trocando de leve, com a língua mole, o "e" pelo "a", ao mesmo tempo que enfiei um discreto "i" depois do "z", babujando o nome do bispo de alexandria...,

bobagem, umas pataquadas filosofantes, mas para quem sabe ouvi-las, é lógico,

...porque ele era um chato, fazia parte do grupo de estudos como ouvinte, apenas, entretanto, talvez pelo vezo, imaginasse oficiar também nossos encontros, mania de padre, né?,

sim, ...dependurou-se no púlpito e modalizou o tom, com aquele característico ovo na boca,

o trocadilho, osmar, nada mais é do que a confissão risível dos limites pedestres de uma inteligência rasteira!,

eu o retruquei de bate-pronto, está lembrado?,

ao contrário, padre!, pense comigo,

o jogo de palavras instaura o pensamento para além dele mesmo,

...ideologia que se refaz continuamente outra, a cada verbalização, na materialidade sintática da linguagem, estabelecida na história,

na voz, no momento, nos tímpanos com mais ou menos cerume,

...processo que transcende qualquer conceituação semântica!,

já ouviu falar em lógica paraconsistente?, ...não conhece newton da costa?, e dei uma nova pausa, como se estivesse saboreando um ideário bem acabado, para completá-lo, em seguida,

o princípio, mais do que filosófico e teológico, é bíblico e, ao mesmo tempo, mundano!,

...é o modus operandi de um deus que, antes de dizer o mundo, discursou a própria existência pela boca das criaturas, única maneira para que Ele, hoje, "assim seja",

ou "assim fosse...",   não é mesmo?,

e mais silêncio, para sentenciar...,

"amém" é um ato falho da incapacidade divina, meu caro...,

...deus se confessa culpado, mas pela boca dos homens,

o padre ornelas ficou mais emputecido, afirmando que eu queimaria no fogo do inferno, isso sim,

depois tomou algum fôlego – porque certamente sentia que ele é que estava em brasas, por dentro –, e repetiu a frase, na falta de melhores argumentos...,

mas gritando, o que apenas confirmava a minha observação lógico-semiótica e, naquele instante, também antropológica, concorda?, *o trocadilho, osmar, nada mais é do que a confissão risível dos limites pedestres de uma inteligência rasteira!,*

você?,

riu só da frase do padre e não disse um "a"...,

um puxa-saco,   bundão,

como todos os outros, aliás,   o professor astolfo também,

não seja besta, procópio!,

a discussão que reproduzo agora foi uma dentre várias, claro,

com outras palavras, sempre, o que hoje continua a me dar razão, ao mesmo tempo que me contradiz, conforme a hipótese,

...o que, *em princípio*, autoriza a teoria *até o fim*, entende?,

resumindo,

ecos de frases novas, porque ouvidas ontem, com outras mesmas palavras,

...o pensamento calemburilado é o artesanato de uma inteligência que se faz ímpar, diferentemente do que zurrou o vigário,

não?,

eu falo que você também é burro,   eu falo...,

mas voltando ao...,

tenho certeza, procópio!,

        o salvador estaria é rindo gostoso de mim, seu tonto,

isso mesmo, a gargalhada sempiterna ecoando como ruído de fundo deste universo, num murmúrio sem fim,

   ...tartamudeio comprovado pela física, inclusive,

              por mim, como já lhe disse,
é deus com a língua presa, coitado, incapaz de silabar-se verbo,

                  ...e deu no que deu,

um zumbido indecifrável na orelha surda de criaturas malfeitas,

o universo é um probleminha de dicção, só isso,

        um hieróglifo tatibitate no vácuo, com baba santa,

    um trava-língua do criador, qualquer coisa assim,

           olha a cara feia de novo, ó!,

      ah, e eu sou homem de ter medo?,   encarnou o padre ornelas, procópio?,   sim, sei disso, na hora derradeira tem um bando de cagões que mete a mão nos bolsos e puxa um rosário, trazido escondido de si pela vida afora, ninguém remexe em todas as coisas do embornal que carrega pelos dias,

...pode ser,

mas comigo não,

sei que o buraco ainda está lá, mais embaixo!,

acha que só você sabe ser inteligente?,

olha, descobri um meio de lhe explicar,

o destino me jogou na existência com os bolsos furados, mas não sou eu que vou remendá-los pra guardar o terço de uma condição que fugiu inteiramente à minha vontade, meu caro!,

morro sozinho, sim, enfiado num quarto qualquer de um motel vagabundo de beira de estrada,

entro de cabeça erguida no quinto dos infernos, sem problema!,

pronto,   matemática existencial...,

eu vou na frente, claro,

se aceitei os rasgos da vida, não me importo com seus precipícios, aliás, acho mesmo que a minha salvação seria esta,

                        o messias se engasgando de rir,

rindo e falando com o pai, no caso consigo mesmo, com os seus botões, ...ou arrulhando para as próprias penas, vai saber, pedindo um cantinho gostoso pra mim, lá em cima – ou aqui em cima, né? –, muito bem aninhado, por merecimento, depois de uma tranquila morte,

        bem-aventurados os que me fazem cagar de rir...,

                                não...,

na fila do gargarejo, não, que sei dos meus pecados sem arrependimento,

                mas, com toda certeza, bem à frente de são dimas,

...será que ainda grudado com o cristo?,

seria engraçado, porque uma "humaníssima quaternidade", a fórceps,

        o homem rebaixado à condição de uma triste rêmora de aquário, vivendo eternamente dos restos divinos,

                      o próprio tomás...,

              olha,   vou lhe dizer o que penso, aproveitando-me agora de sua ciência numérica, deus é trino para que as criaturas fiquem de quatro,

                ...é o gosto das deidades, procópio,

bem,   pelo menos uma revisão teológica, não acha?,

diga,   pode dizer,

    clichês?,   de novo essa história?,   você anda um tanto...,

    tinha lhe prometido falar disso, não é?,

                                      bem,

veja,   quem se explica por clichês responde às mais variadas perguntas, de deus e todo mundo, acertando e errando, no tempo e no espaço, as possibilidades de escolha que temos a cada instante, esgarçando aquilo que, grosseiramente, chamamos de "vida",

    em outras palavras, vivemos muito mais de nossos sonhos,

...ou neles,

      é simples, procópio!,

acredito fora-da-piamente nisso,

                     então, continuando o raciocínio...,

os todo-poderosos agora mesmo me reservando um lugarzinho porreta naquele teatro celeste que, pelo andar canastrão dos atores – e pelo ponto de vista contraditório do autor da peça, o que é inegável –, vai cada vez mais vazio,

    ou sem um público que saiba bater palmas, o que dá na mesma,

fechar as portas... não fecha,

        mas,

            vivemos um ensaio?,

não, não,   nem na coxia,

    do lado de fora do teatro, é o que é,   ...sem saber de peça alguma, a não ser daquela parafusada dia a dia com uma chave de catraca irreversível, boca fechada de uma polegada, se o caboclo não quiser tomar o pé no toba...,

        resistir?,

    falar é fácil, mas uma engrenagem com dentes cariados não aguenta os trancos do mundo girando, na boca do palco, a mastigação do quebra-queixo dos homens, não, por isso a maioria rodopia quietinha, procópio, sem chiar, fingindo bendizer o pinga-pinga oleoso que apenas arrefece a soalheira da exploração,

    é a ideia de justiça que fabricaram para nós...,

    uns creem nisso de verdade, eu sei,   não os culpo, vivem em si, aos poucos, uma penosa extrema-unção,

    revoltar-se?, ora, ora, quem se queima sabe que pode terminar os dias quebrado, despedido, sem ajuda de quem quer que seja, quando demonstra em público as necessárias vontades férreas,

...a broca de uma teimosia inútil travada no buraco da vida, entende?,

    por isso aceita a própria tontice, andando os dias em linha reta, seguindo as placas, soltando cavacos de *sim* pra todo lado,

        isso mesmo,

    mastigando o quebra-queixo com boca de algodão-doce...,

 em outras palavras, como diria meu pai,

desdentado desdenha rapadura pra não parecer que vive de chupar os dedos,

por isso lhe pergunto, a sério,

    ser é forjar a têmpera maleável da submissão?,

pois é, budismo de bolso, vá lá,

...pra aproveitar aquele seu medo da hora derradeira, tonto!,

sim, lembro-me de dizer isso, também,

a frase fez sucesso, né?, creio nela, ainda hoje,

"*o carma de cada um ilumina a vida, em si, nesta fábrica em greve de todos nós*",

exemplificar?,

fácil, meu caro,

imagine um ladrão de colarinho branco que, depois de ano e meio na cadeia, seja condenado, finalmente, à liberdade domiciliar,

no seu paço, claro,

...de tartaruga com o casco de ouro, é lógico, siddhartha ao avesso, gautama de uma kapilovastu sem suor,

sim, um palácio a oito chaves que o liberta, à vista dos pobres de bolso, numa estância iluminada com o dinheiro inexistente desses nirvanas fiscais do caribe,

...ou da europa, da ásia, tanto faz,

...enquanto todos nós, procópio, aprisionados às ruas, compreende?,

pra não mentir, a imagem de um rosário de *koans* nunca me saiu da cabeça,

...discordo,

sincretismo é a manifestação mal disfarçada de uma dúvida, isso sim,

o preferido?,

qual o som de uma só mão batendo palmas?,

famoso,   quase senso comum,   ...de uma epígrafe de salinger,

não resume?,

ou este outro, ainda melhor, ó,

pra que lado virar a chave de fenda num parafuso sextavado?,

opa!, de minha lavra operária,

o meu mantra?,

o som de um maquinário desligado urdindo engrenagens nos ouvidos da loucura,

são velhos, seu tonto,   ...da época do grupo de estudos,

a boa verve de sempre, atarraxada à memória de elefante,

    tem gente que faz palavras cruzadas,   eu escrevia *koans*,

      bem,   então,

            sim,   melhor voltarmos ao tomás,

claro, ele estava delirando de novo, agora em pesadelo,
          caiu de cansaço, de medo, de desejo,
                ele voltava pra casa, caramba!,
estava no ônibus da empresa, porra!,   **presta atenção, procópio!,**

    você...,   olha,   um homem incapaz de unir as pontas de uma conversa fiada é um verdadeiro nó-cego, porque não sabe desfiar nem as próprias dores, a danação enroscada na boca rota e ininteligível dos outros,

    consegue ligar os pontos esgarçados de tudo que lhe disse até aqui?,

        sei,   mas,   o desvio retalhado de um enredo aponta o rumo indescoberto dos melhores atalhos, meu amigo!,

    não,   agora não faço poesia, não,   nem *koans*,

em todo caso, você acertou no que não viu, não ouviu, ...nem leu, uma boa conversa traz, tatuada na pele, de modo a coincidir com os caminhos das veias e artérias, a rosa dos ventos para o encontro desencantado do homem consigo mesmo,

...e, ao mesmo tempo, com os outros que ele encarnava sem saber, respirando o seu ar, vivendo ensimesmados o simulacro da própria vida,

é o caso,

este caso,

o caso que lhe conto...,

narrar, hoje, é isso, ao contrário do que pensam os embusteiros, essa canalha que faz literatura com a própria mudez,

...ironia de uma eloquência sistêmica, procópio?,

retórica da gaguez de classes?,

arte?,

autoria,   pffff,   deixa de ser mané!,

os três macacos sábios evoluíram na frente de um espelho embaçado, imagem e semelhança difusa de três homens que somos e estamos, isso sim, o primeiro, com o rosto colado às paredes,

                                                  mas surdo,

o segundo, um linguarudo de bocarra escancarada,

                                                  mudo,

e o terceiro, de olhos esbugalhados,

                                       cego de tudo e de todos,

    deviam entalhar o trio na porta da abadia de westminster, também, é o que é,

                                                  isso daria,
ao menos, a estampa de uma folhinha absoluta, do início ao fim dos tempos, completa, dependurada mundo afora como boa marcação dos rumos da humanidade,

    porra, procópio, eu só sei contar desse jeito,   foda-se!,

                se quiser parar, olha a porta da rua ali,

ou precisa de um livro de auto-ajuda pra encontrar a serventia da casa?,

    ah...,   puxar o saco você ainda sabe, né?,

aprendeu no emprego, com o encarregado?,

                                          ou com o padre ornelas?,

              tá bem, tá bem...,

finjo que acredito,

                                  enredo,   pfffff...,

(o ônibus freia bruscamente)

                                  tomás acordou com o susto,
estava cansado, *que pesadelo!, tenho dormido pouco...,*   apertou a fronte,
que doía, e olhou a cidade pelo vidro,   depois espiou
disfarçadamente os amigos, com vergonha, *será que balbuciei merda?,*
        não,   ninguém ria daquele de dentro dele, *ainda bem...,*
               às vezes o mau agouro é tão próximo
que um piscar de olhos mais demorado já o puxa pela mão,

uma passadinha na loja, *só um pulinho,* olhar para a frente da vida, olhá-la de frente,   ...em frente, sem a lembrança estapafúrdia de um aniversário que não houve,

nunca tive cinco anos,   nunca!,

...festa muito bem documentada, entretanto, numa fotografia que ficava no lugar certo, no álbum de família, como lhe contei,

é,   no lugar certo, na ordem certa, arremedo caseiro do calendário daquele big ben na parede do escritório, as badaladas extáticas do tempo, da infância,

a hora sempre terceira?,

sim, **sim**, **não?**,   a cabeça dava umas pontadas, variando a força conforme as pancadas do peito,   **sim?**,   tomás intuía tudo com muita clareza, o que pode parecer paradoxal, concordo,   **não?**,

mas também sabia que devia porque devia imaginar uma foto falsa, montagem de um tio sacana que morrera com o pau duro, castigado por zombar tanto de um menino..., **sim?**,

é mais fácil imaginar o que já foi?,

vou,

não vou,

vou...,

eis tudo,   um homem de verdade há de saber moldar os dias passados segundo as intenções presentes,

nem que seja se entupindo de cachaça, de ayahuasca,   de haloperidol...,   do diabo, que seja,

o sim é um não, e pronto,   ou o contrário, basta querer,

foi tudo um pesadelo, um sonho ruim, uma sacanagem daquele filho da puta...,

o passado?,   uma estampa mentirosa como aquelas imagens de um fotógrafo lambe-lambe de meia-tigela que desenha, em tom pastel, os ternos e vestidos inexistentes dos defuntos antigos, lembra?,

tomás e djanira num retrato velho, vidro *bombé ovale*, a moldura dourada, com flores de madeira descascadas, encimando a pose de pedra-sabão de duas crianças dependuradas numa parede caiada de pobreza rosa, como se fosse possível embelezar a desgraceira da vida com uma cor qualquer,

estátua!   duas crianças que olham para a frente, também, mas para um futuro que não houve, inertes de si,

ô, fonseca!,   encosta na esquina, vou descer antes!,

o ônibus freou forte de novo, *sim, dou um pulo na papelaria, vejo azelina, converso um pouco, que é que tem?,* levantou-se, atravessou o corredor sem olhar os amigos e saltou, *depois corro pra casa, invento qualquer coisa, caso rebeca tenha voltado antes do serviço,* o centro da cidade a apenas nove ou dez quadras dali, *quero vê-la agora, nesta sexta-feira da minha paixão...,* tomás riu de sua consciência religiosa, saltava finalmente, também, do colo da mãe?,

mas eram quase seis horas, *caramba, será que dá tempo?,*

ele mordeu a boca e correu feito um louco, dobrou as esquinas como se fossem guardanapos sujos, o nome "azelina" escapando dos lábios engordurados de desejo, de graxa, de porra nos dedos de um sábado à toa, deitado no sofá da sala, sozinho com ela, imagem que se repetia, mastigada,

pfff..., puta que o pariu,

estou fora de forma...,

quase escorregou, depois levou um tropicão, por pouco não caiu de cara, na rua coronel diogo, bufando e chamando a atenção de todos,

ô..., pffff, graças a deus!,

olhou a papelaria aberta e sossegou os passos, tentou respirar,

que ela não visse o sobressalto de seu peito como a confissão enganosa do que de fato sentia,

tomás estava apaixonado, amava uma quase desconhecida que, no entanto, sabia de sua dor mais funda de homem,

(encosta-se na parede)

azelina, uma completa estranha..., como também estranha seria outra djanira, de repente mulher feita, esposa de tomás, rediviva por milagre numa existência inacontecida, o desfato como um impensado acaso do destino, ora, ora, apenas um acidente peçonhento dos dias errados, só uma coisa boba, boba, picadinha à toa, *não chora,*

djanira, já vai passar,   a injeção, no hospital, a dor diminuiu?,
eu matei o escorpião, djanira,   pisei nele,   não chora...,

tomás se pegou de repente casado com uma djanira mulher e viu o seu rosto, que não era mais o de uma menina perdida no vapor do esquecimento, não, não, tinha as feições delicadas, um rosto bonito de mulher madura, afinal,

...mulher feita, esposa, companheira, amiga,

sim, djanira era alguém, um ser por inteiro, o que o transformava noutro alguém, por certo mais feliz, claro, tocando a vida em acordes distintos, manejáveis, a picada besta e esquecida de um escorpião, lá longe, lá atrás,

ele estava com ela, nela, para ela, habitante da irrealidade palpável dos sonhos de vento da infância, brisa que sacudia um céu carregado de formas, desalinhando hoje os cabelos do homem que supunha encarnar,

tomás sorriu por dentro, onde as feições se moldam facilmente às felicidades mais simples, como as nuvens,

tudo acabou bem...,

quantas vidas habitamos por dentro de nós, procópio?,

tomás e djanira, djanira e tomás,   ele trabalhando na própria firma, bem das pernas, por que não?, um tomás proprietário, gordo,

enquanto ela, uma djanira dondoca,
preocupada com o esmalte das unhas, o corte e a tintura dos cabelos,
com a academia, as roupas de marca, a plástica no bigode chinês que a
incomodava tanto,

...o vestido branco, de grife, noiva adentro de tempos desvividos,

mas ela viva, viva, viva!, ambos gozando a felicidade boa de passar
o mês sem fazer contas, sem listas para as despesas, nenhum folheto de
promoções, nenhum produto barato, nada de uma vontade deixada para
o dia seguinte, depois para o outro, e o outro,

não, isso nunca foi vida,

(o letreiro em neon da papelaria se acende)

tomás encheu os pulmões, uma costela doía,
que merda, ...espetou a caixa do peito com o dedo, *estou ficando velho,*
bichado, tentou respirar devagar, *existir teria mais de um caminho?,*
o nono caminho, procópio?, nem rei, nem iluminado?,

pode ser, ele seria outro homem se..., se...,
(olha as lojas, do outro lado da calçada)

um tomás de jesus com sapatos de couro legítimo,
um senhor respeitável, amigo dos manequins da cidade, íntimo daqueles
homens de plástico e borracha, sem rosto, eles sim, sem saber de si, todos
com uma inveja desgraçada dele, solto no mundo, fora das vitrines, com
passaporte, elegante, bem casado, rico, assinante de jornais e revistas,
culto, um sujeito lido, lido de verdade, folheando hegel, às nove da
manhã, wittgenstein, às três da tarde, machado de assis, à noite...,

um homem viajado, como dizem, poliglota, dono de seu nariz,
quem sabe?,

respirou pesado pela última vez, a boca parou de salivar,

chega dessas bobajadas, tomás..., cuspiu o último filósofo de sua existência inacontecida e respirou no ritmo correto, finalmente, *pronto, já posso vê-la sem a baba desse cansaço desembestado de mim...,*

lembrou-se de ermelino, a mancha de cuspe no papelão, grudando aos poucos, também, nos dias que imaginara rasgar, com tanto gosto, do livro mal escrito de sua vida, conforme o clichê do papel atual de são pedro...,

que besteira...,   chega disso!,   respirou tranquilo, sorriu, caminhou o pouco que faltava e entrou, virando a cara pro gerente de bosta, de propósito, *será que ainda dá tempo de ser o outro em mim que se perdeu?,* a cabeça espetava umas pontadas latejantes, o filho da puta do gerente tinha uns sapatos bonitos, *mas de courvin, só pode,* de todo modo aquilo não lhe fez bem, *uns sapatos bonitos...,* lazarento, desgraçado, filho da puta, tinha certeza de que o safado queria comer azelina, *certeza,*

olhou no fundo da loja,   ela não estava,

o certo mesmo era despejar umas bicudas bem dadas no traseiro desse gerentezinho de merda,   ajeitou os cabelos,

...com as botas de segurança, claro, as biqueiras de aço enfiadas no meio do rabo dele, com força...,

espiou-o com o canto desafinado dos olhos,

...um pontapé só, pelo menos, batendo o tiro de meta no cu daquele desgraçado, afastando a bola das proximidades da defesa esburacada,

...isso, a bola do destino lá pra perto da grande área adversária, onde a grama é mais verde, sempre, infelizmente,

e riu de novo,

bem, chutar as bolas do cabra seria mais fácil...,

respirou outro bocado, ia perguntar por azelina para o caixa, que fechava o movimento do dia, quando uma porta se abriu, ao lado dele,

a moça se fazia aos sustos, percebeu?, sim, era ela,

...azelina!, a funcionária ria alto, por isso não o ouviu, conversava com outra vendedora, enquanto enfiava o cartão de ponto na chapeira número 17,

ele subiu a voz,

*...**palpite bom pro bicho, hein?**,* tomás!, *oi, azelina, o que é que...,* só queria bater um papo, *outro sorvete?, não, hoje não...,*

os dois saíram da loja sorrindo, tomás lhe disse, então, que a acompanharia por uns dois pontos de ônibus, *pode ser?,*

ela estava linda, bem, um exagero dele, a paixão risca a lente dos olhos e distorce o mundo,

sinceramente nunca achei azelina bonita, a moça era assim-assim,

tomás, entretanto...,

o amor é uma invenção cultural desgramada, deturpação pretensamente civilizatória dos instintos, resultando na maior das barbáries, tragédia repisada no chão batido de um corre-corre que não sai do lugar, sem os rumos, você ri?, preste atenção, olha, caminharam por três quadras, apenas,

ela parou no ponto e se desculpou, estava cansada, o dia puxado, ainda não se acostumara com o batente em pé de guerra o dia todo, como costumava dizer, proibida de sentar-se durante o expediente,

não fico muito nesse emprego, não, outro dia a carla me mostrou as pernas no banheiro, abaixou as calças e exibiu as coxas..., levei um susto, ela é moça, bonita, mas as varizes desfolhadas em galhos roxos pra todo lado, coitada,

tomás sorriu, claro,

quando um sujeito quer trepar diz-se que está seco, não é?, e um homem sedento não pode perder as chances que o céu lhe chuvisca, nós dois sabemos disso, e ele não era bobo, ou era?, porque azelina poderia muito bem ter tirado as calças da amiga, num lugar reservado, justamente para pôr fogo nele e iluminar uma ideia que já estava bem clara e quente para os dois, não acha?,

poxa, azelina, suas pernas não merecem isso...,

por que não, tomás?,

ora, ora, é evidente que ela sabia que era um elogio, mas as mulheres são desse jeito, arrancam da boca dos homens as palavras delas mesmas, as mais carnais, que passam a ser fato do espírito alheio, a retratar uma verdade absoluta apenas porque externadas numa linguagem que as culturaliza, independentemente da vontade que as tenha originado...,

as suas pernas são bonitas, só isso,

ela riu e deu-lhe um tapa no braço,

bobo!,

e devem ser macias, além de tudo,   lisinhas...,

de onde você tirou essas ideias, homem?,

dos meus olhos, poxa!,

maciez com os olhos, tomás!,

      ele a encarou,

azelina, olha, não vou mentir pra você,   ...por enquanto só com a imaginação, fazer o quê?,   ...tem alguma sugestão?,

    ela riu gostoso da cantada, balançando a cabeça,   *ai, aiai...,*

     foi o tempo de o ônibus parar, vila santa cecília, azelina beijou-lhe o rosto com mais energia do que da última vez, e o cochicho ao pé do lóbulo arrepiou-lhe até a raiz da vontade,

              bobinho...,

tomás não disse mais nada, apenas acenou, enrugando os olhos por brincadeira, talvez num arremedo infantil, o que seria suficiente para reiterar um explícito convite que, no entanto, ainda estava por fazer, tática de conquistadores experimentados que preparam o terreno com o gosto da fruta ainda nas pétalas,

     ou o convite já teria sido feito pela balconista, hein?,

o ônibus dobrou a esquina, ela continuava em pé, virou-se para o cobrador sem olhar de novo para ele, que esperava algum retorno, um tchauzinho que fosse,

mas nada, nem aceno, nem olhar,

ah, azelina, meu agridoce, azelina fruta, ...fruta cristalizada, isso, uma fruta cristalizada em mim,

ficou sentado no banco da praça do rosário, fazendo as horas que não tinha, limando um tempo que nunca lhe pertenceu,

o amor deixa o homem besta, já disse,

o tonto voltou feliz para casa, saboreando cada gomo daquele diálogo,

preferiu caminhar, gastar um pouco as solas feias da botina, bem, pode ser que tencionasse apagar, pelo caminho, os vestígios de sumo daquela conversa amorosa, odor que as mulheres traídas cheiram de longe, mexericando as intenções do macho antes mesmo de que ele descasque a amante, é o que é, nem viu quando chegou, acredita?,

bateu os pés no tapete, meteu a chave na fechadura e não ouviu a portinhola do forno, lá dentro, o que lhe provocou uma sensação amarga, *rebeca?,   ô, rebeca!,*

                ela não estava,   por certo saíra com raiva, *mulher é um bicho brabo,* ele não telefonara, dizendo que chegaria mais tarde, as fichas do orelhão no bolso, *cacete!,*

foi até a cozinha e leu um bilhete no ímã da geladeira, as letras decididas, grandes, sem assinatura, sem abraço,   ...sem beijo,

         voltei pro hospital,

        o prato está no forno,

       da próxima vez me avisa,

        que não sou boba,

          viu?,

ele fechou os olhos,

   batata, não falei?,   ...mas *batata fria, pra se esquentar sozinho,*
bateu três vezes no tampo da mesa,

            o outro lado de uma desgraça ainda vestida,

    riu da própria piada,   olhou as horas, coçou o queixo,
rebeca diz que não é boba,

      ...azelina sussurra que eu sou bobinho,

puxou uma cadeira,

        pegou os talheres, na gaveta,

...se não bancar o esperto, saio perdendo nos dois casos, porra,

                                  nos dois casos!,

    tomás requentou o prato no microondas e comeu rapidamente, mastigando a duplicidade um tanto indigesta do seu caráter, o que de algum modo se estendeu para o recado da esposa, num estalar precavido da consciência, afinal a mulher poderia muito bem estar dizendo, com poucas letras – letras de fôrma, mas sem bolo formigueiro, sem papel manteiga –, que conhecia suas intenções de homem com umazinha vagabunda qualquer, *será que aquelas biscates da sorveteria deram com a língua gelada nos meus dentes?,*

                      limpou a boca no guardanapo e leu o desenho dos lábios na gordura da folha, *não, foi tudo um pesadelo, só isso...,* impressão que lhe devolvia, no entanto, um sorriso bobo de si, *ando falando demais,*   *...ou pensando demais, sei lá,*

      um grão de arroz que se prendera no papel caiu sobre a mesa,

    tomás sempre foi muito supersticioso, você sabe, tinha um medo desgraçado quando deixava um pedaço de pão cair, lembra?,

  eta, mau agouro,   *só falta eu me foder sem ter comido a moça...,*

    pinçou o grão com os dedos, brincando de mudar a sorte, absorto, imaginando-a moldável,   mas se levantou de repente,

                                          estacou,

contraiu a fisionomia e depois correu para o banheiro, subitamente desarranjado, o que não era comum,

...uma pontada forte, nos intestinos, empurrando caminho dentro dele, ratazana viva ao avesso de seus medos,

não me faltava mais nada...,

de modo geral, evacuava pelas manhãs, apenas, dez minutos depois do café, isso mesmo, ele até brincava, gabando-se, com alguma ironia,

sim, "alguma", visto que a autoindulgência sempre me pareceu um escamoteio consciente da alienação, se é que isso seja possível, não sei, chegava a impostar a voz...,

sou um cartão de ponto que marca a condição humana no relógio d'água da privada, meus amigos, ...ninguém caga com a minha pontualidade!,

...um operário borrado de graxa, sim, não nego,

mas reguladinho, reguladinho, ...dono, ao menos, da própria bunda!,

e soltava um daqueles peidos ardidos, empesteando o ambiente,

uh, gostoso...,

    levantou a tampa correndo e arremessou, no vaso, o grão de arroz de seu futuro meio manipulado, ...mas errou o alvo, *caralho!*,

    abaixou as calças, contraído naquela conhecida premência limítrofe do esfíncter,

    com o movimento brusco, entretanto, a chave do almoxarifado saltou do bolso de trás e quase mergulhou na louça, tilintando um susto e parando perto daquele grão de seu destino torto, no piso,

    mas o que...,

  tomás teve um pressentimento ruim, então, uma visagem..., chave e arroz, arroz e chave, de repente um par inusitado na moldura do ladrilho, outro lambe-lambe dependurado ao reverso, no chão de cerâmica barata de um homem cagado na vida, era a verdade,

    tomás se lembrou de que não devolvera a porcaria da chave para o encarregado, *mais essa...,*

    soltou-se de todo, então, quase aliviado, obrando fora de hora a sua impresença desregulada,

    mijar e cagar são duas coisas boas demais...,

e ele tinha razão, não acha?,

    aliás, é uma observação do senso comum, sei disso, quem não a ouviu por aí, como chiste?, não, não,   é um troço que vai além do cinismo, meu caro, veja, um vira-lata caga e mija onde quer, sem a necessidade de se segurar, enquanto os chamados atos civilizatórios não passam de movimentos radicais de estúpida contenção,   já pensou nisso?,

       um verdadeiro arranca-rabo da invencionice cultural contra a naturalidade fisiológica dos instintos, numa questionável prevalência da razão e dos bons costumes, o que, não raro, termina em calças sujas, pano de fundo falso para um ser humano que imprime, nele mesmo, com o linotipo enrugado da pele do rabo, a retórica malcheirosa que o institui como espécie fracassada, nascida de si pela boca,

                                ...ou pelo cu, tanto faz,

como?,

       ah, então de vez em quando eu falo merda, é?,

         ah, meu velho..., será que você não está ficando gagá?, ou é só um sujeitinho bem burro, mesmo, hein?,   sei, sei, muito engraçadinho...,

olha, às vezes acho que perco meu tempo com gente como você,

       fatos não existem para fora das opiniões, procópio, mas deixa pra lá, vai...,

       você é um daqueles imbecis que se preocupam apenas com o fio do enredo, não é?,   é burrice,   é sim,

       a história verdadeira está à margem do acontecido, nos fiapos desfiados, sempre,   ...para além das meadas,

                                    quer ver?,

tomás relaxou, como lhe disse, de cabeça baixa, olhando a chave, o grão de arroz, o arroz e a chave, a chave e o arroz, pronto, teve uma ideia expedita, como repetia sua mãe, quando encontrava uma saída para uma desgraça cotidiana qualquer, dando os costumeiros três pulinhos de são longuinho,

        deve ter dito isso quando ficou sabendo do aniversário de quatro anos da vizinha,

        ...e dado cinco pulinhos, em vez dos três habituais,

quem agradece em demasia inveja o martírio dos santos?, ou fura a costela de deuses desavisados, hein?,

se um soldado qualquer tivesse espetado minha mãe, tivesse lhe metido a lança com gosto, no meio das pernas, livrando-a do peso morto que carregava, libertando-a e meu pai, um sujeitinho esconhecio – e de mim mesmo, coitada –, talvez aquele outro inútil não me assombrasse, hoje,

...um nosso senhor anualmente morto e esticado contra a vontade ao pé do altar, num esquife improvável, entalhado em madeira de dura e severa lei, como dizem por aí...,

        (suspira, soprando de si a sombra da infância)

        às vezes, saímos para dentro do buraco, não é?,

o certo é que tomás vislumbrou de supetão um novo quadro, em águas-fortes,   ...retrato bem colorido para a sua vidinha até então opaca,

eu poderia...,

começou a rir sozinho, alto, *é isso, vou fazer isso!,* pegou as chaves, guardou-as no bolso, jogou fora o grão de arroz, tomando cuidado redobrado para que não errasse, dessa vez, o cesto de papel, o que talvez predestinasse tragicamente, com a má pontaria, uma ideia já acertada na mosca,

...não aquela em derredor das cagadas desarranjadas da vida, não, não, mas a mosca no centro do alvo,   o grelinho pisca-pisca de azelina, vagalumeando um novo caminho de desgarradas alegrias,

uma ideia iluminada, diria o próprio buda, em pessoa, quando saltou o muro de sua cidadela, abandonando de vez não apenas uma, mas oitenta e quatro mil esposas...,

sim,

tomás acertava o giro do compasso sem os riscos tortuosos de seu desejo à mão livre, sem as punhetas no sofá de uma sala de espera interminável...,

por que não pensei nisso antes?,

limpou-se e deu a descarga sem olhar, na privada, o resultado daquele mal-estar-a-calhar, por assim dizer, o que denotava seu arrebatamento,

por que não?,

saiu do banheiro, correu até o orelhão, ligou para o hospital e conversou com a esposa, desculpando-se,

ela duplicava o plantão, não dormiria em casa, *ô, claro, rebeca, eu...*

você tem razão, meu bem, sei... *da próxima vez eu telefono, claro,* e patatipatatearam as bobagens de sempre dos casais assentados na sela modorrenta de um relacionamento estável, e, por isso mesmo, propício para fazer despontar, na testa de um dos cônjuges, os cornos pontiagudos dessa marcha nupcial tão besta,

...ou na fronte dos dois, sem que o primeiro veja no segundo, contudo, os afamados enfeites de terceiros, de quartos, para não perder a ordem bastante ordinária e mal arrumada dessa metáfora dos relacionamentos amorosos,

pois é, meu caro, você que não fique esperto..., hein?,

não, claro que não, não sei nada de sua mulher, poxa, estou brincando, seu bobo,

...mas entendo sua prudência e dou-lhe razão,

um homem que se esquece de coçar prevenido a testa, por necessário cultivado hábito, mesmo sem as comichões, como agora, acaba de fato engastalhado nas árvores do passeio público, para riso difamatório e zombal do povaréu que o apontará, nas ruas, dizendo-lhe para *não se preocupar com os fuxicos,*

que onde já se viu tamanha barbaridade,

tudo coisa que os outros poriam na sua cabeça...,

isso mesmo,   as piadas velhas de sempre, ora, ora,

tomás não saiu de casa, deitou-se mais cedo, mas quase não pegou no sono, vivendo por antecipação o estratagema feliz que nascera de uma diarreia – o que, se não lhe confirmava a bonança depois das tempestades, também não lhe negava os sonhos, misturados que fossem à catinga insone de uma cabungada interior,

a verdadeira vida, sem os desatinos do senso comum?,
ou os clichês emoldurando, ao contrário, a mentira cotidiana?,
viu como são importantes?,

nem bem amanheceu, levantou-se da cama num pulo, em busca dos bons lençóis de um futuro enfim planejado,

correu ao banheiro, lavou o rosto sem se olhar no espelho, *o chaveiro só abre às oito, acho,*   trocou de roupa ouvindo o tilintar surdo da chave do almoxarifado enfiada no bolso da calça, *bendita cabeça avoada!,*   sorriu,   depois riu alto, de novo, contente com o discreto ressoar de uma alegria que brotava dele, espreguiçada, pertico do pinto, do pau roçando a pele, como se ele é que surdamente bimbalhasse a boa nova de tempos mais prazerosos,   *agora vai...,*

mas a memória às vezes quer empatar a foda,

já aconteceu isso com você?,

um dia, rebeca viu que ele cagava com o pênis enfiado no vaso, achou aquilo meio nojento, *credo, tomás...*, o que o fez refletir amuado sobre a condição humana, que *imitaria a multiplicação da espécie com hábitos culturais de refinada ironia*,

ela não o entendeu, ou disfarçou, porque era muito mais inteligente que ele, e repetiu que aquilo era meio porco, mesmo,

tomás retrucou, afirmando que todo homem cagava daquele jeito, poxa, *pra não mijar fora da privada, o que acontece quando o homem se abre, soltando-se por todos os orifícios*, rebeca fez uma careta, ensejando no marido um ponto-final que repingasse no presente,

...o que deixa as mulheres putas da vida, filosofou, caprichando nas ambiguidades,

maldita cabeça dependurada!,

coou o café, esquentou um pão murcho na chapa da frigideira até sentir o aroma redivivo do trigo, respirou fundo, *o frescor a ferro e fogo!*, a vida fabricada solta a partir do esforço de um sujeito finalmente por inteiro,

seria isso?, bastaria querer a felicidade, e pronto?,

meteu a mão no bolso e sorriu mais, apertando aquele caminho descoberto com os dedos, chave que não se moldava como um grão de arroz, é verdade, porém escancarava para outros lados as curvas fechadas do destino, abrindo-lhe um caminho de retas sem desastres, sem capotagens, sem nuvens pesadas,

o céu descortinado num simples girar do pulso, espantando camelos e girafas de sua memória para sempre distorcida,

como não pensei nisso antes?,

saiu de casa às dez para as oito e correu para o chaveiro,

...um senhor aposentado que fizera um curso por correspondência, tão logo dependurou as botinas inúteis de operário, porque também incapaz de sentar o pé na bunda dos desafetos, não obstante continuasse a lhes nomear com o ódio acumulado por décadas para os fregueses pingados de sua nova profissão, sujeitos que não queriam absolutamente saber de seu passado fodido na indústria nacional, presos na rua da própria casa com a chave quebrada de uma interioridade capenga, suburbana, o lar prestes a ser arrombado por um velho chato que teimava na indicação pormenorizada de defuntos desconhecidos – cambada de pelegos que lhe havia ferrado no antigo serviço –, insistindo na genealogia incongruente de misérias imerecidas,

...isso!, o mundo sempre entupido de gerentes, de encarregados e subchefes, esse mesmo,   "**chaveiro são pedro**",

                         o povão ria dele, que pintou, na fachada, o apóstolo trancado atrás de um portão de ferro gradeado, segurando uma chave torta, vê se pode,   você o conheceu, então?,   só de vista?,

    a vida no interior é assim,   ...nunca se acostumou, né?,

      ele mesmo, senhor berilo, "senhor berilo dos santos", como fazia questão de ser chamado, ralhando com aquele que trocasse o étimo culto de uma sonhada senhoria pelo prosaico "seu berilo", tratamento vulgar que lhe roubava das mãos calejadas o brasão com o qual imaginara ter escancarado a própria dinastia, coitado,

    ...feudo instituído pela vassalagem inconsciente de si mesmo, muito mais que pelas obrigações devidas a ele por um mundo morto, cujas ideias aristocráticas lhe foram incutidas, na verdade, para que lhe arrancassem o couro bernento de reconhecido membro vitalício do clã dos pés-rapados,   ...bando cuja sina é pastar, sem ruminações, o capim sujo que o bode do patrão amassa, hircoso, com as patas fendidas, na labuta de bico bem calado, com final previsível, nessas fábricas farpadas e fazendas sem fim deste país de bosta,

      bosta no pasto, bosta no asfalto, bosta espalhada pra todo lugar, como já lhe disse trocentas vezes,

                     não exagero, não,

senhor berilo dos santos, uma figurinha,

morreu faz uns quatro ou cinco anos, mais ou menos, nenhum parente pedindo ao funcionário da funerária que abrisse o caixão na beira da cova, acredita?,

a fofoca inconformada espalhando-se desse jeitinho, nenhum dos filhos querendo destrancar o patriarca para um tchauzinho derradeiro que fosse, *vê se tem cabimento*,

o que me fez indagar, na ocasião, pela primeira vez, se a vida não seria um libreto muito mal escrito, ironizando os próprios dias na lombada sem fecho da gentalha, que morre acoitada de si, *ad aperturam libri...*,

não entendeu?, olha, não vou lhe explicar nada pra não desdizer a questão que formulei já como resposta, meu caro, movimento filosófico de um refinamento intelectual que lhe escapa, infelizmente,

sei disso, claro, sei que você não sabe, eu é que sou teimoso, ...um latinismo besta, concordo, fantasia de carnaval em procissão de semana santa,

deixa isso pra lá, vai, o que talvez seja também outra boa conclusão pra gente como você, que pensa com o corpo,

não, não estou bravo, não, nem quero ofender ninguém, longe disso, meu amigo, acho até graça em suas observações, juro,

mas voltemos logo pro caso, vai,

        não quero inimizades com a mania de acreditar que aprofundo, com perguntas, o entendimento da matéria cotidiana, o que pode ser mesmo rematada besteira,

                  ...idealizar o fundo de nossos dias como o avesso do que temos de mais raso,

      isso,   é isso mesmo,   eu é que erro,   concordo, concordo,

            bem,   tomás chegou afoito à barraquinha daquele mui digníssimo senhor berilo dos santos,

         queria uma cópia da chave do almoxarifado, *rapidinho,*

    sabia que não estava muito certo, mas o plano era bom, e, quem sabe, talvez conseguisse de fato mudar a vida de azelina, que não mereceria ter as pernas vincadas de varizes azuladas, mas pouco nobres,

     ela não subiu um degrau a mais à toa, poxa vida,

ô, seu berilo, bom dia, eu...,

senhor berilo, **senhor** berilo!,

             tomás brincava com ele de vez em quando, tascando-lhe o indesejado "seu",   ...naquele momento, porém, a corruptela pronominal escapou-lhe sem querer, *olha, preciso de uma cópia, espera... pronto, aqui a chave, toma, ó,*

de onde é esta chave, senhor tomás?,

de onde?,

um homem pode se orgulhar do próprio pinto, carregado, no mais das vezes, bem escondido pelos panos quentes desta sociedade enferma,

sim, sim, pode se orgulhar estupidamente do membro por boas medidas ou reiteradas funções supraexcrementícias, o que não o absolve da vergonha de ser pego em exercício solitário, com o pau na mão, de calças arriadas, não acha?,

tomás não esperava a pergunta, ficou em silêncio, fingiu uma desatenção maior, olhando o outro lado da rua, até que...,

é da porta de casa,

mas a dona rebeca fez uma cópia outro dia e não era esta,

não era?,

não, não era, tenho certeza,   ...a chave da sua casa é tetra,

é... que eu tenho outra casa,

outra casa?,

tomás se arrependeu da mentira imbecil, não pelo absurdo da possibilidade, mas pela inverossimilhança operária de sua condição, poxa, similar à do velho que, embora vivesse de trincos e fechaduras, malemal carregava a chave do próprio lar,

sim, seu berilo, outra casa sim, que é que tem?,   recebi de herança,

herança?,

é...,   um tio meu,   o senhor já deve ter ouvido a história,

morreu de pau duro, um cacete deste tamanho,   ó...,

seu berilo abaixou a cabeça e foi para o torno pantográfico, fez a cópia muito, muito puto, creio, porque sua família não lhe dera tios daquele naipe, ao contrário, uns velhos desgraçados sem as cartas certas nas mangas de camisa da vagabundagem, parentes que mamaram na irmã mais velha, sua mãe, por anos e anos, até secar as tetas da coitada,

...as duas, as três tetas, porque ela era mulher de peito, trombando as dificuldades com trabalhos dobrados e redobrados, lavando e passando, na casa dessas madames por aí,   ...fazendo doces e salgadinhos que ele, como filho, então um mísero berilinho, era obrigado a vender pelas esquinas, tomando ainda uns safanões dos dois tios quando a conta não batia, à noite, *é pra vender, seu safado, não é pra matar a fome, não!,*

tudo escondido de sua mãe, claro,   por isso o berilo daquela hora se aquietou, tenho certeza, enclausurado na outra casa de um cliente que teve um tio de verdade,   um tio proprietário,

...ele não,   teve de se contentar com dois pilantras que comeram pelas beiradas o que poderia ser, talvez, um arremedo de herança, um terreninho que fosse, pelo menos, lá onde o judas perdeu as chinelas, depois de estourar as bolhas nas solas dos pés, passando agulha com linha por debaixo da pele, em seguida, pra andar outro tanto sem chegar a lugar nenhum,

é isso,   a vida do pobre, que se há de fazer?, herdou apenas a responsabilidade para com o enterro da parentalha, gastando o que não tinha, todas as vezes...,   dizem que fez questão de não colocar o nome dos defuntos no cimento da lápide materna, o que não quer dizer nada, mas é fato que os exumou apenas quatro anos depois da morte do segundo titio, uma última despesa que bancou com muito gosto, pela primeira vez, inclusive com um dinheirinho por fora, para o administrador da necrópole – que liberou a operação antes do prazo mínimo, tudo só pelo prazer de carregar os ossos da dupla lá pro fundo do cemitério, dentro de uma caixinha de papelão bem ordinária, dessas de supermercado,   ...de massa de tomate, pelo que disseram,

bem,   não sei se é verdade, porque o povo fala demais, você sabe,

contam que fez questão de retirar as ossadas da caixa, pessoalmente, misturando-as num empilhado de restos anônimos na loca mais escura do ossuário, mesclando parentes com indigentes,   ...e foi embora batendo as mãos nos fundilhos, limpando os dedos sujos de tios pela última vez na vida, rindo sozinho, sentindo que, enfim, livrara também sua mãezinha de más companhias,

...e ele mesmo, claro, que teria, a partir dali, onde cair morto, em paz, se assim determinasse a divina providência, tomás?, sim, tomás estava cabreiro, claro, ...também não puxou mais papo com o velho berilo, pediu para usar o telefone, virando-se de costas, enquanto fingia uma conversa animada com ninguém, tratando da compra de um automóvel bem conservado, baixa quilometragem,

brasília azul?, não gosto muito, quase todo mundo..., isso mesmo, *cor de carro de pobre...,*

estava nervoso, lógico,

...queria guiar o discernimento do velhote para outros bairros, por certo para longe de suas duas casas, apelando para um ilusório veículo que o transportaria, confortavelmente, na direção contrária à mentira escancarada de suas posses,

pode ser, pode ser,

por isso esperou que o chaveiro fizesse o serviço sem dar a trela que lhe permitisse, antes de experimentar a nova chave, espiar sua existência desenxabida pelo buraco da fechadura de uma porta fabulosa, flagrado como veio ao mundo, ora, ora,

em outras palavras, sem nada, liso, duro,

...a mão esquerda na frente, a direita atrás, tampando o órgão enrugado e sujo de sua vidinha na merda, como costumo dizer, não é?,

você gosta, procópio, você gosta,

nem sempre o pensamento corre por campos abertos, meu amigo, na maioria das vezes está aprisionado no diminuto espaço dos ossos do crânio, este sim, o ossuário labiríntico da vida aqui fora...,

(*...velho enxerido, cachorro pulguento)*

tomás pagou-o, deixando o troco de gorjeta, depois de pegar a nota de 100 cruzeiros e devolvê-la sem olhar, como se aquele valor nada fosse,

sim, acho que eram 100 cruzeiros, mesmo, ...mas posso estar enganado, não sei, quantas vezes o nosso dinheiro já mudou, hein?,

o seu berilo agradeceu, é lógico, tendo a certeza triste, porém, de que o tio afortunado, além da casa, deixara-lhe também uns cobres,

***que deus e os homens sempre o ajudem, senhor tomás!*,**

ele nem respondeu, desconfiado de que o sem-vergonha lhe rogava uma praga,

voltou pra casa imediatamente, a nova chave do almoxarifado no bolso, no outro bolso, porque não queria que ninguém visse o que fizera,

...como se a cópia pudesse contaminar o modelo, denunciando-o ao mundo pela presença duplicada de seu par,

*preciso tomar cuidado,
a voz do povo pode ser, às vezes, a de deus, mas a língua é sempre a do tinhoso,
bifurcada na direção dos piores caminhos...,*

tomás também sabia que não existe verdade para fora das opiniões,

...ou, pelo menos, intuía o fenômeno,
o que sublinha a lógica muda deste argumento surdo,

mas não quero retomar nada do que lhe falei, meu caro,

se me permite enfeitar o estilo, os pingos dos is se dependuram no vento apenas para despencar dos discursos, soprados pelo ar quente de vozes que nos brotam dos ouvidos, nunca das bocas alheias, ao contrário do que o povão imagina,

a história infeliz do nosso amigo tomás é a ilustração detalhada do que penso, de modo que o exemplo dele, mesmo circunscrito a estas imagens que me baralham agora a cabeça, será uma espécie de perpétuo monumento em ruínas da vida por inteiro, não sei se estou sendo claro,   não?,   não estou?,

olha,   todos nos acreditamos ímpares, fingindo pra nós mesmos que o subconjunto ao qual pertencemos não teria outros elementos, o que é uma estupidez sem par na história da civilização, na história da própria individualidade, entendeu agora?,   não, né?,   bem, não é preciso mentir,

toda vez que dou cor às palavras, você empalidece...,

o nosso amigo colocou logo o plano em prática, não obstante ter encontrado rebeca na cozinha, quando voltou, tomando um lanche,

rebeca!, chegou mais cedo?, não ia dar plantão, hoje?, não precisou, peguei uma carona com a beatriz, só isso, ...aonde você foi?, *fui ver uma bicicleta pra reformar...,* não perde a mania de juntar essas tranqueiras, né?, *ah, mulher, larga a mão de ser boba, tudo que comprei e reformei deu um dinheirinho, depois...,* quando arrumou, né?, quando não tinha conserto, jogou dinheiro fora, *uma ou duas vezes, sim, mas na maioria...,* e compensa a canseira, tomás?, *compensa, rebeca, é a vida do pobre, ...se eu fosse esperar os grandes lucros, a grande chance...,*

ele abriu a geladeira, pegou a garrafa d'água, encostou-a na testa, antes de encher o copo,

sabe, o pobre é um quadrúpede careca que aposta corrida com o destino, todos os dias, perdendo o páreo por um fio de cabelo,

a esposa riu,

você tem cada ideia, tomás, *não comprei a bicicleta, se isso lhe faz bem, estava muito enferrujada, ...não sou tão besta como você pensa,*

a mulher não lhe respondeu porque terminava de engolir o último pedaço do sanduíche, silêncio que fez o marido enxergar injustamente uma discordância dolorida que lhe dava, entretanto, o álibi vingativo para o amor errado que sentia,

sabe, rebeca, sou um pouco tonto, sim, você tem razão, mas às vezes um banana como eu consegue vestir uma peruca vistosa, na vida,

...e vencer a prova por uma cabeça de vantagem, *ou um topete, que seja,*

rebeca riu mais, chamou-o de azarão e de bobão,

tomás se lembrou de azelina com mais força, mulher para quem ainda era um "bobinho", um bobinho de sorte, diminutivo que fazia toda a diferença, pelo menos nas ideias tortas de um marido apaixonado por outra mulher, sujeito frouxo que precisava de seguidos empurrões pra se justificar a si mesmo,

vou dar um pulo no centro, uma balconista da papelaria santa escolástica está vendendo uma caloi 10 quase nova, baratinho,   ...parece que não está trocando as marchas, vou espiar, não custa nada,

então tá, mas vê se não demora, o almoço no horário de sempre, hein!, espaguete com almôndegas,

...faz tempo que não agrado o maridinho, né?,

a barriga de tomás esfriou com o diminutivo,

a esposa teria um sexto sentido gramatical?,

arrependeu-se de ter citado a moça e a papelaria,

sim,   presumiu que um pedaço de verdade pudesse salvá-lo da mentira inteira, caso algum linguarudo dissesse à esposa que o vira na loja, conversando com azelina,

é provável que aquelas filhas da puta da sorveteria estejam lá, agora, comprando cartolina pra fazer um cartaz de alguma fofoca...,

...com o pincel atômico vermelho,   cambada de biscates!,

saiu a pé,
queria demorar, tomando no caminho os prazos para o ensaio do que diria à moça, "*oi, azelina, não imagina o que aconteceu...*",

isso,   o convencimento é uma engrenagem azeitada com saliva, e, se a porca espana, não torce mais o rabo, deixando soltas as vontades,

nesse caso, nem uma chave de boca dura, com catraca reversível e o caralho a quatro,   a seis,   a oito polegadas, intumescido por inteiro, haveria de convencer quem quer que fosse a lhe satisfazer os desejos da ferramenta...,

"*oi, azelina, você é sortuda, apareceu uma oportunidade...*",

tomás entrou na papelaria sem o discurso pronto,

o pó do pensamento às vezes resseca o cuspe das palavras, engripando as decisões,

(*foda-se, na hora invento o que der, caramba!,*

não vou falar com o presidente da república!)

a mentira é o protocolo das mensagens silenciadas?, hein?, ora, ora, todos somos políticos o tempo inteiro, diplomatas de verdades tão encobertas, tão repuxadas, que os pés das intenções esticados pra fora do cobertor, nas noites mais frias, não acha?, e ainda somos obrigados a desacreditar os fatos climáticos, abanando a cabeça feito cachorros adestrados, coçando as perebas debaixo dos bancos de praça deste país,

aqueles com patrocínio de casa de ferragens, de farmácia, de açougue...,

       pois é,   ironia sem refinamento,

    bancos de concreto chumbados em pracinhas com jardim, coreto e alamedas calçadas de pedras portuguesas, tudo ensombrado por palmeiras imperiais, como se uma grande história pudesse abrigar a historinha desgraçada e sem rumo das vidas miseráveis,

       ...a diplomacia dos atos civilizatórios, barbárie de talheres à mesa, limpando os beiços no guardanapo de linho, antes de beber o champanhe no gargalo da garrafa,

   o gerente da loja foi pessoalmente ao encontro de tomás, o que o perturbou, pois via no sem-vergonha um opositor preocupado em subir às costas da vaca atolada no brejo daquelas dificultosas circunstâncias, como bem defini pra você, no começo da conversa, lembra?,

   sim, o safado todo saltitante no lombo do animal, do quadrúpede que ele tão bem encarnava, criando o ambiente movediço de desgraças adequadas para uma virada pouco revolucionária de poder,

       tomás, lá no fundo dos revezes...,

isso!,   o gerente também queria comer azelina,   simples assim, *pois não, o que o senhor deseja?,*

nada, vim falar com azelina, *azelina?, ela..., ali, está ocupada..., vou chamar outro vendedor para o senhor,* **não, não, meu negócio é só com ela, não vim comprar nada, não,** *ah..., assunto particular?,*

tomás se segurou pra não estourar, não faltava mais nada, caralho!, além de aguentar o chato do encarregado, de segunda a sexta, agora teria de prestar contas do fim de semana pra um merda de gerente que não tinha nada que ver com ele, nada!,

respirou, cerrou os dentes da boca fechada para as moscas, insetos que um homem fodido engole com a obrigação servil de nunca deixá-los escapar com a voz das impropriedades de classe, isso mesmo, tudo, no caso, pelo emprego de azelina, não queria ser o motivo da demissão da moça,

não era por ele, que não devia nada na papelaria, claro,

simplesmente afirmou categórico a sua condição, depois de tampar os ouvidos para aquele zumbido desagradável que brotava dele mesmo, ...dos confins do universo,

...do fundo dos intestinos de deus, vá lá,

disse o que tinha de dizer, procurando o ponto-final de uma resposta que fosse apenas definitiva,

...é, é assunto particular, sim,

*olha, não quero ser indelicado,
mas aqui tem uma norma, sabe, norma da empresa,   ...azelina a conhece,
assuntos particulares, só fora do expediente,*

puta que o pariu!, assim já era demais,
tomás soltou as mutucas e os cachorros com razão, você o conhecia,
falou o que tinha de falar, porque a gente segura as vontades até certo
ponto, poxa, e o gerente passou dos limites, fronteira que é demarcada
numa verdade sensível, comportamental, do contrário ninguém cagava
nas calças, é ou não é?,

tomás sabia que tinha de evitar escândalo,
de modo que falou baixo, no começo, mas as sobrancelhas grossas
grifaram de preto as palavras, no ângulo correto da firmeza do olhar,

ó, seu bostinha, presta atenção, porque vou falar uma vez só,

eu não vou com a sua cara,

nunca fui,

**...e estou cagando e andando pra você,
de modo que sugiro que vire as costas sem um pio e saia de perto,**

ei, ei!,   o senhor não pode...,

**cala a boca, seu filho de uma égua barranqueira,
se não quiser perder a dentadura aqui dentro mesmo, perto de
todo mundo!,**

o funcionário da papelaria sorveu dois goles de vento, animando, com o gogó bailarino, a veia macha na testa do nosso amigo, engrossada mais e mais no arroxeado das raivas,

...e se, depois, ainda restar algum dente da frente dependurado nessas gengivas, serei obrigado a repetir todas as bordoadas com mais força, lá na calçada, para onde vou arrastá-lo pelo cu das calças, entendeu?,

o gerente ficou branco,

não esperava,

virou-se tremendo de medo,

ia caindo fora de mansinho, conforme o resumo bem explicado da situação,

mas o nosso amigo era foda, punha o dedo na ferida dos fatos antes mesmo de se abrir o corte dos acontecimentos,

então pegou-o de leve com as unhas, pela gola da camisa, pinçando no cangote aqueles passos assustados,

...e terminou a ameaça num crescendo,

espera lá, olha, ainda não acabei...,

caso azelina fique sabendo de nossa conversinha,

...ou mesmo se você pensar em mandá-la embora, veja bem, se você só pensar nisso, olha, aí não vou responder por mim, não, porque não suporto um alcagueta safado,

não suporto!,

um cliente com as orelhas mais atentas passou olhando e estacou a certa distância, curioso da possível peça dramática que ouviu de relance,

a vida estreia em pequenos atos?,

tomás antecipou-lhe a expectativa e sorriu de volta,

depois balançou a cabeça devagar, num cumprimento sem significados, e continuou com mais tranquilidade, virando-se para que o xereta não pudesse ler seus lábios, o que foi bom para afastá-lo de um episódio que se aproximava aos poucos do estardalhaço indevido, já que ia mesmo se empolgando com o domínio completo da situação, momento enganoso em que o pobre costuma perder a cabeça e a liberdade, imaginando-se proprietário das atitudes,

...você não me conhece,   não tem ideia de quem eu seja, não é?,

(segundos que duram séculos...)

tomás respirou fundo, como se puxasse do peito a resolução de questões urgentes, silabando a dicção e o silêncio,

farei questão de capá-lo...,

                enfiou a mão no bolso da calça e tirou discretamente um canivetinho caipira que fora de seu tio,   ...com o cabo de chifre, amarelado,   coisica à toa que nem era adequada para sulcar, com a fundura pretendida, a ameaça que entalhava com prazer, calcando o formão da voz com força, até ali,

                ou a goiva, que fosse, mas taluda de palavras, pesada o suficiente para desbastar grandes cavacos de madeira de lei,

                ...no caso, de lascas fora da lei, vá lá, porque garavetava o inimigo em seus domínios,

                por isso guardou-o de imediato, arrependido, temendo cegar o corte da intimidação com a laminazinha familiar, diminuída de repente na lembrança de um menino que se sentiu homem pela primeira vez na vida, de posse de uma arma branca, conforme ficou sabendo quando a ganhara, único presente de que se lembrava com carinho, coitado, seu tio lhe dizendo, por fim, que era o chefe da casa,

                então teve de se explicar para o gerente, quase gaguejando, e ir um pouco além, firmando as pancadas do macete na intensidade certa de seu tamanho social, para não arrebentar os próprios dedos com os golpes que miravam somente o outro,

    ...é,   capar,   capar de verdade,   é...,   é isso,

        mas não vou parar por aí não, meu amigo,   não...,

(...e mais séculos)

    tomás viu-se obrigado a mudar de peles, antes de voltar para o meio das pernas daquele lazarento, na verdade o centro falseado da discussão,

        claro,   eles davam cabeçadas por causa de azelina,

        vou sangrá-lo aos poucos, rasgando sem dó o seu pescoço,
...a jugular,

(passa a mão na garganta, como se apenas se coçasse)

        a confiança voltou de supetão, quando viu o desgraçado arregalar os olhinhos,

    ...não sem antes obrigá-lo a comer os próprios bagos, as duas bolas de uma vez,   bem mastigadinhas, entendeu?,

    aaahhhh, dá até água na boca, não dá, hein?,

      o senhor não precisa...,

        opa, opa, biquinho fechado, seu safado!, seu cachorro bernento...,   olha,   pra finalizar o trabalho, porque nunca deixei nada em metades, corto o seu pau pelo cabo e o enfio bem enfiadinho no seu cu...,

        ...é,   é isso,

enfio o seu pinto no próprio rabo, do jeito que enchiam linguiça antigamente, sabe como é?,

só pra ver entupir o buraco por onde sujeitinhos como você soltam os verbos sem medir as consequências...,

"fora do expediente" a puta que o pariu!,

a pu-ta que o pa-riu, entendeu?,

bom, é isso..., vai, vai, pode ir, agora...,

tomás até que falou bonito, não foi? na hora do furdunço, a conclusão do discurso saiu bem mais consonante, ele me disse,

meio sopranizada pela discrição a que se viu forçado, é verdade, mas também não se lembrava de todas as maiúsculas em baixo e grosso negrito daquele palavrório sublinhado na surdina, de improviso,

em todo caso, deu ainda uma ordem ao gerente, como se fosse de fato o maestro da situação, o dono mesmo da papelaria, o chefe batuta, o patrão que colocava o funcionário de bosta finalmente por baixo, enfiado sob aquela nossa vaca atolada no brejo das circunstâncias sociais, como lhe expliquei duas ou três vezes,

ó, olha aqui, ó, aproveita o rumo e fala pra azelina que estou esperando por ela, ali no canto, perto da pilha de pacotes de sulfite, vai..., o gerente balançou uma concordância miudinha com a cabeça, um "sim" aparentado ao "não" pela consanguinidade do medo, e tomás, afinal, ficou satisfeito com a direção de tudo, a ponto de tomar de vez a gerência daquele banana, ele sim um imbecil, um bestalhão, um tonto que se arreganhava de quatro para o sistema, inconsciente dos joelhos ralados, fazendo gosto das feridas, inclusive,

                        ...pois é,   de quatro o tombo é maior, ao contrário do que insinua a lei da gravidade, outorgada pelo regime social, numa hierarquia cuja dignidade é a casca de ferida das posições subalternas, dos aceites sem remissão ou curativos,

como?,   o professor astolfo disse isso?,   não me lembro,

    muitas vezes fazia questão de não ouvi-lo, perdido em mim,

                      ...ou achado em mim, comigo, pra não mentir minhas buscadas ensimesmações,

    bem,   todos nos arreganhamos, concordo,

           ...mas uma coisa é um intelectual concursado falar isso, professor e coisa e tal na pós-graduação da unicamp, herdeiro de cercas e pastos, casa aqui na cidade, apartamento em campinas, em são paulo, outro na praia, em ilhabela, com um puta patrimônio e o caralho a quatro, mas este agora em pé – e não de quatro –, rijo nos cartórios, mantido ereto no tesão fetichista da bufunfa de corpo mole, ironia carnal de mãos beijadas e lambidas, isso sim, latejando o dinheiro vivo, priápico, a fortuna mumificada de sua família quatrocentona, ...pffff, não brinca, ele disse isso, também?, mas que filho da puta!, olha, não gosto de meias palavras, ...nem de falsas dislogias,

o professor astolfo sempre foi um janotinha, então é fácil teorizar que fulano e beltrano, dois desgraçados, não apontariam assim ou assado para um "horizonte revolucionário", não moldariam suas ações mirando "possibilidades de verdadeira justiça social", de "mudanças políticas", ou qualquer coisa desse tipo, sei lá, tudo bem, a ideia no fundo é bonita, é desejável, claro, porém sejamos francos, procópio,

...esse doutorzinho *honoris* sem *causa* está mesmo pelado dentro da beca, porque todo sicrano boca dura de capelo, no brasil, só discursa, quando muito, a cacofonia histórica de seu Estado,

ai-ai, o poder sem as ambiguidades de classe, meu amigo,

e, por isso, estado com "**e**" minúsculo, também, porque, desse modo, muito distante dos excluídos, dos marginalizados, dos fodidos e ferrados,

dos sem eira nem beira, na esteira, como nós...,

por isso ele não sabe,

...aliás, nunca soube, de modo concreto, realista, o que é a labuta diária pela simples manutenção de um empreguinho de merda, é isso, o choco amargo de tudo que temos de engolir, sem careta, pra não encarar o olho vesgo da rua, sempre arregalado em nós, *zoiudo*, vigiando as atitudes, ovo frito remelento de gordura velha, mal disposto num prato bicado,

...ou numa marmita, tanto faz, refeição e promessa de um futuro franzino de serviços abiscatados aqui e ali,

e olhe lá, hein!,

...enquanto ele, todo pimpão, muito concentrado no exercício de sua cátedra em ciências desumanas, bancando toda semana, pra cima de nós, o filósofo *poché* de óculos *ray ban* originais, mesmo quando não fazia sol,

um professor "engajado" que cuspia o estilicídio de sua pretensão inteligente de compreender o proletariado fodido deste país, mas a partir do ar-condicionado de sua segunda biblioteca, aqui, nesta cidadezinha de trecos e fulustrecos,

...mas sempre com o rabo dos olhos, é lógico, porque gente assim nunca deixa de temer a fúria das massas, seja lá o que isso for,

em outras palavras mais cruas e corretas, agora sim com todas as letras, outro filho da puta emproado, mas incapaz de entender a nossa vidinha, pra ele, sem sal nem mingau,

ah, procópio, tenha a pecadora paciência!,

mesmo sem os diplomas, na verdade por isso mesmo, tenho o dito e a benedita comigo,   os zés todos,   o joões-ninguém,

tenho comigo, na ponta da língua, os pés-rapados do país inteiro, caralho!,   ...além destes dois chulezentos aqui, de havaianas, que não me carregam a lugar nenhum, é isso,   o professor doutor astolfo galdino figueiras fialho nunca que nunca entenderá o samba miudinho dos pobres, festejada coreografia ao avesso das revoluções,

...mestre-sala e porta-bandeira girando conforme a música,

      ou, pra não mentir, na maioria das vezes rodopiando sem melodia nenhuma, a não ser os passos de compassos silenciosos para uma resignação estagnada, o que também sempre será, ao mesmo tempo, a consciência espetacular e sem plateia de uma redenção possível justamente pelo vai não vai dessa conduta ora cambaleante, ora cediça,

      em resumo, os passos tortos que ensaiamos em todas as situações da vida pra valer,

  não, nunca fui com a cara dele, juro,

       olha, quem balança os braços na corda bamba não está abanando as mãos para o público endinheirado e culto, mas gesticulando a própria condição para alcançar o outro lado sem se esborrachar,

  essa corda em que mal nos equilibramos é a de enforcado, sempre,

  e digo mais,

      pendurado na vida, um sujeito se entorta sem saber pra que lado terá de dobrar a coluna, porém entende, por instinto, que este é o único movimento possível pra não cair de boca,

...e tal conhecimento, meu caro, mesmo que intuitivo em seu delicado equilíbrio – ou desequilíbrio –, mesmo que destrinchado numa conversa trôpega de final de tarde, depois do expediente, molhando a garganta num botequim vagabundo, é sim uma puta consciência revolucionária, ao contrário do que as condutas fariam supor,

          então repito,

é uma puta consciência revolucionária!,

    ainda que inconsciente,   o que é que tem?,

       muito maior do que os cinco volumes d'**o capital**, estudados semanalmente por uma corja assisadeira qualquer,

          tenha certeza disso!,

    eu sei,   eu sei...,   não quero negar o fato de que formamos um grupo de estudos, entretanto o professor é que nos procurou, caramba!,

          é,   ele soube pela família, o oberdan é primo dele em segundo grau e comentou por alto a respeito de uns operários que estudavam ciências humanas justamente em sua cidadezinha natal, no fiofó do mundo,   trabalhadores que liam livros,   que discutiam a própria realidade,   a política do país, supondo sair do buraco por meio do conhecimento,

        da literatura,

ingenuidade nossa, hoje sei disso, porque no máximo chegaríamos às pregas do mundo, local talvez até menos propício para se tocar a vida do que o cu em si, não acha?,

vai rindo, vai, a prega-rainha da inglaterra faz seu império em nossa bunda, meu amigo, lasseando a existência pra melhor meter o ferro que levamos no rabo todo santo dia,

...a tal consciência revolucionária sentida, enfim, na pele mais sensível da vida, como já lhe disse,

acha mesmo que o pobre vai um dia conseguir se sentar em paz, relaxando o pensamento para além da própria materialidade dolorida?,

a garganta... rrrrrã... rrrãã..., espera..., esse pigarro..., rrrrãã..., viu?, quando babamos utopias, até a natureza nos pega pelo pescoço,

rrã rrrãã...,

só bebendo mais, né?,

...em suma, o professor astolfo se espantou com isso, operários lendo filosofias e altas literaturas, ui-ui-ui, coisa de outro mundo, mesmo,

o que ele negaria depois, lá do alto de sua ciência, com os nossos encontros capitaneados finalmente por uma suposta educação sistematizada,

eu, não sei...,

você acha que ele tinha alguma razão pelo menos nisso?, ou a limitação de classe reproduzirá sempre o desacordo irremediável de nosso discurso com a inteligência de qualquer texto mais sofisticado, falado ou escrito, hein?,

    poxa vida, pra mim isso é preconceito dos brabos, não é?,

        sim,   fizemos parte dos seus estudos,

          ele vinha semanalmente de campinas, então, preparando sua tese de pós-doutorado,

      tomás participava desde o começo,

achamos legal, na época, um sujeito culto, um professor universitário preocupado com a nossa formação, com a política operária,

claro que me lembro,   você entrou no finzinho, pouco antes da defesa, na mesma época em que eu fiquei meio doente, não foi?,

      continua apaixonado pelos gregos?,

    eu não sabia que ainda mantinha contato com o professor, como ele está?,   ouvi dizer que não anda muito bem de saúde,

   olha,   eu me arrependi de participar, juro, de fazer parte da lista de agradecimentos na página de rosto amarrado de um calhamaço que ninguém vai ler, virando a cara pra gente, como de costume,

      e não falo isso apenas agora, não,

você não acha que fomos usados de novo,

...quer dizer, a expressão "de novo" sendo o autoengano do que se repete mesmo quando supostamente estabelecido na diferença?,

pode ser que eu tivesse lido outros livros, não fosse ele, claro, o que na verdade, pensando bem, poderia ter de fato mudado a minha vida, não é?,

ou quem sabe se, por acaso, ao pegar na biblioteca os mesmos volumes que ele indicou, não os tivesse entendido de outro modo, apenas meu, em mim, pelo de dentro da minha vida, o que talvez fosse uma interpretação um bocado extemporânea, errada, sei disso,

...no entanto, muito mais correta em relação às minhas verdades inalcançáveis, por que não?,

não entendeu?,

é simples, você acha que eu seria outro homem, meu amigo?,

alguém mais feliz?, quando penso que..., olha, às vezes sinto que aqueles encontros me atrapalharam muito, não sei,

talvez o tomás não tivesse o fim que teve, coitado,

mas chega de injustificáveis justificativas, porque, olhado lá de cima da corda bamba, lá do alto do morro, lá de longe, do fundão da "vila qualquer coisa", o lixo será sempre a figura arremedada dos contornos enganosos da civilidade,

da arte, ...da erudição,

como vi outro dia, no jornal,

um *trompe-l'oeil* do caralho, a propósito da obra de um artista plástico quase brasileiro,   ou quase estrangeiro...,

um cara famoso que trabalha com restos, tapeando os olhos de todo mundo com os golpes de vista estabelecidos pela mentalidade social,

ou pelo sistema, vá lá,

não, nem vou dizer o seu nome,

quando embirro, não pronuncio,

um jeito de fingir esquecimento, embora todas as sílabas guardadas no oco da cabeça cheia, entende?,

nada contra ele, que me pareceu boa pessoa, inteligente, talentoso, mas...,

olha,   a pseudocrítica das artes plásticas, por dentro e por fora das obras, modela o chumbo enfim possível do papel-moeda desses artistas e intelectuais que, hoje, conformam-se ao mercado, supondo alquimiar a realidade,

gente perigosa sem saber, portanto...,

rrrrrã... rrrãããã...,

não tem jeito...,   um copo d'água?,

vou pegar na cozinha,

e tomar outro comprimido, foda-se,

        não, não,   fique aí, pensando no que lhe disse,

        quer que misture com um pouco de gelada?,   eu...,
quando esfria um tiquinho, minha garganta arranha, sabe,
    você...,   pigarro é mal contagioso,
    ...a velhice é muito mais, começando a nos agarrar pela voz,
puxando as cordas frouxas do pescoço,
        envelhecer é um enforcamento que leva anos,
   um garrote manivelado por dentro,
          as palavras faltantes, antes do ar,

para os pobres, o tempo passa mais depressa, já percebeu?,
   se você colocar reparo...,
      o peixe morre pela boca,
nós morremos de humanidade, procópio,   ...mas de corpo inteiro,

ele?,

        bem,

    ...o nosso amigo tomás gostava de sublinhar até as maiúsculas, por isso encerrou aquela confusão na papelaria com uma nova ordem,

        ou quase, e é isso que interessa, não é?,

ó, espera, espera...,

    fala que ela pode terminar de atender o cliente,

  eu tenho tempo de sobra,

      tempo pra fazer o que bem quiser com a minha vida,

...e com a dos outros, também,

        tomás pontuou a frase com o sorriso na medida certa, num dos lados da boca, apenas, insinuando o bom senso de sua violência extremada numa fisionomia dúbia, ri não ri, adequada àqueles que sabem medir o tamanho dos atos desenfreados, por assim dizer, pouco se lixando para as consequências descabeladas do desatino,

        o gerente entendeu os recados nas linhas e entrelinhas das próprias pernas, cumprindo a sagrada covardia com a diligência de um empregado que recebera ordens diretas do **CEO**, ou do proprietário da quitanda da esquina, tanto faz, até porque a papelaria não era dele, caramba, e o odor seboso do saco, depois de um dia suado de tanto trabalho, zanzando entre os balcões, prenunciava em casa, todas as noites – quando passava o indicador pelas dobras e rugas da pele, cheirando o dedo em seguida –, o gosto duvidoso daqueles bagos que estaria obrigado a carregar, de preferência, até o final dos tempos, gônadas inúteis que seriam portanto uma refeição no mínimo indigesta, celebrada em vão, naquele caso em que perdia a boceta de azelina em benefício de um patrão que, como se sabe desde que o mundo é mundo de uns poucos, nunca esteve nem aí pros empregados,

...muito menos aqui, claro, sempre que fizessem o caixa e controlassem o estoque com o dever hipócrita da honestidade dos pobres, esse bando de pés de chinelo que pode cerzir caprichosamente, com o servicinho regrado em carteira, a dignidade esfarrapada daqueles que vivem com as duas mãos atrás, imaginando esconder, com gestos inúteis, o buraco fedido e fodido de uma honra dia a dia mal remunerada,

gosto da imagem, sim, por quê?, terceira ou quarta vez?, jura?,

penso que..., a força do cu, né?, e das mãos, poxa...,

olha, um exemplo concreto...,

a mesma cena, encaixada em diferentes filmes, mudaria o resultado cinematográfico das obras?,

claro que sim!, é preciso entender o senso comum e o clichê como manifestações legítimas de um novo recorte de classe, venho tentando lhe dizer isso desde o começo da conversa!,

...a inteireza do fragmento, espelhada aos cacos numa totalidade inapreensível,

e pronto!,

a tal cena seria...,

não, talvez, ...e sim,

tudo ao mesmo tempo, ainda que apenas justaposta, meu caro, inserida de relance, subliminarmente, até, o que obrigaria o espectador a entendê-la – ou intuí-la –, como parte daquele todo fraturado por ela mesma,

mas a fratura, nesse caso, deixaria de ser a quebra que de fato é, instaurando os sentidos de uma necessária e continuamente distinta observação, em espelho que reflete espelhos, que refletem homens em estado de permanente reflexão...,

claro que não é somente jogo de palavras!, ...somos nós, aos pedaços,

...e é ele, o outro, esse mesmo pobre infeliz, e este, fadado a ocupar o lugar de desconhecidos, como também o dele próprio, que somos sem saber, juntos, mas bem separadinhos pela so-ci-e-da-de,

é preciso pensar o clichê como reverberação semântica, um eco político e social, porque não apenas do indivíduo, mas do país!,

...do país, procópio!,

          não, não,

               esse brasileiro "*com a mão na frente e a outra atrás*" não seria o negativo de um retrato,

                     ...nem o positivo,

sei, sei,   agora isso está acabando, claro,   era digital,   pfff,

          isso me faz lembrar do...,

viu?,

      você que me obriga a desviar,

            ...desvio que é caminho também, quer ver?,

      a vida inteira eu disse o seguinte, a respeito dessas tralhas todas,

          ...as conquistas técnicas serão sempre, e antes de tudo, fruto e erva daninha ideológicos de uma época, percebe?,

              as ferramentas são a concretização das ideias dominantes, invariavelmente,

        sim, com a boca de uma polegada,   ...coitado do tomás,

as vergastadas sistêmicas são corpóreas,   tecnológicas,

      a imagem de que gosto tanto não é um retrato, como você supôs, não sou ingênuo a esse ponto, meu amigo,

                        por isso evoquei o cinema,

sem pano de fundo,   ...uma espécie de paisagem descontínua do país, em fingidos movimentos,

                 ora, eu é que lhe pergunto,

        onde se desenrolam os dramas do que seria o arremedo de nossa brasilidade, senão em nossa própria pele?,

          besteira,

                  o fingimento é a nossa essência, sim,

    outra banalidade?,   acha isso, mesmo?,

se preferir, então, uma verdade interior por enganosos traços, pode ser?,

       não diria isso,

              a farsa é o ensaio da realidade dos atores, personagens de si mesmos num dia a dia repetido à exaustão, sem data para a estreia fracassada de uma vida inteira, mas toda remendada...,

       ...a do público também, claro!,

já disse três vezes!,

       isso nunca existiu!,

lembra o tomás, no ônibus?,

    claro que é política!,   **po-lí-ti-ca!,**

      com "p" maiúsculo e minúsculo, um por cima do outro, amassando a perninha da letra desossada, subnutrida,

      este sim, retrato a três por quatro da sociedade, fotograma de uma película velha, enfiada na marra num filme B,

            é assim que se diz?,

   porra,   colada com durex, como sempre...,

      às vezes, procópio, sinto esse visgo na pele, acredita?,

quando perco um pedaço da vida,   uma parte qualquer de mim,

     ...teríamos sido cortados, assistindo a nós mesmos, sem saber, ausentes da sala das projeções sociais?,

      aí está a imagem, de novo e novamente!,

           não é bonita?,

é isso,

...agora você está com a mão direita atrás e a esquerda na frente, mas se olhando, meio vesgo, no espelho d'água do palácio do planalto, entendeu?,

prefere apenas se ver?, / ou ver se?,

calma,　　uma comparação e você compreenderá quase tudo...,
veja,

se a desgraça pelada é desenrosa pra você, talvez não fosse pra um maneta, invejoso da nudez que não o deixaria necessariamente com a bunda de fora ou com o pau balangando,

procópio, meu amigo,　　são os mecanismos concretos da alienação,

a guilhotina de um sistema de botões que não decepa o braço por conveniência social, só isso,　　deixa de ser burro!,

claro que é filosófico também!,

qual a dimensão histórica da vergonha de uma só mão tapando o rabo ou os colhões, hein?,

as escolhas do que não são opções!,

aqui, lógico!,

      budismo ao pé da letra para analfabetos políticos,

         ...um pé no ouvido da iluminação sussurrada à luz de velas, sob o sol indiferente dos trópicos,

            um novo sistema que não fosse teórico, mas braçal...,

   sim,   outra filosofia qualquer, roçada na vida, de mão em mão, ao rés das peles, ao rés da terra,

         concordo,   qual delas, entretanto?,

ora, a teoria do espelho d'água de que lhe falei mais de uma vez, caralho!,

      você...,   olha, até aumenta a minha dor de cabeça,

   brasil e ponto-final não,   não,

      brasil e reticências, isso sim   •••

     reticências especiais, com apenas dois pontos desarranjados, querendo-se de pé para enxergar e explicar as ruínas ao redor,

      reticências também manetas,

             insubordinação anegativa   **:**

-   um ponto à frente, acabando com tudo antes de começar,

                                  outro no final, mas numa linha em branco,
terminando o que não começou

                                                                                                                    •

o terceiro?,

                                  ocupando todos os lugares ao mesmo tempo,

                e nenhum deles, também,

                                                            em tempo algum,

e sempre,

•

espera um pouco,   ainda tenho o danado do plotino aqui na estante,

um minutinho,   marquei a página,   escute,

"*mau trabalhador é aquele que produz formas feias. Também os amantes têm a visão de uma forma e se esforçam para chegar até ela.*"

não é o caso?,

mais um trecho revelador, olhe,

"*tudo o que é, é pelo um, tanto os seres que são o próprio sentido da palavra quanto os que chamamos seres nos seres*",

a língua também,
já que demarca a incompletude rabiscada e mística dos sinais gráficos, supostamente racionais,

e de seus fonemas, sim, ecos da carne fraca,
mas gritados para alguém surdo, do outro lado da calçada,

para os que ainda virão,

e para aqueles já existiram, porque não sabemos o sentido das ruas, contramão em todas as direções, a toda hora,

...tempo, aliás, que marcamos pendulando, com o diafragma, na bexiga rasgada dos pulmões, respirando a vida aos goles,

existência da qual fomos expulsos, eis a verdade, conforme lhe falei a propósito dos enigmas de ser e estar, numa espécie de intemporalidade quântica, de ubiquidade, porque viver é também um rumo que assinala bilhões de impossibilidades perdidas por aí, zanzando ao redor do planeta,

e a nossa conversa...,

quem diz o que quer que seja, procópio, acende as trevas no incômodo sem janelas da iluminação,

e aí, babau nirvana, meu amigo,

os peixes não se interessam pelas palavras do buda, para tristeza sem remédio de santo antônio,

outro naco de plotino, ó, bastante explicativo...,

"os corpos não podem penetrar-se uns nos outros; porém, por sua vez, os corpos não podem impedir a união de duas coisas incorpóreas. O que distancia os seres incorpóreos não é o lugar, senão a dissemelhança e a diferença; e assim, quando esta desaparece, desaparece também o que impedia a mútua presença."

dá até um frio na barriga, não dá?,

             então lhe pergunto de novo, supondo que,
ao dizer, necessariamente redimensionamos os fatos, afastando-nos de
uma essência mais e mais abandonada, sei disso,   mas,   ...bem,

é o conceito espalhafatoso de "criação", não acha?,   por isso...,

não,   não me refiro apenas à retórica,

         portanto, repergunto-lhe, como se respondesse a mim mesmo,

                 pensa que determinada arte carregaria, em si,
todas as outras, mas emudecidas?,

                    e vou mais longe...,
as carnes do amor têm suas fibras de ódio?,

                 ...como se um indivíduo fosse todos e ninguém,
enquanto um discurso seria todos os textos, mas também suas páginas
em branco, e assim por diante, entende?,

            porque estamos falando de tomás, do que aconteceu com ele,

                  e falamos de nós, falamos das paixões, do trabalho,
dos cacarecos amontoados que vão formando aos poucos a vida mesma,
empilhada de nós, amarrada de eus,

                    será?,

      talvez,   ...só mais um exemplo,   pense comigo,

imagine uma nova literatura calcada no silêncio eloquente da realidade,

    esta sim, nada verborrágica,   ...ou palavrosa,

        desditada em espaços ocupados pelo vazio de uma natureza social *variegada*, como dizia meu avô,

    ou mesmo nas locas desocupadas pela presença em carne e osso de uma sociedade natural, se possível – e agora sou eu que o digo, sem o pó alérgico dos defuntos, mesmo os mais familiares...,

      o fantasma de meu avô que releve a observação,

        ...acha que tudo isso, enfim, apontaria para a construção literária de uma vida completa, feliz, mesmo que irreal até os ossos de uma existência inacontecida?,

sim,   uma desculpável alienação, manufatura indolor da sanidade,

        hein?,

  claro,   pode dizer seu provérbio,   não se acanhe,

    bela definição, procópio!,   gostei...,

    "a saúde dos copos vale mais que os espirros",

      olha, até por gostar do seu aforismo, vou reformulá-lo, para que não fique apenas seu, comprovando que o conceito de amizade forjou-se no mais fundo e produtivo egoísmo, matéria-prima de todas as artes,   ...inclusive daquele barro divino, meu caro, simples,   quando se percebeu que abocanhar metade do porco-do-mato é melhor do que não lamber os beiços de nenhum porco-do-mato inteiro...,   e só,

a fome empurra a matéria, procópio, dando fôrmas e formas ao mundo,

ideias a prestações, um pinga-pinga dos infernos, cagadas, vomitadas e tossidas, compreende?,

arquétipos da criação,

...mas claro que se transforma!,

solipsismo, hoje, é um golpe à vista das artes,

não!,   ultimamente é pior, porque colocamos os negócios à parte, como sentencia o ditado,

então, lá vai, senão me esqueço daquele nosso remendado e dividido aforismo, escute,

melhor segurar um copo vazio que chupar os dedos...,

civilização?,   piada de gosto duvidoso,

        ou não entendeu o que lhe disse até agora?,

não, a sociologia seria incapaz de...,

    menos ainda a antropologia!,

                por falar em remendos,
uma vez cerzi camões, mas ciente de que fabricava um rasgo, o sentido maior nos versos desfeitos,

    ...feche os olhos e escute como se estivesse lendo,   ó,

    transforma-se o amador na cousa amada

    quando o leitor, ao ler, então se vê

    em cada letra, rosto sem porquê

    na folha em branco, página arrancada...

                não sei,

...agora eu sou maluco, é?,

    a puta que o pariu, procópio!,

            eta, sujeitinho ignorante!,

      mais cerveja?,

                                  eu também bebi demais,

              mas já?,

                  poxa,

                        nem vi o tempo passar,

                então, beleza,

                        amanhã continuamos,

      não quer ficar mesmo para o jantar?,

                                    a patroa já está chegando,

dou sim,

            eu o acompanho,

                            pode vir à tarde,

não, não,

    domingo serve pra isso, também,

        acha que fico vendo a bosta da TV?,

tá bem, tá bem,

      não pego o plotino pelas orelhas de novo,

          prometo,

   lá pelas três?,

^^

entre, procópio,

           não, foi cuidar da mãe,   vai passar o domingo lá,
é o dia dela, tinha me esquecido,

     os parentes se revezam, sabe,   eta, dona cátia!,

   a velha fincou as gengivas neste mundo,   sim,

está doente há quase trinta anos,   faz oitenta e dois, em novembro,

      começou a abilolar quando não tinha sessenta, coitada,

teve de sair de casa,   morou uns tempos com um sobrinho, em cotia,

             depois veio pra cá,

   da pá virada, de modo que a cova se abre aos punhadicos de terra,
fazer o quê?,

     presa neste mundo, pobrezinha,   não!,   gosto dela,

      falo por falar...,   mania,

            nada diverso de nós,

mesmo nos claros, enxergamos a escuridão ali na frente...,

    isaura deixou um abraço, está com saudade da creusa, viu?,

  disse que faz questão de lhe preparar alguma coisa pra jantar, hoje,

lá pelas sete, sete e meia,

ficou brava porque lhe falei, ontem, que era repeteco do almoço,

       ...mulheres, procópio,   mulheres,

bem, já deixei tudo no jeito, hoje,   sabia que vinha curioso,

    pode se servir,

        onde paramos?,

        depois da derradeira ameaça, o gerente foi até azelina e passou o recado segurando firmemente o antebraço da moça, tem cabimento?,   *filho da puta, olha só...*, apertou os dedos mais do que seria a obrigação dos estafetas, não quisessem deixar a correspondência cair, o que deu a tomás a certeza multiplicada de que aquele bosta queria mesmo carimbar a moça, passando antes a língua babenta em seu selinho,

      vai pro quinto dos infernos!,

    segurou-a o tempo inteiro de um recado que não tinha, afinal, tantas palavras, confirmação visível de que o gerente escondia mesmo segundos e terceiros interesses que, fatalmente, descambariam para os quartos, *acho que vou ter de dar ao menos um safanão nesse caboclinho folgado...,*

azelina virou-se de repente para tomás e sorriu-lhe, o que o apaziguou,

ela estava longe de ser helena, mas tinha o semblante tranquilo, no frescor das vinte primaveras, estações indefinidas para impedir uma guerra entre os povos, é verdade,

...mas os habitantes de impérios vazios, operários e funcionários do comércio, por certo haveriam de preferir, às espadas, os cantos e recantos quaisquer de uma cidade sem muros, sem contas a pagar, sem acertos ou desacertos, fato que os conduziria aos forçados armistícios da pobreza remediável, disfarçada de pequenas escolhas e mínimos prazeres,

tomás se esqueceu do gerente, da frase que ensaiara em vão, no caminho da papelaria,   ...esqueceu-se até de rebeca, àquelas horas em casa, enrolando almôndegas, as mãos ungidas com a mais cristã das manteigas...,   o que seria a mesma situação, estivesse no hospital, cobrindo, com o lençol amarfanhado, o rosto de um velho morto, encolhido nas sombras ainda mais amarrotadas de sua existência, como gosto de repetir,   ...esqueceu-se também do bilhete na geladeira, de sua dor de barriga, esqueceu-se de djanira, de novo menina morta e sem rosto, tomás só se lembrava de seu berilo, do senhor berilo, cujo ofício lhe abria a possibilidade de gozar a vida, de exercer-se homem, de...,

às vezes, a chave da saída se entorta nos bolsos, quando nos levantamos de supetão, pra correr em direção à porta, não acha?,

a vida, que também tropeça?,

(azelina vai ao seu encontro)

oi, tomás, surpresa boa, *oi, azelina, eu também estava com saudade,* tenho uma no..., acho que o gerente não gostou de vê-lo aqui, está tremendo, ...não!, não olha não!, disfarça, ...*besteira, azelina, falei com ele, estamos nos dando, agora, sabia?,* ah, mentiroso!, *verdade, juro,* ...*combinamos bater um papo, qualquer dia desses,* com o gerente?, *é..., pode perguntar pra ele,* eu não..., não se deve dar trela pra chefe..., *por quê?,* ah, sabe como são os homens, né?, ele anda se engraçando com..., mais ou menos..., anda se encostando demais, sempre me tocando, entende?, *opa, se entendo!, pensava nisso agora mesmo, quando lhe deu o recado,* você viu?, *claro!, é um filho da puta, com o perdão da expressão,*

azelina gostou tanto da raiva de tomás que lhe pegou o braço, alicatando-o,

ele fez assim, ó!,

o nosso amigo não sabia se tinha raiva do gerente ou se gostava da imitação torcida e distorcida que, afinal, o safado lhe propiciava,

apertou desse jeito?,

até mais um pouquinho...,

tomás sentiu um calafrio, *será que ele fez pouco caso das minhas ameaças?,*

imaginou que a história toda fosse dar merda,   ...azelina despedida, a cidade inteira comentando o caso do sujeito que ameaçara de morte o gerente da papelaria santa escolástica, tudo por causa de uma amante, rebeca sabendo da confusão, obrigando-o a sair de casa, expulsando-o,

...a barriga deu outra pontada, irradiando-se para as velhas lembranças,

ele fez uma careta,   disfarçou-a,   era preciso agir,

espera aqui, azelina,   um segundinho só...,

caminhou até o gerente palonço sem esconder as bufadas que dava de verdade, como se fosse um bicho bem brabo marcando território, urinando vento pelas narinas,

o funcionário arregalou os olhos e quis sair, mas tomás sentenciou, baixo e mau tom,   **quietinho, aí!,**

ele parou, sem conseguir balbuciar os passos de uma fuga impossível, barrada pelo balcão e pelo corpo do operário,

o que você falou pra ela?,   nada, não..., senhor,
(tomás entorta a boca e aperta os beiços)

...nada, nada, juro!,

nosso amigo respirou mais pesado e apontou para uma estante, ao fundo,

quero comprar aquele estilete ali...,   ...este?   **não, não..., o outro, de lâmina larga!,**   o senhor....,   **pega a porra logo, vai!,**

o infeliz apanhou o estilete e o repassou ao cliente, que olhou para azelina,

ela estava muito séria, do outro lado,   tomás sorriu-lhe e voltou-se para o funcionário, mudando o tom do semblante,

vai, dá uma risadinha!   uma o quê?,   **começa logo a sorrir, homem!,   faz de conta que somos amigos...,**   ele riu com esforço, sem mostrar os caninos, supondo que um rasgo maior da boca pudesse ensejar no comprador um impulso especular qualquer,

isso, rapaz, é assim que se faz...,   **qual a sua graça?,**

minha graça?,

sim, sim,   o seu nome,

odorico...,

as atitudes de um homem prenunciam de algum modo os seus passos, procópio?,

acha que um sujeito prevenido passa mercurocromo nos joelhos quando apenas tropica, antecipando o destino esfolado?,

tomás pegou o estilete com discrição, empurrou-lhe a lâmina com o polegar e encarou o gerente,

olha aqui, odorico!,

virou a palma da própria mão esquerda e rasgou um talho que salpicou sangue no balcão,

o vendedor abriu a boca, horrorizado,

veja, odorico, eu faço o meu destino, tá vendo?, ...você foi sempre capacho, rapaz, não está acostumado com isso, olhe bem, se as linhas da vida apontam um descaminho, eu abro nele um talho, um atalho para outros lados, custe o que custar, doa a quem doer!,

um homem é homem na palma das próprias mãos, odorico, nunca na sola dos pés, entendeu?,

o gerente, assustado, não se segurou e saiu depressa, pedindo licença, aos pulinhos, com medo de que a loucura do cliente migrasse de carnes para sulcar, em sua pele, o rumo incerto do outro mundo, isso sim, tomás não se sentiu bem, estancou seus novos dias com o indicador, procurando acalmar-se,

e voltou para falar com azelina,

sabe, procópio, até hoje me pergunto, a lição a ser aprendida estaria em rasgar o corte ou estancar o sangue, depois?,

não, não,

mudaria o caso por completo, que passaria de uma ação heróica, marcadamente biográfica, para uma incorpórea e resignada moral fabular, piegas,

...a vida mistura gêneros de acordo com o leitor, reescrevendo-se?,

somos todos analfabetos, procópio?,

ou seu deus sarambão apenas garrancharia a história com o verbo rouco e a mão trêmula?,

já pensei nisso, sim,

...tomás esculpia a própria carne, antecipando-se?,

bem, as artes, de modo geral, são pastilhas inúteis para a garganta,

emulam um enganoso frescor dos ares, matéria-prima de supostas corretas palavras, não diga bobagem, homem!,

    meu pigarro não é um ato falho da epiglote, como você pensa,

    é a confissão de impossibilidades linguísticas,

    ...minhas e da espécie, incapaz de recriar, com gestos sonoros, um mínimo escorregão do corpo,

        um tremor, que fosse,

...que dirá essa queda em mundos sem fundos onde nos despencamos,

    sim,   não deixa de ser política de novo, sei disso,

        mais que filosofia, claro, ciência pituitosa que não se reconhece dependente química da hortelã,

        pode rir, procópio,   pode rir,

deus não disse o mundo em uma semana?,

        olha, há um ensinamento budista que apregoa a necessidade de o discípulo necessariamente superar o mestre, caso contrário este teria falhado,

        seria isso?,

se deus errou na instrução verbal da criação, estamos perdidos com ele,

...se não errou, ele é que ficou perdido em nós,   para nós, estaríamos engasgados dele?,

                um deus catarroso, lembra?,

o universo como ato reflexo...,

                o que nos restaria, procópio?,

                              o quê?,

fingir as tosses, até a verdade mais enganosa, como o nosso amigo?,

                ...ou seria pior, e simulamos a respiração, hein?,

(tomás se aproxima de azelina, tira o dedo do ferimento)

        sim,   ele tentava esconder o nervosismo no sangue,

        cortei a mão, olhe, *mas como, tomás?,* fui combinar uma cervejinha com o odorico,   ...aproveitei pra comprar um estilete, mas olha só o que aprontei, *nossa, tomás!,* *que corte feio!,* ...vem aqui, vou lhe fazer um curativo,

azelina levou-o ao fundo da loja,
um quartinho pequeno onde havia um armário de primeiros socorros,

entra,

ele a acompanhou pelas costas, medindo a moça,
parando a inspeção na batata das pernas, contraída pelo salto quase alto
que usava,

batatas quentes, pra se comer a dois...,

gostou do que viu,   mas lembrou-se de djanira fugindo,
num triz relampejado, correndo em volta do quarteirão,

você não me pega, tomás!,

o passado rebrotaria em cortes na pele, como forçadas rugas, pensativas,
latejando as impossibilidades presentes?,

...ou vaticinaria as dores futuras, em antecipadas cicatrizes?,

tomás suspirou,

está doendo muito?,
não, nem foi fundo, azelina...,   *sei, mas é preciso desinfetar o ferimento,*
bobagem, um pedacinho de esparadrapo, e pronto,

ela pegou o mertiolate,
girando o corpo,   ficou tão bonita,   e a lembrança das
balas de coco da meninice, retorcidas em papel franjado, fizeram-no de

novo fechar os olhos um pouco mais, amparado na escuridão de uma dor agradável nas linhas do destino que atravessara com tanta firmeza, refazendo-se, pela primeira vez na vida, essa era a verdade,

sou um homem, porra!,

azelina embebeu um chumaço de algodão no medicamento, passando-o no corte com cuidado,   em seguida, soprou-o,

tomás não esperava aquilo, uma enfermeira jamais faria isso,   jamais,

ele respirou aquele hálito bom, perfume de dentro dela que antecipava no vento seus desejos mais fundos,

...um homem bonito!,

ele mostrou os dentes,   *está doendo?,*

está, respondeu, enquanto empurrava discretamente, com a sola do pé, a porta que ficara semiaberta,   *quer que eu sopre mais?,*

dessa vez não disse nada, apenas levantou a mão ferida para perto do próprio rosto, como se desse adeus a tempos infelizes, sem abanar as saudades no ar, expondo a chaga bem-vinda como o cristo de verdade provavelmente fizera para um incrédulo e opiniático tomé,

ela se aproximou e soprou o corte novamente,

tomás não se segurou e pregou-lhe a boca na boca, de supetão,

ela deixou-se levar por aquela verdade sôfrega, mas tão prometida, entregue por alguns segundos,   depois quis se afastar, *não, tomás!, eu...* ele escorregou os beiços de lesma para o pescoço, marcando de baba, com a pele dos lábios grossos, um caminho quente, molhado, fingindo que lhe obedecia,

ela se contorceu, soltou alguns quilos do peso, amolecida, para que a vontade do outro a sustentasse ainda mais, ao mesmo tempo que fingia as discordâncias gostosas da entrega,

tomás se esqueceu do corte e a amparou, dobrando a cintura da moça com o braço,

sim, era preciso abrir o papel franjado daquele desejo mútuo, e, com a mão boa, pegou seus cabelos, enterrou neles os dedos, de leve, roçando a pele para, depois, fechar a palma em meia concha e riscar o couro da cabeça com as unhas, puxando levemente a sua cabeleira,

azelina se arrepiou, eriçada, meneando o corpo docemente de coco, apenas para que a alça da blusa caísse, abrindo-se em bala açucarada, branca, branca, branca,

procópio, será que tomás finalmente beijava djanira?,

até quando se escuta o eco repetido no estalo de um beijo desdado?,

tem ideia?,

as mulheres, no entanto...,

elas sabem o que fazem, sempre, principalmente nessas situações, azelina mostrou-lhe a blusa suja de sangue, acredita?,

olhe o que você fez, tomás!,

não sei,   pode ser que ela quisesse mesmo mostrar o colo,   sim, o ombro desnudo, os bicos intumescidos dos peitos,

o tonto viu só a nódoa vermelha,

poxa,   me desculpe...,

afastou-se, estancando-se de repente, pela segunda vez,   provavelmente por precaução, visto que ali não era lugar para refregas amorosas,

ela sabia disso também, claro,

um homem casado não pode dar bandeira com os panos muito quentes de uma inverossímil desculpa amorosa, queimando a língua em momento por demais oportuno...,

principalmente se o estandarte foi manchado com o próprio sangue, flamulando, aos quatro ventos soprados, lambidos e babados, uma traição que deveria hastear em riste apenas entre quatro desconhecidas paredes,

tomás se recompôs,

quer passar uma água na blusa?,

vou, sim,   sangue é chato de sair...,   sua mulher sabe disso, não é?, caralho!,   por que trazer o casamento com a enfermeira justamente para a saleta de primeiros socorros, hein?,

    água com detergente para o carmim disforme da blusa,

...matrimônio para o sangue pulsante, no pau duro?,

porra,   o tesão que se coagula,   é natural,

    quem não brocharia?,

    ela abriu a porta da saleta, então, e falou mais alto, como se nada tivesse acontecido,   nada,

    esperteza?,

pronto, agora vai parar de sangrar,

passou os dedos no pescoço,   depois, na saia, limpando-se dele, e apontou-lhe o caminho do salão da papelaria, seca,

ele saiu quieto, obedecido,

    azelina dobrou o corredor e foi para o banheiro, ao fundo, preocupada com a roupa, nosso amigo notou que os ouvidos zumbiam de novo,

                                  tomás estava sozinho,

sentiu-se perdido, parecia que correra sem parar mais dez quilômetros, porque o ar da loja rareou, sem o sopro da moça,

                                  sem a sua visagem,

              uma trilha, às vezes, dá na boca fechada do mato...,

  volta, azelina,   *volta,*

                              seria a bonança, na verdade,
o prenúncio realizado de calmarias trágicas?,

...quando o navegante se vê aprisionado nos horizontes rarefeitos de si, consciente de que encarna, ele mesmo, o mondrongo de seus confins,

                      o abismo não nas bordas do oceano,
mas no centro deslocado da própria vida,

                    nenhum novo mundo,

              nem américas por fazer,

apenas aquela certeza descabida de si,

                derramando-se,

    o sujeito diluído, habitante do lugar algum de atlântidas perdidas,

...dia desses, aliás, ouvi dizer de um bando de malucos que acredita na planura da terra, pode?,

tem cabimento, mais de dois mil e duzentos anos depois de eratóstenes?,

por mim, essas doideiras apenas confirmam a razão por seu desvirado senso, de dentro dela, pois arrevesada mesmo em nós, insciente e cega, apertando-nos mais e mais ao desvario que somos e estamos, como gosto de repetir, *terra plana...*, pffff,

tomás enxugou a testa e leu uma placa na portinhola que separava o balcão de mercadorias do espaço reservado para os clientes,

proibida a entrada de pessoas estranhas ao serviço

teve um mau pressentimento,

as ideias doloridas reverberam angústias passadas como ecos distintos, em sobreavisos,

imaginou-se preso numa vitrine fechada que dava para os fundos de uma rua deserta, sem saída, intuindo em si o reflexo de um homem falso, de resina, totalmente nu, as roupas largadas no chão, as etiquetas dependuradas cobravam ao mundo os olhos da cara de um tomás abonecado, sem rosto, sem pau, sem bagos, masculinizado por um pequeno volume no meio das pernas emborrachadas, murcho, pra não assustar de vez a clientela inexistente,

...um bando de mulheres com a roupa suja de sangue, enquanto ele, ali, paralisado em gestos comprometedores, sujando o vidro com as mãos ensebadas de operário,

um tomás sem feições ou reações,

sem rebeca, sem djanira, um tomás sem ele mesmo,

aquela coxinha estragada, meu deus...,

tossiu de mentira, para que pudesse encher os pulmões em seguida, não queria chamar a atenção de ninguém com a falta besta de ar,

...mas teve medo de que aquele acesso descontrolado voltasse,

caralho!, daqui a pouco vão achar que estou ficando tuberculoso, isso sim!,

riu de si, da subserviência a que se sujeitava, fingindo a própria covardia com os brônquios, toda vez que se via desamparado,

preciso parar com isso...,

abaixou o rosto procurando encontrar, com o queixo vencido, o peito de um homem, um homem qualquer,   qualquer um,

            pode ser,   um sujeito de verdade, mesmo derrotado,
há de descobrir algum apoio, ainda que no próprio corpo,

   ...ainda que sobre a chaga de um coração que ama a pessoa errada,
num momento incerto da existência, por que não?,

                                                pieguice?,

era o caso, sim,

   o clichê como um grão de arroz nos dedos, modelando o calafrio,

                        ...quase sem querer, portanto, ao
movimentar a cabeça, começou a bater estacas com o maxilar sem rumo,
numa busca desesperada de alguma fundação bem arrimada,

...encontrou apenas as botas feias, lá embaixo, com biqueira de metal,

bem, procópio,   apego-me ao senso comum, de novo, para explicá-lo,

   sim, é mania pública,

            o que se fala por aí, desse jeitinho,

                        *os calçados de um homem
dizem mais dele mesmo que qualquer fofoca de bairro,*

ele sabia disso,   do preconceito calçando os pés,

        pode ser, pode ser,   ...uma ideia fixa, talvez,

                é um adágio antigo, meu amigo,
nunca o ouviu?,   jura?,   claro que é intolerância, poxa!,

    as observações a respeito das mercadorias que compramos, sejam quais forem, são papel de embrulho vistoso para discriminações de toda ordem,

    ...um laço apertado no pescoço, ai-ai,

        o sonho de um suicídio em falsa condição social, monturo da individualidade perdida, é o que é, gravata que enlaça o presente vagabundo que ensejamos, pelo menos, no caixão de defunto,

    um desejo acatado sem que se possa dizer "não",

        ou mesmo aquele "não" dissimulado, fingido, "sim" fantasiado de consciência dos atos inescapáveis,

tomás levantou o rosto num esforço desmedido,   travou o maxilar, olhou odorico com mais nojo, mas não pôde sustentar a mínima altivez, solapado da cabeça aos pés de botinas operárias, ruindo os olhos úmidos para o chão, de novo,

    algum dia fui alguém na vida?,

o gerente balançava nervosamente uma perna, encostado na parede, perto da saída,

ainda assustado, com certeza, porque tomás não estava bem, e a desgraça de um homem, às vezes, se confunde com expressões de generalizado terror,

por isso esses malucos preconceituosos que abundam por aí fazem tanto sucesso político, não acha?,

encontram a multidão errática daqueles que se fantasiam de gente sem saber,

o comportamento de manada, isso mesmo, conceito que se ajusta muito mais à compleição da inteligência e do caráter dos imbecis do que à falsa correria desses animais de tetas, como diz o povão,

quando picam a mula, espetam-se a si mesmos...,

e saem zanzando pelo mundo, embestados nas ideias, desembestados no galope manco da má índole,

dos preconceitos...,

tomás balançou a cabeça, devagar,

não,   os sapatos dele são de courvin,   só pode...,

(volta a olhar seus calçados)

                respirar era difícil, o ar aos pedaços, muito maior que o rasgo das narinas,

    quando foi que perdi o passo, meu deus?,

        quando foi que tropecei em mim e não percebi?,   *...quando?,*

    com algum esforço, o operário despregou os olhos dos próprios pés, sem conseguir, porém, olhar para cima,

          o muro de desarrimo no peito, ruindo-se,

coitada da rebeca...,

    é..., olha,   pense no seguinte clichê que lhe apontei lá atrás, procópio, agora você vai me entender,

    a vida tem um rumo, seja qual for,   e uns poucos vão em pé, você sabe, aproveitando a paisagem da existência,

    a maioria, no entanto, vai de gatinhas, andando pra trás, de costas, dando ré, enquanto lambe o sabão que passou no assoalho espelhado de uma inveja desgraçada daqueles que caminham sem escorregadelas,

                sem dores nas costas,

melhor rir dos outros que chorar por si?,

(o sol risca o chão da papelaria e quebra de luz os ladrilhos)

o nosso amigo se lembrou de que estava com o estilete no bolso,

                                              merda!,

                                   colocou-o sobre o balcão
e percebeu que o gerente ainda o observava, a distância,

                         aquilo o deixou encafifado,

será que ele viu alguma coisa?,

pegou a lâmina, fingiu examiná-la e foi para o caixa,

                       no caminho, levantou a mão que segurava
a arma e agradeceu ao gerente, chacoalhando um sim com a cabeça, a
ver se descobria, numa resposta atravessada, alguma intenção vingativa,
ao mesmo tempo que sublinhava, com gestos dúbios, todas as ameaças
que fizera,

           pois é, procópio,

                      quem rasga o bucho do vento às vezes evita sangue,

saiu, ó...,

                tomás deu um pulo, olhou para trás e viu azelina, que sorria,

...nem sinal da mancha!,

finalmente respirou, o hálito da balconista escancarando as janelas e o balcão de mercadorias, a vitrine, as portas da loja, o peito cabeludo...,

você me deu um susto, azelina!,

ela falou mais baixo, *homem casado se assusta à toa, à toa...,*

ele não gostou de vestir aquelas calças curtas, afinal, não tinha mais cinco anos, caramba!,

ou tinha para sempre?,

...que besteira, azelina!,

você tem mania de dizer que sempre me assusto, já percebeu?

...ia só pagar o estilete,

olhou de novo para o gerente, que sumira, *...ué, cadê o odorico?,* a moça cortou-lhe o espanto, dizendo que não precisaria dele para pagar, devendo ir direto ao caixa, *ele não fez a comanda?,* não, não fez, *não tem problema, espere,*

azelina foi até o balcão, rabiscou a venda e lhe entregou o pedido, *é só pagar,* tomás pegou o papel, apresentou-o ao caixa e saldou a dívida, ainda procurando o filho da puta daquele gerente, que desaparecera,

olhou a lâmina aberta,
e o reflexo daquela inesperada arma branca empalideceu a sua coragem,
será que foi chamar a polícia?,

voltou-se para azelina, que ficara no meio da loja, de costas, exibindo a mancha de água que lavara o seu sangue,

hic est homo?,

sangue do pau, também, claro,   ...do cacete duro,

mediu a bunda bem feita da vendedora,

(*ela é gostosa...,   pra que pensar desgraças?*)

era a nódoa mais bonita que vira na vida,   a etiqueta úmida dessa grife barata de vontades mútuas,

não, não eram os restos do molho de tomate,   ...não era a manteiga do pão que caíra de ponta-cabeça, na toalha do casamento,

não,   nem o sangue de um crime besta que não houvera,

graças a deus,

a cena lhe fez bem, *azelina é bonita*, sim,   a moça tinha boas ancas e bom senso, saberia ser o álibi de um amor sem escândalos, sem escolhas, a paixão gozada para além das convenções sociais,

rebeca nunca vai nem desconfiar,

sentiu o caralho endurecer-se aos poucos, retomando as forças,

uma vontade juvenil de o encostar em azelina,
mostrar-lhe a dureza de sua masculinidade pulsando,

(em quem meu tio pensava quando morreu?)

olhou a moça com mais reparo,

sim,   ela empinava o traseiro de propósito,

(vou comer essa menina por uns meses, e pronto, que é que tem?)

pensou levá-la de imediato para o cubículo de primeiros socorros,
foda-se o odorico, fodam-se as conveniências!,

imaginava que ela se ajoelharia na sua frente, sem que ele pedisse,
assim que fechasse a porta,

talvez ela mesma sugerisse trancá-la,

não subiu um degrau a mais sem necessidade?,

algumas pessoas, procópio, sonham anos e anos à frente, construindo,
no futuro longínquo, o vigésimo andar da felicidade,

outras fantasiam apenas alguns minutos adiante, rabiscando,
mesmo que no chão batido, a abertura sem portas de uma casinha alegre,
o que não a faz menos ilusória que os arranha-céus,

tomás era assim,

        às vezes tomava um elevador vazio,

                noutras, via-se protegido sob o sapé,
naquela vidinha de um amanhã que jamais viria, o luar do sertão mal coado, encoberto pelos edifícios,

                    os novos e piores tempos...,

      ajoelhada, azelina lhe abriria o zíper e puxaria o pau para fora, lambendo-o com estalado gosto,

    apertando-o forte com os lábios, a melhor das chaves de boca,

        o operário ficaria uns bons minutos desse jeito, então, para lhe oferecer ainda mais,

           as duas bolas,   os bagos,

        ...que azelina o forcejasse até o cabo da ferramenta,
espanando-o com os dentes,   com a língua,

          os homens somos assim, procópio,

negue a sua essência e caia de quatro, meu caro!,

...nosso amigo via a cena imaginada melhor do que ela mesma, se acontecida,

fantasiar é uma atividade com os olhos abertos, diferentemente do que se pensa,

ele sentiu os cabelos da moça entre os dedos, então,

chegou a beliscar no vento os lóbulos da menina, esfregando o indicador no polegar, acredita?,

acho mesmo que enfiou de leve um dedo em sua orelha, massageando, nas reentrâncias hipotéticas da cartilagem, o que seria o desejo crescente da balconista, mas...,

quem sonha a paixão acordado não pode dormir no ponto G,

por isso, depois, ela pegaria seu pinto com as duas mãos, atenta, e cuspiria nele, brincando com a baba nos dedos que, assim lubrificados e azeitados, migrariam céleres para debaixo da calcinha, ajustando em si o engate deslizado e gostosinho daquelas peças móveis, maquinário do amor verdadeiro,

como assim?,   o amor não se vulgariza?,   porra, procópio,

olha,   acho que não entendeu aquele remendo camoniano,

...a vulgaridade empurra a natureza porta afora para caminhar descalça, nas calçadas, sem aqueles livros desequilibrados na cabeça, percebe?,

...toma a direção dos pastos, das matas e dos brejos, é o que é,

                        coloca o homem à distância dos bons modos, comendo com as mãos, com o corpo inteiro, cuja pele é uma só, sem as fronteiras enganosas da vergonha,   ...da moral e dos bons costumes, como se dizia antigamente,   ...conceitos costurados à força no animal aprisionado à cultura, mas solto nas ruas, jaula invisível dessa humanidade mal gradeada, seu tonto!,

"vulgaridade"...,   só você, mesmo!,

          claro que a história de tomás me faz pensar assim,

                    e a dizê-la como lhe digo,

mas ela vai além,   estamos conversando, e...,

                 bem,

        todo enredo se faz nos ouvidos, muito mais do que nas cordas bambas vocais que, não raro, derrubam aquele que se equilibra na prosa mole dos fatos, por mais boca dura que pareça,

        ...e é isso que tento lhe mostrar, meu amigo, se é que já não esteja me repetindo, ecoado em mim, o operário estava com cara de bobo, é lógico,

    ele sorria de antemão, fruindo sua encorpada presença de espírito na saleta vazia dos primeiros amores,

        será que djanira o espiava do além,

            ...ou do aquém, dentro dele mesmo?,

    caminhou até a moça fazendo barulho com os pés, de propósito,

        batia as biqueiras com força, no piso, sapateado para que ela se virasse e visse a caixa de três ferramentas que carregava sob os panos da calça,

azelina voltou-se e, no entanto, fez uma careta estridente que soou, com a fisionomia contrariada, o fim de um turno suado que nem começara,

   que é que é isso, tomás?,

    ele ficou mudo,   ia dizer que era o pinto duro?,

      fingiu que não era com ele e se encostou de leve nela,

é só disfarçar um pouquinho, azelina...,

        ela falou baixo, afastando o corpo,

aqui não é lugar...,

ah, todo lugar é lugar,   tem a gôndola na frente,   ...e a loja está vazia,   olha o meu estado, ó,   ó,

já vi,   vi de longe, seu bobo!,

então?,   ...outro curativo caprichado, ali na salinha?,

a vendedora nem respondeu,

   contornou o balcão e chamou odorico, que estava enfurnado na copa, o que murchou na hora as intenções de tomás, despencado de corpo inteiro no chão ainda mais duro da realidade,

         não penso que ela quisesse estragar o espetáculo erguido em sua homenagem,

            não, ao contrário,   ela sabia que eram observados e disfarçou, chamando a plateia para o centro do picadeiro, um dos modos de se desviar a atenção do público, que deixa de perceber a montagem espalhafatosa do trapézio, ao fundo, não acha?,

pois é,   as mulheres sabem escamotear explicitamente a verdade,

            ela teve de chamá-lo de novo, um tom acima, pois o gerente se fingia de surdo,

            odorico não queria ir, mas foi, porque tomás não parava de empurrar a lâmina do estilete, que entrava e saía do cabo fazendo aquele barulhinho mascado, o operário imitava, no inconsciente, os movimentos pretendidos entre as pernas da balconista?,

ou éra avisado sem saber pelas erínias, divindades meio gagas e capengas por estas bandas tropicais, erradas no tempo e no espaço, hein?,

...diga-me você, que sempre foi encasquetado com os clássicos gregos, ora, ora,

ah,   helenista de meia-tigela!,

sem chance, meu amigo,   sem chance,

a mitologia é um estado de bruteza ideológica,

no brasil, e, mais precisamente, neste caso, só se pode ser *azelinista*, e olhe lá,

quer dizer,   ...e olhe aqui!, né?,

estou brincando, claro,   mas muito seriamente,

porque a classicidade só se estabelece debaixo das narinas do povo, sempre, mesmo com as ventas entupidas, os pelos saindo pretos dos buracos,

já defendia essa tese, você sabe, ...o professor astolfo discordava de mim, dizendo que a filosofia seria a mesma em qualquer lugar, lembra?,

uma puta besteira!,

guardei até uma resposta de efeito que escrevi pra ele, na ocasião,

está aqui na gaveta,　　　espera,

numa pasta...,

faço muito gosto em relê-la, depois de tantos anos, para comprovar a verdade no papel passado a limpo,

pronto, ó,

(*abre um velho caderno espiral, folheia-o*)

"o pensamento respira o ar das paragens onde discorremos as palavras de sua substância mesma, feita continuamente outra segundo o hálito particular de uma visão de mundo aprisionada por horizontes locais, numa ocasião específica,

...eis a definição mais completa de **clima cultural**",

percebe?,

onde é pintado e bordado com as tintas e linhas de um horizonte aqui em frente,

do contrário, são ideias que não fedem nem cheiram...,

mentiroso!,　　　não entendia nem na época!,

                    o professor era um sujeitinho presunçoso, disse que não concordava comigo, de jeito nenhum,

    e que, ainda por cima, estaria escrito em "mau português",

ele sabia que eu gostava de assuntos linguísticos,

    na ocasião, estudava cinco ou seis gramáticas ao mesmo tempo, cotejando-as, lembra?,

           supôs me ofender mais, o banana,

mandei-o à merda, meio que brincando, claro,

fiz questão de não reescrever nada e soltei um chiste bem ardido, depois, afirmando que o mau português era a confissão *wittgensteiniana* do meu barbarismo, incapaz de silabar com verdade o colostro de perdidas tetas em língua madrasta,

      falei desse jeitinho, enigmando,

o lazarento nem respondeu,

                fingiu que não era com ele...,

bem, voltando ao caso,

...o gerente, com certeza, imaginava outros golpes, o aço rasgando seu pescoço, essa é a verdade, e cagava-se de medo,

daí seu vai não vai,

como sempre digo, bom senso é cafuné no agora,

este sim, benevolência de classe estendida aos pés-rapados, que começam o exercício da falsidade riscando a vingança, com as unhas, no couro da cabeça alheia,

ou no pescoço, se se aceitar a etimologia quimbunda...,

pois é, pois é, a rima sempre me pareceu muito mais que mero recurso mnemônico, o que sublinha de vermelho e ilustra a minha tese, consubstanciada neste caso,

odorico se aproximou devagar, forçando um sorriso,

pois não, azelina...,

ela ignorava tomás, que acelerou imperceptivelmente o vai e vem da lâmina, temendo o pior,

mas estava tranquila, tranquila,

fiz a comanda pro senhor,   *comanda?*,   sim, do estilete que tomás comprou,   e apontou a mão do operário, que ficou de repente paralisada, em greve muscular, piquete de gestos,

ah, claro, do estilete, obrigado...,

aproveitou-se pra cutucar o chato do chefe babão,

acho que azelina queria só isso, mesmo, vai saber...,

bem que o senhor insiste, dizendo que nada deve ser largado pra depois, aqui na "papelaria santa escolástica", não é?,

como é que o senhor fala, mesmo?,

"o esquecimento é a desculpa da ineficiência", não é?,

odorico engoliu um naco seco de cuspe, supondo que a funcionária estivesse mancomunada com tomás,

claro, azelina, é isso, é isso, vale pra todos, inclusive pra mim, bem, se me permitem...,

tomás não perdeu a deixa,

encheu o peito e, com o ar de alívio que entrara nos pulmões cansados de fingir coragem, expirou uma observação vaga o bastante para o gerente entendê-la como promessa malcheirosa, e ainda de pé, do que havia se passado entre os dois, *gostei, odorico!, aconselha bem o sujeito que termina a história segundo os fatos de sua experiência de vida...,* **de vida**, *é ou não é?,*   *e a nossa cervejinha?,*

cervejinha?,

sim, claro,   *não combinamos sair pra papear, qualquer dia desses?,*

o funcionário entendeu que ele disfarçava, por isso apenas abanou a cabeça, concordando, e saiu de perto depressa, como se escapasse de um possível golpe por trás, uma vez que o operário recomeçara a abrir e fechar o estilete, com mais energia do que antes,

azelina fez outra careta,

homenzinho esquisito, hein?,

putz...,   *deve ser abstêmio,*   *vai saber,*

abstêmio?,

sim,   *...quem não bebe álcool,*

você gosta de palavras difíceis...,

tomás abriu uma das mãos, contente, entortou o pescoço e fez um bico muxoxado,

não pareço, mas sou um homem "curto",

a balconista riu e olhou para baixo, passando os olhos pelo meio das pernas do cliente,

o que você está olhando?,

nada...,

quando alguém diz "nada" está confirmando as desconfianças do interlocutor,

tomás brochara, não por culpa de problemas hidrostáticos,

mas vai explicar isso pra mulher, vai,

(puta que o pariu!,   fui cantar de galo e acabei cacarejando!)

azelina, eu...,

não liga, tomás, sei como são essas coisas,

que coisas?,

você sabe,

sei nada!,

a gente vem se envolvendo...,

ele respirou, pela segunda vez, engolindo o coração, uma vez que imaginara o pior, a moça troçando de seu pinto murcho,

a vida sempre lhe pregara tais peças, de modo que esperava invariavelmente as tempestades, mesmo quando o céu se borrava de azul, em possível sobra daquele deserto vazio no horizonte da infância, quando as girafas e os camelos fugiam no ar, deixando-o mudo, distante do mundo das nuvens, assunto preferido de uma djanira que estaria de repente morta,

as respostas de azelina se bifurcavam sem parar, notou?,

sabe, um homem toma o rumo de uma mulher dessas, sem mais nem menos, dobra o discurso pra lá, vira-o pra cá, e assim vai, até que se vê perdido, sem saber se está indo ou voltando,

é o que digo, procópio, o amor é tautológico,

resumindo, o macho é obrigado a encher linguiça vida afora,

e, quando perde as forças de homem, pronto, pior ainda,

faz *cover* de galo,

...vira um sarambé na mão delas, apegando-se aos objetos, supondo que algum dinheiro possa encher, metaforicamente, a tripa vazia que carrega entre as perninhas de sabiá, isso sim, tomás limpou os cantos da boca,

sabia de sua pobreza material, tinha consciência de que não poderia se fiar na carteira vazia, inapropriada para intumescer o bolso das calças à vista de todos,

...nem mesmo crer que os bicos de urubu que fazia pudessem inchar a carcaça frouxa que um homem despossuído carrega sem as mãos, numa pendura sem fim de si mesmo, em si mesmo, cortejo de permanente indigência cavernosa, sem eira nem beira ou carteira,

nos dois casos, o nome sujo, inadimplente,

pensou um pouco, antes de responder,

bem, a gente se envolveu porque não teve outro jeito,

porque você quis,

às vezes não adianta querer ou não querer, azelina,

mesmo sem querer podemos evitar, ...você é casado,

(silêncio)

sim, mas   não ando bem com a minha mulher...,

pra cima de mim?,

pra cima o quê?,

essa desculpa não cola,

...depois de uns meses fica bem com a esposa e, aí,

...tchau pau, né?,

tomás riu do discernimento desbocado de azelina,   sim, ela merecia um bom pedaço de amor,   maior do que aquele que balangava frouxo no meio da tibieza incontornável das próprias pernas,

lembrou-se do plano, ideado no banheiro,   sim,   a ideia era boa, ganhou coragem,

(tsss, ah,   até que o negócio vai caminhando bem...)

os atos sopesados começam pela boca, de sorte que, quando a língua tropeça e o camarada gagueja, pelo menos não esfola os joelhos,

o que não deixa de ser, no entanto, e infelizmente, também a alienação de um tombo feio que virá,

sim,   a inconsciência futura da coluna cervical quebrada,

...de uma paraplegia inevitável dessa vida de desgraças despencadas que temos de arrastar com os membros exangues, meu caro,

opa!,   a inconsequência de nossas ações risca a cicatriz de uma queda por acontecer, lá vem você, de novo!,

    claro que devemos dar pancadas para mudar a vida,   eu vivo de dar porradas nela, caramba!,

    mas não seja bobo de pensar que só vai bater, procópio,

    olha,   quem aprende a apanhar decora na pele a força do murro, dos dedos alheios dessa mão fechada que toma nas fuças, ao longo dos dias,

    e é esse desgosto que nos impele a bracejar com mais vigor, mesmo quando contragolpeamos de cabeça baixa, socando o vento,

    entretanto – isso eu não posso negar –, muitas vezes estamos de mãos atadas, e a legítima defesa de uma existência feliz se escora nas cordas bem arrochadas do sistema,

    do amor à família,   à religião,   à propriedade...,

  do respeito aos bons costumes,

    ao empreguinho de bosta e ao escambau!,

já lutamos com a cara enfiada na lona...,

    antes de qualquer revolução, meu amigo, um povo serve de argamassa fraca para derrubar, sem saber, um sistema que se funda na exploração de sua carne alquebrada,

                    não se pode cobrar, da fraqueza de um tijolo,
o desmoronamento da opressão bem arrimada em paredes históricas,

                              parece contraditório,
mas a submissão também arranha o concreto com as unhas,

    ...até os cascos lascados esburacam aos poucos a condição rasteira
e animalesca desta gentalha mal encarnada que somos, procópio!,

seja besta, tudo bem,   ou tudo mais ou menos, vá lá,

                        ...no entanto, não seja burro!,

quem aprendeu com espinhos arranca a flor em delicadezas forçadas,

sim,   nosso amigo ganhou mais alguns segundos,

              quando ficava nervoso, espumava pelos cantos da boca,

                          e o hábito de limpá-la,
antes de abordar um assunto mais grave, ia preparando a saliva nova de
palavras talvez mais corretas, no que a ilusão dos discursos...,

            azelina, não foi por isso que vim,   *veio só comprar
um estilete?*,   não, claro que não,   *veio me ver?*,   também...,
e mais o quê?,   estão precisando de uma funcionária, na fábrica,
acabei de começar aqui...,   e as varizes?,   *pra fazer o quê?*,
você sabe bater à máquina?,   *sei, mas estou destreinada*,

...lá, você vai ganhar mais, sem contar os benefícios,   *benefícios?*, plano de saúde, cesta básica, essas coisas,

(ela se entorta daquele jeito bonito de bala de coco ainda no papel de seda)

não sei, tomás..., o certo pelo duvidoso,   vai lá, conversa, vê as condições,
não é preciso abandonar a papelaria,   *não sei...,*   eu vou com você,
conheço o chefe do escritório,

conhecer, conhecer, não conhecia,   havia visto o janotinha de perto uma única vez, conforme lhe contei, conversando com o encarregado,

e só,   nem se lembrava de seu nome,

muito possivelmente, se cruzasse com ele, na rua, sem aquela camisa branca de bolso bordado, não atentaria para o fato de que eram funcionários da mesma empresa,

sim, a palavra "contabilidade" na cor azul, lembra?,

...o rococó bem cacarejado nos volteios das letras de um imbecil que estribilhava, na cloaca do comportamento sistêmico, o canto de galo dos que ainda falam mais grosso,

no fundo, no fundo, dois fodidos,   ...um, engomado, o outro apenas engraxado,

coisa do país,   da economia,

os calos doídos não distinguem, na pele das próprias palmas, as sutilezas numéricas da contabilidade, o indicador esfregando a bufunfa quente do patrão no polegar,

sim, isso mesmo,   ...melhor esfregar o lóbulo da amante, condição que nos leva a esquecer que estamos, o tempo todo, nas mãos de alguém que manda, comanda e desmanda, isso sim, exigindo-nos a adulação agradecida pelo fato de que a qualquer momento esse filho da puta pode, quando lhe der na telha, fechar os dedos com força, limpando-se de nós, em seguida, apenas se esfregando nos panos do cu das calças de grife em que desfila a pose bem-ajambrada,

e o sujeitinho excretado, então, procura os seus direitos, ui, ui, ui, ganha lá umas merrecas e volta pra casa crente de que a justiça foi feita, coitado, insciente de que as leis são bordadas com a mesma linha que recobre a bunda suja dos proprietários...,

para os que não precisam ciscar os dias em prestações, procópio, o suor esfalfado salga a vista,   ...nunca à vista, tamponando o entendimento lógico dos pobres num aperto incômodo das pálpebras, o grão de areia na córnea, anos e anos arrochados a fio, condição necessária e suficiente para uma suposta falta de inteligência, conforme o preconceito lazarento que lhe apontei tantas vezes,

entendeu agora o conceito involuntário, mas também subversivo, da estupidez subalterna?,

um dia, queiram os homens, isso acaba num enrosco, você vai ver..., claro,   havia as festas de final de ano, o churrasco da firma, mas os funcionários também não se misturam, você sabe, porra!,

tenho que marcar hora?,   não, azelina, mas...,

a desgraça começa quando damos corda e confiança ao relógio alheio com o pulso frouxo,

...agora são automáticos, é?,

pior, porque os ponteiros nos empurram a partir dos movimentos diários e mecânicos que fazemos, o que tira dos atos a intenção de construir um futuro melhor por conta própria,

daqui a pouco vou lhe contar a falsa história da implementação do *therblig*, lá na fábrica, calma...,

...pilha?,

tsss, ah!,

outro nome da alienação, uma vez que também faz movimentar as aquiescências de um companheiro de serviço, por exemplo,

...do contrário, deixaria de ser a alienação que é!,

a raiva dos amigos que proseiam à toa, depois do expediente, tomando umas e jogando mata-mata no bar da esquina, entende?, simples,

                      você vê um imbecil feliz,
ao pegar um punhado de notas de 2 reais na caçapa,

                então enfia a mão no bolso com raiva,
porque errou a última bola na boca, e percebe que não tem um puto pra jogar a próxima rodada,   catapimba!,   a consciência de classe na ponta do taco sem-valia que carrega, outro instrumento impotente,

   sim,   você passando em vão o giz azul viagra na glande encourada de um taco inútil, porque a coisa toda de repente preta pro seu lado,

    ...couro arrancado de si, é lógico,

            e a sinuca de bico de urubu, então,

                    pra cima,

           pra baixo,

                            pra frente,

pra todo lado...,

    é,   a vida fica mais dolorida, concordo,   mas esse homem, de supetão, entende por que vive,

                ou por que nunca viveu,

      e isso é tudo pra um sujeito que, no momento oportuno, saberá chutar o pau da mansão, não acha?,

(azelina se decide)

você me dá uma força?, sim, claro, *como?,* consegue chegar às 9 em ponto?, *onde?,* na portaria da fábrica, *...e a papelaria?,*

(o operário fala baixinho)

...vem trabalhar, passa mal e vai embora, *perder um dia?,* crescer na vida tem um custo, azelina,

(a moça coça a cabeça)

às vezes você troca um vaso de lugar e a folhagem morre,

(ele sorri)

prefere plantar varizes?, *seu bobo!,* combinado?, *tá, tá combinado,*

(em seguida, tomás fala ainda mais baixo)

...depois eu arrumo um atestado pra você,

arrependeu-se na hora da solicitude babona,   não deveria meter a esposa na história mal contada, enredo que seria encadernado noutro volume, disposto numa prateleira distante da letra C,   ...21 - C, C de CU, com maiúsculas, e, agora, também o "c" de casamento, situação necessariamente minúscula, pontual, verbete de uma biblioteca em braile bastante distinta,

vai contar pra ela que o atestado é pra mim?,

dito, pensado e feito, procópio!,   as amantes querem ser descobertas, faz parte do temperamento feminino, e pronto!,

pra **ela** quem?,   pra sua mulher, pra quem mais?, ela não é enfermeira?,

nosso amigo deve ter feito uma cara muito, muito feiosa,

cruz-credo, tomás!,   que foi?,   se é pra ficar assim, não precisa de atestado...,   nem de emprego, poxa!,

ele, então, desfranziu-se e soltou o corpo, deslobisomezando-se,
mesmo assim, não conseguiu dizer nada, provavelmente por ainda conservar alguns traços aluados da outra espécie,

...estou quieta no meu canto,   *você é que veio com essa história!,*

(tomás pisca três vezes, passa as costas da mão na boca)

...me desculpe, azelina, eu,   eu estava pensando em outra coisa,
em quê?,

         não sei,

                como não sabe o que pensou?...,   não entendi,

(silêncio)

                acho que estou cansado,

                            de mim?,

    não, nunca, azelina, você...,

                     eu o quê?,

(silêncio)

                desembucha, homem!,

...tem uma hora que a gente desiste,

        não quer mais pensar no que vai fazer,   sabe como é?,

                  não,

        tomás dobrou o silêncio treplicado,
mudez de sentimentos mais e mais confusos,

    bom,   eu,   eu também não sei,   talvez...,

já ficou ao lado de um tacho de goiabada?,   a colher de pau mexendo, mexendo os dias pra dar o ponto, azelina,

        remexendo, esperando o doce lá longe, a boca salivada, adivinhando na língua um tempo mais gostoso?,   hein?,

(a moça o observa sem saber o que dizer)

    ...o perfume da fruta, azelina,   o calor do fogão a lenha,

        uma doçura rasgada, mas prometida no ar, invadindo o por dentro inteiro da gente, num perfume do que passou, no gosto do porvir..., bom,   ...minha avó comprava doces no supermercado,

                    ah,   não é mesma coisa, nunca!,

        claro que é,   huuummm,   o vidro depois da janta, brilhando, em cima da geladeira,

                até hoje acho a saudade vermelha,   saudade cascão...,

(ela fecha os olhos, antes de continuar)

        subia no banquinho e agarrava aquele vidro com um medo exagerado de que a minha mão boba o soltasse, de que a sobremesa se perdesse em cacos,

(encara tomás)

            naquela época eu já cortava as mãos na vida, viu?,

(ele faz uma careta)

        ...então, pegava uma colher de sopa,   a maior,

              uma colherada grande, rapada nas paredes do pote, que ficava unhado por dentro, sabe como é?,

    não me olha desse jeito...,   não fica assim, tomás!,

        todo mundo tem lembranças, mesmo que doloridas,

                ...mesmo que industriais, poxa!,

deus me livre e guarde!,

                (coloca as mãos na cabeça, fingindo desespero)

imagine, goiabada de esteira!, sem tacho, sem colher de pau,

...um pote atrás do outro, não, não!,

(azelina sorri)

mas é preciso ser igual, tomás?, eu...,

depois eu abria um saquinho de queijo ralado, salpicava um tanto na colher, gorda de tanto doce,

...e enfiava tudo na boca, de uma vez, correndo,

rapava o que caía na mesa, as lasquinhas de unha do parmesão, sabe?,

fazia uma concha e dava um tapa bem dado na cara, engolindo os fiapos antes que o doce na língua se acabasse,

(ela pensa por alguns instantes)

tá vendo?,

aprendemos a apanhar por nós mesmos, de nós mesmos,

...até na alegria, tomás,

(os dois riem)

...minha avó ficava danada comigo,

"vai se engasgar, menina!",

acho que ela pensava na macarronada do fim de semana,

      quando criança, a mãe dela, minha bisa,
misturava farinha de pão no queijo, pra render,

    de vez em quando vovó fazia isso, também, escondida da gente,
porque tinha vergonha,   *mas o gosto...,*   *a gente reclamava,*

   ela ficava sem graça, desviava os olhos,

     só pra matar a saudade, dizia,   *tadinha...,*

 é,   *a pobreza cansa, tomás, por isso a gente carrega as alegrias diferentes,*
mesmo aquelas de colher, catadas aqui e ali,

      mesmo que fabricadas, sim,

    as mãos bobas segurando com força, pra não caírem,

  mas, então, aquele susto,   *...tudo se esfarelando, esparramado,*
porque apertou com muita força, entende?,

      (azelina procura os olhos de tomás)

sabe, azelina,   ...estou cansado porque perdi o ponto de mim,

    desandei-me por aí,   e acabou-se o que eu era doce!,

(ambos riem mais,   *ela baixa a guarda de seu olhar)*

         e eu, tomás?,

a pergunta golpeou-o por dentro, na boca do estômago, menino transformado na estátua de uma nova indecisão de pedra,

(*o que eu vou dizer agora, meu deus?*)

ele, tomás, sempre um homem de cinco anos, fincado no centro de uma praça deserta, irresolúvel, como se ouvisse a moça dizer-lhe **estátua**, em vez de goiabada, copiando descaradamente a menina morta, ...apertando-o com aquela força que esfarelava tudo,

e então um arrepio,

(*será que ela é mesmo a reencarnação de djanira?*)

por isso perdeu o jogo de novo, procópio,

no presente rançoso de ontens djanirados...,

ou era o passado que se azelinava, *azedinho, azedinho*, hein?,

sim, perdeu como sempre, aliás,

derrotar-se era a sua única habilidade, a sua vocação,

mas perdeu apenas mexendo os lábios para responder, pela primeira vez na vida, sem se esquivar de si, que amava alguém, o passado no tacho das lembranças?,

                              ele precisava dizer,

          espalhar pelas veias e artérias aquele amor descompassado contra o qual lutava, isso sim, encantoando-se nas cordas do casamento, no *corner* do coração,

    tomás falava e sentia enxurrar as lágrimas...,

                              lambeu os lábios,

um tempo agridoce,   a vida repondo-se, cascuda, na cinza dos fatos,
(decide-se e a encara com firmeza)

a vida é uma luta, sim,   de repente açucarada,

              e você,   azelina,   é o meu quebra-queixo,

        azelina,   azelina,   azelina três,   quatro,   dez,

(seca o rosto)

...doçura que me derruba,   paixão que me nocauteia, a mim, azelina, diabético desse amor que bate aqui, tão peso-pesado,

(ela sorri sem lhe mostrar os dentes, talvez assustada)

e eu, tonto de tanto você, azelina,

     você,   um direto no queixo caído por você,

           e eu, azelina,   apanhando por dentro do peito,

um peso-pena,

        ...um peso de dar pena,

(ela aceita a luta de palavras, desanuviada)

             acho que você está mais pra peso-galo...,

não, não, azelina,   um peso-galinha,

        um peso-galinha-mosca-morta,

   isso,

         um saco de milho e de pancadas...,

deixa de ser exagerado, tomás...,   *eu estava brincando!,* tomás sentiu aquele contragolpe, revidando com mais inteligência,

        ele precisava vencer, ao menos uma vez, procópio,

uma vez que fosse...,

    ia além de uma volta no quarteirão?,

(respira fundo, procura os olhos da moça)

...a vida nunca me deu canja, azelina, é o que é,

           até que vi você,

e tudo,   tudo mudou,   salvo pelo gongo do peito,

          pronto, azelina,   falei,

(ela beija-lhe o rosto, e ficam assim, pertinhos,   parados)

        ah, procópio, entende agora minhas conjecturas a respeito da existência do amor?,

você queria saber a minha opinião no começo da conversa, ontem,

    já a retomei algumas vezes,

        ...tem jeito de se repisar os tropeções sem cair?,

    é preciso falar de novo, sim,

        viver é repetir-se, trocando as palavras, retorcendo a sintaxe,
porque ninguém guarda o que importa, meu caro,

            nada de novo sob o sol?,   então tá, pode até ser,

      mas os homens querem viver enfiados nas sombras,

ser é um mal abrigar-se, platão que me perdoe,

              enquanto o amor...,   ele é uma construção,

      puxadinho torto de primatas errados que caíram da árvore
quando quebraram o galho de uma situação incômoda,

            o peso insustentável da consciência,

              a vertigem dos homens,
inquilinos de um edifício que se faz penso quando conversamos,

                ...ou por isso mesmo,

      penso, logo caio,

    eis o resumo da evolução na qual nos balançamos,

        você cai de boca, de boca aberta, cheia de moscas,

...cai do cavalo, cai do burro falante ao qual está encarnado, supondo-se gente, um bicho que não há, ser fabuloso que habita a cultura, espaço mitológico de uma existência inventada,

os grunhidos da mais enganosa verdade?,

o amor,

mas como dizê-lo, então?,   bem,

erguido, procópio, o amor se eleva em potência demolidora das pequenas humanidades que lhe dão corpo,

...os fósseis do *homo sapiens sapiens* ainda pespegados à carne fraca dos desejos,

esqueletos vivos que exsudam, em líquidos lubrificantes, a reprodução de uma essência perdida, fratura exposta de sua perpétua condição,

sim,   aquele vai e vem da sacanagem mais gostosa...,

pêndulo de corpos que dão corda às gerações, motor de um falseamento espiritual em moto-contínuo, é o que é,

...má hora que se replica quando os ponteiros giram em falso, entendeu agora?, outro resumo, então, ó,

                nós nos fodemos,   pronto,

        ...ato sexual falho de nossa ejaculada incondição, pensamos que o buraco fosse mais embaixo,

    mas erramos de furo, socando dois dedos secos no próprio rabo, sabe como é?,

        não ria, seu punheteiro da porra!,

    erramos de furo e erramos na mão, o que decerto será muito pior, porque conduzidos pelo destino de um estranho habitado sem saber em nós mesmos,

        isso,   isso,

            quando o quiromaníaco se descobre ausente do ato que pratica, em si, porque de repente por fora, mas ainda nele mesmo,

    ...um fio-planeta-terra inteira, para gozo da espécie vindoura,

        ora,   o ser humano é um fazer-se humano, já falei,

...em portugal dizem "estar-se a vir", ou algo parecido, sabia?, pretensão irrealizável de ser, por inteiro, no futuro de um outro, a partir da metade esporrada de si, tem cabimento?,

fogo viste?, linguiça...,

tomás e azelina, claro,

poxa, pense na situação deles,

os dois quase se esqueceram de que estavam na *papelaria santa escolástica*, que o caixa provavelmente atentara na conversa, adivinhando para pior as lacunas da discrição a que se viam obrigados,

...que mesmo odorico, demitido da gerência de suas vontades, teria perscrutado, com o cu dos olhos, as lágrimas furtivas que ambos derramaram, luzindo na pele do rosto o caminho viscoso das lesmas do coração,

...vermes que, em seu triste caso, tinham recebido no lombo um punhadico de sal, esturricando-se antes mesmo de que pudesse convidar sua funcionária para um lanche,

um almoço,   um jantar,

uma rapidinha no banheiro, que fosse,

odorico não era o gerente nem de suas necessidades fisiológicas,

um cagão,

(azelina o olha com firmeza)

ninguém nunca me disse nada tão bonito, tomás!,

                        ...mas acho melhor você ir embora,

por quê?,

os outros,

outros quem?,

todo mundo...,

(ele olha em volta)

às 9 em ponto?,

tá bom, segunda-feira, às 9, na porta da fábrica,

                    a vida é curiosa, não acha?, ele beijou a moça, abraçou-a, encostou nela o pau duro,   mas ficou com a sensação de que o perigo estava na conversa que teve depois,

                        quando um homem se abre, despeja de si o enchimento de palha dos gestos,

                                  será isso?,

tomás entrou em casa modelando os movimentos, disfarçando o andar, o tom da voz, porque tinha certeza de que as mulheres cheiravam de longe uma traição, fungando o contorno das condutas,

aliás, para qualquer mulher, meu amigo, tudo acontece bem debaixo do nariz,

tudo, tudo, sempre,

rebeca lia, deitada no sofá,

oi, rebeca,

(ela não responde)

o silêncio é o discurso mais duro, porque o preenchemos invariavelmente com as palavras de nossa culpa,

rebeca?,

só um minutinho, *vou chegar ao final do parágrafo,*

tomás sempre foi excessivo, exagerado,

todo mundo sabia disso, né?,

...fechou a cara e, espantalhado, esperou pelo pior, o desfecho enigmático de sua intuída desgraça, *pronto, nossa, tomás!, o que você fez na mão?,*

(enfia uma lixa de unhas na página em que parou)

nada, coisa à toa, cortei na caloi 10, *eu digo que você precisa perder essa mania,* estava enferrujada?, não, não..., *a antitetânica está em dia?,* está, claro, a fábrica não deixaria seus funcionários desprotegidos...,

(silêncio)

nosso amigo se afastou, largando o corpo na poltrona, mas era preciso falar,

o mundo é um aramado retorcido de palavras, procópio, ...estamos indefinidamente suspensos, amarrados pelas cordas vocais,

sim, somos um móbile, na calmaria da casa de enforcado,

(tomás se vira para a esposa, erguendo sem forças a coragem pesada que não tinha)

claro que vira o livro que rebeca segurava,

as desculpas, no entanto, apegam-se às obviedades...,   já notou?,

o quê está lendo?,

a hora da estrela,   *...cai no vestibular,*

(rebeca levanta as sobrancelhas)

ah,   *você escreveu uma observação, logo nas primeiras páginas,*   *fiquei curiosa,*

...não me lembro,

(ela pega o livro, volta as folhas)

escuta:

"a literatura de clarice é um recado para os homens",

o que você quis dizer?,

um frio coagulado o espetou na barriga – caneta seca que vazou no fundo de uma gaveta emporcalhada de vermelho,

procópio, procópio..., acha que nós mesmos nos avisamos, sem saber, dos dias vindouros?,   um homem confessa de antemão, simbolicamente, os erros que cometerá?, sim, nossos pequenos atos..., uma palavra esquecida, um tropeção, o encontro inesperado, ao dobrar a esquina, um engasgo, um espirro arrebentado antes da resposta, ...a coceira em hora errada, num momento inoportuno, você impossibilitado de enfiar a mão por dentro da camisa, da calça,

(tomás finge escarafunchar a memória)

não me lembro, rebeca...,
não gosto de quem escreve em livros,
por quê?,
...nem desses sublinhados feios,
mas por quê?,

(os cantos da boca da esposa se erguem)

acho que um livro não pode ser amarrado ao passado, entende?,
(ele finge pensar)
não,
um livro de verdade conjuga o presente sem parar, tomás,

...o presente do presente, tempo verbal da vida, sabe?,

um livro?,

é, é, um livro,   se você o abre, mesmo que no dia seguinte, mesmo que duas horas depois,   cinco minutos, tomás,

...se é um livro, mesmo, de verdade, será outro livro, sempre,

continuo não entendendo bulhufas...,

(rebeca se irrita)

ai, homens...,   carregam um embornal de respostas escritas, amassadas em bolinhas de papel,

...quando a vida lhes pergunta qualquer coisa, pronto, acham que é só enfiar a mão no saco e retirar a réplica, sempre,   sempre,

...sempre certa,   isso cansa,

tem hora que a gente...,

(o marido franze as sobrancelhas, lembrando-se da conversa com azelina)

ó, acabei de ler, tomás, escuta,   eu,   ...as palavras, só porque conversamos o que conversamos, são outras, então preciso porque preciso repetir a leitura, como se a novidade estivesse, no entanto, também decorada, ó,

...uma resposta antiga para este agora, mas silabada pela primeira vez, a cada pronúncia,   presta atenção,

(reabre o livro na página marcada)

"*Ele tinha fome de ser outro. No mundo de Glória por exemplo, ele ia se locupletar, o frágil machinho. Deixaria enfim de ser o que sempre fora e que escondia até de si mesmo por vergonha de tal fraqueza: é que desde menino na verdade não passava de um coração solitário pulsando com dificuldade no espaço.*"

(a voz de rebeca se enrola em seu pescoço)

tomás ficou sério,

depois deu umas bufadinhas, com exagerada afetação,

(ela percebe que o marido brinca e suspira)

o avesso da verdade, muitas vezes, não é a mentira desvirada, meu amigo, mas a outra face de sentimentos inconfessáveis,

o rubor?,

todo procedimento tem duas pontas, o sujeito puxa uma delas, a errada, ao contrário do que deseja, apenas para que a outra seja arrastada na direção qualquer de um rumo, este sim, mais ou menos pretendido,

de outro modo, a fibra se arrebentaria,

...ou será que, por outro lado, os fiapos do destino enlaçariam os nós, voz, eles cegos, surdos e mudos em atos sem escape, a corda bamba esticada no pescoço dos passos trôpegos, no alto de um sempre cadafalso ao redor, hein?,

...tá me chamando de "machinho", rebeca?,

(a esposa não se aguenta e ri)

todo homem é machinho sem saber,

eu, não!,

você, sim, tomás...,   tanto que fez piada,

(ele caminha em sua direção, fingindo-se mais bravo)

eu, não!,

(desce o zíper)

agora você vai ver quem é o machinho!,

(ela se levanta, desvencilhando-se, e corre para o quarto, rindo de seu homem bobo)

...você não me escapa, rebeca!,

viu, procópio?,   tomás se aproveitou dos restos daquela ereção desfeita às pressas com azelina e mostrou à esposa gramatiquenta, no aumentativo paparrotão dos machos, que o espeto de pau também assa as carnes do casamento, ora, ora!, a vontade férrea não se forja apenas a marteladas...,

se a mulher fica sabendo, no entanto, é provável que dê escândalo, sentindo-se usada, ou algo parecido,

o que é bobagem, porque o sangue que corre por dentro dos homens são como os rios, de modo que, com heráclito – indiscutível má companhia –, posso afirmar que é impossível meter o pinto num mesmo buraco,

engraçado é que rebeca disse quase isso a respeito dos livros abertos, lidos e nunca relidos, mas não aceitaria tal lógica no meio de suas pernas,

...menos ainda entre as pernas de balconistas desconhecidas,

ah, mulheres!, ...isso sim!,

depois almoçaram, mastigando um cansaço gostoso,

tomás, inclusive, fez questão de dizer que as almôndegas estavam muito, muito saborosas,

o que você colocou de diferente nelas?,

...algum tempero?,

nada, só misturei duas carnes que estavam ficando velhas no congelador,

...achei que você nem fosse perceber,

sim, duas carnes,

conjunção que sempre temperou com mais pimenta a palavra "homem",   Homem com H maiúsculo,

...com todas as letras maiúsculas, em tabuleta de neon vermelho, encimando a vitrine de um boneco sem rosto,

HOMEM,

isso mesmo,

ei-lo *homo*, de novo,   não com a cana verde nas mãos,   não, não...,

mas a cana de fato,   de carne,   madura, dura,

o pau do homem é o cetro real que sustenta seu reino, imaginário que seja,

simples assim,

não mais aquele vidro de malagueta, procópio, mas a pimenta-do-reino-dos-céus, condimentando a existência com a alegria fácil dos pequenos gostos,

ecce homo,

homem de objetivos incisivos, portanto,

...de caninos propósitos,

salvador egoísta da humanidade que carrega nos bagos,

ou, dito de outro modo, ele sendo em si, na língua afiada e na própria boca, os seus melhores amigos,

...o que ruminamos entre os dentes, procópio,

                  ditando o silêncio,

    no caso, com as papilas ardidas de uma traição gustativa, cismada nos botões da braguilha perigosamente aberta num local público,

o risco de dar merda, como falam por aí,

      e, na merda, morreremos atacados pelos cães que, um dia, deixarão de nos reconhecer,

            ...heráclito que o diga, entendeu agora?,

      um misantropo ao pé da letra H se afasta até dos cachorros!,

        pois é,

                  os cínicos, sem querer, aceitaram que a humanidade é resultado de um mal-entendido,

    daí o pênis ser uma âncora dos instintos,

      ...daquilo que agudiza o sentido da existência humana, não fossem esses próprios termos uma criação cultural que lhes retira a possibilidade de se entender o homem por meio da linguagem,

                      sim,   insisto nisso,

estamos e somos encalhados nas profundezas mais secas da língua,

                        não sei,   um homem de verdade,
procópio, constrói a canoa de seus atos com um pau só, remando a nau
dos corpos pelos campos sem fim, quando alagados e intumescidos de
sangue, suor e lágrimas – se não por isso mesmo...,

      a faina bracejada de viver em guerra sem armistícios consigo,

         a misantropia, meu quase, quase companheiro,
embala no escuro os movimentos ondulantes do sexo,

         por isso repito o que lhe falei há pouco,

       a individualidade é o mostrengo no fim abismado
de oceanos e anos perdidos, periferia de atlântidas em tristes bestuntos,

  sim,   ...quem diz uma única vez, desdiz-se,

          e, caso não soubesse dessa condição,
com certeza tomás a intuía, olhando, no teto do quarto, todas as noites,
as constelações mal rebocadas de seu destino operário,

     ...o mapa baixo-astral de morador da cohab, no subúrbio
das pregas lasseadas do cu de um mundo sem fins de semana sossegados,
porque a luz dos carros se enfiava pelas frestas da janela, empurrando a
máquina enganosa do mundo numa velocidade fabril de infortúnios
lampejados,

    entretanto reais,   bem reais,

agora, é esperar segunda-feira...,

mas o fim de semana se esticou, alongando-se numa impaciência crescente, o que o fez repensar os

dias,

meses,   e anos passados,

quando a semana trabalhosa parecia ter uma sétima-feira, uma oitava-feira, antes daqueles dois dias de falsa folga, vividos com os olhos arregalados,   ...uma piscadela,   pronto,   o despertador azucrinando o sono em claro dos pobres, obrigados a pular miudinho da cama imerecida para agarrar, com as unhas pretas de graxa,

a segunda,

a terça,

a quarta...,

sim,   e ainda segurar firme, com as duas mãos – sem deixar cair –, o mau tempo de uma crise econômica que se alongava até o infinito ordinário de uma frágil posição,

já não basta a porra da sirene?,

...será que nem o fim de semana?,

o restante do sábado foi assim, banheiro, alpiste no mercadinho, papel higiênico, pão de forma, verduras e muçarela, almeirão nas gaiolas, banheiro de novo, *esse desarranjo do caralho...*, água morna com vinagre, pés de molho na bacia de alumínio, corte complicado das unhas, por causa do dedão direito, micosado, polvilho nas frieiras, friccionadas até arrancar as peles doentes, *ahhhh, coisa boa!...*, dedo cheirado, pano de chão, *coitada da rebeca...*, meias limpas, sofá, socos na almofada, *ela não merecia isso...*, tentativa inútil de cochilar uns minutos, que fossem, *ah, azelina*, poltrona, jornaleco de anúncios, telefonema pro dono de um "três-em-um" gradiente, faltando apenas a agulha certa na vitrola, mas também uns furos de cupim na caixa, já desinfetada com *veneno pica-pau*, outra poltrona, mais fresquinha, sem as impressões do suor no craquelê do *courvin*, o assento pinicando as costas das pernas cabeludas, bocejo, lembrança dos sapatos do odorico, *aquele filho da puta!*, flexões de braço, *sim, sim, um homem bonito, ainda...*, volta pelo quarteirão, parando nas esquinas, lembrança impertinente de djanira, *e aí, moçada?*, sarjeta à toa com o balduíno e o menoti, espiando o futebol de rua da meninada, na garagem do nininho – entrou é gol –, *acho que o filho do neylor vai dar jogador...*, mas o pensamento grudado em azelina, *o moleque enfiou a bola no meio das rodas do fusca, aproveitando-se do trânsito*, onde ela estaria, naquele exato instante?, *driblou o volkswagen, o rogério da mariquinha*, ela vai, claro..., *e sentou uma chinelada no ângulo do portão, treze a sete pros sem camisa, olhem...*, caminhada até o jardim, rabo de galo no boteco do jorge, sinuca, depois mata-mata, mais um rabo de galo, *azelina*, casa, novela, bocejo, jornal nacional, aspirina, outra novela, bocejo, banheiro, mais uma aspirina, sanduíche de mortadela com queijo fresco, mostarda e rúcula, com um fio de azeite, *azelina*, água gelada, bocejo, banho, cama...,

e nada de dormir,

                              azelina,

                                                                    azelina,
azelina,

                                             azelina,

                        azelina,

         azelina,

                                   azelina,

                                                    azelina,

         levantou-se arrebentado,   entretanto o domingo foi pior, procópio, porque tomás teve de conversar o dia inteiro com a esposa, mas sem trair, nas entrevozes, o tom sublinhado de uma paulatina e disfarçada ansiedade, escrita sobre as linhas de expressão de sua cara de pau, sejamos sinceros,

         você sabe,   as rugas de preocupação ilustram, no espelho, os hieróglifos sem roseta de nossas inquietudes,

                                                  exagero, é?,

(deitam-se às 23h17)

ele pouco dormiu, de novo,

    acordou inúmeras vezes,

        olhava a mulher e fechava os olhos,
em seguida, procurando uma escuridão que fosse finalmente solitária, livre nos descampados da alma,

        ...insubstância aprisionada em vão, entre as carnes de nossa finitude, não acha?,

    rolou, na descida da cama,

        depois, na subida,

        os vales e montanhas de rebeca em fronteiras naturais de pecados sem pontes ou estradas,

        nem pinguelas,

    no entanto, amanhã pela manhã, *quem sabe?*, a picada aberta na mata conjugal e fechada de temores inúteis,

    pra que fantasiar desassossegos?,

...quantos homens não usam os braços e as mãos francesas das amantes e putas pra escorar o peso insuportável dos casamentos, hein?,

    ...e rebeca, pra não mentir, sempre foi leve, tadinha,

(acende a luz do abajur)

o rumor da respiração suave da esposa, no entanto, ecoando uma aragem de neblina fria pelas brenhas e locas dessas possibilidades futuras, constrangiam-no mais e mais, num movimento quase imperceptível do lençol, que subia e descia o descanso velado e merecido daqueles animais de muita estimação, resfolegar tranquilo em campos abertos e floridos, resguardados pelo fiel pastoreio de um bicho que dormia o sono dos justos,

coitada da rebeca...,

levantou-se, foi até a cozinha, bebeu um copo d'água e molhou o rosto, *sou um burro!,*

voltou na ponta dos cascos, *não é possível, a merda desse rádio-relógio quebrou, só pode!,*

deitou-se mordendo os beiços de raiva,

enquanto a esposa permanecia quietinha, quietinha, virada há quanto tempo para o mesmo lado?, **estátua?,**

teve uma vontade repentina de gritar que ela se mexera, ***eu vi, ...você se mexeu, sim!,*** que ela perdera o jogo, e que ele, tomás, receberia o prêmio merecido, uma azelina imóvel, arreganhada, balconista de pedra no alto da escada, mostrando a boceta lisinha lá de cima, escarrado mármore de carrara, cuspido, lambido, no degrau do primeiro lugar, do campeão, medalha de ouro na vida,

(deita-se)

um esgar a contragosto, porém, corrigiu suas pretensões olímpicas,

   ...só se for o vencedor das desgraças cabeludas, isso sim,

(bufa, ao soltar devagar o corpo retesado)

                        penúrias não se depilam, nunca,
  ficam fazendo cera, deixando o tempo passar, esfriando a barriga, enroladas no pentelho encravado das tragédias...,

(revira-se contrariado e fica olhando a penteadeira,
        os cacarecos de rebeca,   o espelho)

                    saco!,

não consigo dormir...,

levantou-se de novo, com cuidado, pra não acordar a esposa,

a porta do banheiro rangeu, lembrou-se da entrada de casa, do maldito microondas, *preciso despejar óleo nessas dobradiças de bosta,*

aaaahhhhh...,

urinou com a mão esquerda no azulejo, sustentando o corpo,

mas, quando balançou o pinto, viu a imagem distorcida do próprio pau no reflexo da válvula de descarga,   os pentelhos em desalinho escuro,

fez uma careta,   *outro aviso?,   ou o mesmo, noutros pelos?,* pegou o membro mais no cabo, esticou-o um pouco, pendulando-o com mais energia, depois alisou o púbis com a outra mão, procurando penteá-lo com as unhas, e riu de si,

achou-se, na verdade, bastante grotesco,

imaginou mesmo que nenhuma mulher pudesse desejá-lo, menos ainda azelina,

ou a masculinidade devia à bruteza um quinhão graúdo de apetites?,

uma vez, ouvi que homem bonito é homem feio...,

na volta para o quarto, percebeu o pijama úmido, *o ouro dos derrotados...,* e ponderou sua desconhecida incontinência,

o começo do fim?,   um banana mijando nas calças sem perceber?, tsss ah!, besteira...,   apenas balanguei o pinto com muita força, caralho!,

(observa a esposa na penumbra, em pé, ao lado da cama)

o que ela estará sonhando?,

supôs que estivesse com outro homem na cabeça, *sim,* um médico qualquer, se engraçando com ela como se fosse um gerentezinho de merda, insinuando que, com ele, moraria noutro bairro da cidade, *num condomínio fechado...,* que não precisaria prestar nenhum vestibular,   *pode ser...,* olhou-a com raiva,   *ela tem culpa, também,*

(deita-se, com cuidado redobrado)

mas tomás era bobo, e a consciência puxou-lhe com força as orelhas das desculpas forjadas,

    não a ponto de despregá-las da cabeça, verdade seja dita,

              ...sem querer, coitada,   mas tem,

o sono tranquilo da esposa o exasperava, é lógico,

    ela estava cansada, ao mesmo tempo que o marido filho da puta, poxa vida, traçava planos e curtia a expectativa gostosa e arriscada de procedimentos nada conjugais,

        amanhã,   eu...,

            tudo vai dar certo...,

azelina,   ela,

        azelina,

    aze...   ...,

tomás finalmente dormiu,

      não acalentado no vai e vem gostoso de uma trepada premente com a balconista, não, não,   ...mas no balangar chacoalhado de seu pau, como ele mesmo disse, respingando urina pra todo lado,

            a fisiologia dos pesadelos?,

      ou, antes, a rede dos desejos embalando os desrumos da existência por tempestuosos martírios, hein, procópio?,

(*o despertador*)

         ...,   *finalmente!,*

enfiou as roupas, engoliu o café e voltou ao quarto para beijar, sem se encostar, o rosto da esposa, que entraria mais tarde no hospital,

uma despedida apressada será sempre a denúncia oculta de uma perfídia, eis a grande advertência bíblica, meu irmão!,

tomou o ônibus,

         desceu na porta da fábrica,

bateu o ponto,

        trocou de roupa,

                queria conversar com o encarregado,

bom dia, seu sérgio,   bom dia,   *posso...,*   um minutinho,
(volta-se para alguns operários, do outro lado do barracão)
ô, batista!,   **...falei que o caminhão chegava antes, não falei?,**
(...)

    ...era pra deixar tudo preparado na sexta, porra!,

(a distância, batista gesticula, nervoso, e sai da fábrica)

      o encarregado balança a cabeça com raiva e olha para tomás,

      pode falar, mas rapidinho, que eu preciso chamar
a manutenção,   uma amiga minha,   ela   ...vem ver a vaga lá no escritório,
hoje, a vaga de auxiliar, acho...,

        (procura as palavras)

      e daí?,   ela anda precisada, sabe?, então queria
ir com ela, apresentá-la pro,   pro...,

            pro...,

tomás não se lembrou do nome do contador que, se estava acostumado às subtrações desumanas das crises econômicas, por certo era também responsável por uma ou outra adição ao quadro de funcionários da firma, pelo menos quando alguém caía fora do escritório – ou era chutado por ele,

"ele" o escritório, claro, visto que os asseclas da reengenharia de cargos e processos, como se diz hoje, calçam, sem nenhum remorso, a botina pesada e impessoal do mercado, esperançosos do afago futuro de sua mão invisível,   pfffff,

...aquela com a biqueira de aço, ideal para o pé no rabo dos coitados,

"*por mim você ficava, mas sabe como é, né?,   sou empregado, também...*",

e tome o pior dos pontapés no fiantã da negrada!,

sim, o RH,   sei disso, mas larga a mão de ser besta, procópio, RH é a sistematização eufêmica da covardia, isso sim!,

o zé duardo era um funcionário das antigas, daqueles que cultivavam a responsabilidade sádica de disparar o tiro sem misericórdia...,

capitão do mato,   feitor,   capanga,   encarregado, contador...,

tem diferença?,

imagine, procópio!,

o que chamam agora de "gestão de pessoas" é discursinho neoliberal, eufemismo da exploração, seu tonto...,

(o encarregado ergue as sobrancelhas e arrasta para cima o restante da cabeça)

*...qual o nome do contador, mesmo?,   o zé duardo?,   isso, zé duardo...,
eu queria...,   ah, ainda bem que você falou, tomás,   ia me esquecendo,
na sexta, você não me devolveu a chave do almoxarifado!,*

(a barriga do operário regela seu desprendimento)

notou como tomás se assustava o tempo todo?,
azelina tinha razão...,

...repito porque o frio na barriga de um homem
é o termômetro de sua condição submissa,

sim,   o parque das angústias,

o trem fantasma desencarnado em si,
pois descarrilhando-se o tempo todo, tobogã das pindaíbas,

montanha das coisas ruças...,

devolvi...,   **pra mim, não!,**   ...direto no escritório,
(o chefe abaixa o tom da voz)

então, tá,   obrigado,   você não sabe o quanto ele é sistemático..., tomás sentiu-se bem com a resposta imediata, o que lhe restituiu a temperatura normal às tripas,

precisava acompanhar azelina e devolver a chave do almoxarifado, era esse o novo plano, *caralho!*,

percebeu que as boas mentiras são álibis de atos complementares, e sapecou outra lorota, em seguida,

já falei com o josimar, que vem me cobrir às 8h50, mas queria avisar o senhor, antes, pedir a permissão,

...apresento a moça pro zé duardo e volto rapidinho, é pá-pum,

(outro operário se aproxima e fala com o encarregado sem retirar o protetor auricular)

seu sérgio, o batista falou que a empilhadeira tá mesmo quebrada,

ai, meus jesus!,

(vira-se para tomás)

pode ir,

e agradeça ao zé duardo de novo, ...pela chave,

(sai apressado, com o mensageiro surdo)

parafraseando a conclusão acertada de rebeca, tomás guardou as lições da vida no embornal das oportunidades, não foi?, por isso riu sozinho das cócegas de suas lembranças,

  é, seu sérgio!, puxar o saco até de quem não tem colhões...,

  nosso amigo esperou os dois se afastarem e correu até a sala de sobreaviso, como chamavam o cubículo, lembra?,

ô, josimar, vem cá,

fala,

o seu sérgio pediu que lhe desse um recado,

  ...é pra você me substituir, às 8h50, em ponto, sem falta!,

(josimar faz uma careta)

o que é que houve?,

  sei lá, mas ele tava puto, alguma coisa que ver com a empilhadeira,

  e vai mansinho, hein!,

  ...se o homem falar com você, depois, diz que faz a substituição com gosto, sabe como ele é sistemático, né?,

sim, a mentira se arma com as palavras corretas de diferentes ocasiões, sílabas de outras pessoas,

  ...lábios estranhos na bochecha de quem sabe ser boca dura, mascando os fatos na marra, um sujeito vê a escarrada no chão, finge cuspir sobre ela,

...pronto, ganha a fama de porco!,

moral da história?,

verbos e saliva, dos dentes pra fora, são expressões de quem é pego babando, de modo que um homem de espírito há de saber babujar a própria conduta, mesmo que na sombra de passos alheios,

o arbítrio se estabelece desse jeitinho,

com verdades deslocadas,

...ou mentiras bem dispostas, tanto faz,

não, não,

embuste, meu amigo, é desculpa esfarrapada no cu das calças do pobre desnalgado,

...e retidão, bidu, não é só rima, não,

é ordem de quem desmanda no papel passado, presente e futuro, mas sem as datas, porque as heranças e o capital acumulados, entende?,

lembre-se do que lhe contei a respeito do professor astolfo, porra!, tomás correu até a baia e a ativou com um tapa forte no botão,

                só depois olhou o relógio na parede,

ainda bem,   *dois minutos antes...,*

          não queria ligar o equipamento depois do horário,

trabalhar a mais nunca trouxera benefícios adjacentes pra ninguém, *obrigação é obrigação,*   mas tinha certeza de que os atrasos, mesmo aqueles dentro da lei, colocavam o rabo na reta de futuras reengenharias, como acabei de lhe dizer, nome pomposo da bicuda bem dada no toba, independentemente das crises econômicas, de mercado, ou mesmo do mau humor de um encarregado qualquer,

    eu,   ah, seu bocó...,

        quem repete o que já falou inúmeras vezes, mas com outras palavras, não sublinha apenas o entendimento alheio, senão o próprio discernimento,

      insisto nisso,

        nenhum fato, procópio, é de uma vez por todas,

...a nossa conversa, claro!,

tomás trabalhou com o pensamento longe dali,

        agora ela deve estar inventando uma desculpa bem dolorida pro filho da puta do gerente,   dor de cabeça?,

            dor de estômago?,

   não,   acho que vai...,   sim,   uma endometriose,

...quem mente as dores, que minta logo as crônicas,

        um bom engodo que coxeia no presente antecipa os tombos providenciais de amanhã, é ou não é?,

        josimar devia entender bem desses mecanismos,

   chegou cinco minutos antes,

e aí, tomás?, pode sair, vai chispando, vai...,

opa!, pontualidade é chegar adiantado!,

mais ou menos...,   assim você volta mais cedo,   ...vai, vai logo!,

    nosso amigo saiu da baia e pagou a sinceridade do companheiro com dois tapinhas nas costas,

        mas, não contente com o afago, deu ainda um terceiro, com mais força – sem encostar, contudo, um dedo sequer no colega, o seu sérgio sabe ser grato, josimar...,

                               não esperava o contragolpe, no entanto,

ah, vai cagar, tomás!,

              ...e vê se não enrola pra voltar, hein!,

muita gente gosta de apanhar, procópio,

                 uma bofetada a mais, porém,

                               pronto,

     o sujeito toma as próprias dores e se desanca, descadeirado,
a questionar a generalidade dos tabefes,

                             até a alienação tem limites...,

tomás sorriu sem graça,

                virou-se e correu para a portaria,

nada, nem sinal de azelina,

caralho!,

enfiou-se por baixo da cancela e olhou os dois lados da avenida,

voltou preocupado,

e se ela não vier?,

entrou na guarita,

seu zelito, ô, seu zelito,   apareceu alguém aqui, hoje, me procurando?,

não,   não apareceu, não...,

tomás achou por bem ficar dentro do abrigo, protegido da xeretice operária, fabricante de fofocas, fuxicos e futricas,

...bochichos em quatro turnos ininterruptos,

...quem você está esperando?,

note que a indústria dos mexericos não extinguiu o artesanato da bisbilhotice,   de todo modo, não se chateou, pois deveria mesmo inventar um enredo qualquer para acompanhar a moça até o escritório, uma conhecida minha está procurando emprego, sabe?, trabalha numa papelaria, lá do centro, mas... está sendo perseguida pelo gerente, coitadinha,

(o porteiro fica indignado)

essa desgraça acontece em todo lugar, os invejosos, tomás, eu mesmo...,

(zelito estica a sílaba final)

acho que você até sabe, né?,

sim, ele sabia, mas deu trela ao colega, justificando a permanência no esconderijo onde se enfiara,

na maioria das vezes não é necessário nem perguntar, bastando o silêncio para espicaçar as arbitrariedades, regurgitação que não cabe na boca pequena dos injustiçados, cuja sina será sempre, a partir das desgraças, vomitar nos outros a bile desses ressentimentos,

quem já não viu isso, procópio?,

alegria de pobre é mostrar o arroxeado das bordoadas que leva,

acho que dizem pra si mesmos que a dor já passou,

ou vai passando, não sei,

o problema é que, de vez em quando, o interlocutor abaixa as calças e mostra um vergão maior, ignorando a pancada em outras peles,

dores trocadas não doem?,

(tomás balança um leve sim para zelito, parente negaceado das inevitáveis confissões)

pois então,   foi aqui mesmo, na firma,   sofri o acidente pouco depois daquela boataria, antes das demissões, lembra?,

sim,   pra ser exato, cinco anos e dois meses...,

não,   não me esqueço, não,   você vai me entender...,

subi nas estantes do depósito pra pegar uma caixa que a máquina de empilhagem tinha empurrado pro fundo das prateleiras,

um modelo novo de empilhadeira retrátil,

o paulão estava pegando o jeito, ainda,

era só puxá-la de lá, caramba, desenroscá-la,   subi, claro, e fiz o que tinha de ser feito,   quando fui descer, despenquei lá de cima,   uns oito metros,

banquei o gato e me retorci no ar, pra cair de pé,   caí, mas amassei uma vértebra, acredita?,   um deus nos acuda,   cirurgia, imobilização,   nove meses de molho,   fisioterapia e mais fisioterapia...,

enquanto os colegas sendo despedidos,   quem não lembra?,

então a maldade, tomás,

uns desgraçados dizendo por aí que eu pulei de propósito, tem cabimento?,

  isso mesmo, só pra escapar da dispensa,

    falavam que eu saltei com os dois pés na aposentadoria,

que era pra quebrar uma perna, mas levei azar no osso que partiu...,

      cambada de filhos da puta!,

    chegaram a insinuar que o josué se matou por minha causa,

...que eu é que estava na lista de demissões, mas, em razão do acidente, não pude tomar o pé na bunda, sobrando o olho do cu das ruas "pro coitadinho" do josué, que não aguentou o tranco amargo nos fundilhos e estourou os miolos moles...,

 puta besteira!,   ele se matou porque estava afogado em dívidas, os agiotas apertando o pescoço dele,

até o de sua mãe, coitada, que nem empréstimo consignado podia fazer mais,

   o miserável tinha uma namorada cara..., filhinha de papai, todo mundo sabia, carregou a menina até pra campos do jordão!,

  quando se viu no aperto, desempregado, desesperou-se,

   a moça aproveitou que ele se descabelava e rompeu o namoro, preferindo decerto um amante mais bem penteado..., isso ninguém falou!,

      resumindo,

o lazarento – que ⋅eus o tenha –, comia a biscate mais badalada do bordel,

       isso ninguém vê...,

lambuzou os beiços
até desvirar os bolsos vazios das calças curtas em que foi pego, apelando então para as mamadas economias maternas, como lhe disse,

...mas eu é que levei ferro, entende?,

ferro, aliás, amarrando malemal a coluna,

ferro até o cabo, no rabo do manquitola aqui...,

(zelito abaixa a cabeça por alguns segundos)

tomás, tomás,   acha que alguém iria foder a própria coluna por causa da merda de um emprego?,

até hoje tem gente que passa por mim e finge que não me vê, sabia?,

mas fiz questão de não me aposentar, juro!,

no chão da fábrica não tem mais jeito, fiquei estropiado pra trabalhos pesados,

mas pedi um lugar no escritório, no almoxarifado,   onde fosse,

...me arrumaram aqui,

e, cá entre nós, não gosto do serviço,

(fica em silêncio, olha para tomás e enxuga uma lágrima)

mesmo assim, continuam falando que eu dei um jeito de me safar e, ainda por cima, pulei e caí no colo da vadiagem, encafuado na portaria de uma indústria de bosta, debaixo do papel de esperto que banquei feito um filhote meio avoado de urubu,

...porque então os preconceitos se estribilham, né?,

...e que nem anotar direito os recadinhos eu anoto, analfabeto de pai e mãe, mas não de tio, porque outros espalharam, por brincadeira, que sou primo do ermelino, acredita?,

tomás sabia de tudo, claro,   não fazia tanto tempo assim,

não, não,

um sujeito preocupado respira outros ares, incapaz de cheirar a catinga carnicenta da carcaça em que tropeça,

...e ele sentia só o perfume de azelina,

concordou com zelito por isso mesmo, afirmando que era inveja, sim,

que todos os fodidos, findas as perspectivas de uma vida de compras e farturas, sonhavam com uma aposentadoria daquele jeitinho, ainda jovens..., tomás conhecia o tipinho,

...gente que faria, com os movimentos repetitivos dos dedos no saco, os turnos fordistas de um sossego em série no meio das pernas, pelo menos,

e estavam muito certos,

...mas era verdade, também, que se lembrou de que zelito não escolhera voluntariamente voltar ao trabalho,

que a empresa, isso sim, se vira obrigada a realocá-lo noutra função, custeando a fisioterapia,

conselho do advogado da empresa, segundo disseram,

vai no carro da firma até hoje, três vezes por semana, o que o deixa contrariado, vê se pode, porque o obriga – não obstante o álibi assim reposto semanalmente, na **"clínica fisiolife"** –, a ganhar suas migalhas ainda suando um mau tanto...,

é, deve estar quase se aposentando,

...como eu,

(um táxi para em frente à cancela)

azelina desceu, sorrindo,

        viu, pela vidraça, que tomás estava na portaria,

            ele se esqueceu de zelito, do emprego, do tombo, da aposentadoria, de tudo,   e saiu ao seu encontro,

oi, azelina,   você se atrasou...,

(ela segura os cabelos, por causa da ventania, e lhe beija o rosto)

quinze minutinhos, me desculpe,

por isso veio de táxi?,

foi...,

...devia ter lhe falado do ônibus que vem aqui, pra vila santa rosa,

eu sabia, mas aí me atrasava mais, né?,

        tomás percebeu a chance de vincar, a ferro frio, com o peso dos atos decididos, as calças sociais de uma centralidade apenas imaginária, o que chegava a ser engraçado, se não ridículo,

eu pago o táxi,

besteira,

não, não,   fiz você vir até aqui, poxa,   ...quanto ficou?,

cento e cinquenta,

(bate as mãos nos bolsos vazios do macacão)

depois eu pego seu dinheiro, pode ser?,

(ela sorri)

...sabe, caí na besteira de falar pro odorico que estava com enjoo,

enjoo?, não é uma boa desculpa...,

                                nosso amigo se arrependeu da observação que lhe conferia uma experiência bem pouco invejável, notadamente quando se quer comprar barato a confiança de alguém,

    e ele já devia 150 paus pra ela...,

pois é, meu amigo,   a canalhice desvendada inflaciona, à vista de todos, o mercado falsamente liberal das ações e reações,

(azelina faz uma pausa)

...ele fez questão de me levar lá no fundo da papelaria,

                                (tomás se assusta)

pra salinha de...,

é, puxou uma cadeira pra mim, procurou o sal de frutas, no armário, mas tinha acabado,

esse filho da puta!,

ele disse que dava uma corridinha na farmácia e comprava outro vidro...,

sujeitinho sem-vergonha!,

demorou mais de meia hora...,

as mulheres sabem construir, procópio, com os tijolos de antigas casas, o moderno edifício das segundas intenções,

   ...ou, melhor dizendo, das intenções delas, apenas, expressão que encobre recônditos terceiros desejos, quartos, quintos dos infernos, sextos sentidos, sétimos céus, com suas oito ou oitenta palavras, novenas e promessas, seus dez mandamentos, enfim, para que depois, nos incômodos dessa habitação em que trancafiam os homens apaixonados, possam fazê-los arrastar, pra lá e pra cá, os móveis mais pesados da existência a dois,

  não ria,

    o negócio é sério,

      você sabe como tudo terminou...,

(azelina muda levemente o tom da voz)

...não vou mentir, tomás,   ...achei uma gracinha a preocupação dele!,

(o operário solta as ferramentas e a voz, raspando a garganta – e fica mudo)

ela encompridou de propósito aquele silêncio engripado, embasbacado,

...odorico acha que estou grávida de você, tomás,

nosso amigo não respondeu,   mas espiou a guarita, desconfiado de que o rengo do porteiro estivesse atento, procurando um boato para soltar de novo o peso do corpo mole, movimento com o qual engendrara, a tanto imprevisto custo, aquela sua vidinha no bem-bom,

e ele estava, claro,

tomás, por isso, preferiu sair da frente da fábrica,

quanto mais falasse, mais pano pra mangas e colarinhos de especulação, remendando a camisa de força que os desbocados vestem com o gogó desnudo, o que o obrigaria a pagar o pato sozinho, devendo a todos o ato de uma língua solta em momento inoportuno, que pedia biquinhos calados, isso sim,

que loucura!,   ...vem, azelina,   *vamos ver logo esse emprego,* a moça obedeceu-lhe, entrou, zelito informou o escritório, pelo interfone, anotou o nome dela num caderno, repassou-lhe o crachá de visitante,

boa sorte na entrevista, dona zelina!,

a-zelina,

azelina?, com "a" na frente?,

isso, **a**zelina...,

(o porteiro reabre o caderno e corrige o erro)

*me desculpe..., por ser o **zelito** que sempre fui – pelo menos ₁es₁e que me ₁ei por gente –, imaginei que a senhorita tivesse o nome começan₁o pelo "zê"...,*

os ouvidos também forçam os hábitos, né?,

(tomás está impaciente com o palavrório porteiro)

...não peguei seu documento porque vão tirar cópia dele, lá dentro, se tudo der certo, ...e vai dar!, ponha fé que vai dar!,

zelito e azelina trocaram o mesmo sorriso,

sorrizo com "zê", com certeza...,

o problema é que a maioria de nossas certesas vem grafadas com "esse", é ou não é?,

...quando era menino, ficava chateado por estar no fim do alfabeto, na última parte da cartilha,   não gostava disso, sabe?,   achava mau agouro,   até que uma professora – a terceira série – a dona alva –, disse que bastava revirar, de ponta-cabeça, o abecê,   e pronto!,

o "zé" lá no começo...,

foi uma lição bonita pra vida, não foi?,

...ou só tontice minha?,

azelina concordou com a professora, mesmo sabendo que carregava o alfabeto de ponta a ponta, sem ter de cambalhotar a existência e tapear as tonturas da miséria, que girava conforme os rodopios desencontrados do mundo, era a verdade...,

(de repente, a vertigem das palavras)

...bom, alguma zonzeira todos têm, não acha, seu zelito?,

foram interrompidos por tomás, que a empurrou com a ponta dos dedos,

vamos...,

o porteiro ainda teve tempo de uma última observação,

terceira porta à esquerda,   mas o tomás aqui sabe o caminho das pedras!,

desgraçado,

ele é que saberia de cor – e salteado de cima das prateleiras –,
a lição de pedras da aposentadoria, revirando-se no ar, de ponta-cabeça,
e caindo em pé no rumo daquele servicinho fácil,

e a dona alda é que levava a culpa...,

outro sem-vergonha!,

(passam por uma catraca)

no corredor, o operário continuava a sopesar a vida,
em silêncio, relembrando, sim, aquelas tantas pedras que lhe magoaram
a pele e o espírito,

era isso,   ia chateado por não tropeçar numa delas de verdade,

num pedregulho que lhe arrebentasse o dedão do pé,
dando-lhe a oportunidade de se abaixar, tirá-lo em definitivo de sua
frente e, ainda, rachar a cabeça do porteiro com ele,

ao menos o infeliz teria, assim, um fato concreto para fundamentar de vez a tão sonhada vagabundagem,

sujeitinho enxerido, oportunista...,

zelito tinha constantes dores nas costas,

pelo menos era o que dizia a todos, padecimento que não o impediu, porém, de se entortar na cadeira para acompanhar o casal, por trás, com os olhos,

ah, que aí tem coisa,   *...ah, se tem!,*

entraram, enfim, na terceira porta, que se abria numa pequena antessala,

uma secretária batia à máquina,

ficou ainda seis ou sete segundos teclando, disfarce daqueles que precisam mostrar serviço e esticar o nada até os limites de coisa alguma,

só daí param para atender quem quer que seja,   e de cara feia, *pois não?,*

minha amiga veio ver o emprego,   *que emprego?,*   no escritório de contabilidade, "secretária com experiência em datilografia",   ...vi o cartaz na última sexta-feira, a moça lhes indicou uma longarina de três lugares e saiu, batucando o chão com o salto alto de uma empáfia que era, como a de todos, por ali, subalterna e, desse modo, rastejante e caricata,

inconsciência de classe na sola dos pés,   *...não me faltava mais nada!,*

  pobrezinho do tomás, hein?,   mal sabia que, hoje, um bando de safados considera muito chique a sola vermelha, *loubotomia* que lhes arranca da inconsciência, por força da gravidade social, a ironia rubra daqueles que transpiram sangue pra sobreviver, mas feito baratas tontas, correndo pra lá e pra cá,

    acho que pisam no vermelho como ato maquinal, mas nem um pouco falho, meu caro,

   não há estética malformada por questões ideológicas,

em suma, o calo dos pés aperta mais nos frios descalços...,

     azelina sentou-se numa ponta, tomás na outra, deixando entre eles um lugar vazio, ocupado pelo medo pouco espiritissantificado de uma gravidez nada milagrosa, sozinhos, pôde questionar a moça,

que diabo de gravidez é essa, azelina?,   de onde o filho da puta do odorico tirou essa ideia, meu deus?,   será que ele viu, quando...,
(tomás para de falar)

azelina pensou demais antes de responder, tempo suficiente para sapatear com o salto baixo de suposições e saracoteios que o enfeitavam de chifres, cornos de uma vaca que outro peão, mais esperto, conduzira antes dele para o matadouro...,

será?,

(ela respira fundo)

não, tomás..., foi a carla,   que carla?,   *minha amiga com as pernas cheias de varizes, lembra?,*   sei, mas o que ela tem com isso?,   *a tonta me ouviu falar de enjoo e começou a brincar,*   falou meu nome?,   *você é o único homem que me procura,*   ...o gerente deve ter pensado o mesmo, né?,

tomás se sentiu bem,   sim, sim,

o único homem,

e soltou o corpo na cadeira, enquanto embalava, em si, o filho inexistente de sua boa fama – situação que o deixava mais próximo da cama onde se deitaria com azelina, claro, *por aqui, por favor,*

      nosso amigo olhava as batatas das pernas da secretária quando levou um beliscão retorcido da balconista,   primeiro se espantou, mas depois sorriu, porque a moça estava enciumada,

      (tomás aponta a funcionária por trás, com o bico da boca e o movimento do pescoço, ao mesmo tempo que faz uma careta silenciosa)

      azelina respondeu alto, como se a secretária fosse entender a admoestação curta, grossa e direta,

      sei...,

      as mulheres são fogo,   a moça tinha mesmo pernas bonitas, lembra?,   acompanhadas de uma bela bunda,   camila...,
mas era feia de cara,   ficou uns cinco ou seis anos na fábrica, confirmando pra peãozada a utilidade anedótica das fronhas,

      depois se mudou de cidade,
acho que catalão, em goiás,   casou-se com um rapaz do banco do brasil, que depois foi transferido pra lá,

      é o que digo, procópio,

      uns homens gostam das mulheres que chegam,
outros daquelas que estão sempre indo embora,

isso sim é uma verdade antropológica, né?,

em outras palavras, é preciso saber encorpar a filosofia que desfiamos por aqui, sob risco de agarrarmos o lóbulo de vento de ideias sem pé nem cabeça...,

na outra vez, entrara no escritório por um caminho interno, com o encarregado, lembra?, agora iam por outro corredor, antes de embocarem na mesma sala enfeitada com os calendários da fábrica,

os saltos de camila, tiquetaqueando o ciúme, desviaram seus olhos, de novo, para a porra da folhinha com a fotografia desbotada daquele big ben, de 1965, com o palácio de westminster...,

(*cacete!, somos nós que damos corda nessa merda toda!*)

o senhor josé eduardo já vem, camila saiu da sala e tomás nem olhou pro seu lado,

pro lado de trás, pra não mentir, demonstrando que preferia as maçãs do rosto, mesmo que *azedinhas*, às batatas das pernas, ainda que bem quentes,

tudo política?,

azelina vigiou os movimentos operários até que a sirigaita desaparecesse, o que desvalorizava sua preferência pelos pseudofrutos, verdade seja dita, sem contar que, depois daquele acesso de tosse, em casa, os tubérculos não lhe pareciam, também, tão saborosos...,

disfarçou, apontando o cartaz,

> *precisa-se de secretária*
>
> *com experiência em datilografia*

a sala não tinha poltronas, cadeiras, bancos, nada,

possivelmente o patrão quisesse que as pessoas que fossem à contabilidade cansassem bastante os gambitos, tendo como passatempo a observação das gravuras que marcavam a história da indústria brasileira em paisagens distantes, onde as reivindicações trabalhistas, financeiras – ou quaisquer outras –, se afastassem de nossas mentiras bem-vestidas e cozidas de cinismo,

(filho da puta!,)

quantas folhinhas, hein?,

pois é, azelina, esses desgraçados esfregam os continentes na cara dos bananas só pra dar a eles a certeza de que estão enfiados no cu do mundo, de onde devem agradecer, até o final dos tempos, o emprego de...

pois não?,

entretidos com os calendários, não perceberam a chegada do chefe da contabilidade, que pisava mansinho, mansinho,

tomás suspeitou, por isso, que o guarda-livros o interrompera de propósito, antes da palavra "bosta", só pelo prazer de vê-lo se engasgar com ela...,

o contador sabia que, amordaçado pela condição submissa, o silêncio do operário o conduziria à força para a prisão de ventre, laringe e língua a que todo cagão se condena, quando não pode falar merda,

ou, ainda, quem sabe, zé duardo apenas se livrasse da responsabilidade chata de defender a firma, hein?,

tomás contragolpeou-o com um direto de suposta intimidade,

bom dia, zé duardo...,

o contabilista esquivou-se com um aceno mudo, fechando e abrindo rapidamente os olhos, enquanto pendulava a cabeça,

...como aquelas bonecas antigas que, deitadas, cerravam as pálpebras, lembra?,

a isaura tem uma...,

deixa em nossa cama, procópio, presente de sua madrinha,

eta, boneca feia!, o corpo de pelúcia vermelha,

...hoje, meio rosa, de tão desbotada,

o mecanismo de um dos olhos se quebrou, então aquele tribufu caolho fica assim, estatelado na cama,

(imita a boneca)

...um dia me enchi, achei que fosse mandinga da isaura, sei lá, falei pra jogar o camões fora,

ela riu e ainda zombou de mim, dizendo que, *para o autor português, nada melhor do que a ilha dos amores de nossa cama...,*

gostei do chiste, juro, por isso, pelo menos uma vez por mês, implico de mentira com o trinca-fortes dela, que passou a piscar pra mim, glosando o mote que minha esposa lhe propôs,

outra forma de se levar um casamento, concorda?,

ora, até a caolhice pode ser uma piscadela involuntária para os melhores acordos e arranjos, líricos ou políticos...,

o contador fez questão de não esconder o desconforto,

não queria o tratamento de senhor, porque se achava moço demais, mas a prosaica aférese, espalhada pela inteireza esfacelada de seu nome composto, colocava-o muito próximo de tomás,

...do macacão de tomás, e, por conseguinte, da graxa das máquinas, substância imprópria para as camisas alvejadas em quarador, com anil, segundo as recomendações que fazia para a dona mariquinha,

...a lavadeira que morava na rua da escola,

tomás lembrou-se na hora do seu berilo,   era preciso agir rápido,
minha amiga veio ver a vaga de secretária...,
disse a ela que a apresentaria para o senhor...,
falei assim: o senhor josé eduardo é o responsável pelos escritórios da firma,

zé duardo dispensava o pronome, como lhe disse, mas gostou do remendo,

bem cerzido, o rasgo seria assimilado pelo rococó da palavra *contabilidade*, bordada no bolso de sua camisa,

um detalhe inusual de certa sofisticação, lembrando a logomarca de uma grife, conforme o imbecil por certo imaginava,

bem,   não lhe tiro de todo a razão...,

viver é isso, procópio,   remendar os rasgos da vida, fingindo neles a intenção mais funda de atos nunca realizados,

...mas sem perder a noção de que, no puído de nossos dias, cerzir o disfarce de uma flor é, antes, perfumar a catinga da miséria mais esfarrapada,

tem gente que prega um botão,

uma etiqueta,

faz um bolso,

...ironia são aquelas roupas surradas de fábrica, porra!,

li numa revista que, agora, os meninos ricos furam a camiseta de propósito, criando um falso desleixo, ...buracos fictícios de uma traça inexistente em *closets* bem dedetizados, pode?,

e enfiam uns chinelos de dedo, ainda por cima,

...ou por baixo, pra não desvirtuar a imagem, arrastando, pelas ruas mais badaladas, essa pobreza que chamam de "chique", ai-ai,

isso diz muito do que sofremos, ...multidão que somos, sem estar, no retrato fantasmagórico desta época, transparentes,

...*zeitgeist, o fenômeno*, filmeco de terror cotidiano, mal definido como paródia de costumes, concluiria um filósofo de botequim, num trocadilho infantil, vá lá, entre arrotos e peidos, apenas para comprovar, debaixo do nariz de todos, esta força intangível que nos rege a existência de figurantes de nós mesmos,

cole esta observação ao que lhe disse lá atrás, com durex...,

zé duardo conversou com azelina, perguntou-lhe de sua experiência, levou-a à máquina de escrever, pediu-lhe que copiasse um texto, enquanto marcava o tempo,

examinou-o, depois, elogiou-a, tirou cópias de seus documentos, explicou-lhe por alto a rotina do escritório, enalteceu os benefícios da empresa, o salário,

azelina não se conteve,

nossa!, mais do que eu pensava,

            o contabilista, em seguida, despediu-se, dizendo que entraria em contato, com a resposta,

  não vou mentir, há outras candidatas...,

  fazem isso pra pesquisar o nome do pretendente, sabia?, consultam o serasa, o spc, essas coisas,

    poder não pode, mas não dizem pra ninguém, de modo que acaba podendo,

  quem manda à noite faz pouco caso do sol e, mesmo à luz de velas, não dispensa os óculos escuros,

     perversidade, é lógico, um sujeito cai e não pode mais se levantar porque o sistema o amarra ao tombo,

  bem, neste caso o interesse era outro, você vai ver,

notou que tomás não abriu o bico?,

quando percebeu que zé duardo engolira o josé eduardo misturado à quirera de sua centralidade empresarial, achou por bem não colocar mais as asinhas de fora, sem dar um pio que fosse interpretado como assovio..., se azelina não conseguisse o emprego, levaria a vida lá na papelaria, enquanto ele, longe do terreiro da fábrica, estaria ferrado, no rostro do urubu, essa era a verdade, ao sair do escritório, omitiu o pronome de tratamento, mas disse todas as letras de sua linhagem composta, na intenção de que a mal vista proximidade anterior se dissolvesse de vez, restabelecendo a distância correta do esquecimento bem silabado,

até logo, josé eduardo, muito agradecido,

tomás percebeu, então, que o contador segurou a mão de azelina um pouco além da conta...,

(não é possível!, será que todo gerente contrata mulheres segundo prováveis ganhos futuros, dividendos que vão encher o próprio bolso, mas não com o dinheiro desviado, caralho?)

(saem do escritório)

é isso, procópio, os homens, por mais ricos e bem estabelecidos que estejam, não deixam de aplicar as vontades no mercado imaginário dos lucros futuros, poupança aberta com o dinheiro fácil das ideias,

aliás, as feministas dizem que, nesse investimento, somente os mais pobres de espírito desperdiçam algum capital,

exageram, sim, de todo modo...,

o operário não quis admitir, mas azelina saiu requebrando mais,

sem querer?,

duvido...,

tomás ainda se voltou, por instinto, e viu o contabilista escriturando o cavanhaque, cofiando a barbicha como se contasse as cédulas dos ganhos líquidos em suados movimentos financeiros, enquanto lançava os olhos no balanço gostoso da bunda de azelina,

que filho da puta!,

flagrado em fabulosa negociata, nem assim o chefe disfarçou, o que confirmava o rol de todas as desconfianças operárias,

esperou sair, então, para dar seguimento à auditoria de suas certezas, depois comprovadas,

(entram no corredor)

azelina, o safado segurou a sua mão com bastante vontade, não foi?,

não é a primeira vez que isso acontece,   já falamos disso, né?

os homens...,

...ele até deslizou o pai de todos pela minha palma, acredita?, mas que desgraçado...,

você não se incomoda com isso?,

porra, tomás, um saco...,

nosso amigo pensou que ela estivesse troçando,

fala sério, azelina!,

mais?,

(ambos riem)

        passaram em silêncio pela secretária arraimundada, que escrevia numa agenda e não lhes deu a mínima atenção, desprezo que ensejou um comentário bastante pertinente de azelina, motivado pelo rumo da conversa,

...ou pelos olhos de tomás, quando foram para a entrevista, não sei,

*   aquela ali ficou de quatro pra ser contratada, porque em pé, e de frente, ela passa fome,*

        talvez a balconista se referisse apenas à rispidez da moça, que saberia, nos oportunos momentos, deixar de bater os saltos tanto quanto distribuir patadas, mas tomás sorriu e imaginou a cena por outra posição,

...o pinto só tem um olho, procópio,

        na falta de melhores golpes de vista, cospe seus desejos sempre com vontade, quando comparece aos embates ciclópicos do amor, mesmo que imaginários, e, se os grandes generais conquistam glórias flanqueando furtivamente os inimigos, ainda mais mérito alcançam os anônimos combatentes que o fizerem, não pela frente, nem pelos lados – ação e reação de um conservadorismo bastante tacanho, verdade seja dita –, mas por detrás, soldados fundos que levam até o fim, de cabo a rabo, as refregas das pequenas vitórias corpo a corpo da vida,

...as únicas dignas de menção, aliás, no rabisco ágrafo dessa turba derrotada diariamente pela história, multidão que se vinga do destino com o prazer conquistado à força, no território sem armistício das peles, infensos à doxomania dos poderosos,

a sabedoria gostosa do vulgo, né?,

no fim do dia

eu bem que falo:

calo coçado

nem esfolado

se arrepia...,

não?

posso prová-lo com um d'**os 36 estratagemas do manual secreto da arte da guerra**,

...preste atenção,

joga-se com a semelhança para atrair o adversário e "melhor golpear o cego",

às vezes, meu amigo, parafraseando aquele filósofo de esquina, é preciso forçar a vesguice pra se enxergar as coisas bem debaixo do nariz, cinto ou pinto,   ...conhece os versinhos?,

digo, na boa

quem pode, finge:

tato de pobre

nunca distingue

cara ou coroa

tanto faz, ouro

tanto fez, cobre...

o operário enfiou a mão no bolso do macacão e encontrou a chave do almoxarifado,

levou outro susto,

sim, aquela que copiou com o seu beril,

a réplica estava no armário,

...um medo desgraçado de misturá-las e ser descoberto,

é, procópio,   ...sabedoria clássica, de cuja mitologia nos escondemos,

        quem dobra uma esquina e dá de cara consigo mesmo
acaba cumprimentando a própria morte,

        ...o cego, no entanto, enxerga ao contrário
e terá a certeza de concretizar, em breve, todos os sonhos,

a *hybris* do pobre se faz a prestações, meu amigo, à sombra das vontades,

        ele supunha, talvez, que chaves copiadas abrissem portas distintas,

        uma, para o olho da rua,
outra para o quarto de desejos inconfessáveis...,

ô, cacete!,

o que foi?,

eu me esqueci de devolver a chave...,

(param de caminhar)

que chave?,

um minutinho...,   não saia daqui,

tomás voltou correndo e entrou na saleta,

                    dessa vez camila ergueu a cabeça,

pois não?,

preciso falar com o zé duardo,   é jogo rápido,

falar o quê?,

(puta que pariu..., ô, mulherzinha chata!)

eu me esqueci de lhe entregar uma chave,

chave?,

(não me faltava mais nada...)

sim, do senhor josé eduardo,   ...quer dizer, da firma,

pode deixar comigo, eu devolvo,

      primeiro ele achou a ideia boa,   qualquer pepino, diria que entregara a chave nas mãos de camila,

    ela é que teria feito a bobagem que ainda nem supunha qual fosse, mentindo as datas pra esconder o fato destoado,

        um homem prevenido é assim, não é?,

           compõe as desculpas pra tocar os próprios erros na viola em cacos dos outros, depois, pensou melhor e resolveu entregá-la ele mesmo,

(mulher entojada...)

era bem capaz de xeretar a história só pra encher o tempo sem amassar demais a bunda na cadeira, o que seria, no caso dela, uma imprevidência, sovando em excesso e desandando a mistura polpuda com a qual faturava seu transpirado pão, segundo o arrazoado comentário de azelina,

não posso, me desculpe,

(camila fecha a cara e sublinha a feiura)

por quê?,

foi uma determinação do ermelino...,

ermelino, do almoxarifado?,

(tomás responde com as sobrancelhas erguidas, num exagerado sim)

isso,   ...o primo do patrão,

(e respira fundo, sério)

bem,   se a senhora se responsabiliza...,

camila deixou-o entrar, claro, desde que *citasse o fato para o senhor josé eduardo,* foi o que ele fez, mas a seu modo,　　　　disse que sérgio, o encarregado, pedira que devolvesse *só hoje* a chave, uma vez que ermelino, sempre ele, ficara o fim de semana com ela, muito provavelmente esquecido dos homens e das fechaduras, preso em si e à própria condição, frisou, caprichando na ambiguidade final do esclarecimento,

　　　　　　　zé duardo fingiu não entendê-lo, pegou a chave, agradeceu-lhe a gentileza e se enfiou na papelada sobre a mesa, fechando a escrituração do caso,

　　　　　　　para tomás, no entanto, faltava o último lançamento,

o operário correu de volta ao encontro da balconista,

　　　　　　　(só falta ela ter ido embora)

　　　　dessa vez, ele é que nem olhou a secretária, mesmo porque, sentada, camila não teria os argumentos expositivos necessários para que qualquer homem lhe desse ouvidos e, muito menos, olhos...,

(sai e vê azelina)

sim, o plano ia bem,

　　　　　agora era contar com os hábitos do parente lelé do patrão,

　　　　　　　　　você vai entender, procópio,　　　　calma,

estava preocupada, tomás, você demorou..., a lambisgoia me parou pra conversar, tem cabimento?, *não queria que você entrasse?,* que nada, perguntou se eu saía às cinco e meia, *não brinca!,* falei que sim, só pra ver aonde ela queria chegar..., menina, aquela bunduda é fogo na tarraqueta, viu?, levantou-se rebolando e me sugeriu esticar um papinho, depois do expediente, *engraçado é que antes ela foi tão grossa!,* por causa de você, *por minha causa?,* é lógico, imaginou que nós dois..., você sabe, né?, mulher feia tem de ser meio homem, ou homem e meio, caso queira se divertir seu bocado, ...é como diz o mandamento, "não desejar a mulher do próximo", pelo menos quando ele estiver por perto, né?,

ah, deixa de ser machista, tomás!,

realista, azelina, realista!, ...as entrelinhas do decálogo são verdades cochichadas por deus, mas só pra quem sabe ouvi-las!,

que coisa mais besta, homem!,

tomás tinha uma teoria curiosa a respeito das leis divinas,

dizia que eram, na verdade, um *icosálogo*, com a melhor parte rascunhada no ar, corolário que permitiria ao criador e às criaturas remendar continuamente a interpretação das tábuas, de acordo com a marcha interminável do êxodo ao qual estavam condenados,

as diferenças matemáticas e divisórias entre as religiões, na costura dos versículos, comprovariam a hipótese teológica...,

(saem do prédio)

muito obrigada, tomás, espera um pouco, quero lhe mostrar a fábrica, *preciso voltar,* hospital tem fila comprida, *minha amiga, o gerente...,* manda o odorico cagar no mato, *falar é fácil, né?,* você está praticamente empregada, azelina..., *com aquele sujeitinho asqueroso?, nem sei se quero...,* o odorico é diferente?, *não, mas é bem mais bundão,* grande bosta!,

(riem)

...se em todo lugar os homens são assim, azelina, o negócio é correr de lá pra cá, onde, pelo menos, o salário é maior, com os benefícios, *não sei...,* sem contar que não será preciso ficar em pé o dia inteiro, adubando as varizes,

vamos ver, deixa o homem me chamar, antes,

bobagem!, vem cá, vou lhe mostrar a fábrica,

(pega a sua mão)

a moça deixou-se arrastar, mas era preciso, antes, com discrição, buscar a cópia da chave do almoxarifado,

o operário passou pelos armários e mostrou o seu, *número 52, galo na cabeça!,* azelina disse que a sua dezena da sorte era 74, pavão,

já ganhei três vezes com ela, tomás, tudo pouquinho, mas..., sonhou com casa e fogo é batata, sabia?,

e eu não sei?, pro galo, o sonho porreta é cafuné, defunto ou faca!, o nosso amigo aproveitou-se do palpite da moça, abriu a porta e pegou uma camisa azul, imitando em seguida, com a roupa, o rabo da ave por sobre a cabeça,   *olha o seu pavão aqui, mulher!,*

você é muito bobo, tomás!,

ele guardou a camisa e pegou discretamente o que desejava no bolso da calça, dependurada no mesmo cabide,

procópio, meu caro, atente neste pseudoparadoxo,

um acaso bem preparado é matéria-prima dos melhores projetos de vida,

tomás queria comer azelina, só isso,

e quem não salpica a sorte futura dá sopa à sensaboria do azar...,

passa fome, no restante da vida, com a colher de pau nas mãos, compreende?,

ou com o pau sem colher e mulher nas mãos, o que é muito pior,

seria o contrário?,

...o sujeito salmoura, sem saber, as carnes já temperadas da alegria?,

nunca pensei nisso,   ...mas tem lógica,

se for assim, mesmo, até aquele acesso de tosse babenta ganha novas direções, não acha?,

tomás viu josimar de longe, tão logo entraram no barracão principal,

o colega estava atento ao trabalho,

mesmo assim, passou pelo outro lado, rente à sala de pintura,

vai por ali, azelina,

contornou uma série de compressores de cabeça baixa, marcando os passos atrás da balconista, como se fosse, ele mesmo, mercadoria quebrada, escondida no fundo de um mostruário indevido,

encarnava outra vez, agora de modo consciente, o descarado manequim de seu desespero?,

o substituto, por certo, quereria pastar fora da baia alheia,

...uma conversa nesse sentido, naquele momento, chamaria a atenção de todos, o que precipitaria os espalhados comentários maliciosos de sempre,

a mentira antecipada de uma verdade vindoura, meu amigo, emperra e murcha antes o mecanismo dos fatos, desfeitos justamente pela previsão impotente dos atos mais tortos, que não terão o "f" soprado com a força necessária para colocá-los em movimento no instante propício, não vai me mostrar onde trabalha?,

não,

aonde vamos?,

o operário não disse nada, saiu com ela do barracão e quase correu para o almoxarifado,

no caminho, por azar, cruzaram com sérgio,

...é essa a moça, tomás?,

nosso amigo respondeu mais alto, falsete inverso de uma enganosa autonomia, sancionada pelo inquestionável álibi do ranger das máquinas,

sim, ela mesma,

(sérgio se aproxima do rosto da moça)

prazer..., sérgio, sou o encarregado do setor de produção,

azelina, muito prazer,

aonde vão?,

(tomás se vê obrigado a intervir)

zé duardo sugeriu que lhe mostrasse o almoxarifado...,

ah..., seja bem-vinda à nossa família!,

azelina quase lhe disse que ainda não fora contratada, que o parentesco apontado, portanto, era de criação, por irmandade benfazeja do tomás, ali, mas a mentira do amigo lhe tapou os lábios com o calado bom senso do consentimento,

(despedem-se)

tomás, você mente na maior cara de pau, hein?,

não exagera...,

e se eu não for contratada?,   o que vai dizer a ele?,

nada...,   só me faltava dar explicações ao banana!,

e se ele perguntar?,

digo que você pensou bem e caiu fora, ...que arrumou emprego melhor, numa papelaria,   sei lá,

(azelina o encara)

é assim que você engana a sua mulher?,

nunca traí minha esposa!,

(ela faz uma careta, ele continua)

trair de..., você sabe, poxa!,   o amor,   quem dirige os sentimentos?,

(azelina fica séria, param de caminhar, e ele se vê obrigado a continuar os passos com palavras, apenas)

...a gente pode mentir, azelina, correr do amor,   mas o peito é um carro desgovernado, muda a direção quando a roda passa num buraco,

(a balconista ameaça falar, ele a interrompe)

...e pronto!,   a paixão atropelando quem pensava se desviar dela,
(ela coloca dois dedos nos lábios de tomás)

chega, chega,   eu entendo,

não é preciso morrer esborrachado por minha causa...,

aquele beijo,   faz de conta que foi uma tabuleta de trânsito, então,

...uma placa de proibido estacionar,   só isso,

(a balconista percebe o operário, de repente, com os olhos úmidos)

não fica assim não...,

bobagem minha, não liga,   sempre fui manteiga derretida,

(sente aquele frio na barriga)

olha,   eu não sou um buraco no chão do asfalto, tomás...,

nem a sua mulher,   mulher nenhuma...,

não...,   por favor,   não quis dizer isso,   me desculpe se...,

disse sem querer,   ...e isso é a verdade mais funda,

(ele sorri)

tá vendo?,   ...caiu no buraco!,

(azelina lhe dá um tapa no ombro)

seu bobo!,

procópio, procópio...,   torcemos o pé na consciência, quando também queremos correr pro lado certo?,

então...,

(caminham devagar, agora)

azelina, sempre pensei nisso...,

se as pessoas têm um único amor, qual a chance de encontrá-lo?,

não entendi,

bilhões de pessoas, bilhões!,   ...acha que, se fôssemos destinados a um só indivíduo, teríamos a sorte de nascer perto dele?,

o que você quer dizer com isso, homem?,

que o amor verdadeiro deve estar muito, muito longe de nós,

...vivido em outra época, até,   ou ainda nem nascido!,   e a gente vai morrer enganado, supondo um sentimento que não houve...,   o troço é matemático,   estatístico,   filosófico, né?,

se pensar assim, tomás, estamos aqui por engano...,

pode ser, pode ser...,   a hipótese é tentadora e explicaria muito dos nossos erros,   mas...,

(olha de lado)

talvez o amor seja um tanto construído, também,   assim como nós, os seres humanos, ...o osmar, um amigo meu, não se cansa de dizer isso,

(respira fundo)

   ...as nossas certezas seriam sempre fabricadas, azelina?,
não, tomás, eu...,   bom,   não gosto de pensar desse jeito,

 ...aliás, você acabou de dizer que ninguém controla a paixão, poxa vida!,
mais ou menos...,   disse que o amor é um carro desgovernado,

ué, ...não é a mesma coisa?,

não, não é,   porque o meu amor verdadeiro e único estaria, neste exato instante, numa rua de lisboa,   e ele está lá!,   mas está agora, também, numa avenida de singapura,   num beco de londres,   num bairro de nova deli,   ...em jutaí, no amazonas, percebe?,

 ...ou, pior ainda, está no cemitério dessas cidades,

(djanira dobra a esquina da memória, correndo, e desaparece)

 ...acho que a fábrica andou usando os parafusos da sua cabeça, isso sim,
(riem)

ah, azelina, chega de goiabada!,

 ...você está coberta com o creme de baunilha mais docinho da razão, só pra disfarçar diferente o amargo dos dias,

     o azedo das tarefas,

...a fábrica não fica apenas com os parafusos, quem me dera!,

       ela quer também os pregos mal cagados de uma perpétua prisão de ventre,   ...dessa cadeia de órgãos acorrentados ao trabalho,

olha, não há mercadoria que não seja recheada com a carne desumana e crua das nossas "relações civilizadas", entende?,

putz, tomás!   *você é bem comunista...,*

sou realista, minha cara,   já lhe falei isso, né?,   sou **re-a-lis-ta!**,

realidade não é apenas o que a gente pode agarrar,

       tomás se aproveitou do pensamento espiritualista da moça, retrucando-lhe a alienação com antiga práxis de um histórico e terno materialismo,

(passa os dedos no rosto de azelina, com carinho)

       vem cá,

entraram no almoxarifado de mãos dadas, em silêncio,

   ficaram parados, olhando a bagunça das caixas, as estantes altas, como se os dias estivessem empilhados, vividos e desvividos de acordo com uma etiqueta colada no papelão, o passado, na estante 5 G, prateleira 6,

                    o futuro, na 17 R, prateleira 9,

      (mas o presente derrubando tudo, meus deus!)

azelina,   não adianta ver que a vida é um cristal frágil, se tudo despenca,
(ela não lhe dá ouvidos)

             nossa,   que medo!,

de quê?,   de cair comigo?,

             não tem ninguém aqui,   tudo meio escuro...,
(ela se desprende do alicate subitamente dolorido daquela mão operária)

vamos voltar...,

      espera, azelina...,

era o plano de tomás, procópio!,

            fez a cópia da chave para levá-la até o almoxarifado,
empurrada pela ocasião,

                  ...um pouco pela gratidão, ainda,
se é que não a tenha puxado à força por uns passos, que é que tem?,

        os intentos ababelados só deslizam pra cima no muque,
contra deus e o mundo!,

...pretendia entrar com a moça no meio das estantes e namorá-la sem testemunhas, fazendo sua cama de papelão *vassal-size* num canto escondido de todos,

ermelino só dormia, lembra?,

...mesmo porque o medo sempre foi um afrodisíaco dos atos, o que vale, inclusive, para as situações de quebra-quebra social, já pensou nisso?,

o homem, procópio, caminha na corda bamba da barbárie, equilibrando a precariedade sobre o abismo sem fim de baixos instintos, estes sim, os himalaias de nossa condição, ao contrário do que pensam os moralistas,

tudo bem, tudo bem,

...as serras do espinhaço de nossa gebosa circunstância, vá lá,

se o maluco estivesse acordado iriam embora, pronto,

de todo modo, caso a moça se empregasse na fábrica, saberiam forjar alguns encontros ali, duas ou três vezes por semana, tinha certeza disso,

os momentos oportunos do pobre são feitos no lento artesanato das atitudes subservientes, bajulação de cuja serragem se faz o bibelô das pequenas pretensões do povo,

...adorno que enfeita as estantes tortas, de madeira aglomerada, tanto quanto as esculturas de um bruno giorgi, espalhadas pela grama esmeralda dessas casas de campo com paredes de vidro temperado, então...,

devemos acreditar não mais que na força das pedras, meu amigo?,

                        os sempre candangos que se fodam, tão expeditos, mas por tristes gedelmares, soterrados?,

             ...ou estariam de mãos dadas pra acabar de vez com tudo, armados com o aguilhão das convulsões em manada desse povaréu infeliz, enfim pastores dos caminhos de um capim-gordura menos indigesto, hein?,

    sejamos francos,   estatuária de pobre é pose pra inglês ver, numa folhinha com fotos deste país tropical, dependurada, quem sabe, na cozinha do palácio de *buckingham*,

      e, por isso mesmo, procópio, eu duvido,   **du-vi-de-o-dó** que a pobreza, um dia, sente-se à mesa com os pratos limpos de uma neutralidade feita a partir dos valores em cacos da estrutura derrubada, seja onde for,

        porque alguém haverá de gritar   **ESTÁTUA!**,

...e o mosaico das utopias, colado ao tampo das refeições, será de novo o painel da mesma exploração, posta e reposta nas marmitas e boias-frias da récua de sempre, que atenderá às ordens, então, por outros nomes,

      sei disso!,   mas você me acusa injustamente de retrógrado..., preste atenção,   você não é tão besta!,

    quero lhe dizer, ao contrário, que uma revolução é pouco!,

               será necessário enterrar para sempre os despojos de uma civilização que se regenera,

...do rabo arrancado de uma lagartixa só virá outro rabo de lagartixa!,

    daí a premência de outro bicho,

               de um animal inexistente,

    um ser que transcendesse as mitologias, claro, espécie moldada em materiais não terrosos, de modo que o conceito de civilização ou cultura deixasse de fazer qualquer sentido,

             não,   não é isso...,

    outros entes que possam ir além dos caminhos sem saída percorridos até aqui, pra lá e pra cá, por tristes nômades que somos,

    ...criaturas estas que, também, verdade seja dita, nunca se encontraram em si, perdidas em outros eus dos quais se separaram, fazendo desta sociedade o lugar de um desencontro absoluto,

             invento moda?,

não,   até aristófanes foi por esse caminho...,

        mais pra frente lhe direi o que penso disso,   calma,

bem,   não sei, procópio,

às vezes acho que minha ficção utópica seja científica, sabe?,

    precisamos nos livrar destes corpos,   ...da razão, talvez,

   imagino que caminhemos pra essas bandas desabitadas e virtuais, sim,

            entretanto, não posso mentir,
receio que esse modo de ver o mundo esteja contaminado pela alienação mais crua, afastando-me do propósito de ações que, enfim, pudessem dar contornos palatáveis à justiça social...,

giro em falso, parado e ainda?,   pense comigo...,

      a tragédia que aconteceu com tomás e rebeca
seria exemplo dessa impossibilidade, nos limites desumanos da matéria,

    ...uma desgraça cômica, de algum modo inaudito,

o caso me deixou doente,   ...muito doente, você sabe,

      até hoje, quando começo a pensar...,

                eu,

depois que você foi embora, ontem, tomei uma dose caprichada de rivotril com bastante gelo e limão, num copo americano cheio até a boca, quase derramando aquela cachaça gostosa do tibúrcio, envelhecida em tonéis de amendoim,   ou de freijó, sei lá...,

calma,   você vai me entender,

quer um gole do remedinho, é?,   com adoçante?,

tomás repetiu o pedido,   *espera, azelina...,*
tirou a chave do bolso,   *vem cá,*

ela obedeceu-lhe,

o operário, entretanto, pelejou na fechadura da porta gradeada de ferro,   a cópia não ficara perfeita,   o plano falhava por culpa do seu berilo, filho da puta que tinha a língua solta, mas era incapaz de duplicar uma simples chave, gazua que liberaria as linguetas salivadas e lambidas dos desejos de um homem, *caralho!,*

(não faltava mais nada!),

vamos embora, tomás,   lugarzinho feio...,

(ele finge não a ouvir)

enfiou a chave várias vezes na fechadura, até que conseguiu girá-la,

puta que o pariu!,

(entram)

tomás fechou a porta por dentro, alegando medida de segurança,   em seguida, abriu-a, supondo que, caso a chave não funcionasse, fosse obrigado a alterar os planos de algum modo,

...mas, do lado de dentro, ela se abriu com facilidade, o que o tranquilizou para trancá-la novamente,

pronto!,

agora era preciso saber se ermelino fazia o plantão esticado daquele sono de doido varrido,   tomás gritou, porque não ouvira o ronco do funcionário, silêncio que o inquietava desde que entraram no barracão,   *só falta o desgraçado estar acordado!,*

ermelino!,   ô, ermelino!,

azelina se assustou com o berro,

que é isso, tomás?,

nada...,   quero lhe apresentar o ermelino,

                        ela estranhou, mas não abriu a boca,

            pode ser que a moça desconfiasse do plano, não acha?,

                  tomás se lembrou da sineta de mesa, colocada no balcão da janela recortada na parede,

        foi até ela, abriu-a, e bateu várias vezes na campainha, espalmando os tapas com força redobrada, enquanto chamava o parente dorminhoco do todo-poderoso,

    ermelino!,   **ô, ermeliiinoooo...,**

(nenhuma resposta)

        nosso amigo pegou azelina pela mão e começou a passar, em revista, cada um dos corredores formados pelas estantes de ferro,

    quero lhe mostrar uma coisa...,

            parou entre a terceira e a quarta fileira, onde viu, ao fundo, um amontoado de caixas,

(ele sorri)

    vem ver...,

aproximaram-se do que seria uma toca, em cujo centro jazia ermelino, a balconista assustou-se ao ver o homem caído, não roncava, e a baba umbilicava-o às várias camadas do papelão, dando-lhe as feições mal acabadas de um feto desproporcional, abortado depois de quinze meses de gravidez, ou mais,

...mercadoria defeituosa, antes mesmo de ser empacotada,

nossa, tomás!, acho que ele..., *não*, *...está dormindo, só isso*, será que não teve um troço?, *que nada, o homem dorme assim todo santo dia, acredita?*,

tomás contou-lhe rapidamente a história daquele bem nascido funcionário, comprovando a hagiografia com um grito acocorado em sua direção,

hora de se levantar, ermelino!,

nada, nem um resfolegar que servisse de acorde à monofonia pesada que o operário ensaiou, de novo, mais debruçado ainda sobre o invejado sonhador,

ô, ermeliiinooo!,

tivesse michelangelo urrado seu *perché non parli* com a mesma comoção, o autor do pentateuco por certo derrubaria, de susto, ao menos uma das tábuas malemal assovacadas, legando aos homens, em definitivo, um pentálogo que, com certeza, seria mais facilmente decorado por deus e o mundo, o que mudaria para melhor o curso e o discurso da história...,

...ou, no mínimo, os parâmetros curriculares das aulas de catecismo, vá lá, o que também não seria pouco na vida de um qualquer menino que acabasse de aprender a tocar punheta, por exemplo,

    claro,   tem razão,

...desde que a pedra de carrara espatifada fosse a segunda, deixando em cacos o sexto e o nono mandamentos, para gáudio sem peso na consciência imaginativa dessa meninada de mãos espertas, a simular sem saber, no próprio corpo, um futuro de agitadas e inescapáveis solidões,

    penso muito no assunto,   ...a missão redentorista que passou por aqui, quando eu tinha onze anos, pfff,

isso mesmo,   aquele cruzeiro exagerado, na praça do cemitério,

    os homens da cidade bufaram mais do que o cristo, em grotesco putirum, batelada de cireneus com o madeiro enorme aos ombros, como se o gólgota caboclo, num repente, em lilliput,

    minha mãe devia passar por uns maus bocados, à época, porque areou as carolices todas e, de quebra, me obrigou a lustrar os bancos da igreja matriz com a bunda, numa cerimônia interminável, apenas para jovens,

    fui, a contragosto,   sim,   só meninos,

fiquei escandalizado logo de cara, porque um dos missionários, o mais veemente deles, era obcecado por masturbação...,

queria saber quantas punhetas batíamos por semana, essas coisas, ao mesmo tempo que falava de pecados com água na boca...,

um horror,

nunca pensei que ouviria aquelas palavras dentro da igreja,

de vez em quando espiava o nosso senhor crucificado, querendo ver em seu rosto alguma contrariedade, pelo menos,

o salvador, porém, ficou impassível, concentrado em seus pregos e espinhos, surdo, indiferente à babugem peçonhenta daquele pregador do caralho,

indignei-me com homens e divindades, claro, e minhas dúvidas teológicas ganharam ali uma nova dimensão, tenho certeza,

não pensei isso na hora, é óbvio,

poxa!, nada mais que a fábula geral das instituições religiosas, quando vamos tomando necessária tenência de ícones e gentes, nos depois então bem ponderados,

enfim, meu amigo,

voltando aos cinco mandamentos...,

no mais raso da história, procópio,
eis a verdade, assim justificada naqueles cornos que enfeitam a cabeçorra dura do profeta, em *san pietro in vincoli*, chifres finalmente explicados para além de um mero erro na tradução do afamado eremita,

salvo das águas, o legislador hebreu não se livrou dos raios que depois o partiram, segundo um ou outro exegeta mais libertino da vulgata, estudioso que teve a intenção de apontar aos fiéis uma justificada escapadela de séfora, incapaz de sustentar a quarentena sexual daquele estranho e improvável sinai, desculpa esfarrapada do marido, mitômano contumaz,

o primeiro missionário redentorista?,

sei que moshè quebrou as tábuas originais, claro, garatujando outras, depois, ao passar a limpo a caligrafia de deus, de acordo com alguns versículos apócrifos...,

se é que não o fez para remendar, por conta própria, três ou quatro mandamentos,

...tudo de caso pensado, dando sua contribuição autocrática à constituição divina, fato que explicaria, inclusive, a inverossímil fúria sicária contra os idólatras revolucionários, mesmo depois de aplacar a cólera vingativa de

Adonai

I ₕᵥ H,

xiiii,   lá vem você com essa história de inferno,

é bobo, mesmo,

...fogo do inferno é cachaça vagabunda, isso sim, larga a mão de ser besta, rapaz!,

tomás pegou a mão de azelina com firmeza,

(é agora e sempre!),

ação correspondente à corruptela proverbial que forjara para os momentos decisórios da vida, evitando até a pronúncia – e mesmo o pensamento – da palavra "nunca", posposta à alternativa perene das derrotas,

"nunca", advérbio que, entretanto, ordinariamente circunstanciava o pretérito de sua existência – desse modo, sempre imperfeito –, na conjugação de um destino errado em todos os tempos,

sim,   disse isso a ele, com todas as letras,   e com todos os algarismos,

fingiu não ouvir...,

superstição?,

vem comigo, azelina,

    ele a levou para o fundo do almoxarifado, dobrou a última esquina das estantes amontoadas de peças inúteis, engrenagens descontinuadas numa fábrica que lutava contra a própria obsolescência,

é aqui...,

    o fenômeno criava ilhas inabitadas no depósito, regiões onde ninguém apareceria para requisitar uma tralha nova do maquinário que, fazia anos, transformara-se em sucata vendida a quilo para o ferro-velho do abelardo,

    o doutor leopoldo, dono da indústria, sabia disso, é lógico, mas não tinha coragem de se livrar daquelas *peças originais*,

enganava-se?,

    dizia aos mais chegados, inclusive, que alguém se enfiava por lá, de quando em quando, para lhe roubar aos poucos o suor de uma vida inteira,

não sei...,

    talvez imaginasse que a nasa pudesse entrar em contato, um dia, necessitada de um astrolábio para o ônibus espacial, ou que a globalização, num dado momento, instaurasse um saudável declínio dos processos produtivos que exigiriam, a partir dali, mecanismos cada vez mais antiquados, andamento que culminaria em ferramentas de ossos para primatas recurvados, habitantes das cavernas escuras que vamos cavando, hoje, com tanto afinco,

        ora, procópio,

                brincadeira?,

você conhece a minha crença numa remida involução da espécie, estágio de animalesca e irracional bem-aventurança,

    sim, sim,

        gênese de outras possibilidades,

de uma pós-história em que a justiça social seja apenas uma configuração que prescinda dos discursos,

    ...da voz,   das palavras,   do eco rabiscado nas pedras desta cultura malparida, onde somos o simulacro de deuses capengas, enfeitados de chifres, no mármore inconsútil da estatuária, é o que é,

o inferno sempre foi um trava-língua para mudos,

        o avesso de um *retrofit*, se quiser enfeitar minhas ideias e o pesadelo do doutor leopoldo com um termo da moda..., tomás retirou algumas caixas da estante, emulando o procedimento bem treinado de ermelino, pedreiro de seu sossego,

ergueu com elas uma parede que daria ao casal a privacidade necessária para o vai e vem das vontades bem satisfeitas,

não fez um colchão, como o outro funcionário, mas escolheu, por fim, duas caixas que, sobrepostas, davam a altura certa para que azelina, sentada, pudesse abrir as coxas e receber os desejados movimentos operários,

ela mesma, na verdade, encontrou as dimensões corretas da segunda, apontando-a na prateleira de trás,

                        o nosso amigo estava de pau duro, de modo que, ao empilhar o segundo caixote, pôde comprovar na pele o inesperado senso prático da balconista, que, muito provavelmente, já experimentara tal logística noutros estoques...,

                                          (será que...)

ele não gostou da hipótese, supondo uma participação nos lucros previamente dividida com um patrãozinho qualquer, o que não teria cabimento em nenhuma negociada circunstância trabalhista,

...uma greve do próprio corpo, dissolvida a cassetete?,

                                        mas quem bateria em quem?,

por isso tomás jogou aquele peleguismo sem-vergonha nas costas de odorico, gerente que saberia forrar as nádegas de seus apetites vendidos,   ...um cordeiro de si que arrancava o couro das trabalhadoras, ainda por cima – ou por baixo, não importa –, sentado no bem-bom das imunidades patronais, promessas de falseados acordos, estes sim, papelão dos canalhas,

...toda política trabalhista tem como utopia a precarização absoluta, não seja bobo, não,

(*filho da puta, lazarento!*),

dois paus na mesma xoxota, porém, não eram peças de suas fantasias sexuais, que desfilariam bem-comportadas pela marquês de sapucaí, avenida que apelidamos de vida, na rima mais pobre do samba-desenredo que cantamos desafinados, numa nota só, todos os dias, quando nos levantamos,

sim, isso mesmo,   neste caso, um cortejo diário, sem as alegorias de gosto deliciosamente duvidoso das surubas carnavalescas desses filminhos pornôs, melhores quanto mais vagabundos...,

                    porque a sofisticação literária, procópio,
sempre me pareceu uma roupagem pespegada à pele,

                    bataille,   sade,   masoch,

        ou pauline réage, não importa,

                    ...esta que, dia desses, inclusive,
revelou-se anne cécile desclos, vestindo-se mulher ao despir-se de si,
aquela outra ela, até então em pelo, mais que ela mesma,

   ...a falsa crueza de toda literatura, porque condimentada pela história,
o que a impossibilita de ser a verdade instintiva do que não tem palavras,

aquela rua sem saída, compreende?,

                    e, ao compreender, pronto!,

                          o desastre de ser humano...,

além de que, por isso mesmo, sacanagem é coisa muito séria, caramba!, sem ela, a maioria dos casamentos fica diluída nessa mistura homeopática que engolimos com o nome de "amor", ai-ai, crentes de que, com a beberagem da paixão, curamo-nos de uma animalidade cancerígena...,

um engodo filho da puta, porque os instintos não são a doença,

a nossa moléstia é racional,

...a razão é a enfermidade,

tomás procurou esquecer a desconfiança, entregue à ocasião ideada com tanto trabalho, com tanto engenho e arte,

isso lhe fez um bem inexplicável, corpóreo,

o ato sexual, procópio, é das poucas ações que apontam a saída de um cubículo onde nos trancamos como seres humanos, para depois deitar fora as chaves do cômodo...,

em seguida, com um milheiro de tijolos previamente empilhados na cela, fechamos todas as aberturas, valendo-nos da argamassa de uma razão doentia, quando rebocamos e pintamos as paredes que escondem a humanidade ao redor, incapazes de escapar da própria condição, inventada e mal conduzida, a cela?,   ...aqui mesmo, poxa!,

olha,

ao comer a mulher desejada,
o homem sente que se cumpre como animal,

só isso,

esmurra a parede onde antes havia uma janela,

chuta a porta inexistente da liberdade,
estado em que tal palavra nada significa,

o vento refrescando o rosto,
um gole d'água fria,

o bocejo, catando o ar nos descampados da existência,

ecos irrepetidos, aprisionados em sons que vêm de dentro,

em nós,

a batida mais forte do peito, que bombeia o sangue
para o propósito latejante da vida, querendo rebentar-se,

em suma, procópio,

    o sexo modela os corpos em movimentos inomináveis,

        teônimo impronunciável,

não,   não há outra criação...,

só uns rabiscos que se queriam improferíveis sentidos,

        olhe aqui, espera,   vou pegar a caneta,

יהוה

o padre ornelas gostava do tema,   o professor astolfo também,

    os dois, entretanto, detestavam minhas opiniões,

        chegaram a me chamar de ignorante, de bobo abagualado,

disseram que minhas analogias não tinham pé nem cabeça,

...eu dava risadas e os confrontava, com premeditada sobranceria, afirmando que deveriam atentar bem nas palavras de todo homem que desconhece um tema qualquer, mas, mesmo assim, discorre com profundidade a respeito dele, apenas porque ouviu ou leu por alto os contornos de seu conteúdo,

isso, meus caros, é apanágio dos gênios!, completava, numa proposital afetação, relembrando, nas entrelinhas da voz, que meu QI era superior a 160...,

sim, teste que o próprio professor aplicou em todos os participantes do grupo de estudos, com a supervisão de outro catedrático da faculdade, antes de que você fizesse parte dele,

preconceito, sem dúvida,

queriam encontrar nos pés-rapados, sem chinelos, um desvio mínimo que os tivesse levado ao imprevisto interesse por livros,

uns filhos da puta perleúdos, só isso,

caíram do cavalo, descobrindo que "quase todos" tinham "inteligência normal",

...a não ser um daqueles burros de carga horária que, por conta das probabilidades, trotava muito além da intelecção deles mesmos,

eu!,

ficaram putos só comigo, não obstante o diploma em teologia do religioso, a livre-docência dos dois professores, o que os obrigava, na verdade, a estudar com afinco apenas para repetir, com alguma questionável exatidão, o que outros haviam criado,   ...ou recebido de antigos profetas, tanto faz, até por isso, eu finalizava essas discussões com a propriedade alheia daqueles que se fingem despossuídos, ressaltando a importância pedagógica dos bons repetidores, daqueles que reproduzem o conhecimento sem qualquer opinião própria – nos púlpitos e nas salas de aula –, ação que garantiria o estabelecimento correto dos limites do saber, unicamente para que outros sujeitos de verve pudessem ultrapassá-los,

e batia com o indicador no peito, várias vezes, rindo, em fingida e ostensiva contenção,

bem, naquele caso, se colocasse mais reparo na guematria que aventei, talvez tivesse entendido o recado para o devir de tomás e rebeca, pelo que ainda me arrependo, inconformado, porque sou um entusiasta leitor da *História do Futuro*, do nosso vieira...,

olhe, formulei o caso, até,

$$1 = IHVH + יהוה$$

em outras palavras e algarismos, se a voz do povo é, de fato, a voz de deus, bastava perceber a exegese xifópaga dos comentários da ralé, como lhe relatei ontem, no começo de nossa conversa, juntando *li com cri*, né?, a luminosidade do barracão era difusa, quebrada pelas estantes e caixas amontoadas, clarões que se fragmentavam num abafado silêncio, dobrando os raios de luz com a gravidade sem sentido de uma circunstância da qual não poderiam escapar, como se ambos sofressem a atração de um sol ausente, astro-súdito debandado para fora da fábrica, onde cegava os homens numa exagerada reflexão de tudo e de todas as coisas que ecoavam, surdamente, os nomes mal silabados de tomás e azelina,   ...tomaselina?,   azelimas?,

    o medo fazendo ar nos olhos,   cerume nos sentidos,

    acha que o vento prenuncia desgraças sussurrando meias desentendidas palavras?,   ...ou as sibila em dobro, neologismo das bocas bem costuradas pela fatalidade, hein?,

    preciso lhe confessar...,

    mais de uma vez, à noite, procópio, naqueles segundos que antecedem os sonhos, pensei ouvir uma voz a partir do barulho do ventilador, murmurando sentenças que não teriam significado além de algumas palavras perdidas no giro do ar, acredita?,

    eu me despertava, entre o susto e a escuridão do quarto, levantando a cabeça para entender aquele discurso, voz que, no entanto, continuava a exprimir seus enigmas de vento, então me levantava, porque não tinha outra saída, ia até a sala e ligava o gravador, para ouvir, encostado ao ouvido esquerdo, o mais baixo possível, para não quebrar o sono de isaura, a fantasia para violino e orquestra, em dó maior, opus 131, de schumann, encobrindo assim a voz daquele maldito ventilador,

  ...não ria de mim,

      nem todas as verdades são irônicas,

    não sou um reles maluco pareidólico, se é o que está pensando, porque li seus lábios, bonitão, ...pra cima de mim, neném?,

      tomás e azelina...,

         ora, repetidas vezes, eles mesmos também ligavam e desligavam, num piquete solitário de lampejos e nuvens rápidas – cortina de sustos nas janelas –, o maquinismo da vida com a língua de fora dessas engrenagens dentadas, mas banguelas de possibilidades...,

   o amor?,

        não sei explicar, mas as vontades repentinas operam o mecanismo emperrado dos dias, à força de desejos insatisfeitos aos solavancos, sempre,

serei um pouco menos cru do que desejava nesta descrição,

      ...tanto quanto me lembro das palavras de tomás, agora minhas, daqui a pouco suas, não sei,

             é o destino, quando a energia das estações cai, e chegamos ao fim sem ao menos começar,

        os homens estariam condenados entre vírgulas?,

o inferno seria a impossibilidade perene de um ponto-final?,

      ...tudo enfim ruído, procópio, e o entendimento, portanto, um engano maior, feito de chiados e zumbidos, rimados ao acaso das loucuras?,

      bem,   me desculpe essas tantas perguntas,

você tem razão,

    está cansado?,

               vou pegar mais uma pra gente,

tomás se esqueceu de odorico,   de ermelino,   de rebeca,   e beijou azelina com muito gosto, finalmente,

brincou com a língua em seus lábios,

mordendo-os,

chupando-a no pescoço,   no lóbulo das orelhas,

ela se arrepiava,

o operário mordia-lhe a cabeça, também, cravando e raspando os dentes no couro cabeludo,

nos bicos dos peitos, intumescidos,

ele os dedilhava, então, apertando-os como se contasse as cédulas de um pagamento dado como perdido,

retorcia os dedos numa contrição próxima à dor,

um jeito de se entender os sentimentos, não acha?,

ela virava a cabeça para trás, serpenteada, escapando das mordidas,

vem cá, azelina!,   não foge,

...e lhe agarrava os peiticos inteiros, espalmando-os com as ferramentas calejadas de um homem casado, que sabe o que faz, mesmo numa esteira de outros ofícios, sim, ela estava inteiramente entregue,

as pernas bambas, desmontada,

poderia resumir o encontro aqui,

aproveitaram-se até lamber os beiços, como se dizia antigamente,

mas é preciso ir além, procópio, dizer tudo para que, talvez, descubramos um atalho que eles mesmos perderam, quando entregues sem pensar à impermanente corrida de ser,

tem vez que imagino...,

se se encontrasse um caminho...,

pensa que seria provável dar de cara com uma entrada encoberta e emudecida na boca do mato das vozes?,

uma trilha que fosse a entrada – ou a saída –, vereda alheia e esquecida pelo outro, que passou por ela sem ver o sentido dos próprios passos na direção oculta da alegria?,

e hoje, depois de tudo consumado, agora, neste momento mesmo em que lhe digo isto, ao recompor as pegadas de tomás até determinado ponto...,

sim, até o rumo em que ele perdeu aquela porta,

...acha que estas palavras restabeleceriam também um ato que não houve, inacontecido?,

mas, ao mesmo tempo, fosse isso possível, nenhum discurso haveria de ser, porque a verdade apenas ecoada em silêncios,

nenhuma palavra escrita, pois a circunstância na ponta dos dedos,

e as lembranças, então, dadas como ato falho no monjolo seco da cabeça, engenho de um só rolo, girando farelos que nunca sementes...,

não,   não queria o moinho dos fatos, procópio, mas os grãos da existência anterior à colheita,

isso dói, meu amigo,

depois que terminar a história, queria que relembrasse essas palavras como se fossem estas,

você terá cabeça para reouvi-las como se pronunciadas pela primeira vez?,

...como se brotadas de um motor?,

perceba que não conto apenas o que houve, mas me abro, tentando ver, no fundo, um improvável ocorrido irrealizado, um incidente que desviasse a verdade do seu curso,

                                        quem sabe?,

        uma ocorrência velada que alterasse a situação havida, e, desse modo, tudo o que foi, ao final, não sendo...,

        bobagem, né?,

                        não me olhe assim,

odeio quando repetem meus movimentos...,

talvez eu seja mesmo um estúpido que não bate bem, como dizem,

        tomás respirou com força, quando a colocou sentada nas caixas, e, naquele movimento esbaforido, engoliu os cabelos da balconista, que entraram na boca e o fizeram se engasgar de amor,

                                  estaria intoxicado?,

a moça trançou nele as pernas,   apertou-o contra si para sentir o pau do amante em toda a sua extensão,   em todo o seu volume,

    você sabe como as mulheres são curiosas...,

depois ela ficou em pé,

    tomou a mão do amigo e a levou até o zíper da saia,

        que o operário tirasse as suas roupas com a afoiteza de um trabalho há muito postergado,

    tarefa que deixara para hoje, finalmente,

ele respirou mais fundo,   suspirou,

    queria continuar o exercício gustativo noutras mucosas,

        teve alguma dificuldade com o sutiã, inexperiência fingida que a excitou ainda mais,

sim,   ela era gostosa,   as carnes derramadas no horizonte,

...descidas da escada sem o papel manteiga de um bolo cujos farelos o fariam tossir até morrer,

    tomás a soltou, deu um passo para trás, olhando-a inteira,

    ela sorriu, envergonhada,

você é linda, azelina,

    azelinda...,

        ...para de me olhar desse jeito!,

tinha os peitos bonitos, segundo me disse,

       os mamilos bem desenhados, em praias de orlas cor-de-rosa,
banhadas pelos mares salgados da pele mais branca,

       levantou-lhe um dos braços, para lambê-la,

tomás era tarado num sovaco, sabia?,

       achava que, por baixo dos braços,
a mulher espelha o enigma pressagiado de sua boceta,

a revelação de um sétimo sentido, apenas para os iniciados, vê se pode,

   a feminilidade no eixo deslocado das axilas,   algo assim,

       uma vez me disse que ficava de pau duro,
quando via um sovaquinho assim ou assado, tem cabimento?,

lambeu-o levemente, quase lhe fazendo cócegas,

   depois com mais vigor, as papilas escorridas com baba e energia,

teve de segurá-la com força,

   ela gargalhou, contorcida, cruzando os braços,

bobo!,

      as balas de coco da infância, de novo?,

          ela estava gostando muito,   muito,

          o nosso amigo, enfim, abaixou sua calcinha, os dedos deslizando pelas coxas, devagar, enquanto se agachava,

    sim,   ela mostrou as pernas de propósito, na papelaria!,

naquele momento, porém, azelina escondia-lhe os lábios mais desejados, concha que tomás encostara na orelha, como se deitado no sofá da sala, apenas para ouvir o marulhar daquelas praias pernas – agora, enfim, no litoral das mãos,

      a punheta é das artes mais criativas...,

        uma também história do futuro, vaticinada,

(aquele missionário seria o demônio?)

    ...que homem há de negar tal verdade, procópio?,

      azelina ergueu o pé, para que ele retirasse a peça íntima, presa ao tornozelo, o operário se aproveitou e o beijou, navegando a língua para o recôncavo dos dedos, promessa de futuras e próximas enseadas,

a moça piscava-se inteira de prazer, trêmulo farol que ofuscava a luz do universo em derredor,

ele sentia todas as estações comprimidas no tempo, o ponteiro dos segundos parado, pulsando a compreensão movida pelo mecanismo do peito,

tomás não aguentou,

levantou-se e passou a mão esquerda entre as coxas da moça,

queria ligar a máquina melhor da vida,

cuspiu nos dedos,

brincou com o sexo dela,

o olhar e a voz em rebentações gemidas,

ela fechava os olhos, mareada,

o trabalhador abaixou o macacão, recolocou-a sentada nas caixas, erguendo-a com facilidade, apenas para lhe mostrar a sua força macha,

abriu-lhe as pernas com o corpo

...e enfiou o pinto devagar,

depois apressou o vai e vem, alternando o ritmo, às vezes circum-navegados para novos e melhores padrões, que então fincava, apossando-se de novas peles, parava um pouco, para que mãos, bocas e unhas sobressaíssem,

azelina sussurrou baixinho, quente,

rebeca está bem servida, hein?,

nosso amigo se assustou com a lembrança, mas gostou da observação, talvez porque a balconista reconhecesse a primazia da esposa, aceitando o casamento sem questionar a posição de amante, ciente da palavra prazer,   e só,

tomás sentiu que deveria pagar aquela confissão com os recursos de outra pecúnia, bens que estivessem distantes do cartório,

tirou o pau da xoxota e massageou-lhe o clitóris com a glande, detendo-se às vezes ao redor dele em movimentos ora circulares,

ora diretos e pincelados,

ela recebeu aqueles haveres sem desperdício, contorcendo-se e arranhando as costas daquele devedor tão piedoso, extasiada com o montante e os juros crescentes da transação,

quando percebeu que a moça ia gozar, suspendeu a movimentação, de repente,

não!,   não para, tomás!,   não para!,

calma, azelina...,

    espera um pouquinho,

        segura,

            depois o gozo vem mais forte...,

isso mesmo,   setenta vezes sete vezes mais forte,

      o consagrado e fervoroso abc do clímax, procópio,

      quem sabe, sabe,

    ...lançava as contas antigas como novíssimo adendo às escrituras, o que resultava em nova interpretação das mesmas outras sempiternas palavras,

    cá entre nós, trepar é bom pra caralho quando é bom pra boceta,

eu fico maluco quando vejo a mulher gozando,   você não?,

      tomás colocou-a em pé, acarinhando o seu rosto, a penugem bonita da nuca, os músculos que retesavam as costas e o contorno das polpas carnudas da bunda, beliscadas,

gostosa...,

virou-a de costas, apoiada nas caixas, e bateu com o pau em suas pernas, enfiando-o de brincadeira no vão das coxas, para espicaçar as vontades roçadas,

o operário a prendia firmemente, segurando-a pelo cabresto dos peitos,

depois a soltava, descendo as mãos em tons diversos, por outras fronteiras, perquiridas,

ela gemia fundo,

gostou de lhe puxar os cabelos para trás, também, porque azelina se entortava, dando-lhe a boca,   a língua,

arrebita essa bundinha pra mim, arrebita,   **...isso, assim,**

penetrou-a de novo,

ai, que gostoso!,   *...mas não goza dentro, não, hein!,*

relaxa, azelina...,

solta o corpo,

sente o pau na bocetinha,

rebola nele, vai...,

                virtuose nesta que é a primeiríssima das artes, o nosso amigo variava o repertório, apertando-lhe os glúteos com gosto, balançando-os, às vezes, num abre-fecha sincopado, enquanto regia a marcha daquele duo,

                            ...com a outra mão, ainda, ia dedilhando as notas mais agudas, no grelinho de azelina, em legato assim tão bem executado que, além de tudo, obrigava-o a sustentar o desfalecido peso da moça, que se dobrava de gozo até perder a força das pernas,

sim,   tomás entendia do instrumento...,

        passou a gemer baixo, encostando a boca na orelha de azelina, para que ela se arrepiasse com o tom grave da voz,

                com a língua quente,

                      aproveitou-se da posição e falou em surdina todas as sacanagens que lhe passaram pela cabeça,

     azelina gostou do libreto,

                e partiram para novos movimentos,

deitaram-se,   ela por cima,

                    rolaram e inverteram-se algumas vezes,

quando, finalmente, ela começou a gozar, tomás cuspiu no dedo médio e o enfiou depressa no cu da balconista,

        ela redobrou as contrações,   os gemidos,

  o esgar avermelhado,   foi do *presto* ao *larghissimo*,

      o operário ficou observando as feições de azelina, enquanto alternava o andamento em estocadas mais e menos fundas,

    ou mesmo girando os meneios, para lhe aumentar o prazer, sem deixar que o dedo escapasse daquele belo compasso,

um esteta, sim,   ...o homem era batuta, como se dizia antigamente!,

    tomás achava que o orgasmo derrubava a máscara falseada dos costumes, desnudando a verdade do rosto,

      das relações sociais...,

          eu penso o mesmo,

  ora,   não seja ingênuo, procópio!,

essas aproximações que fiz com a música foram irônicas, claro!,

        pois é,   autocríticas,

...demonstram a estupidez *kitsch* de se querer dar sentidos culturais a um pinto enfiado na boceta, percebeu?,

oxalá!,   ...um lampejo certeiro de oxóssi, até que enfim,

é aí que eu queria chegar, meu amigo!,

tudo besteira,

barro de cacos ressequidos, é o que é,

não há final feliz para a humanidade,

atente para o caráter paradigmático desta tragédia,

...observe o homem e enxergará o país,

porra,

...caímos na esparrela em razão da própria razão, moldada com a saliva mais ou menos lubrificante das palavras,

arapuca da qual não escapamos, principalmente quando nos propomos a entender que ela é trançada com as cordas vocais,

nihil novi sub sole, nada de novo sobre os deuses...,

    wittgenstein na veia, mas *mumumudo*, como dizia o rosa, num dos contos que lemos, na época,

      "mumu" é uma flauta indígena, feita com a tíbia, conforme expliquei a todos, lembra?,

claro que vem ao caso!,

    confesso de antemão que estamos fodidos, dependentes da indicação de uma placa de saída que aponte a direção do buraco sem fundo onde nos metemos, acompanhando desafinados a musiquinha besta que nos enterra de ponta-cabeça, engasgados de medo,

...*tafelmusik* em reunião de antropófagos suicidas que apostam qual deles termina primeiro a refeição indigesta de si,

em outras palavras,

      a vida?,   ...o sujeito retorcido, agarrado à perna como o sumo contorcionista que quisesse dar um nó em seu corpo, cantando de galo enquanto assopra e mastiga a crista da própria tíbia!,

    eu queria ser escultor, já imaginou?,

      um laocoonte meio tupinambá,

...um ugolino caeté, patriarca até o fim,
desdizendo a hipótese dantesca com o horror maior, em si mesmo,
poxa, méu amigo!,

dei-lhe duas posições distintas do mesmo tema, não viu?,

olha, você é burro, mesmo, procópio, fincando as patas na ignorância,
esperando que um chefe de seção lhe grite

...estátua!,

opa!,

...um homem deve aprender a quebrar o granito
desses gestos complacentes!,   na porrada!,

...perché non urli?,

não,   não adianta nem brincar,

ainda bem que não fez o teste de QI,

ia dar razão ao professor...,

azelina levantou-se, apoiou os braços nas caixas, conforme recente lição,

agora é a sua vez, tomás,

...goza no meu cu, vai,   enche o meu loló de porra,

...mas começa devagarzinho,

tomás não precisou de outra ordem,

executou-a *com a diligência dos paus-mandados às obras a dar com pau*, diria o autor do *Tractatus Logico-Philosophicus*, redivivo, tivesse escolhido fugir para o brasil, empregando-se numa fábrica qualquer, onde conheceria o nosso grupo de estudos, em vez de se esconder no meio de crianças, resumindo o caso em questão com a expressividade formal de uma dúbia concretude,

olha, acho até que suas *Investigações* teriam duas ou três páginas a mais, talvez com alguma observação minha, numa nota de rodapé, que fosse,

bem,   foi assim, procópio, que o nosso amigo experimentou a mentira da condição humana, estado constitutivo da existência a partir de tudo o que não há,

gostou bastante das verdades descobertas,
...ou das mentiras veladas, tanto faz,

    sei disso, não sou bobo,   óbvio!, qualquer palavra nos derruba naquele precipício social, de modo que a compreensão é a armadilha que nos prende quando escapamos dela,

...ou da qual imaginamos escapar quando nela nos prendemos,

    vestiram-se depressa, com medo de que o sono de ermelino, de repente, ficasse leve, contaminado com o ar de pulmões que bufaram até encher o barracão de perigosos feromônios,

      a essência de ser?,

sem contar que o sujeito era meio maluco,

        esses doidarrões têm força triplicada!,

         vai que o cheiro de boceta despertasse naquele tantã uma tara ancestral qualquer,

sei lá,

    perversão que não distinguisse xoxota de cu, por exemplo, o que colocaria as pregas tomasianas em rasgado risco, não ria,

        isso acontece a toda hora,

            ...a nossa deformação histórica, calcada em violências que instituíram aquilo que os maníacos chamam, hoje, de família tradicional brasileira,

            pfffff,

    olha,

        depois do sexo, da sacanagem desviada das convenções sociais, a vida nos agarra com força, ameaçando-nos com regras absurdas,

    ...os pais da menina entrando na sala, de supetão, lembra?,

        a polícia aparecendo repentinamente, numa rua escura, a luz forte do farolete direcionada para dentro do carro,

            ou um marido nervosinho,

              ...a própria esposa,

    sim,   um deus pirracento que não acode ninguém que peitou, por instinto, as normas que o criaram todo-poderoso sem que soubesse,

    ...o diabo também, resto das babugens divinas, por que não?, os amantes viram que ermelino continuava a dormir como um anjo esparramado e nada torto, agora estendido no papelão com as mãos sob a cabeça, ressonando alto, de barriga para cima,

fingia?,

mesmo assim, saíram de mansinho, as cortinas do espetáculo anterior bem fechadas,

...ária mumumuda, mas clássica, porque o pó da *luthieria* das fofocas é soprado aos quatro ventos, você sabe,

pois é,

a boca na tíbia da flauta amarga daqueles que pisaram na bola, e, por isso mesmo, vão tomar umas botinadas na canela, pra aprender de uma vez por todas a não driblar os pactos coletivos,

a moral...,

os bons costumes,

é ou não é, mané?,

...perché hai parlato?, hein?,

acho que ficaram em silêncio instintivamente,
como se pudessem proteger, da linguagem, um grande segredo,

(fora do barracão, a luminosidade ofusca os passos)

despediram-se com discrição, dois beijinhos no rosto,

zelito desejou sorte à azelina,

o senhor telefona para o ponto mais próximo, por favor?,

tomás insinuou ficar com ela, que recusou de imediato, observando-lhe que *o serviço em primeiro lugar,*

ele concordou,
é lógico, inspecionado pelo porteiro, atento à conversação que se dera na catraca da fábrica, lugar que, a bem dizer, não ficava nem fora, nem dentro da empresa, *caralho!,*

o operário não gostou,

que o esbirro de bosta controlasse as entradas e saídas, tudo bem, mas reparar nas permanências lhe parecia demais,

arrancou de si um sorriso frouxo, parafusado com facilidade em sua cara de pau satisfeito, e deixou-os esperando o táxi, ao passo que procurava aceitar o limbo desconfortável da condição de reles proletário,

...e, agora, *de amante*, o que lhe soava como um cacófato zombeteiro, cartão de crédito para casais entediados se foderem, uma vez por mês, mas só depois da fatura...,

um relampejado pressentimento?,

(que se danem!)

fora da portaria, no entanto, desanuviou-se,

(deu tudo muito certo!)

entrou no barracão assoviando "caçador de mim", satisfeito com a presa que *abatera a boas pauladas,* como diziam no bar da lurdes, contando vantagem das aventuras amorosas,

eu...,

acha que ártemis, com inveja de melpómene, soprava-lhe uma fatídica e trágica inspiração?,

...o descomedimento clássico substituído pela real circunstância popular, mas desumana, não pensa assim?,

diga-me você, procópio, que tem ideia fixa com os mitos gregos, porra,

...vai dar uma de heróstrato pra cima de mim?,

josimar estava puto,

ô, caceta, tomás!, você disse que era jogo rápido!,

ah..., cê tá aqui pra isso, josi!,

ele odiava ser chamado de josi, bandalheira dos amigos, quando queriam lhe encher a cabeça – utensílio, aliás, de diminuto volume,

josi é a quenga da tua mãe!, ...mais respeito, filho d'uma égua zabaneira!,

nosso amigo riu gostoso,

ó, e tem mais..., o sérgio veio aqui, procurando você!,

tomás parou de rir na hora, mas continuou a mostrar os dentes, para não se confessar desarmado em situação que se fazia temerária,

o sérgio?,

é..., falou que você disse que era rapidinho, e coisa e tal,

(olha a bancada)

não gostou nem um pouco, já vou lhe avisando,

espera...,

(aperta os botões e corta uma chapa de aço, que desliza para uma pilha, ao lado)

...disse que ia conversar com o zé duardo, sei lá,

colocar tudo em pratos limpos...,

(ajeita a chapa seguinte na máquina)

tomás trocou a dentadura por algumas rugas na testa, escambo que josi recebeu com o lucro saboroso da satisfação imediata,

o substituto sabia que os pratos limpos do encarregado serviam o tira-gosto ainda quente da vingança, contrariando a insossa paciência proverbial que oferece aos famintos a promessa de uma gororoba justa, mas gelada,

no mais das vezes, ficam passando fome, quem não sabe disso?,

(aperta os botões de corte)

e você respondeu o quê?,

nada, fiquei com cara de tacho, caceta!,

ó, depois vocês se entendem, hein!,

e vê se não me despeja nessa mexerufada, aí!,

o sujeito fez cara feia, mordeu os beiços de raiva, daquele jeito que você sabe...,

(coloca a nova chapa no lugar)

era só o que faltava!,

um homem simples concebe um projeto, trabalha nele, burila os detalhes da receita, troca um ou outro ingrediente faltante, coloca-o em prática, empurrando-o com a barriga esfomeada...,

ou, mais ainda, com os quadris, vá lá, de acordo com a história universal da cópula, poxa vida!, tudo nos trinques e trancos, conforme recomenda o figurino largado no chão, para alegria nua e esfregada até assar o sexo dos amantes,

e o que acontece?,

um filho da puta vem meter a faca, mas querendo, isso sim, entortar a colher dos outros, uri geller de meia-tigela...,

a lei do ventre livre não valeu para os órgãos adjacentes, procópio, que continuam vigiados pelo capitão do mato sem cachorro,

você conhece a moça, põe a gata bonita na cabeça, dá duro na caçada, e, quando vai azeitar as engrenagens baixas na oficina gostosa do diabo,

...pronto,

a sociedade arrastando o infeliz para o pelourinho do casamento, acusado de meter a mão e o pinto na massa embatumada de moral e bons costumes, ai-ai, como já lhe disse nem sei quantas vezes, pffff...,

(puta que o pariu!, pobre é cagado, mesmo!)

bem, ventre livre não é boca-livre, assim como hipoglós nunca foi graxa,

depois de lubrificar a ferramenta, tomás se viu obrigado a empanar, com talco pom pom, os comes e bebes e lambes que ameaçavam fritá-lo no óleo fervente do capeta,

...ou do encarregado, o que dava na mesma, concorda?,

        no entanto, nunca que nunca choraria a porra derramada,

(sorri, ao lembrar-se do rabinho empinado de azelina)

    não,   não era homem disso,   arrepender-se é supor a possibilidade de descagar uma bela refeição, atitude daqueles imbecis que se imaginam um tubo processador de matéria em círculo virtuoso,

        querem fazer, de um único acerto na vida, a matéria covarde e perene do restante dos dias,

        ...mas será que, pra lambuzar a boca na omelete, ele teria de quebrar os bagos todas as vezes?,

olha,   a casca de ferida dos ovos não dói apenas na cloaca das galinhas, é ou não é?,

machismo nada!,   deixa de frescura!,

        ...de novo?,

        eu tenho uma raiva desses tapados politicamente corretos que você nem imagina!,

    gentalha que leva, ao pé da letra, o pé no ouvido que toma de cor, salteando no tablado com as quatro patas da própria burrice!,

...quem se contenta com a água na boca da memória não passa sede, é verdade, mas ficará a vida inteira ouvindo o estômago roncar a própria tibieza,

tomás não era homem disso, procópio!,

(*já sei...*)

josimar, fica aí mais uns minutinhos,   vou procurar o sérgio...,

vê se não demora, homem, ...tô de saco cheio dessa baia de bosta!,

ah, josi!,   sossega o facho...,

vai tomar no cu, tomás!,   tomás no cu!,

o trocadilho saiu sem querer,   **tomás no cu!**, repetiu, exultante com o que foi a sua primeira resposta criativa, em muitos anos de ódio aos colegas,

e a consciência de que afinal respondera à altura de tudo o que aguentara até então, mesmo sem querer, deu-lhe o impulso de gritar a descoberta, terra à vista para que a humanidade – ou, pelo menos, os colegas ali por perto –, pudessem vê-lo como um novo colombo,

ou um fernão de magalhães, que fosse...,

vai tomás no cu!, *vai   tomás   no   cu!*,

    nosso amigo achou graça de verdade no chiste e fez um sinal de joia, enquanto saía à cata de sérgio,

                        no meio do caminho, entretanto, parou e respondeu, em pensamento, que já tinha ido, sim,

e que nunca se arrependeria de ter enrabado azelina,   *nunca!,*

                        mesmo que não mais a visse, carregaria pela vida a lembrança daquele encontro, transformado num dia inteiro, num fim de semana prolongado,   em meses de férias,

          em anos e anos de alegria realizada,

                        o aparente desdém de tomás, todavia, acabrunhou josimar, desnorteado navegador que olhou à sua volta e reconheceu a solidão incontornável das américas virgens,

                        continente vazio para ele, grumete condenado a lavar o imenso convés de sua pequenez, canoa furada fazendo água num igarapé-rapado,

    isso mesmo,

              ninguém deu bola àquele novo mundico de nada,

        josi apertou os dois botões com vontade de enfiar a cabeça do nosso amigo por debaixo das lâminas, *isso sim,* tivesse ameaçado o colega com aquela guilhotina – que saltava o atlântico e quase dois séculos –, quem sabe tomás não antevisse as razões da tragédia que se aproximava, esclarecimento intuído no reflexo do metal cortante, não pensa assim?,

faço apenas uma frase de efeito, é?,   ...esta é melhor, então, ó,

ou agouros são memórias decorridas de agoras em dúbios e tardios sentidos de ontens...,

gostou?,

...bem, pelo menos é sonora, né?,

(o encarregado, perto de uma grande pilha de bobinas de metal, confere as folhas de um relatório preso à prancheta)

bom dia, seu sérgio, vim lhe agradecer...,

puta que o pariu, tomás, você falou que ia acompanhar a moça na entrevista e desapareceu por mais de duas horas!,

o josimar estava em meu lugar,

sei, mas precisava dele pra descarregar o caminhão de são paulo!,

(tomás arregala os olhos, entorta a cabeça)

...o zé duardo contou que a entrevista durou uns vinte minutos, se tanto, poxa!,   ...onde você estava?,

ora, ora, um homem nunca saberá, por certo, onde está, reprodução em escala humana do famoso princípio da incerteza de heisenberg – que, cá entre nós, não precisou de grande imaginação para levar às bactérias o que há muito se conhecia da humanidade, e, vale dizer, de suas próprias escolhas políticas, até hoje no incômodo limbo de um comportamento amoral, para se dizer o mínimo,

    não seja besta,

        é apenas uma metáfora...,

   entenda-a como quiser, procópio!,

     cansei de lhe dizer que as filosofias alienígenas – e isso vale até mesmo para as pseudociências exatas –, devem ser distorcidas pela cor local, sempre,

    ...na china, 10.000 é o infinito, sabia?,

   às vezes, você me lembra o padre ornelas!,

(tomás bufa um leve sorriso pelas narinas)

ô, seu sérgio!, levei a moça pra conhecer a fábrica...,

porra, ela nem é funcionária!,

nosso amigo tinha o espírito encorpado, sabia adaptar-se às tempestades de vento, inclinando o guarda-chuva no ângulo certo, as hastes bem amparadas com as mãos, enquanto dobrava o corpo para não molhar a barra-pesada de suas calças curtas, uniforme desse renque de operários sem eira nem beira...,

enfim,

quem deixa um chuvisqueiro encharcar o meio das pernas sai às ruas mijando de medo, é ou não é?,

o senhor se lembra da palestra que tivemos, faz uns três meses?,

com aquele sujeito de belo horizonte?,

isso...,

sei..., e daí?,

então..., o homem disse que temos de conhecer os processos da fábrica inteira, não é?,

e daí?,

e daí que eu estava adiantando o serviço..., a moça entra já sabendo um pouco do dia a dia da empresa, conforme aprendemos no curso, não é?,

(faz uma pausa teatral)

...o doutor leopoldo até repetiu isso, depois da apresentação, está lembrado?, sim, na época, ele não tinha passado a fábrica para o filho, que fingia estudar administração numa escola particular do rio de janeiro,

putz!, cocaína, putaria e praia, dia e noite, segundo os comentários dos mais afamados colunistas antissociais,

diziam que voltaria formado e deformado pela clínica de reabilitação onde seria jubilado, com distinção e louvor,

pois é, aquele chiste de gaiata mineirice,

pode pôr pó?, pode pôr, matriz de seu apelido falsamente bleso, claro,

doutor *leo pó pô pó? pó pô...*,

tudo pra que ninguém se esquecesse do título *honoris causa* do rebento,

dito de outro modo, o doutor leopoldinho retornava pronto e com o canudo adequado, bem enroladinho, para assumir a direção da indústria no lugar do pai, empresário que, por sinal, não tivera educação diferente, de acordo com os historiadores apócrifos da cidade,

aliás, o doutorado do velho estaria dependurado num hipotético laboratório de análises clínicas, na zona meretrícia da cidade, onde exercia o dever de não fazer bosta nenhuma,

...o bilontra pagava as prostitutas para lhe coçarem o saco, incapaz de levantar sequer um dedo, essa é a verdade,

muito menos o pinto, é lógico, já que, naquele dessaudoso tempo, o viagra não tinha dado as caras para o funcionamento hidráulico das partes centrais do corpo,

...comprimido funesto para as putas, procópio, obrigadas a aguentar, a partir de sua comercialização, bem mais do que a chatice linguaruda de um bando de velhos que eram, se tanto, ou mais um pouco, apenas discretos dedos-duros,

    ah!,   bons tempos, quando disfunção erétil era artrose, hein!, hoje, até as putas estão fodidas, coitadas,

    eu falo,   o mundo só piora,

...essas famílias tradicionais são assim,

    muitos casamentos consanguíneos que garantiram alqueires e mais alqueires de prestígio e poder, mas descambaram numa descendência degenerada, atavismo que a história preconceituosa do país sublinhou com a cal da exclusão,

    aquela pá de gente sem ter onde cair morta, né?,

...como dizia meu pai, nem todo pó branco é farinha,

    claro, veja,   o organograma do judiciário, por exemplo, espelha a genealogia das famílias tradicionais,

por isso descreio da ideia que embasa o conceito de justiça,

    ...e mesmo de lei,

joguete de uns filhos da puta que se agarram à velha árvore, no quintal dos sobrenomes, quebrando o galho da própria linhagem desfiada, trama de séculos em teia que nos prende ao duro chão batido, tecelagem hipócrita de uma abstração furada, isso sim,

...pano de fundo falso num teatro canastrão que os imbecis chamam de meritocracia,

pffff,

esses novos-ricos que agora treparam pelo mercado de capitais, de ações, sei lá,

estirpe que sempre soube pisar no cocuruto dos desvalidos para ficar lá no alto, na copa de um imenso pau-brasil, mijando em quem labuta ao redor do tronco – pau de sebo e ameaça explícita de um sistema natimorto para a maioria, quando não o cadafalso para a desfaçatez de extremadas violências sociais,

note, no entanto, que muita gente faz gosto de se enfiar debaixo da chuva dourada, crente de que, um dia, estará lá em cima, aliviando-se,

o lastro sem peso monetário dos prejuízos líquidos e incertos...,

são os piores cretinos!,

enfim, nunca foi difícil arregimentar a imbecilidade,

socam na cachola dos remediados que todos têm saúde para alcançar os beneplácitos sistêmicos, desde que se nutram do ódio às minorias e à gentalha em multidão, que comeria pelas beiradas os restos de um PF que seria deles por merecimento,

...esfomeados, mas com todos os 32 dentes, mesmo que em pontes ou implantes pagos à prestação,

sentem-se proprietários de uma vidinha de posses mastigadas com o trabalho, refeição indevidamente lambida pelos banguelas sociais que lhes rapariam, com a língua solta e as gengivas desbeiçadas, a borda do prato e de um futuro que apenas a eles pertenceriam, pagadores em dia do devido dízimo a deus, supremo locador,

dá raiva, não dá?,

por aqui é histórico, meu amigo,

advogados, médicos, engenheiros, ultimamente tenho medo dos professores...,

você vai me chamar de despeitado, mas, ...olha, não ter feito faculdade foi também um ato político, juro,

uma espécie de inescusabilidade intencional, se isso fosse possível,

muitas vezes, é preciso aceitar a merda de vida para ter, pelo menos, alguma consciência do lugar em que se vai colocar a bunda,

...aquela missa a que mamãe me obrigou foi emblemática,

não!,   alienação é outra coisa!,

      é lutar para ser como eles,

    não sou ingênuo,   ...seria um deles,
disfarçado de mim mesmo noutra pessoa que a custo desconheceria,

     depois de algum tempo, talvez me submetesse àquele estranho em mim, celebrando a vida alheia em festas bacanas e viagens ao redor de um mundo, ...passos firmes que me aproximariam um pouco mais desse inconhecido visceral,

    eu seria um suicida vivo, procópio, zanzando por aí o contentamento putrefato de uma cidadania bem arranjada,

    seria alguém na vida..., é assim que se diz?,

  pode ser que fizesse caridade, ministrasse aulas sem cobrar, em cursinhos populares,

defendesse um ou outro fodido, injustiçado pelo sistema, ai-ai,

 então dormiria feliz, eu próprio em mim, comigo mesmo, finalmente em paz com sei lá quem encarnado na pele, coonestador dos próprios gestos,

  a sociedade é uma cela da qual um homem não pode fugir sozinho, sob pena de se condenar à solitária perpétua das ruas,

       ...o brasil?,

(o encarregado se paralisa por alguns segundos)

...tá,   então tá,

...volta pro serviço e pede ao josimar que dê um pulinho aqui, vai,

é o que lhe digo, procópio, cuspiu anteontem, mas a baba seca do patrão ainda meleca, malandro!,

...de onde se tira o instrutivo escarmento de não se engolir as palavras alheias, nunca,

principalmente as sentenças mandatárias,

elas devem ficar no canto da boca, ruminadas no ódio levemente digestivo da saliva,

bochechadas em suor, diariamente,

e, num dia nublado – desses que temos quase todos os dias –, cuspiremos então com vontade alguns falsos perdigotos, cuidando que o contendedor não perceba de imediato que escarramos nele...,

bem,   há outra lição importante aí, meu amigo,

tudo tem um fim,

as pedras que nos obrigam a carregar, sopesadas, podem muito bem rachar a cabeça de qualquer um, é ou não é?,

...que seja, então, a de quem nos oprime, cacete!,

entendeu por que é preciso aceitar de algum modo esta vida de bosta?,

é com ela que vamos agarrar as alças de nossas desgraças e sentar o penico pra todo lado, meu caro!,

isso!,

aqueles penicões de ferro esmaltado!,

os calhordas são chiques?, gostam de porcelana casquinha de ovo, com flores pintadas e coisa e tal?,

– então lá vai bosta, seus filhos da puta!,

imagine só, a revolução dos penicos!,

não tivemos uma balaiada?,

um viva à penicada, procópio!,

tomás voltou e reassumiu o controle da baia,

                ria sozinho, dentro de si,

          estava feliz e não percebeu o tempo caindo,

      revivia o encontro com azelina e ficava nele, ao consultar seguidamente o relógio quebrado das coisas boas que duram pouco,

         sim,   o povo se esquece de que muitos condenados vivem os anos relembrando um acerto,   uma alegria...,

os miseráveis cicatrizam a felicidade num tombo,

     como se tivessem caído antes de despencar na voçoroca, quando se apressavam desembestados, sem saber, rumo à tragédia cotidiana,

       dão graças aos joelhos esfolados, supondo escapar do abismo onde teriam quebrado o pescoço, continuassem a correria,

e aquele estigma, então, fica sendo a ferida sempre verde das vidas,

cinquenta, sessenta anos vivendo por dois ou três dias,   e olhe lá!,

mas não se pode tirar a razão desses pobrezinhos,

                    é simples!,

           a alienação também os empurra pra frente...,

quem não sabe fabricar em si mesmo a felicidade – esperando feito besta um sorriso voluntário da vida –, vai tomar a sopa fria das noites com a raiva desdentada de ser fodido e não poder pagar ninguém,

    um desgraçado assim está morto,

          e, de pés juntos, não vai questionar os próprios passos, que dirá uma curva da estrada!,

          no entanto, se você martela o entusiasmo todos os dias, uma hora acerta sem querer o dedão,   perde a unha,   urra de dor,

    é aí que um homem passa a inquirir os erros,

               as pancadas,

           o martelo,

                  a fábrica,

                    a vida...,

(a sirene grita o fim do expediente)

    no ônibus, de volta para casa, tomás pensou na esposa,

        as residências iam passando,   um casal de mãos dadas, na porta de um sobrado,   meninos jogando futebol,   bicicletas,

    (por quê?),

            a máquina do remorso recortava a consciência, novo turno que não supunha ser de sua responsabilidade, *caralho!*, (*é...,   mas rebeca não merecia, mesmo...*),

        entretanto,   se ela nunca soubesse, nada teria acontecido, isso mesmo,

        alguém disse que uma árvore nunca vista, no meio da floresta, não existe, porque a existência depende do ser humano, que forjou tal compreensão como ideia, de modo que, longe dele, tal árvore não é – nem está – raiz, caule, folhas, flores e frutos, inexistida porque sem um concebente...,

        ora, ora,   mais ou menos por isso deus é verbo, ou mesmo *logos*, para os puristas, tema desenvolvido por michelangelo, quando pintou um deus aprisionado ao cérebro, na capela sistina,

    ...talvez agora você entenda parte do meu ateísmo,

        quando criança, mais de uma vez imaginei-me deus, e tudo ao redor criado por mim, mesmo que sem querer, porque apenas eu existindo além de minha vontade, então...,

tomás queria remastigar o engolido?,

        ...essas elucubrações pesarosas não o levavam, entretanto, a querer deixar de se encontrar com azelina, visto que, se o ato não é visto – insubstante, portanto –, também será inumerável, de sorte que a primeira ou a sétima vez seriam formulações igualmente desarrazoadas,

...matemática mitológica do amor errado,

  ou mera prevalência dos instintos, como penso?,

         há, porém,
um problema teórico intrínseco ao arcabouço prático do amor,

    tomás sabia que tinha comido a moça – e esta,
por sua vez, ter sido comida, ora, o que nos conduziria à impossibilidade axiomática do segredo,

  ...a não ser que o homem voltasse à condição animalesca, desistido de ser humano,

     transformado noutra espécie,

 sim, assustador,

    mas auspicioso, também,

     em casa, o operário repetiu-se nos detalhes do hábito, forcejando a naturalidade até quebrar a rotina,

   imitar os próprios cacoetes é confissão de maus costumes..., *está passando bem?,*

ele apelou para o desânimo,   para a crise política,

esta ditadura filha da puta...,

(na TV, o apresentador fala qualquer coisa a respeito da guerra entre irã e iraque)

...querem colocar dois pintos no rabo dos pobres, como sempre,

deixa disso, homem!,   que exagero...,

depois, culpou a inflação de três dígitos,

a queda na produção industrial,   na porra do PIB...,

acho que a fábrica vai mandar mais gente embora,

não..., me disseram que o escritório está até contratando, não ouviu falar nada?,

tomás não abriu a boca, com medo de que caíssem uns pedaços mal mastigados daquela traição, que começara em farelos de bolo formigueiro, rebeca ainda brincou com o marido, riso errado numa fantasia de intuída e deslocada verdade,

...quase sugeri pra você me apresentar lá,

o operário aumentou o volume da TV, fugindo das palavras próximas da esposa, como se ela o tivesse visto pelo vão dos blocos do almoxarifado, *cobogozando* a balconista...,

as feições do rosto sempre revelam as liberdades descabidas, mesmo amarradas,

desliga essa televisão, tomás,

isso faz mal, mesmo... vem tomar uma xícara de leite quente, vem, comprei bolacha de maisena, hoje,

estou sem fome...,

(*deitam-se mais cedo*)

nosso amigo ficou de olhos fechados, mas o escuro do quarto não lhe entrava na cabeça, que permanecia entre as pernas de azelina e a preocupação com a companheira, rebeca...,   oi,   quer ver um filme?,   *não tem nada que presta, hoje,*

(ajeita as dobras do lençol)

você me ama?,

hein?,

(por que fui tocar nesse assunto, meu deus?)

...se eu te amo?,   isso...,   por que a pergunta?,   não sei..., deu vontade de ouvir você,

que dúvida mais boba!,   por quê?,   *se não amasse...,* sei lá, já teria ido embora,   *...você mesmo teria ido, acho,*   eu não!,

(ela faz um muxoxo)

ficaria com alguém que não gosta de você, tomás?,

(ele ajeita o travesseiro, dá dois tapas nele)

olha, gostar é pouco, porque gostar a gente gosta de um monte de gente, ...eu gosto do japonês da feira, mas não quero morar com ele!,

(os dois riem, rebeca acende o abajur)

aconteceu alguma coisa?,

a barriga de tomás caiu e rolou,

       ...os gelos de julho de repente deslocados no tempo,

             não conseguiu dizer "a" nem "tchim",
embora o vento frio no hálito, aprisionado entre os dentes,

(ele pigarreia)

    a boca do estômago lambia a sola dos pés num arrepio cortante,
de cima a baixo, soprado com a umidade dos lábios conhecidos,

(ela não merecia...)

não,   não foi premonição,

      ele começou a história,

         a curiosidade de rebeca seria natural, não acha?,

     bem, poderia ser que a intuição fosse dele, tão somente,
resquício daquele sétimo sentido, contagioso, no almoxarifado,

            não tinha pensado nisso...,

ela teve de repetir a pergunta,

...aconteceu alguma coisa, tomás?,

não,   não aconteceu nada,

           ...olha, mudei de ideia,

                    vamos tomar leite?,   vem comigo, vem,

(levanta-se, empurrando o lençol com os pés)

estou meio enjoada, agora...,   *vou tomar chá,*

não sei o que houve depois,   tomás não me disse,   pode ser que rebeca tivesse esquentado a bebida no microondas, enquanto ele pegava o pacote de bolachas, no armário da cozinha,   deve ter feito uma sopinha na xícara, quebrando os pedaços do biscoito pra disfarçar os cacos da vida que, naquele caso, remexeria com a colher, amolecendo os atos recentes,

   mas não muito, para não desmanchá-los de todo...,

não faria, daquelas bolachas, a madalena arrependida de seu presente,

além do mais, detestava chá,

      infusão de quem está com caganeira, rebeca!,

pela manhã, acordou sentindo-se outro homem,   ou, pra não mentir, acordou apenas homem, o mesmo, mas distante da mentira social onde se atirara,

    o remorso nem lembrança era,

a culpa é um movimento que nos afasta da verdade, quando menos, em duas dimensões, procópio,

    primeiro, em relação ao nosso corpo,

depois, na criação ficcional da civilização, estultice taxonômica fantasiada de gênero para nos distanciar do espécime que todo indivíduo encarna sozinho,

    exato,

tudo a favor de uma teoria unificada, por assim dizer,

espiritualidade é um mal-estar, meu amigo,

    ...transformado em mal-ser pela suma ignorância,

não fique bravo,   pense comigo,

    a transcendência tem sentido quando somos corpo, concorda?,

    supondo a realidade etérea do outro mundo, o espírito desejaria, no além, uma carnalidade eterna?, não me venha com kardecismos e candomblés, por favor!,

                        olha,   melhor voltarmos à fábrica...,

tomás estava eufórico,
        bateu o ponto e brincou com o gervásio, lembra-se dele?,

"*gervásio!,   a mulher do vizinho!,   sustenta!,   aquele vagabuuuuuundo...*",

sim, ele era gay,
      os aqualirados enrustidos pegavam no pé do rapaz,
a maioria com uns gracejos bobos,
         piadinhas preconceituosas,
              ...tem gente incapaz de aceitar o outro, por maior
e inconfessável impossibilidade de ser, em si, quem de fato é,
   isso,
       somos bons amigos, até hoje,

tomás, um dia, lascou uns pescoções bem dados no jairzinho, do setor de embalagens, estávamos jogando sinuca no bar da lurdes, umas cachaças na cabeça,

o nazistico-tico nem era da nossa turma,

deu um pulinho por lá e foi ficando, enxerido, à cata do fubá alheio,

numa brincadeira besta, enfiou o taco na bunda do gervásio, com força,

antes, tinha ciscado muita merda, claro, espanejando seus preconceitos, como sempre,

tomás cantou a jogada, deu a volta na mesa, tranquilo, e arrebentou o taco na moleira do imbecil,

depois, voou no pescoço dele e estilingou-lhe umas boas bordoadas, com os punhos fechados,

se não é o próprio gervásio apartar, acho que teria embrulhado de vez aquele empacotador de conversa mole, fazendo nele a embalagem definitiva de si, bem encaixotado e devidamente endereçado para o último número da avenida da saudade, onde teria residência fixa,

bem, no caso, avenida com saudade nenhuma, né?,

eu fiquei vendo de camarote, até porque o bosta do jairzinho merecia,

      ele mesmo,   taschettine,

jair taschettine, isso...,   a imbecilidade também se fixa na memória, pelo avesso exemplar das lições,

      morreu faz uns cinco anos,

            atropelado,

                    e foi tarde...,

      para os amigos, depois, tomás explicou sua atitude,

disse que não fora o álcool,   longe disso,   mas o fato de saber a inutilidade de se discutir com um ser inanimado,

            se me virem conversando com uma porta, por favor,
peço que me internem correndo num manicômio qualquer,

      uma porta só entende a argumentação das batidas!,

      ...tudo bem, usei mais do que o nó dos dedos, concordo,

    mas se o dono da casa é surdo, um homem de bom senso, do lado de fora, há de se fazer ouvido com pancadas mais fortes, né?,

            (ri gostoso, fechando o punho na frente da própria cara)

procópio, procópio,

um sujeito que coloca karl popper no seu devido lugar, pela exemplificada prática das amizades, expondo os limites necessariamente bárbaros daquela razão crítica que se estende, por óbvio, à configuração mesma do estado, ainda que nunca o tenha lido – e, forçoso confessá-lo, por isso mesmo –, merece ao menos algum respeito, poxa vida!,

ora, ora, um homem deve aprender a personificar seus argumentos, nem que seja obrigado a mentir e improvisar as ações, mas sem abanar risíveis ademanes...,

isso tomás me ensinou, e não demorei para testar a hipótese,

...falo do *paradoxo da tolerância*, claro, clichê discutido por mim, no curso, com premeditada veemência, por assim dizer e fazer, a partir da bravura de três homens – adolfo suárez, gutiérrez mellado e santiago carrillo –, que peitaram o infeliz tenente-coronel antonio tejero molina e centenas de soldados que invadiram o congresso dos deputados, na espanha, recusando-se a deitar no chão, tal como todos os outros, não obstante os gritos e tiros da malta invasora, lembra?,

viu?, você tem boa memória, também!,

...fiquei sabendo, naqueles dias, que o padre ornelas apoiara abertamente a arena, nas eleições de 1974, defendendo o regime em sermões, inclusive, e fiquei puto, caramba!, o lazarento agora se enfiava em nosso grupo a troco de quê?,

            por isso, no encontro de estudos, relembrei a tentativa do golpe hispânico para mostrar a estupidez de um lado – que ele defendera –, e a coragem que o filho da puta não tivera, naquele momento importante da nossa história, comparando as atitudes nos dois países,

            e fui tocando mais fogo à lenha, enfiei na discussão o padre fernando, de **quarup**,

            até que..., bem,

o professor astolfo teve de colocar um fim na briga com o padre ornelas, quando me levantei e parti pra cima dele, ameaçando-lhe com uns bons chacoalhões, para espanto de todos, que intervieram e salvaram a igreja,

    ...arranca-rabo de batina que, depois, na semana seguinte, na abertura do curso, fiz questão de retomar – caprichando na *finesse rhétorique* –, ao confessar que tudo fora premeditado, uma experiência sociológica que eu pusera em prática, com a confirmação de uma conduta que seria cabalmente comprovada pela pretendida intervenção do professor, dando-me razão, assim, no dilema entre os continentes, com a sua interferência corporal, o que confirmaria o fundamento filosófico para a atitude beligerante do nosso amigo tomás, no caso paradigmático da justificada surra em jair taschettine, como em seguida relatei, expondo os princípios gerais do filósofo dos *inimigos da sociedade aberta*, assim estendidos, também, aos grupos fechados, como o nosso,

            ...ou o dos companheiros jogando sinuca, no bar da lurdes,

...ou mesmo o dos fiéis, assistindo à missa, em novembro de 1974, desculpei-me com o religioso, então, alegando que a teoria, como regra, não pode abdicar da práxis, e que ele me servira apenas como uma espécie de alavanca argumentativa, com a qual eu esperava sustentar o bom senso e lhe abrir a cabeça, em palpável cisma, de um jeito ou de outro...,

ele não riu do chiste e ficou dois meses sem olhar na minha cara, voltando a conversar comigo só depois que espalhei, à boca pequena, que ele era tão somente um homem, antes de ser padre, o que explicaria sua incapacidade de me oferecer, se não a outra face, ao menos a mesma, com a qual proferia seus xingamentos e sermões,

azelina não ocupava mais o pensamento inteiro de tomás, estava alojada num canto de seu juízo – ou da falta dele –, ao lado das coisas boas da vida,

e essa tralha não tomava muito espaço,

na verdade, o fundo de um armário, no quintal da felicidade, se tanto,

mesmo assim, tomás entrou na fábrica cantarolando,

imaginava que tivesse o controle de sua vida, finalmente,

ligou a baia, feliz,

apertava os botões da máquina com alegria, pela primeira vez, desde que se empregara na empresa, tirando talvez os dois ou três dias iniciais, quando o trabalhador está ainda entorpecido com o alívio da vaga conquistada,   pfff,

tomás abria os braços não como alguém que fora pego para cristo, mas como um brasileiro que dava "aquele abraço",

agora vai!,

a lâmina cortava o metal com facilidade,

sim,   ele também recortava o destino seguindo os contornos que traçara à mão livre,

...porque a liberdade não pode ser um risco, procópio,

um homem deve ser, também, a tesoura do papel social e político que interpreta, não acha?,

demorou,   mas agora é a minha vez!,

não estava mais no colo da mãe, despejado sobre um deus morto, impostor de madeira policromada,

tinha a sensação boa de que se apagara, enfim,
a vela daquele bolo errado, sopro torto das misérias,

chega!,

não veria mais o túmulo de djanira engolindo o sol da tarde,
a menina morta e enterrada para sempre,   ...última pá de terra sobre
o pesadelo da noite caída, sejamos sinceros,

acabou...,

e, depois da escuridão, o horizonte avermelhado pela madrugada,

um dia de serviço,

o céu se repetindo intuído, nas tardes,

rebeca em casa, esperando a volta de seu homem,

preparando a refeição,

as misturas de que ele gostava,

(*o colega da baia ao lado derruba um martelo*)

tomás se assustou,

um homem poderia cevar dois amores, escondendo-os do mundo?,

(o operário não olha para ele, abaixa-se, cansado, e pega o martelo)

                          claro que sim,

            a humanidade extirparia de seu corpo
a estupidez egocêntrica do amor exclusivista, cultural,

            uma vez, ele me disse que leu, num livro qualquer,
que *um funileiro conserta a marteladas*,

                   então,

        ...tudo seria diferente, mesmo que reproduzido, a partir dali,
numa concreta similaridade,

                ...noutra batida?,

(tomás fica com vontade de assoviar)

                e assoviou,

   teve a pachorra de escolher a melodia que se encaixava nos barulhos
da fábrica,

         passou a apertar os botões da máquina no tempo certo,
fazendo as pausas com lâminas e lábios,

        ...*sim*,   acertei as notas da *música ambiente da vida!*, noutra toada, os fatos compõem a diferença dos sentidos,

e essa percepção é tudo,

pois é, procópio,   a partitura de sempre, concordo, mas interpretada na flauta doce de outros passos e compassos, como lhe falei mais de uma vez,

é simples,   o operário estava feliz,   feliz!,

(faltava pouco mais de meia hora para o almoço)

...tomás, por favor,

o encarregado vinha com josimar, pronto para assumir, de novo, as tarefas de sua baia,

o que houve?,

o senhor josé eduardo quer falar com você,

a respeito de azelina?,

que azelina?,

a moça que apresentei, ontem,

...para a vaga no escritório,

ah, ...**não sei,** **pode ser**,

(tomás pisca para o encarregado)

aí, josimar, firme no meu lugar, hein!, só volto depois do almoço...,

(o substituto não se contém)

...não te acostuma não, cabra!, *tá vendo, seu sérgio?,* *não falei?,*

(os dois riem)

tomás, você sabe o caminho, né?,

opa!,

entrou na antessala e viu camila compenetrada, escrevendo numa agenda,

aproveitou-se de seu estado de espírito, martelou um bom dia seco e foi sentar-se na longarina, sem dar trela à feiosa que, por certo, não lhe responderia o cumprimento,

a secretária atanajurada, porém, parou de escrever na hora, como se pega dormindo no emprego sem ser prima do patrão,

olhou para o nosso amigo de um modo estranho, ao mesmo tempo que se despregava do assento com a força das molas naturais que o criador lhe aparafusara nos fundilhos, tomás riu-se por dentro – alegria, entretanto, refletida no rosto, o que lhe deu o ar apalermado daqueles que carregam, na fisionomia, a felicidade constante da própria inépcia, imperativo histórico dos novos tempos – e imaginou que um sujeito qualquer, apenas por empregar as melhores ferramentas numa determinada obra, talvez despertasse, no operariado das construções ao redor, um interesse inconsciente pela boa carpintaria, por assim dizer,

(essa mulherada cheira longe!)

senhor tomás,

...por favor, me acompanhe,

entrou com a secretária, pela terceira vez, no escritório de zé duardo,

três vezes, num intervalo pequeno de tempo,

(estou ficando importante...)

sozinho, fez questão de se colocar atrás da moça,
(eta, bunda bem feita!,

de costas, é um trem...,

de frente, uma trombada!)

zé duardo estava em pé, olhando pela janela o movimento de alguns funcionários que, naquele momento, carregavam quatro caminhões estacionados em fila, no pátio central,

ela ficou parada alguns segundos,

    esperava que o chefe os percebesse, o que não ocorreu, apesar do sapateado irritante do salto alto,

    tomás fazia outra inspeção, claro,

(essa mulher precisa é de um toque-toque de grude bem estalado, por trás)

zé duardo parecia esquecido de tudo, atento apenas ao serviço alheio, especialidade principal desses paus-mandados de araque – categoria, aliás, em que os contadores são peritos,

    tomás, por seu turno, ia fundo noutra direção,

(...o batuque gostoso do saco, nas peles da bunda arrebitada, isso sim!)

o operário era agora o rico proprietário do próprio pinto, vê se pode,

    por isso, achava que podia fazer festa no salão dos outros, cantando de galo, como diz o povo,

(...o repenique dos bagos beliscando os beiços da boceta, na alturinha do grelo!)

isso,   sentia-se um fazendeiro na obrigação de grilar outras terras,

(camila tanajura, ...essa mulher samba de quatro feito o diabo, tenho certeza!)

procópio,

acha que os dissabores da vida, na boca dos dias, uma hora azedam de vez a existência, por inevitáveis casos e ocasos?,

neste caso, então, nenhum doce há de disfarçar o amargor dos erros,

nem um vidro arranhado por dentro, nem um tacho inteiro de goiabada,

...ou os enganos açucarados é que avinagram o futuro, hein?,

senhor josé,   ...o senhor tomás está aqui,

        o contador virou-se rapidamente, sem encará-los,
e caminhou até a lateral do balcão, na esquina da sala,

bom dia, senhor tomás,

    bom dia, como vai o senhor?,

        vou muito bem, obrigado,

(abre uma pequena portinhola que divide o cômodo)

        por favor, entre...,

tomás sonhava, embalado no balanço da bunda de camila,

        (com azelina aqui, todos os dias, putz...)

sentaram-se à mesa que ficava mais adiante, para pequenas reuniões,

o operário conservava o riso besta na cara,

    ...num canto da boca, em atenção à retaguarda de camila,

        no outro, por obra do que imaginava da conversa,

já sei, seu zé duardo!,　　　o emprego é de azelina, não é?,　　　a moça...,

não,　　não é por isso que o chamei...,

(tomás entorta o pescoço)

　　　　não?,

(o contador está mudo, encarando-o)

senhor tomás, senhor tomás...,　　vou direto ao ponto,　　há duas opções...,

por causa dos funcionários, abaixou bastante a voz,

　　　　　　o senhor pede demissão,　　ou é demitido por justa causa...,

(tomás parece não entender)

　　　　　...hein?,

　　　　zé duardo repetiu a sentença ainda mais baixo, como se não quisesse sublinhar, com a voz, a curiosidade crescente do baixo secretariado da fábrica, inclusive a de camila, que ficara disfarçando, no balcão, enquanto separava os papéis de uma pasta A/Z,

pede demissão,   ou vai ser demitido por justa causa...,

(tomás empalidece)

o operário não sabia o que dizer,

      entendeu que o barracão da fábrica tinha caído, claro, despencado na cabeça,

    o torpor era a busca de uma saída daqueles repentinos escombros,

      precisava de ar,

        (o que será que...)

    tinha de encontrar as palavras e as frases que fizessem o contador acrescentar alternativas trabalhistas que o livrassem do desemprego,

      mas quais?,

        (e agora?)

presumiu, então, que alguém o tivesse delatado,   feito alguma intriga,

(será que o seu berilo descobriu que fiz uma cópia da chave do almoxarifado e veio aqui me dedurar?)

    zé duardo permanecia em silêncio, visivelmente nervoso, desconfortável,

    a surra que tomás dera no jair taschettine, fazia uns três meses, pouco mais, pouco menos, por certo resultava em sua crescente inquietude contábil, coitado,   acho mesmo que o convidou a sentar-se à mesa para que o móvel servisse de anteparo, escudando sua covardia,

    depois de tudo resolvido, o contador de prosa mole justificaria o convite como pilastra de seu tino, tenho certeza,

    até porque...,

    quem caga de medo, quando troca as calças, exalta apenas a boa digestão,

(o que eu vou falar pra rebeca, meu deus?)

    o contabilista apelou para o cavanhaque, trancando os lábios com o dedo indicador, à medida que coçava os pelos do queixo com o polegar,   a cabeça pesava,   via-se que não queria dizer nada,   esperava que tomás aceitasse uma das opções sem questionamentos, ciente da cagada que fizera,

    e pronto,

o próprio tomás aventou a possibilidade da surra, supondo um parentesco daquele neonazistico-tico com o ermelino e, consequentemente, com o dono da empresa,

...ou do viveiro, para não perder a metáfora que nos engaiola ao trabalho, dependurados num pau de galinheiro,

(será que foram os cascudos no filho da puta do jairzinho?, será que sapequei seu lombo sem saber que o lazarento tinha as costas quentes?)

sim,   o contador estava empacado, também, incapaz de chegar ao cabo daquela triste subtração, motivo de tão drástica intercorrência,

o jeito era apelar para uma concretude pouco filosófica,

a prova dos 2,

espécie de prova dos noves cujo resultado seria apenas 1 fora, : tomás,

...você vai me entender, procópio,

zé duardo levantou-se,

por favor,   venha comigo,   preciso lhe mostrar uma coisa..., nosso amigo não conseguia segurar a comoção, que subia dos dedos e reverberava nos lábios, tremelicando miudinho, como se tomado de um calafrio perene, incontrolável,

o temor, mais que o tremor, no entanto, fez com que zé duardo se apressasse, pois, na frente do operário, descria da sorte, amuleto que não lançara além do rubicão raso dos bolsos, prendendo as chaves de casa numa pequena figa de madeira, esculpida em jacarandá-da-bahia – presente da esposa contra o mau-olhado dos invejosos,

como, naquele momento, o medo era uma punhalada pelas costas, optou por andar depressa, abrindo uma distância que não lhe permitisse reconhecer, depois do golpe, nenhuma insidiosa filiação ou subalternidade, que fosse,

...mesmo exercendo o posto de funcionário exemplar, com toda a responsabilidade dos puxa-sacos, o contador não defendia um império que fosse dele, de modo que conservava o espaço do bom senso republicano entre os dois, estendendo no vazio aquela diplomacia agora sem o resguardo de mesas ou cadeiras,

caminharam para uma pequena sala, ao fundo, trancada à chave, zé duardo abriu a porta sem dar as costas àquele que, por ora, era um homem *delicatus*,

olhava-o de soslaio, entretanto, porque o funcionário seria despedido, por bem ou por mal, sujeitinho propenso, pois, a encarnar o antônimo de si a qualquer momento, e esta última condição, por temerária, exigia uma postura, no mínimo, política, tanto quanto fugidia, se não mesmo diplomática, como já não soem praticar, por incompatibilidade espiritual, os modernos asseclas de josé maria da silva paranhos júnior,

em seguida, esticando a mão, ofereceu-lhe a entrada,

o operário tomou a dianteira, curioso daquele pequeno ambiente,

(*o que é que esse desgraçado vai me mostrar?*)

zé duardo não chegou a respirar aliviado, mas, por vê-lo à frente, sentiu uma boa e fresca lufada nos pulmões,

tomás percebeu a respiração do contador e sentiu-se mal,

estava, de repente, na posição de camila, *caralho!*,

agora era o mundo que olhava a sua bunda de fora, pronto para enrabá-lo...,

o cacete duro, por trás, no olho do cu das ruas, esta cidadela fantasma cujo mapa se abre em contrito esforço, pelo pavor, demarcando a direção apertada do rego em rasgado perigo, pobrezinho,

bem,   haveria alguma ironia em tudo,

a sua vez de cair de joelhos,

...ou, na verdade, era o contrário?,

tomás sofria a reprimenda existencial por ter se levantado?,

(será que estou pagando à vista, com os salários perdidos, a traição de um amor encoberto?)

lembrou-se de djanira e sentiu um novo calafrio,

depois, imaginou a esposa,

(rebeca não merecia, mesmo...)

o contador puxou uma cadeira para tomás, em frente à TV de 20 polegadas, sobre uma pequena bancada,

sente-se, por favor,

aproximou-se de alguns aparelhos, ligou um deles, adiantando que o operário deveria ficar calmo,

e frisou, antes de apertar o *play*,

tudo ficará entre nós,

...depende do senhor, somente do senhor,

zé duardo explicou, ainda, que era um sistema de vigilância – CCTV,

   ou *closet circuit television*,

      novidade das europas,   dos estados unidos,   não sabia...,

    o patrão queria implementar um sistema de vigilância interna e começara pelo almoxarifado,

  em outras palavras, quando o contador ligou um dos videocassetes, tomás assistiu ao filme de sacanagem que estrelara com azelina, ambos já pelados, em plena ação...,

    ele, de cara, chacoalhando o buzanfã em cores, aliás,

creio que sim,

  o contador deixara o vídeo no ponto, se é que não o assistira sozinho, várias vezes, batendo punheta na salinha trancada,

          aquele filho da puta...,

o operário abaixou a cabeça,   não era preciso ver a fita de cabo a rabo,

ou de rabo a cabo, pra não mentir a sequência das cenas, sem durex...,

desliga isso...,
(zé duardo aperta o botão e se afasta)

você me entende, agora, tomás?,

quem viu?,

eu e o doutor leopoldinho, hoje pela manhã, ele está em férias, veio do rio anteontem, logo, logo vai assumir a presidência da fábrica, você sabe...,

(*silêncio*)

...por isso as duas opções,

o senhor não pode dar um fim nessa coisa toda?,

prometo que...,

não, infelizmente, na verdade, eu é que sugeri a alternativa, não vou mentir, ele ficou muito, muito bravo, então eu disse que o senhor é casado, ...tem família e coisa e tal,

note a esperteza de zé duardo, procópio, apelando para o argumento implícito do desvio social, tema recorrente na vida desregrada do herdeiro, ao mesmo tempo que lembrava o operário de suas obrigações domiciliares – inextintas, ainda que rompido o contrato trabalhista,

a comiseração é jogo de espelhos partidos,

mesmo o circuito de TV, houve quem dissesse que era, antes, uma arapuca para pegar ermelinos, do que não duvido, conhecendo o naipe da estirpe proprietária,

(mais silêncio)

o doutor leopoldinho aceitou minhas ponderações, tomás,   ...desde que tudo fosse encaminhado hoje, sem falta,

   ...ele mesmo pediu que camila entrasse em contato com o encarregado, e me incumbiu do negócio,

(o operário olha para o contador, que está perto da porta, em pé)

...não tenho escolha, tomás,
(o operário suspira)
...agradeço,

melhor evitar o escândalo, né?,   a vida futura,   ela...,

claro, claro,   nem é preciso explicar,

o senhor vai pedir demissão, logicamente...,

não tenho outra saída,   ...tenho?,

não,   creio que não,

   ...a não ser que pretenda se separar da esposa,

(tomás se levanta e fica olhando a tela desligada)

procópio,   não sei,

                    acha que ele vislumbrou outro futuro, no vidro apagado daquele aparelho?,

                    ele e azelina numa cidade distante...,

    será possível refazer a vida colando os erros noutro formato, a partir da desgraça espatifada?,   afinal, vivemos mesmo um mosaico, perdidos no meio das peças de canto vivo que somos, procurando entre nós as brechas encaixadas da felicidade,

                    não pensa assim?,

por que não cabemos no espaço que mal ocupamos, procópio?,

    qual a torquês das nossas ações, ferramenta que nos conformaria às fendas, arrancando-nos as arestas equivocadas, hein?,

            tomás teve vontade de chutar tudo, quebrar os aparelhos, pegar a fita e desaparecer com ela,   entretanto, isso redundaria na mesma dispensa, mas por justa causa,   sem contar que zé duardo, com certeza, espalharia o motivo da loucura,   ...e mesmo o doutor leopoldinho, emputecido com a quebra de suas bugigangas tecnológicas,

    ...no fim das contas, seria obrigado a pagar pela porcariada,

(os olhos de tomás lampejam)

o contador percebeu esse impulso, porque se afastou mais dois passos, abrindo certa vantagem para a fuga, caso a doideira iconoclasta de tomás rebentasse assim, de repente, e, impossibilitado de quebrar a cara do proprietário, se contentasse com as fuças subalternas...,

        o nosso amigo notou que zé duardo estava cabreiro,

não se preocupe,   *não vou criar caso...,*

sei disso,   o senhor sempre foi excelente funcionário,   bom marido...,
(ficam em silêncio, engastalhados à observação)

...bem, vamos até a mesa,   eu sabia,   o senhor é homem de juízo, já mandei preparar os documentos,

        (chama a secretária)

    camila trouxe tudo,   e um pouco mais...,

       o operário assinava os papéis de sua involuntária demissão, enquanto a assistente, em pé, ia virando as folhas e indicando os locais onde deveria rabiscar o nome,

        quando fazia isso, abaixava-se, dobrando o corpo e salientando seu derradeiro atributo na direção de zé duardo, mais calmo, o contador conferia a cena, esquecido da figa de sua esposa – ou da esposa de uma figa –, abandonada no bolso das calças que ele imaginava abaixar naquele quartinho de vigilância, ali do lado, onde mostraria à secretária as cenas demitentes, acelerando e pausando o vídeo, nas partes mais cabeludas, para criar o clima propício de uma abordagem certeira, há tanto pretendida...,

poxa, meu caro!,   sempre disse isso,

os melhores planos se agarram às contingências súbitas do agora,

quem não sabe entortar uma estratégia nunca age por impulso, preso a ontem,   a anteontem...,

uma hora, vai dar com o burro n'água, afogado na saliva das palavras que não saíram da boca,   nos gestos retesados, presos aos braços, às pernas bambas,

...penso no brasileiro prototípico, sabe?,

então, acho que a política deve ser feita por impulso, também, tanto quanto certos atos decisivos da vida privada,

principalmente por aqui,

em países injustos, procópio, mais vale a força das explosões sociais e dos rompantes...,

quer ver?,

camila, na época, precisava muito do emprego, e a papelada dos demitidos era, por assim dizer, o AI - 5 de sua ostensiva conduta,

ela tinha pesadelos em que era obrigada a preparar a documentação da própria dispensa,

acordava mal daquela tortura noturna, tinha de se levantar, tomar um copo d'água,

mas não era boba...,

sua bunda seria o desejado *habeas corpus* preventivo contra o pé na peculiaridade que carregava por aí,

os tempos eram bicudos, e as bicudas, espalhadas no toba de quem não soubesse tirar o seu da reta, isso sim,

...e o dela, há que se reconhecer, tinha as curvas de grosso calibre,

hoje é diferente?,

não, não é machismo,

nem covardia política,

muito menos alienação!,

quem não sabe usar as armas que tem, meu amigo, toma o tiro pela culatra, rifão entendido ao pé da letra,

...ou da primeira sílaba, no caso da secretária,

tomás saiu da firma em seguida, estava zonzo, sem saber o que fazer,

por certo, não voltaria para casa,   pensou rever azelina, mas o que diria?   *azelina, você não conseguiu o emprego, ...e eu fui demitido,*   sim, poderia culpar a crise,

     ou,   *azelina, pegaram a gente trepando,*   *fodeu geral,*

    não,   claro que não,

       a verdade é o esconderijo de quem pode chutar o balde, respaldado em outras tetas,   ...em diferentes mamatas,

o pobre, quando a vaca vai pro brejo, deve mentir pra deus e o mundo, porque ninguém vai cair de boca em defesa de quem se enterra no barro, beirando a cova com a bunda pra cima,

    pronto!,   eis a hora de uma desvirada atitude política,

      ...pular a porteira do retiro mais próximo, antes da ordenha, quando um desgraçado pode se enfiar no meio das patas do rebanho, protegido pela madrugada,

     corre o risco do coice,

       leva umas mijadas quentes,

          passa por cagadas e cagadas, é verdade,

mas uma hora abocanha o ubre sem deixar o leite derramado escorrer pelos beiços, situação que fabula a inutilidade moral do choro, percebe?,

em outras palavras, aquele velho ditado, contradito numa pequena ação revolucionária,

mamar na vaca você não quer, né?,

ora, ora,

...a gente mama, sim, desde que o bicho solto,

do contrário, é meter o pé na porteira do estábulo, caralho!,

mamar nas tetas sem olhar a marca dos ferretes...,

aí o novo provébio vira chiste criminoso, né, chifrudo?,

o MST que o diga...,

tomás foi embora caminhando,

        quanto mais demorasse, tanto melhor,

    e pra rebeca, meu deus,   o que eu invento?,

      o distrito industrial, naquela época, ficava fora da cidade, hoje as casas populares o rodearam, enxamearam o entorno das fábricas,

        foi pelo acostamento da estrada, cabisbaixo, contando os passos sem olhar os carros que passavam,

    ...até que a sombra do viaduto, pisada, apontou-lhe uma saída,

      e se eu pular na frente de um caminhão?,

        um 1313 passou e buzinou, adivinhado, cortando o ar e o pensamento fúnebre,

    tomás deu um pulo pra trás   ...e riu,   queria crer que a providência o puxara da ideia suicida com a trombeta ardida do veículo de carga,

    sentiu um alívio,   o primeiro, desde que fora despedido,

        ...alguém sempre olha por nós,

no entanto, quando viu que uma prostituta se oferecia, debaixo do pontilhão, fazendo pose para os motoristas sedentos, sentiu-se estúpido,

ela tirava um dos peitos da blusa, quando os caminhões passavam, motivo real daquele clarim salvador,   ...e de outros mais, que seguiram,

tomás precisava pôr as ideias no lugar,   sentou-se numa pedra, no acostamento, perto de um barranco, até que as trombetas inteirassem, por coincidência, sete sopros que, se não anunciavam o fim do mundo, sinalizavam os tempos difíceis que haveria de enfrentar,

...bem,   talvez fossem oito ou nove buzinadas, ou mesmo apenas o sol quente na cabeça, que importa?,

certo é que nosso amigo resolveu sair dali e passar por debaixo do viaduto,

poderia evitá-lo e pegar a primeira entrada, mas queria ver de perto o rosto da puta e tentar reconhecer nele, talvez, a fisionomia de um dos cristos do passado,

provavelmente o verdadeiro,

o nazareno que morrera crucificado, numa das igrejas da infância,

o redentor, porém, não gostou de ser encarado,

que é que foi?,

tomás nunca trocara palavra com jesus,
pelo menos desse jeito, com o rei dos reis começando o bate-papo,

...ou, até então, o monólogo,
de modo que não soube o que responder, assim, na lata,

não..., eu só..., eu...,

ó!, *50 cruzeiros a punheta,*

100 a chupeta, *meter na buça, 200,* *no cu, 500,*

não era o que esperava ouvir do filho de deus,
conquanto a penhorada alcunha de "desejado das gentes",

mesmo assim, agradeceu a oferenda,

a puta, entretanto, não gostou de ser desprezada,
e gritou que, se olhasse os peitos dela de novo – e de graça –, iria rasgar
o seu pescoço...,

era conhecida, você há de se lembrar, palmira navalhada,

sim, fazia questão do cognome,
para impor respeito e se diferenciar da puta homônima, matriarca local
assentada no respeitável ramo do lenocínio, proprietária bem-sucedida
de um concorrido puteiro, no bairro do descanso, como se sabe,

palmira navalhada..., fiquei com saudade, sabe?,

o sobrenome advindo de família das mais tradicionais, nestas ilhas de vera cruz, legado de uma herança de afiados dotes e trejeitos...,

o país, depois de pindorama, né?,

tomás apertou os passos, quietinho, quietinho, mas ainda pôde ouvi-la troçar dele,

canção antiga, é verdade, mas clássica, em todos os sentidos...,

cheirinho de cu,

catinga de boceta,

quem tem dinheiro mete,

quem não tem bate punheta!

fingiu que não era com ele, embora viesse à lembrança a imagem do sofá de sua casa, onde exercera, com a mão esperta, a então velha circunstância de estar fodido e mal pago, situação redescoberta outra bem depois, naquele instante, na beira da estrada, quando pensava em se jogar na frente do primeiro caminhão que passasse,

pois é, uma findinga rampeira o fez enxergar a vida em sua totalidade,

tudo o que gozara até então fora um engodo, tudo...,

conjunção histórica que o colocava em seu lugar sempre devido, como lhe disse ontem, sim,   a memória altera o passado,

                                                       o poder estabelecido,
procópio, se faz de pequenas concessões que autorizam a coerção social na linha do tempo, para usar expressão cara aos estudiosos,

                        mas o professor astolfo não entende de nós...,

                                   linha do tempo   pffff,

...linha que é corda, corda que é corrente,

                    os pobres, assim, arrastam a própria condição, assombrados pela vida para que não se conscientizem da fantasmagoria que encarnam e ossificam na pele, fratura exposta da chaga de ser...,

      exagero?,

                  o espírito do capitalismo é uma fábula de terror, meu amigo, cuja moral é a urdidura cerzida de sua ética mal encoberta, mas disfarçada de naturalidades, entendimento clássico de nossa triste configuração social,   ...enfie isso na cabeça,

            precisamos aprender a nos assustar com os espelhos,

ele pagou por isso,

                ...todos pagamos, principalmente quando falta o dinheiro,

tomás entrou em casa com a história pronta,

                          ainda assim, teve tempo de burilá-la,
enquanto esperava rebeca, que costumava chegar do hospital, caso não tivesse plantão, por volta das 15h,

    não,   não digo recamar o enredo, que deveria ser simples,

            mas os gestos,

                     as entonações,

tentou cagar sem vontade, forçando o intestino e os pensamentos,

desistiu,

        foi para o quarto,   fechou a janela e a porta,

  nunca atentara no barulho forte da vida, durante um dia de semana, o que o acabrunhou mais,

                        ...porque rolar pra lá e pra cá não é ocupação com registro em carteira,

                    caralho!,

          levantou-se,   caminhou pelo quintal,

não conseguiu almoçar,   fez um sanduíche de presunto,

o

      tempo

                não

                                        passava,

(quando ouve rebeca abrir o portão, deita-se no sofá, fingindo dormir)

            nossa!,   *...o que aconteceu, tomás?,*   *está doente?,*

ele demorou para responder,

(senta-se e estica a coluna, caprichando no esgar dolorido)

quem se espreguiça de mentira encena uma verdade corpórea, não é?,

            mas a veracidade dos músculos não absolve o corpo do peso na consciência..., ele abriu os braços, antes de falar, cristo do pau oco numa cruz falsa de gesso, onde fora mal pregado e, por isso, dela despencara de boca, incapaz de salvar a humanidade – porção de pecadores que, a partir daquela falência de ser, também incluiria o maluco tagarela da galileia,

...curioso pormenor teológico, não acha?,

sim, um deus agnóstico de si, por que não?,

rebeca sentou-se ao seu lado e o abraçou, adivinhada, inocente,

(será que ela vai acreditar?)

deu de cara a pancada mais forte, na cara, nas duas faces,

...ah, rebeca, pedi demissão...,
(ela o solta)

o quê?,

pedi demissão, rebeca..., não trabalho mais na fábrica!,
por que, tomás?, o que é que aconteceu, minha nossa?,

    ele se lembrou da indagação daquela puta, quando encarada, o que lhe causou um mal-estar que veio em boa má hora, navalhando sua cara de pau que, em vista disso – ou, mais precisamente, na vista da esposa –, ficou sulcada de rugas,

      ...a tez corrobora a aceitação de gestos e fatos,

  ...é, pois é,   técnica antiga de alguns atores,   isso,   stanislavski,

    enfiam a própria vida na personagem e imprimem, na atuação, uma verdade anterior qualquer,

transmigrada, a alma de ontem daria vida ao outro que fingem ser,

mas vou além, na interpretação...,

   há que se entender, ainda, a tangibilidade dos eventos passados, assim cerzidos e vividos, por ver e reviver, em outros, os mesmos...,

   não é à toa que a sociedade valoriza tanto a dramaturgia, não acha?,

  fenômeno histórico,   arquetípico,

a mentira dentro da mentira revela o avesso das verdades inalcançáveis,

   tomás sabia disso,

    ...melhor do que eu, até, leitor atento da **poética** de aristóteles, mas obcecado com a catarse dos gestos cotidianos, isso sim, ele também gostava de teatro,

    tentou montar um grupo na fábrica, que não foi longe, coitado, mas por sua culpa, que teimava em exigir o improviso constante das personagens, a cada fala, inclusive nos diferentes ensaios,

        os atores, porém, insistiam em decorar os diálogos, apenas, sem enfiar neles uma vírgula, que fosse, das próprias vidas, como queria o diretor,

    quando o faziam, por insistência de tomás, a cena desandava, e as discussões eram inevitáveis,

            no terceiro ou quarto encontro, o grupo se dispersou, fechando de vez os panos quentes da empreitada, para tristeza do dramaturgo,

        anfitrião, de plauto,

    poxa,   foi um pega pra capar...,

            assisti à briga, no círculo operário, supondo ser a peça, transposta para o presente, e gostei do que vi, juro, espectador privilegiado de vidas encenadas pela primeira e última vez,

cheguei a bater palmas,

    só depois entendi que era mesmo um bafafá...,

            sintomático, né?,

(tomás se levanta)

ah, rebeca..., briguei com o encarregado e com o doutor leopoldinho, aqueles dois filhos da puta, desgraçados, lazarentos!,

por quê?,

lembra dos cascudos que dei no jairzinho?,

sabia que aquilo não ia acabar bem...,

tem coisa que a gente não pode aceitar, rebeca!,

você disse que pediu demissão!, ...não entendi,

calma, você vai entender...,

(morde os beiços)

hoje de manhã, o doutor leopoldinho apareceu perto da minha baia, com o encarregado,

o tal do sérgio?,

isso, queriam xeretar a produção,

estão com mania de produtividade, agora, encasquetados com o desempenho dos funcionários,

o desgraçado deve ter visto isso na faculdade...,

eu sempre fiquei acima da média,

todo mundo comenta,

então ficaram me espiando, uns dez minutos,

os dois faziam anotações numa prancheta, enquanto eu trabalhava,

...antes de me falarem o que era, fiquei com o cu na mão, não vou mentir,

quando os patrões estão de olho, boa coisa não é,

no mínimo, querem engordar ainda mais os bois, alimentando o rebanho com o sal do nosso esforço,

...ou vão levar o bicho pro abate, o que é pior,

de modo geral, as duas coisas...,

...depois me arrastaram até o escritório e contaram tudo, fizeram mais perguntas, queriam descrever os movimentos básicos que eu fazia, provavelmente mais funcionais, qualquer coisa assim,

iam implementar na fábrica um tal de *therblig*,

o nome do troço é esse, ...*therblig*,

(*rebeca faz uma careta*)

...um conjunto de movimentos fundamentais, meneios que eliminariam os acenos desnecessários na linha de produção,

resumindo, os empregados dando adeus à coçação de saco, mas sem abanar as mãos,

faço ideia, a instrumentação cirúrgica...,

(*tomás a interrompe*)

é diferente,

...porque mirando os atos impensados, sem escolha,

na engenharia de produção, rebeca, até pra limpar o cu tem dedo certo!, e mais, se não dobrar e redobrar o papel, trabalhando a faxina do fiantã em folhas duplas, triplas e quádruplas, nessa ordem, o empregado toma o pé na bunda lambuzada...,

e aí, tchau e benção pra folhinha simples e rala dos holerites,

...foi esperteza do tomás, procópio, o professor astolfo, naqueles dias, tinha tratado desse assunto conosco, o ex-operário aproveitou-se das discussões, dando verdade científica à mentira manufaturada,

therblig!,

ação bem executada – venhamos e convenhamos –, quando o tema é a exploração da mão de obra no lugar certo, cronometrado,

não foi o caso?,

ele deu um fundamento novo àqueles estudos organizacionais, estendendo-os aos "corpos de obra", por assim dizer, descontente com o trabalho dos membros superiores..., não entendeu?,

...à sacanagem gostosa e escondida de todos!,

ora, ele e azelina, no sacolejo do bem-bom, né?, ...*therblig!*,

eu é que levantei o tópico, uns dias antes,

na época, estava preocupado com as tarefas às quais fôramos atados, e o modo como elas induziam a nossa visão de mundo,

ou a *conduziam*, pra ser mais exato,

...*essa contenção em favor do desempenho é a concretização sistematizada de operários sem espaço para o pensamento*, resumi, antes de fazer uma pequena explanação a respeito do *therblig*, sugerindo-o como tema de pesquisa,

...que esforço repetitivo, procópio?,   larga a mão de ser besta!,

provo-lhe com o exemplo de uma observação sistêmica dos últimos tempos,   ...atente nela, ó,

a robótica nasceu da carne, ao contrário do que pensam os crentes tecnológicos,

parafusar, meu amigo, é a própria chave da reificação, čapek que o diga...,

até charles chaplin percebeu isso, caramba!,

querem mais canoas com menos marteladas, sobrando os paus na cabeça dura de quem não se portar e se comportar de acordo com as contas do patrão, eis a verdade!,

therblig...,   *pfffff...,*

foi coincidência..., eu estava lendo um livro do wlademir dias-pino, conhece?,

liguei os poemas com o tal de gilbreth, inventor dessa merda de "movimentos otimizados",

o sujeito espelhou a teoria no próprio nome, fazendo um anagrama de pé quebrado, vê se pode, batismo que, além de irônico, é revelador,   ...confessional,

gilbreth, *therblig*,   poesia mais concreta, impossível..., aqueles desenhinhos simbólicos,

as condutas,

...juntei lé com cré, leio com creio, e pronto, percebi a raiva daqueles que não nos querem mazanzando por aí,

tratei do tema numa reunião do grupo de estudos, então, sugerindo que o assunto entrasse na pauta do encontro subsequente, como lhe disse,

acho que o professor astolfo nunca tinha ouvido falar disso, porque concordou de cara, anotando a sugestão de imediato, para não se esquecer do termo, tenho certeza,

...no raso, no raso, era um sofomaníaco, isso sim,

mestre tabaréu formado, reformado e deformado pela tagarelice congênita, em casa, por diversão, escrevi dois poemas,

levei-os para os colegas,   as folhas passaram de mão em mão,

       pela primeira vez, o professor me elogiou para a sala,

na hora, desconfiei de que os textos não fossem lá essas coisas,

...não porque ele desentendesse a literatura,   não, não,

       imaginei que se aproveitava para me expor, vingando-se da natureza, que não lhe dera pontuação para perambular entre os "gênios da raça",

       junto com o golbery, pode ser...,   pfff,

o que comprova uma grande falácia gregária, meu amigo,

       há pessoas inteligentes – o QI acima da média, e coisa e tal –, incapazes de babar meia dúzia de palavras sensatas,

pelo contrário, até,

       muitos "gênios" se especializam em bobagens sofisticadas,

   são os mais perigosos,

       inteligência de moral distorcida resulta em tecnologias e ideologias sustentadas por uma ética perversa, disfarçada de civilidade,   de obra,   de saídas políticas...,

       a edificação da vida, apoiada nesses termos, tem seus fundamentos na barbárie, enterrada e escondida como sólido alicerce humano,

       e os tolos acreditam, pode?,

pedreiros de uma autobiografia ditada por estranhos, é o que são...,

sei..., então, tá, né?,

em outras palavras, procópio, o cotidiano cidadão, assim estabelecido, ergue as paredes da existência com o esforço consumado por escravos de si sem saber,

...esses trolhas carregam as pedras usadas pela justiça social para arrebentar a cabeça deles mesmos, de modo que suas ações estejam pautadas na construção do edifício em que serão condenados a uma falsa e perpétua liberdade,

o nome desse prédio, procópio, é "lar",

algo existencialista, sim, concordo,

...ou ausencialista, pra não tirar de mim a mania de futucar as ideias, porque há os que exercem a autonomia com boa dose de absenteísmo, falseando, até os limites convencionais dos fatos, a pretensa vitória na vida,

ignoram, assim, as adversidades gerais – quando, então, expressam um arremedo ridículo do outro que pretendem ser,

...ou estar,

na verdade, é até simples,

no ausencialismo, há uma pseudorrelação diálética em que um termo se reduz ao outro numa dissolução contínua, moto-perpétuo de círculo vicioso, compreende?,

um passo atrás de adorno, se me permite uma anfibologia produtiva com a negatividade frankfurtiana,

sim,   ...um absurdo original e, ao mesmo tempo, repetido, posterior à existência mesma, entre individualidade e alteridade, fenômeno que espelha um homem que é soma, diferença, produto e quociente da operação a que se sujeita, cordoalha da marionete de si com a presunção estúpida de encarnar, nesse movimento, os dedos que o manipulam,

...pfff,

em suma, um deus que come o barro de seu trabalho cagando aos poucos, depois, a essência capenga de sua divindade maleável, vê se tem cabimento,

tudo isso até estar, na própria carne, finalmente, a criatura que concebeu e da qual foi concebida,

...e, pra que você me compreenda de vez, agora em outros verbos, procópio, ponha isso na cabeça,

a gênese dos desejos tem duas pontas que, às vezes, se embaraçam às finalidades...,

paro por aqui, então, para não repuxar um desses lados e, como o buda, colocar a perder os princípios dessa *desontologia* que, mais ou menos, delineei agora para você, e, vale dizer, para ninguém...,

viu como sei construir filosofias?,

rebeca ilustrou esse caso em si mesma, também, o que nos leva a...,

entende a importância das ciências humanas, nesse contexto?,
elas não produzem nada, procópio,

elas não podem produzir nada,
a não ser uma reflexão social que dará concretude ao espírito,

...e isso é tudo!,

entretanto, hoje, questiono até mesmo tal hipótese,
porque a consciência de um contrassenso não desfaz seus paradoxos,

...não há intersubjetividade quando se é o outro,
por distanciamento e, ao mesmo tempo, sobreposição, entende?,

todo lar seria um prédio público?, hein?,
mastiguei muitos tijolos, a vida inteira, e cuspi farofa à toa, meu amigo,

percebe, agora, por que apregoo o ponto-final da cultura?,

sim, viria daí, também, a minha desconfiança
em relação àqueles inesperados elogios literários do professor astolfo,

sujeitos assim escarram de propósito no pó das nossas palavras, crentes de que, desse modo – ui-ui –, darão liga ao barro de pensamentos pulverizados pela própria ignorância,

                        conheço o tipinho!,

a argamassa dos poderosos é farelo de trigo,

       com ela, erguemo-nos cidadãos esfomeados que devoram a edificação dos enganosos construtos pelos quais vivemos,

                        ou pensamos viver,

    ...o suado pão deles de cada dia,

procópio,   procópio,

    o lar, doce lar da família tradicional brasileira, seja lá o que isso for, salga, na ponta língua, de cor e salteado, a impostura do que entendemos como propriedades e impropriedades...,

inventei até um nome burlesco para o processo,

                        "*conodenotação*",

                em outras palavras, sentimos na pele a dor espiritual dos papéis e das condutas sociais, entende?, *catar-se* é um exercício de insensível onanismo?,

...como digo, brincando,
para quem se queixa da vida exclamando a palavra "boceta", raivosa...,

"boceta, meu amigo?,

...boceta, o caralho!",

...peguei as folhas de volta, é lógico,

quando me pediu para publicá-las em sua tese, neguei,

disse-lhe que tinha jogado tudo fora,

brincadeiras bobas, sem força crítica nem distensão estética,

ele me perguntou o que eu entendia por "distensão estética",
fazendo careta...,

ri, antes de lhe dizer que era uma ideia banal,

quase um clichê,

     a arte deve necessariamente ressignificar o passado, desnudando sentidos encobertos no presente,

...condição esta, portanto, indissociável das ações futuras, revolucionárias,

  e completei,

     os nossos encontros, professor, não devem mudar apenas o entendimento de dez ou doze pés-rapados,

      ...o senhor mesmo, com os seus alunos, em campinas, tem a obrigação de ser outro homem,

   ah, em casa também,   principalmente em casa...,

ele assentiu às palavras com a cabeça,

     bem, talvez não...,

só chacoalhou o topetinho, ajeitando-o com movimentos indefinidos,

     não sei se mudou os miolos, ou mesmo se algum entendimento se fez neles, por debaixo dos fios que começavam a rarear, não por falta de adubo, com certeza,

    o professor astolfo é daqueles homens que o senso comum designa como burros proativos, de modo que está sempre abanando a cabeçorra para qualquer discurso, muitas vezes de modo enviesado, incapaz de se decidir por uma direção, sim, tenho-as comigo, ainda,

                                    guardo essas besteiras todas,

espere,

        vou pegá-las,

                dia desses, estava relendo umas coisas,

anotando outras...,

                        pronto, achei!,

                                        olhe aqui,

gostei dos poemas, sabe?,

procurar 👁 -me em vão
para encontrar o vazio 👁

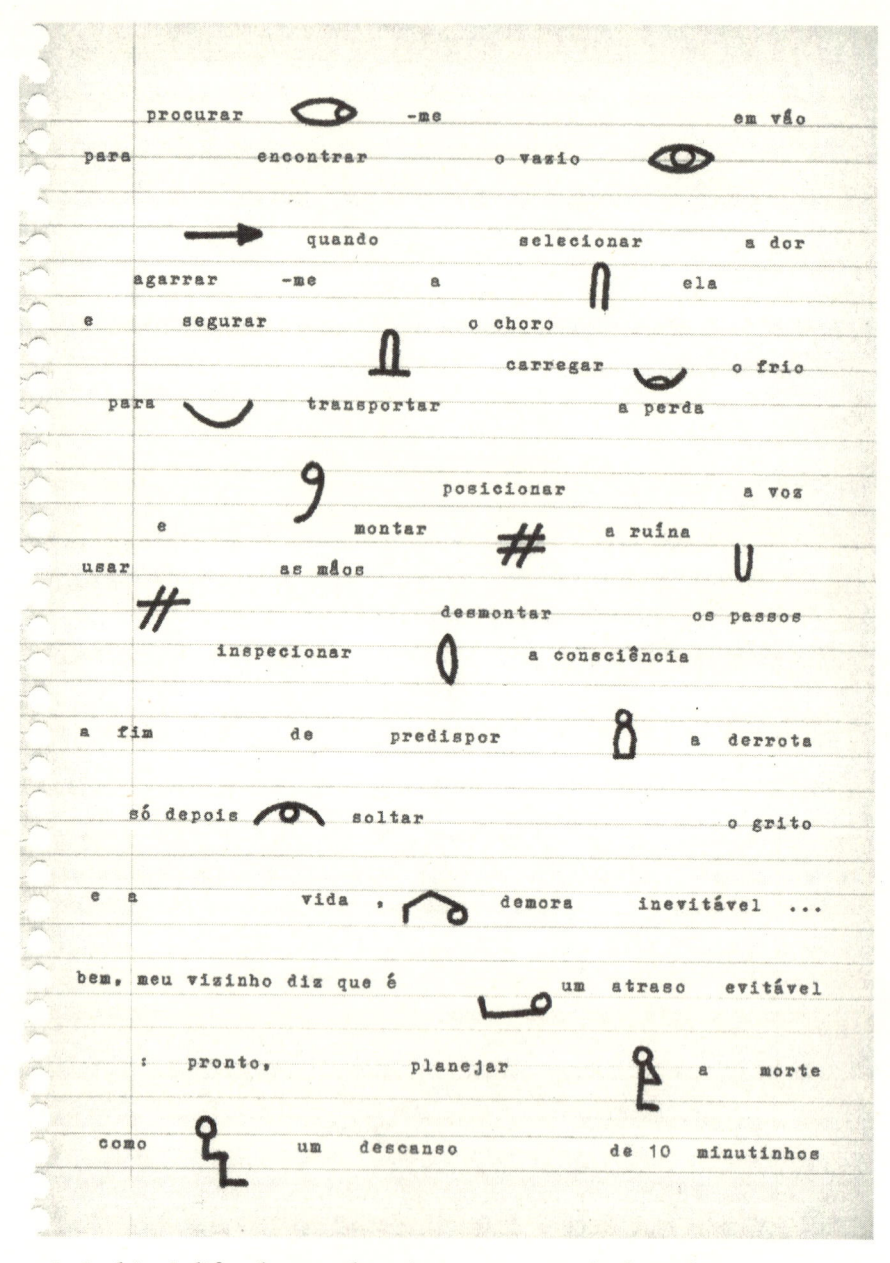

→ quando selecionar a dor
agarrar -me a ⋂ ela
e segurar o choro
⊥ carregar ⌣ o frio
para ⌣ transportar a perda

9 posicionar a voz
e montar # a ruína
usar as mãos U
desmontar os passos
inspecionar 0 a consciência
a fim de predispor 8 a derrota
só depois 👁 soltar o grito
e a vida , ⌒ demora inevitável ...
bem, meu vizinho diz que é ⌔ um atraso evitável
: pronto, planejar 🧍 a morte
como ⌇ um descanso de 10 minutinhos

pois é, hieróglifos de arranha-céus, mas a unha lascada é a nossa, né?,

com canetinha, veja a outra, olhe,

```
olho virado - PROCURAR -    o escravo fugitivo do plantio      PRETO

- ENCONTRAR - é dar de cara com o objeto pretendido CINZA ESCURO

e pôr as mãos nele,     - SELECIONAR -     as duas!    CINZA-CLARO,

- AGARRAR - com unhas e dentes,    mão espalmada em tapa  CARMESIM

semelhando - SEGURAR - um imã, sus!, o ferro que leva OURO-OCRE

numa carga sem valia de carne - TRANSPORTE CHEIO -    VERDE-OLIVA

   a mão limpa  - TRANSPORTE VAZIO -   próxima ao pescoço   VERDE

o objeto sendo colocado pela mão, no tronco   - POSICIONAR - AZUL

- MONTAR - no lombo dele,   sim, as melhores vergastadas    ROXO

os outros são ninguéns, portanto,   - USAR - até a raiz   PÚRPURA

- DESMONTAR - uma peça do conjunto foi, enfim, retirada  VIOLETA

com pincenê aros de ouro  - INSPECIONAR -   a pele, OCRE-QUEIMADO

- PREDISPOR - a peça de boliche na pista,  ui-ui,   AZUL-CELESTE

soltar os cachorros,  - SOLTAR -   a mão na cara    VERMELHO-VIVO

homem caído sem querer, morto   - DEMORA EVITÁVEL - AMARELO-OCRE

- ATRASO EVITÁVEL - o safado cai fora pra dormir? AMARELO-LIMÃO

com o dedo na testa  - PLANEJAR -  o tiro, única saída    MARROM

e chega!, porque o proprietário agora vai - DESCANSAR -   LARANJA
```

a isaura tinha uns papeizinhos que a gente colocava atrás da fita, pra escrever colorido,

lá na lojinha 7, que nada, trazia da 25, não lembra?,

é isso,   o operário mentiu para a esposa...,

                      nosso amigo até exagerou um pouco,

            talvez rebeca desconfiasse,   pode ser,

não estou entendendo, tomás...,

        no escritório, descrevi com detalhes o meu modo de trabalhar,

                eles iam anotando,

os dois eram só elogios,   até que fiz uma brincadeira,

     coisa à toa,   acho que me entusiasmei,

            disse que os movimentos justos dão aos gestos
a certeza moral das ações bem feitas...,

              (passa a mão na testa)

    e exemplifiquei a frase com a maldita briga,

              não sei onde estava com a cabeça...,

falei desse jeitinho, ó,

        os golpes de quem entende os deveres sociais da violência
são ensaiados metendo o pé na bunda dos preconceitos, é ou não é?,

         ...pratiquei essa coreografia nas fuças do jairzinho,
não sei se ficaram sabendo,

na empolgação, rebeca, ainda pontuei o final com a voz grossa, rindo e gingando o corpo num movimento que ia muito além do que os dois bananas conseguiriam anotar,

...quem não gosta de dobrados, hoje, faz política nas contradanças da capoeira!,

o doutor leopoldinho parou de rir,

sabe,   eu queria mesmo perguntar isso pro senhor,

...mas deixei barato, na época,

olha, rebeca,   na hora percebi que passei do ponto, mas imaginei que a mudança fisionômica do desgraçado viesse do seu manjado apoio aos milicos, sei lá,

mas não...,

vi que o sérgio empalideceu,

...me disseram que o senhor bateu nele à toa, por causa de uma brincadeira,

respondi que não,   mas ele insistiu,

foi sim!,   só porque enfiou um taco de sinuca da bunda do veadinho,

não foi bem assim, doutor..., antes ele falou muita bobagem,
eu penso como ele,

ele quem?,

o jair...,

eu ia ficar quieto, rebeca, juro, mas o homem continuou,
esse negócio de homem com homem, mulher com mulher,

isso é muito, muito errado, tomás, ...não acha, sérgio?,

o puxa-saco disse que sim, acredita?,

está na bíblia, né?,

eu, ainda, quieto, mas já me segurando...,

esperava que ele parasse, levasse a conversa pra outro lado, mas o movimento que o morfético queria descrever era outro, *therblig* de quem faz questão de não dançar conforme a música, porque de posse da batuta, dono do palco, da orquestra, do teatro inteiro,

...*therblig* de quem pode ficar sentado no camarote, rindo da plateia, mais do que do espetáculo, isso sim,

(o marido abaixa a cabeça, devagar)

...quem ouve música chacoalha a perna sem querer?,

(a esposa pega a mão do operário)

então, rebeca, o patrãozinho de merda começou a rir mais alto, caçoísta,

...mostrou que gargalhava de um jeito forçado, de propósito,

ahhh..., olha, tomás, se fosse eu, no bar, teria feito a mesma coisa!,

enfiado o taco no rabo daquela bicha, ela ia gostar...,

desde que eu socasse a parte mais grossa, a do cabo, não é mesmo?,

e você ia cagar de rir!,

eu não aguentei..., fiz força, mas não aguentei,

não, doutor, eu não ia rir, não,

não?,

de jeito nenhum...,

sei..., mas comigo, ...você não ia querer dar uma de macho, né?,

...com o patrão aqui você também falava fino, rapaz!, não é, sérgio?,

não dei tempo pro sérgio nem engolir o cuspe,

      falava o cacete!,   **...ia tomar os mesmos cascudos,
se é que não fosse apanhar mais!,**

ah, rebeca,   ...ele quis engrossar, tem cabimento?,

            um homico daquele tamanho?,

    um sujeitinho desnutrido, acostumado a meter a mão na massa apenas pra separar o pão da farinha!,

           ...todo mundo sabe,

e, empolgado, eu disse mais, enigmando o óbvio,

...patrão que cheira o joio joga fora o trigo do esforço alheio!,
    desenha isso aí, na papeleta,   quero ver...,

        depois enrola a folha, faz um canudinho com ela...,

quando vi, já tinha falado,

        que é isso, moleque?,

           quer ser despedido?,   *...cê tá brincando, né?,*

até o sérgio deu um jeito de entrar no meio...,

tá louco, tomás?,   tá maluco?,

    ...você está falando com o doutor leopoldinho!,

eu não perdi a calma,   nem sei de onde tirei as palavras, primeiro me virei pro encarregado, muito tranquilo,

cala a boca, lacaio,   meu assunto é com o doutor merdinhas, ali, e apontei o filho do dono da fábrica, sereno, mas enfático,

eu é que peço demissão!,

    e só não lhe dou uma chulipa porque tenho dó...,

o sérgio pensou em defender o patrão, mas coloquei o corpo na frente, antecipando seus movimentos,

     e você, sérgio, ia tomar um pisão bem dado, pra aprender a calar a boca do estômago, pelo menos,

    ...assim, talvez, deixasse de engolir desaforos pra salvar o empreguinho de bosta, seu bundão do caralho!, saí sem dizer mais nada,   eles ficaram lá, mudos, os pés presos na covardia movediça do chão firme de quem tem tudo a perder, né?,

fui direto ao escritório,

pedi que preparassem a demissão e voltei pra casa...,

viu só, procópio?, um mentiroso faz filosofia sem querer, faz literatura,

em todo caso, exagerou nas letras, não acha?,

rebeca tentou consolá-lo, disse que ele arrumaria outro emprego, ela mesma daria mais plantões,

lembrou que ele podia fazer uns bicos, consertar uns badulaques pra vender...,

tomás ficou, de repente, enfurecido,

ou fingiu os ódios, isso não posso dizer com certeza,

esmurrou a parede e machucou a mão,   *therblig?*,

a enfermeira fez-lhe um curativo,   beijou-o,

ele começou a chorar compulsivamente,

primeiro de mentira, como sempre,

depois de verdade, quando viu a esposa acompanhá-lo nas lágrimas secas da mulher que não queria demonstrar fraqueza para dar força ao seu homem, derrotado pelas circunstâncias,

        ela o levou ao banheiro, os dedos entrelaçados num aperto que o conduzia à dor das ações passadas,

        (ela não merecia...)

    tirou suas roupas, ligou a ducha e deu um banho nele, o doente mais saudável do mundo,

...mas saúde é uma doença curável que acomete a vida, consciência remediada de nossa finitude,

        o líquido apenas lavaria o sal da pele...,

rebeca abriu o chuveirinho, deixou que a água fria escoasse,

        só então esfregou as mãos, fazendo espuma nas dobras ensaboadas do cansaço,

jogando a água com a mão esquerda,   esfregando com a direita,

a esposa em seu corpo, o contato conhecido, a pressão dos dedos, de cor, nos caminhos da epiderme,

        o amor de olhos fechados na estrada sem saída de todos,

...contorno obrigatório que termina, em si, para novo retorno,

                    e outro,   e outro,   e mais outro,

era como se ele mesmo se esfregasse, acostumado ao tato da mulher, curtida pela convivência, numa só carne, conforme o clássico versículo,

(*observa as manchas de sabão que correm para o ralo e desaparecem*)

tomás decidiu-se naquele instante,

                    (*não sou um rato de esgoto, caralho!*)

          virou-se, para que rebeca o enxaguasse nas costas, corcundando a coluna numa grande interrogação de ossos e costelas,

(*nunca mais quero ver azelina,   nunca,*   ***nunca!***)

levantou-se pouco antes das quatro,

                         pegou as calças, sobre a banqueta,

quando ergueu a perna, no entanto, perdeu o equilíbrio,

                 para não cair, apoiou-se na cabeceira cama,

            rebeca perguntou-lhe se estava passando bem,
respondeu que sim, não queria que a mulher acordasse tão cedo,

       precisava andar um pouco,   espairecer,

             estaria de volta para tomar café com ela,

a esposa acendeu o abajur,

a lâmpada fraca, de 7 velas, quase aumentava a escuridão,

                havia noites em que rebeca a deixava acesa,
quando sentia o escuro do quarto apertar o peito,

    aquele fiapo de luz erguia um tantico o peso das angústias,
e ela podia fechar os olhos sem o medo de sublinhar a cerração espessa das aflições,

      cuidado pra não cair...,

foi a vez de ela segurar-se para não dizer que era madrugada, ainda,

que ele esperasse mais um pouco,

já, já o sol poria as manguinhas de fora, astro que se arregaçava com raiva, quase todos os dias, chacoalhando de vermelho um amontoado de casinhas iguais *que estragaram o horizonte da cidade, agora recortado de telhados, vê se pode...,*

ouvira o lamento num quarto particular do hospital, no dia anterior, duas senhoras maldizendo o falso progresso, o inchaço do município, a pobreza feia que escangalhava a paisagem, alastrada num conjunto habitacional que recebera o apelido de "serra pelada" justamente por aglomerar, lá na puta que o pariu, *um bairro inteiro de trabalhadores miseráveis,* ...*um povo feio, encardido,*

rebeca não disse nada, fingiu não ouvir, mas fez questão de não atender à campainha do quarto, no final do expediente, quando a velhota passava dor,

não, procópio, não acho maldade,

tem gente que só aprende quando o câncer lateja, e olhe lá...,

(um galo canta desafinado, no quintal vizinho)

rebeca segurou-se para não dizer a tomás que se deitasse novamente, que se virasse para o lado, ela passaria a mão nos seus cabelos, velaria o sono perdido, com os dedos,

...com as unhas, que riscariam novos caminhos pela cabeça, ao quase penteá-lo, disfarçadas as intenções, como sempre, desviando-o daquela inútil vigília, desgrenhada de ventos e eventos tristes,

isso,   o carinho como indicador de um rumo,

como o pai de todos que ele nunca, nunca deixaria de ser, mesmo desempregado,

uma arqueologia dos gestos?,

sim, o seu vizinho que ele era e estava, ao lado,   ...homem sem valia, naquele instante, mindinho de si, mas pronto para fazer aquele aceno bobo de joia, os polegares erguidos para uma vida a dois,   a dois!,

para o que desse e viesse, conforme prometera aos homens,

a deus,   ao diabo, fosse preciso,

...mesmo que o pão seco,

mesmo que o circo dos dias sem o picadeiro da alegria, seus corpos como a serragem que dá chão aos animais, farelo de uma existência ralada, pisada e repisada,   é assim que se diz?,

(um caminhão passa e acelera forte, depois de trocar a marcha)

tomás se vestia com os movimentos lentos, subida de uma rua sem saída, penumbra quieta de uma tristeza insuportável, como se rebeca ainda dormisse,

         ela gostou daquele cuidado,
quase tanto quanto no dia em que tomás a pedira em casamento,

     a voz trêmula,   uma aliança banhada...,

   o matrimônio, casca dourada de ferida?,

sim, a falta de dinheiro,   o maciço para depois, metal sem forja em atos premeditados para manhãs e amanhãs arrependidos,

     um presente oco, o agora, eco do silêncio, reverberando as pancadas no pulso fraco das almas, vultos de repente indistintos num quarto de casal,

   rebeca abriu mais os olhos,

tocar a vida é tatear-se na escuridão, como dizia a avó, brava consigo,

...com os afazeres desfeitos em construída pobreza,

     tive de aprender o nevoeiro, minha filha...,

rebeca fez força, mas não conseguiu enxergar o rosto do marido,

   percebia seus gestos nas sombras de alguém que ia desaparecendo, então teve pena do esposo, súbito estranho, ali no quarto,

    homem pego na queda, não no pulo,

          a certeza de que jamais confessaria o seu fracasso,
boiando vida afora na falência de ser, suspenso,

sim,   quase disse que lhe faria o cafuné mais gostoso da vida,

que ele se deitasse, novamente,

        tudo para que o sono voltasse numa curva feliz da fronha,
esquina de um futuro de sonhos e sossegos desdobrados, por que não?,

    mas não foi capaz de mentir,

              não foi,

              não foi...,

virou-se para o outro lado e segurou o choro, pela segunda vez,

    ...que tomás imaginasse uma aceitação aquém de sua vontade de dormir,

                        e só,

          quando ouviu bater a porta da rua,
deixou-se rebentar, lágrimas que abafou no lençol ainda quente do calor companheiro, sudário em dor mais forte que a do câncer,

não,   não há campainha tilintando para nós,

e, mesmo que houvesse,
ninguém haveria de trazer a desejada morfina das gentes...,

por um momento, arrependeu-se de deixar a velhota passando mal, coitada,

sentou-se e tateou o chão com o pé, debaixo da cama, procurando em braile os chinelos,

lembrou-se de novo da avó, quase cega,

o remorso amarfanhou as pontas do lençol úmido,

o quarto antigo, lá atrás,

sua mãe a obrigava a fazer companhia pra vovó, quando tinha faxina, quatro, cinco vezes por semana,

seis, com sorte, nas épocas boas,

vovó fala o tempo inteiro, mamãe!,
só pra eu não sair de fininho e brincar no quintal,

na rua...,

não acredita?,

vai lá ver, vai...,

a chuva de anteontem lavou o giz da amarelinha, no quarador,

o céu apagado...,

pode isso, mãe?,   pode?,

a velha atenta a tudo, *ouvilante*, como a mãe brincava,

ah, bequinha, fica com a vovó, fica...,

é pra mim que o céu anda apagado, menina,

olha,   a morte está aqui perto, escondida no quarto,   mas não vem,

...ela quer ouvir os gemidos desafinados desta velha, incapaz até de dançar o cateretê de botas!,

mexia as perninhas de sabiá sob o lençol, como se bailasse atrás das cortinas, num vulto saliente,

e gargalhava alto, enfadadiça, mostrando as gengivas peladas, o vermelho opaco das mucosas da boca,

...as faltas todas e inteiras de uma existência aos pedaços, mal ruminada, gotejando-se no resto dos dias, mas sem esvaziar a caixa d'água das lamentações,

ela sempre cuspia quando falava,

a menina fechava os olhos, atingida no rosto,

      passava as costas da mão na pele e se esquivava, por instinto,

a velhota babava e fazia questão de deixar-se pingar de si, gosmenta,

vó, a senhora cospe na gente, quando conversa!,

          não fala assim, menina!,

a mãe só ameaçava,

      pois é,   sua avó repetia mais ou menos isso, toda vez, fazendo piadas com o fato de não morrer, cutucando a filha, em seguida,

    ...outro jeito de pagar os meus pecados crucificada à vida, traste que carrego com o corpo, pelo calvário dos dias,

          que exagero, mamãe...,

        terminava aos soluços, querendo a água de uma lágrima forçada que inundasse a baba dependurada no queixo, pendulando, relógio de uma escarrada raivosa que não saía do lábios,

a vida por um fio,   emudecida, represada no vento,

ah, mamãe, a senhora é muito emotiva, é isso...,

ela ria do comentário da filha, outra forma de fingir o sofrimento, de escarnecer os escrúpulos,

depois passava a mão no queixo, puxando o lençol pra secar os dedos,

ih..., pega a pinça no criadinho e vem arrancar a barba da vovó, vem,

os pelos brancos espinhando os anos na pele enrugada, translucidez caduca...,

a menina não entendia, claro, no entanto, tinha uma paúra monstruosa da morte, mulher escondida sob a cama, único lugar do quarto com espaço suficiente para caber alguém,

por isso ela se calçava, de manhã, sem olhar pra baixo, acredita, procópio?,

o pavor de ter o tornozelo agarrado,

de ser arrastada para o buraco fundo que boia na superfície da vida, enquanto dormimos este arremedo mal ensaiado para as profundezas de olhos fechados que nos rodeia, sim,   espetáculo que estreia – sem avisos ou cartazes –, numa noite que não vai acabar...,

eu também exagero, é?,

pode ser,   pode ser,

a morte, procópio, é o bis interminável do maior pesadelo,

o medo?,

...o medo foi a primeira conquista civilizatória, meu caro,

ou,   por outra forma,

os hábitos são álibis de confessada culpa,

isso!,   uma perpétua síndrome do pânico,   ...incapacidade de colocar as fuças na rua, de enfiar-se porta adentro do serviço, de olhar pra baixo e procurar os sapatos, ao lado da cama,

...numa vitrine, que seja,

o desejo inconsciente de voltar à segurança da selva, onde os perigos se mostram de acordo com a natureza das coisas, ao contrário das armadilhas sociais, fementidas,

a necessidade de se arrancar os pelos feios do rosto?,

sim, um transtorno de lucidez,   ...ou à lucidez, como gosto de dizer, rodopiando as palavras ao redor do entendimento, quando começamos a enxergar pelo tato,

rebeca entrou no banheiro e parou na frente do espelho,

    não queria se ver, de modo que não ergueu a cabeça,

        lavou a cara, esfregando-se de olhos fechados,

            a água da pia estava morna,
sinal de que a tristeza fluíra gelada pelo rosto,

    urinou,

        o papel higiênico estava no fim,

ficava nervosa com tomás, quando não colocava outro rolo no suporte, *que tem um lugar pra isso, caramba!,*

...se viu que estava acabando, por que já não deixou o outro de jeito, homem?,

    não dessa vez,

        os novos tempos seriam difíceis,

                        embora pudesse caminhar para onde fosse,
tomás saiu de casa com um rumo na cabeça,

                        o aparente desprendimento das desgraças
é uma tranca de possibilidades, taramela cujo parafuso se apertou demais
com o giro repetido pelo uso, impedindo o sujeito de entrar no próprio
lar, quando menos espera, apenas chacoalhando a porta do lado de fora,

            o destino prega peças, mas de vez em quando arrocha as tarraxas,
doideira remoinhada ao avesso, é certo, mas redundando nas mesmas
perrengadas e impeditivas tontices,

                                ou será o contrário, procópio,
e a extrema liberdade é uma decisão incontornável?,

        não,   ninguém pode se dizer brasileiro se nunca teve, em casa,
uma taramela,

        isso, uma tramela,

                ...nem que seja na porta do guarda-comida,

ele andou uns dez quarteirões e sentou-se num banco de cimento, fixado no chão da calçada de uma lanchonete improvisada, metida numa velha garagem,

CACHORRO-QUENTE DO SEU ZÉ-MEU,

(olha a tabuleta, pintada à mão, e se lembra do "senhor" berilo)

*(**seu zé-meu...**, quando é que um homem deixa de ser dono de si?)*

questão espinhosa, não acha, procópio?,

mais do que os pelos no queixo de uma velha coroca, somos inoculados por fatos que, aparentemente, não têm eco,

pensamentos irrefletidos,

...uma aprendizagem doentia, escamoteada em falsas ressonâncias, exercício de coisa alguma,

a vida?,

aporias e *koans* ficam aquém do conceito de limite, meu caro, pois o estabelecimento de qualquer linha fronteiriça demarca, de imediato, uma espécie de relativismo dogmático, a circunstância de se estar trancado em si não garante a posse do que se convencionou chamar de indivíduo e/ou de outro sujeito,

...e/ou mesmo de ninguém, porque não basta querer sumir,

já viu um sanhaço brigar consigo mesmo, no espelho retrovisor dos carros?,

em suma, pagamos caro a enganosa estadia de ser, agiotagem de um empréstimo feito em nosso nome, mas gozado por outro, aquele íntimo estranho, até o último níquel,

então...,

o que aconteceu com tomás e rebeca é a prova ontológica do que tento inutilmente lhe contar, poxa vida!,

o melhor dos enredos não é somente a linha que encadeia os eventos, mera peripécia, mas o ato de amarrar e afrouxar, estendido para as outras situações da vida que não enxergamos, porque tecidas em nós-cegos-surdos-mudos de eus que supomos ser, quando, na verdade, apenas malemal estamos,

por isso insisto em repetir alguns pontos...,

o que houve com eles também é o outro hemisfério
no giro manivelado de um país natimorto,

um movimento descatracado, essência das ações em falso,
realejo murmurando os silêncios,

...escuta,

da próxima vez que rir de mim de novo,

juro pra você...,

paro de falar e tchau e benção, hein!,

quem gosta de historinhas é a carochinha, mané,
o outro nome de batismo da sua mãe!,

um vira-lata encostou-se nele, abanando o rabo,
acostumado aos restos que lhe atiravam todas as noites, na porta da
lanchonete,

(estala os dedos três vezes)

...bobinho, o seu zé-meu tá dormindo,

todos os esfomeados estão dormindo,

(arrepende-se de conversar com o cachorro em voz alta)

olhou ao redor,

(só me faltava dar mais corda à fama de abilolado...)

não teria companheiro melhor, no entanto, o que o levou a oferecer ao cão, sem saber, o cafuné que não recebera da esposa, ato paralisado antes do gesto, lá atrás,

o cachorro até se espichava, forçando os dedos no carinho usurpado, anônimo e repentino,

não,   nem o cinismo escapa à soberania social das pulgas...,

ficaram assim por vários minutos,

mas o vira-lata se cansou daquele monólogo digitado, bajulação que não seria mastigada,

o bicho se levantou e saiu, sem olhar pra trás, descrente de um tempo em que não mais se amarravam cachorros com linguiça – ou salsicha, que fosse...,

entendesse a língua dos perros, tomás o ouviria rosnar contra as correntes de toda ordem, culpando os falsos antístenes que vagueiam por aí, corvos em pele de homem!,

observou o cão dobrar a esquina,
antes de se levantar e correr para a fábrica,

talvez pensasse que refazer o caminho de tantos anos
pudesse reconduzi-lo a uma situação estável qualquer,

(quem palmilha o passado tropeça em pé, sem cair?)

claro que não,   e ele sabia disso,   ninguém cai de pé,
quando derrubado pela vida,

...eufemismo dos dias ralados, como se diz por aí,

(a cidade tem um monte de oficinas,   foda-se...,   eu me ajeito)

estugou o passo sem saber o motivo daquela volta
que supunha ser uma derradeira ida,

chispou sem pensar em nada,

atento à respiração,

aos movimentos do peito,

depois, perdeu-se nos descaminhos do bestunto, despencado,

        azelina,

azelina,

              bicicleta,   *corrente,*   *zé duardo,*
      rádio philips,   *chave,*
   pão,

                     djanira,
     bolo formigueiro,

azelina,
    5 anos,   *cachorro-quente,*   *o frio,*
aqueles filhos da puta!,

    molho de tomate,
           três-em-um gradiente,
    escorpião,

rebeca, coitada,
    azelina não teve culpa,

            (tosse, tosse, tosse)

  não,   *...de cachorro louco, isso sim,*

    nem eu,   *um falso jesus,*

          ...deve estar dormindo,

dr. leopoldinho merdinhas,   *torcer o pescoço dele,*   *...hummmmm,*

 tadinha,

    a chave,

  azelina,   *azelina,*

azelina,

de repente, estava na porta da fábrica,

      (caramba,   *de ônibus parece mais longe)*

o sol já baforava hálitos vermelhos,   *saiu da frente do portão,*

  que ninguém o visse ali, chorando as pitangas decalcadas daquele céu desbocado, horizonte que desbotava a noite aos poucos, despejando-a além da linha das árvores, promessa que babava luz na cara de deus e o mundo,

    por quê?,

porque ele é que pedira demissão, *porra!*,

(não há vergonha em mentir dignidades, cacete!)

mesmo assim, contornou o alambrado da fábrica e sentou-se atrás de uma touceira de capim-cheiroso, distância segura da avenida industrial,

(arrepende-se)

coisa besta...,

(as luzes de alguns postes se apagam)

viu o segurança da noite dormindo, lá dentro, sentado numa cadeira, num canto,

lembrou-se de ermelino,

(dormir pode...,   mas vai foder, vai...)

...ô, cagão!,

tá cagando no mato?,

ca-gão!, ca-gão!, ca-gão!,

corta o rabo do macaco, bundão!,

     dois meninos vinham de algum sítio ali por perto e o pegaram sentado atrás da moita, cabisbaixo, meditabundo, diria um poeta de circunstância,

     por certo atalhavam caminho para a cidade e imaginaram que tomás defecava,

     ...moleques são moleques,

    é cacaganei - ra!, é cacaganei - ra!,
    arranha o rego e raspa o saco
     na toicei - ra!,

     ca-gão!, ca-gão!, ca-gão!,
    corta o rabo do macaco, bundão!,

     começaram a fazer com a boca, em seguida, o barulho de estrondosos peidos, a língua chocalhando cuspidas cascavéis, um tentando vencer o outro numa imitação de fazer inveja às pregas de pantagruel,

     e se dali não viessem cinquenta e três mil homenzinhos, um segurança dorminhoco, pelo menos, haveriam de acordar..., tomás viu naquilo uma ameaça sensível à sua discrição e ofendeu os dois de tudo quanto é nome, o mais surdamente que pôde, claro, gesticulando e julgando que, assim, picariam a mula, com o rabo no meio das pernas e a língua bifurcada e peidorreira bem recolhida,

mas esses meninos não têm medo de nada, principalmente se o tom da reprimenda for pianinho,

ou, no caso, apenas bufa malemal paparrotada, como supunham,

os dois passaram a gritar ainda mais, apostando que a soltura daquele cagarolas o tivesse manietado às calças – com certeza, devidamente arriadas para a função,

nosso amigo não se conteve, pegou uma pedra, levantou-se – para espanto dos meninos, que saíram correndo quando não viram sua bunda suja –, e atirou-a por impulso, partindo sem querer a cabeça do menino menor, que caiu de boca, não pelo tamanho do seixo, que era pequeno, mas, provavelmente, por sua mirradez mal alimentada e, quiçá, pelo susto bíblico que levara,

aquele antônimo de golias, com um talho no couro cabeludo, entornou sozinho um berreiro mais estridente do que o arremedo de cu destemperado que, com tanta graça e saliva, ambos entoaram,

o maior passou a xingá-lo, então, enquanto amparava o menor, dizendo que chamaria o pai,

e que ele, tomás, ia ver só...,

           como começou a urrar pelo genitor, virado para o pasto que descia em direção ao rio lambari, tomás achou por bem escapar para casa, alcançando a avenida lá do outro lado, dando a volta por cima, para evitar qualquer encontro desagradável, seja com o operariado brasileiro, do qual não fazia mais parte, seja com o pobre agricultor familiar, jeca tatu que saberia defender a prole, no fio da foice, da inusitada condição de ver sua genealogia agredida por um davi sem funda ou martelo, proletário de bosta – ou nem isso – desarmado pelo sistema...,

                 convenhamos, não era a luta de classes com a qual um revolucionário ainda sonha,

       de todo modo, não faria do lambari, tampouco, o rubicão acaipirado de sua má sorte,

            na cidade, fez hora numa padaria, bebericando um café no copo americano mesmo, como gostava,

logo nos primeiros goles, entretanto, sentiu uma queimação desgraçada, azia que não soube entender,   arrotou soprando baixo, no vão dos dedos,

     sentou-se perto do banheiro,

caso os perseguidores aparecessem, fugiria disfarçadamente para o aposento, escondendo-se da fúria daquele súbito movimento agrário...,

quando entrou em casa, ainda cabreiro, olhava para trás, prevenido,

rebeca não estava,

(ainda bem...)

caiu no sofá, fez o sinal da cruz e agradeceu a são francisco julião, brincadeira que fazíamos desde que o líder camponês voltara do exílio, lembra?, no caso, a beatitude era o seu bom senso, visto que o pai do menino ferido não esperaria dez – cinco minutos que fossem – para vingar, numa quarta ou quinta-feira, a sua isabela ensanguentada,

...o sangue ressequido não esfria o molho pardo, mesmo no prato bicado de uma indefinida vingança,

tenho que ficar esperto por uns dias,

riu da comparação que compôs, um tanto sofisticada para um mero cagaço,

ou quase cagaço, vá lá, se se quiser dar algum crédito para um pressuposto campesinato futuro, quando o poder semeado de improváveis ligas camponesas medrasse finalmente a justiça, país afora, levando-se em conta, para tanto, a desbocada valentia daqueles meninos, por isso tomás ficou sério, medindo a distância que o separava dos lavradores do país,

maior do que podia querer,   menor do que sentia,

fora do alcance das mãos,

da funda, mas não da própria bunda, como pôde intuir,

ou mesmo de um estilingue com bolinhas de gude, na maria antônia,

...na frente do calabouço,

...na puta que o pariu de uma cidadezinha perdida no cu do mundo, que era também o próprio rabo, assim descoberto, imagem de si nos rasgos e regos da vida, sem remendo, sem sonhos, sem nada,

sentava-se de novo, sem perceber, perto do ralo do banheiro, aquela ratazana à espera de um cu, escolhido a dedo, na palma do próprio destino?,

(justiça social...,   os moleques estavam certos,   sou um bosta)

ali, eu me cagava a mim mesmo, e eles perceberam!,

o pensamento caiu da boca, como se continuasse a papear com um cachorro,   ...ou lhe cuspisse os restos que não poderia engolir, e o senso de sua inaptidão cidadã abriu-lhe também um talho nos lábios, golpeado pelas palavras mais duras que as pedras ou os cassetetes da polícia,   ...ele mesmo, de repente, também dependurado no pau de arara desses pequenos torturadores espalhados pelo país, gentinha que sustentava, com o silêncio covarde, os cavaletes do "*necessário instrumento político*", ai-ai...,

tomaram meu martelo,   fugi da foice...,

que grande guerrilheiro o mundo perdeu!,

a hipótese de ir até o posto do jacó, arranjar cinco litros de gasolina – ou de álcool, para esculachar a questionável política de se produzir tanto alimento para a fome dos automóveis –, encharcar-se da cabeça aos pés e, em seguida, meter fogo à carcaça, diante do portão principal da fábrica, passou pela cabeça,

mas só passou, celerada, porque apenas perdera o emprego, *porra!,*

não queria reformar um império...,

se até por uma bicicleta velha a rebeca pega no meu pé, caramba!,

sim, você se lembra?,   numa de nossas reuniões, chegou a dizer que invejava aqueles monges que ateavam fogo ao corpo na posição de lótus, imolando-se por uma causa, sem se mexer, e completou, de boca cheia, indigesto de si, com certeza,

a imobilidade pode ser a concretude de uma extremada retidão, não acham?,

retruquei-lhe na hora o axioma cartesiano com um iluminado neologismo, afirmando que, em linhas gerais, o *automolotov* não pressiona governos autoritários, ao contrário,

os ditadores devem achar graça, até, lamentando que todos os subversivos não se juntem para uma grande fogueira junina,

julina,

...um fogaréu que durasse o ano inteiro, dando lenha ao medo que alimenta o velho e renovado fascismo,

...eles economizariam combustível e fósforos, só isso,

sorri, olhando o rosto de cada um, todos em silêncio, antes de continuar,

a licitude dos atos cidadãos também legitima as arbitrariedades políticas,

aliás, durante a segunda grande guerra, uma das preocupações do governo nazista era descobrir métodos baratos de execução, economizando o dinheiro do contribuinte,

não sejam ingênuos, meus amigos...;

os escudeiros do nationalsozialismus *começaram empiricamente, enfileirando prisioneiros e testando a capacidade de perfuração de um só tiro de fuzil, por exemplo,*

mas, como homens racionais, cientes de que só era possível filosofar em grego antigo e moderno alemão, terminaram invocando a ciência, a química dos gases e a alquimia sacrificial dos fornos, tudo para chegar à desejada solução final, entendida como refinamento aporético...,

e finalizei, encarando nosso pseudomonástico amigo,

a discricionariedade autoritária se alimenta nas mãos das ciências econômicas, tomás, quando personificamos a estátua inexistente de um mendigo absoluto, na palma sempre vazia da própria mão calejada,

...quer uma esmolinha, neném?,

(todos ficam em vivo silêncio)

na falta de outros argumentos, tomás concordou comigo, meio sem graça, mas disse que ele mesmo seria incapaz disso, *pôr fogo no próprio corpo,* uma vez que gemia uma tarde inteira, enfiando, numa bacia com água e gelo, os dedos besuntados de creme dental, depois de um pequeno acidente na churrasqueira, antes do almoço de domingo,

(a sala toda ri, aliviada)

hoje eu me pergunto...,

                         pensa que, com as minhas observações, eu o salvei das chamas, procópio?,

                 hein?,

     não,   não digo daquelas eternas, das quais, como sabe, descreio, fumaça que termina em cinzas num cemitério qualquer...,

                      isso porque,   bem, sinto-me culpado, já que ele teve de enfrentar coisa muito, muito pior,

       ...estou até arrepiado,   ó,

...a sua sina também nossa, em incontornável e antecipada comunhão?,

sei que você é religioso...,

       fico matutando, por isso, a pertinência calculista do ecumenismo,

         sei lá,   buscando uma saída,

...os carmas, por exemplo, seriam uma espécie de procissão católica,

    sim,   aquelas do santo de barro,   isso mesmo,

                         não, não,

apenas um exercício mental, amparado na boa memória,

                         me acompanhe...,

você se distrai uns passos e queima sem querer, com a vela de sua avó, os cabelos da beata da frente, sofrendo em casa um castigo, afinal, merecido,

mas ora...,

a devota, por certo, pagava com a cabeleira alguma conta anterior, de modo que as vidas enlaçadas em penas complementares,

seria isso?,

ou é a sua avó que passará a dever ao destino a tolice de confiar uma vela a um menino desajuizado?,

pense comigo,

se as pessoas pioram, chutando o balde todas as manhãs, tempo virá em que a vida futura há de ser uma expiação contínua, de sorte que, a partir daí, a geração seguinte reinando num paraíso reavido, porque todo o leite derramado ontem, anteontem...,

de onde retiro a sensata e conclusiva lição,

...se for entornar o caneco, procópio, nada de revirá-lo correndo, supondo salvar as gotas no fundo da porcelana, entende?,

o negócio é emborcá-lo de todo, de maneira que a sede, amanhã, será a sombra e a água fresca de um depois de amanhã, visto que o sujeito, no balango da rede, nunca mais haverá de despejar, no chão da existência, os pecados inúteis,

por desnecessidade, percebe?,

a não ser aqueles conta-gotados no vaivém do bem-bom, claro, visto que o leitinho despejado com muito gosto, o que não há de entrar na caderneta da divina providência, cujo ordenamento central foi justamente esse, calculado na multiplicação dos corpos,

...providência esta, por certo, divina porque procurando acostumar-se, desde então, a verter os erros das criaturas a partir das cubas e dos barris, e por aí afora, mas sempre aos borbotões, contente com a visita passageira daquele filho pródigo,

não pensa assim?,

tomás estava cochilando no sofá quando rebeca entrou,

vem!,

pra onde?,

você precisa se divertir..., vem comigo e não enche!,

mas a janta...,

depois a gente come!,

pegou-o pela mão e o rebocou para a porta,

...pra onde, meu são nicolau?,

ela queria animar o marido, dizer que a vida continuava, que era preciso tocar o barco,   queria mostrar isso com atos, sem o sopro tormentoso da voz,

explicar que a felicidade pode ser um impulso, um movimento do corpo,

um empurrão que o sujeito dá em si mesmo, tomás!,

foi obrigada a dizer-lhe isso com todas as letras, a contragosto, assim que o marido estancou o corpo no portão, encalhando-se,

besteira, rebeca...,   tem gente que é cercada de abismos, um empurrãozinho e...   tigum no buraco,

rebeca riu,

ah, tomás, então é preciso coragem pra mergulhar de cabeça!,

ele ia dizer das pedras no fundo, pontiagudas, mas preferiu ficar quieto,

foi com a esposa,

um grupo de teatro de rua se apresentava na pracinha, usando o coreto e os arredores como palco,

umas trinta, quarenta pessoas, no máximo, assistiam ao espetáculo, que ia pela metade,

...ou além disso, talvez, enquanto uma criançada barulhenta corria para todas as diversas direções,

(encostam-se no espaldar de um banco de cimento)
CASA DE FERRAGENS ZOROASTRO

tomás a pegou pelos ombros, aninhou-a na frente do corpo, então, enfiando o rosto nos cabelos da esposa,

fazia tempo que não sentia o seu cheiro assim, consciente da respiração,

pode largar o corpo, ...melhor do que o cimento, não é?,

rebeca adorou aquilo, protegida por seu homem, pelo marido que a abraçava pela cintura e lhe falava baixinho, do mesmo modo que faziam quando namoravam,

estamos solteiros de novo, tomás?,

(ele abre um sorriso e lhe beija a nuca)

a água do monjolo, procópio, despejada, escorre por novos caminhos, sem o peso do golpe antigo?,

o gosto de relembrarem o namoro...,

eles se encontravam todo fim de semana na praça da matriz, longe da casa de rebeca,

tomás tinha de disfarçar para correr os dedos muito levemente ao pé dos seios da namorada, desnudando o desejo encoberto com as roupas do passeio público e da sugestão,

ao mesmo tempo, sussurrava-lhe o que estava *com uma vontade desgraçada de fazer*,

a maior intimidade preserva certa distância, fabricada na estreiteza,

uma vez ela começou a gozar só de ouvi-lo, o que o assustou de tal modo que até a voz lhe brochou, temeroso de que as crianças e os velhos que mascavam pipoca com as gengivas cansadas imaginassem que a moça estivesse tendo um troço qualquer, e a história caísse nos ouvidos do sogro, que não era bobo nem nada,

riam daquilo, do tempo em que eram duas pessoas...,

(tomás percebe a plateia inquieta)

VOLNEI *(angustiado)*

Porra, o que eu posso fazer? Era mais forte do que eu, caralho!

LICURGO

Ô, Volnei! Não paga de maluco, não! Você já se fodeu uma vez!

VOLNEI

Ninguém sabe que sou eu, Curguim. E preciso do dinheiro, poxa...

LICURGO *(balançando a cabeça)*

Bom, isso é verdade... Demorei pra perceber que você era você.

VOLNEI

Ó, escolhi a maior barba que tinha. A mais cheia. Acha que sou besta?

LICURGO

A questão nem é essa, né, Volnei? E, pra dizer a verdade, você é bem besta, sim...

(tomás ri do diálogo)

Um ator com vários instrumentos musicais presos ao corpo faz o barulho de passos, batendo num pequeno bumbo. Ele participa de todas as ações, invisível, ora dedicado à trilha sonora, ora à sonoplastia. Está fantasiado de palhaço e, de vez em quando, entremezista, mistura-se ao público, assustando-o com intervenções repentinas.

VOLNEI *(preocupado)*

Pchhhh... A Mônica!

MÔNICA *(abrindo uma porta inexistente)*

Opa, opa! Também quero! *(finge pegar um copo, despeja nele o vento e bebe com muito gosto)* Ahhhhh... geladinha! *(come algum petisco, dedilhado no ar)* Credo, o amendoim tá murcho!

LICURGO *(olhando o amigo, com o rabo dos olhos)*

Humm! Então passa a cumbuca inteira pro Volnei, que é especialista nisso...

VOLNEI *(com raiva)*

Parece tonto! Vai tomar no cu, Curguim!

MÔNICA

Xiiiiii... Homem é tudo igual. Falou murcho, ficam machos. *(ri, olhando para o marido)*

tomás, você me ama?,

como assim?,

faz tempo que não me diz,

imagine, rebeca, eu...,

quando foi a última vez?,

coisa besta, mulher!,   foi ontem, anteontem...,   sei lá!,

sei...,

Volnei se levanta e sai de cena sem dizer nada.

LICURGO

Olha, Mônica, você me desculpe a sinceridade... Uma esposa não faz essas brincadeiras com o marido, pelo menos perto de outras pessoas! Um amigo, assim, que nem eu, tudo bem... É brincadeira de homem, mas a própria mulher...

(olha para o lado da porta, para ter certeza de que estão sozinhos)

MÔNICA

Você tem razão. *(abaixando a voz)* Principalmente se for verdade, né? *(ela se aproxima, ziguezagueando)* Bem diferente de alguns meio amigos mais chegadinhos...

LICURGO

Aqui não, Mônica! Tá louca? O que aconteceu foi um acidente, mulher! E ele é meu amigo, sim, amigão de infância... *(mais alto)* De infância!

MÔNICA

Você que começou.

LICURGO *(arrependido)*

Sim, mas... É diferente. Uma coisa é eu brincar... outra é a esposa, perto do marido, não vê? Imagina se ele desconfia! *(decidido)* Olha, quer saber? A gente tem que passar uma borracha no que fizemos. Chega! É isso e ponto-final!

MÔNICA

Tudo bem, mas quando me traçou, achou gostoso, né?

(roça-lhe o braço com as costas dos dedos)

Licurgo não diz nada. Afasta-se e sai do coreto, contrariado, descendo depressa as escadas. Em seguida, senta-se no chão, no meio do público. Puxa conversa com um rapaz da plateia. O palhaço ataca um xote zombeteiro.

tomás cutucou a esposa, fazendo careta...,

LICURGO *(falando alto)*

O que você acha disso, hein? Diga com sinceridade! Você viu tudo, de camarote! E quem assiste à passagem do mundo também é passageiro, caramba!

O ator, então, coloca as palavras na boca do espectador, repetindo-as em voz ainda mais alta, quase gritada, independentemente de quais sejam.

RAPAZ

Bom, não sei...

LICURGO

O quê? Sacanagem? Então eu sou um sacana? Eu é que sou safado, é?

(o palhaço bate os pratos, com força)

RAPAZ

Eu não disse isso...

LICURGO *(agora gritando)*

Comi a mulher do meu amigo, sim! Tem coisa que não tem jeito de segurar, porra! *(levanta-se)* Além do mais, você não sabe o que ele anda fazendo! Um filho da puta, é o que ele é! *(corre para trás do coreto)*

tomás cutucou rebeca, de novo,

        assunto cabeludo pra um lugar público, não acha?,

    ela não via desse modo,

        a vida não tem capilaridade...,
(o marido se lembra da boceta lisinha de azelina, quase fecha os olhos)

    tomás achou que devia continuar o que começara, que falava dele mesmo, de algum modo, e que era a sua obrigação revestir-se com uma verdade, pelo menos, mesmo que fosse aperucada, meio enganosa,

...*quanto a dizer que te amo, falei sim,*   *não foi ontem, mas faz pouco tempo,* mentiroso!,

(um senhor, ao lado, olha-os feio, mas o marido continua mesmo assim, falando um pouco mais baixo)

...na semana passada, poxa!,

tomás, você vem sempre com essa!, ...acha que me engana?, quando não sabe qualquer coisa, joga o disfarce na semana passada, no mês passado!, ...pensa que sou boba?,

então, tá!, **eu te amo**, pronto, *falei agora, hoje, tá satisfeita?,*

não, porque é mentira!,

(o palhaço bate os pratos, com força)

mentira por quê?,

porque sim!,

...pego de calças curtas, você enfia pelas pernas a primeira roupa que encontra no cabide, homem é sempre assim...,
e o que é que tem?,

se o número serve,

se for calça comprida, não é?,

...mesmo que seja cor de abóbora, rebeca, rosa pink, sei lá,

pchhhhhhhh......,

(duas senhoras saem do meio do público desconjurando os atores, em voz alta, recriminando a encenação, a arte e a permissividade da época)

O palhaço, ao perceber a crítica, persegue-as com alarde, incitando o começo de um bafafá.

HOMEM DA PLATEIA *(berrando, avança na direção do arlequim)*

Ô, seu filho da puta! Deixa as senhoras em paz! *(para todos)* Cambada de tarados!

(Empurra-o. O palhaço cai)

PRIMEIRA SENHORA

Isso mesmo! É assim que se faz com gente que não presta! *(tenta dar-lhe um chute, mas ele se desvia, rolando no chão)*

O bufão não perde a oportunidade e sopra a buzina, olhando a agressora com desdém.

PALHAÇO

Fom   Foom   Foooooommm...

Algumas pessoas da plateia caem na risada. O palhaço se levanta, animado pela repercussão ,e seu comentário jocoso, por assim ,izer – ou não ,izer, se se quiser levar a observação ao pé ,a buzina, a –, enquanto ajeita as calças e coça a bunda, em grandes movimentos provocativos. Bate a poeira do corpo com as duas mãos. Entretanto, amarrado à cordoalha dos instrumentos, produz música de fazer inveja a stockhausen, estivesse o compositor alemão perdido, àquela hora, no coração do Brasil, provocando mais e mais o riso daqueles desocupados, gentalha sem a mínima cultura musical e erudita, certamente.

(Volnei, que esperava a deixa fantasiado de Papai Noel, atrás do coreto, corre pelas escadas e grita com o público, encostado à grade)

VOLNEI *(sem largar o saco de brinquedos que carrega)*

Vocês estão loucos? Estão todos loucos? O país ficou louco?

SEGUNDA SENHORA

Malditos! *(virando-se para público)* Isso tudo é uma pouca-vergonha!

VOLNEI *(enfiando o dedo na goela, fingindo vomitar)*

Pouca-vergonha é o vômito da hipocrisia, minha senhora!

(o palhaço bate os pratos, com força)

PRIMEIRA SENHORA

Quem é você pra arrotar em nossa cara a imundície que comeu sozinho? Somos pessoas de bem, uma comunidade cristã, seu vagabundo... Você vai acabar num pau de arara, comunista dos infernos!

HOMEM DA PLATEIA

Isso mesmo, dona! A senhora está certa... Quem é você, lazarento? Quem pensa que é? Desembucha, safado de uma figa! Filhotinho abortado das esquerdas, malparido de gramsci! Quem é você?

VOLNEI *(com grandes gestos, mostrando-se)*

Sou o Papai Noel, não tá vendo?

PALHAÇO

Fom   Foom   Foooooooommm...

    acha melhor a gente ir embora?,

        tá louca, rebeca?,   *agora é que o enredo esquentou...,*

Nesse momento, todos os atores correm para o coreto, ladeando o protagonista. O palhaço fica na escadaria, rebolando.

SEGUNDA SENHORA

Queremos saber o seu nome, sem-vergonha! Vamos processá-lo! E o Departamento de Cultura do município não vai escapar, não! Ah, não vai, mesmo! O prefeito vai ter de se explicar!

VOLNEI / PAPAI NOEL (*coloca o saco no chão, pega um bloco de folhas, no bolso da calça, com uma caneta. Atira-os em direção ao público. Os papéis coloridos se espalham como confete*)

Eu ia anotar os presentinhos dessa criançada remelenta. Não vou mais... Escrevam aí: Eusébio Sousa, Sousa com "s". Querem o meu RG? O meu CIC? Um exame de fezes, talvez? É? Então, tá... vou ditá-lo pra vocês!

(*vira-se de bunda para a praça e fala com exagerada pompa*)

Eis aqui o marco severo da minha empanturrada presença, padrão que agora inauguro, com redobrado alívio, em nome do povo, fincando-o no centro desta pobre cidade:

(*o palhaço faz o barulho de um estrondoso peido, enquanto Volnei / Papai Noel / Eusébio se acocora*)

lógico que tomás se lembrou dos meninos no pasto, procópio, a vida repondo-se como ecos de ecos, não é assim com todos nós?,

(*abre as nádegas com as mãos*)

Ahhhhh... Gostoso!

Volnei / Papai Noel / Eusébio, em seguida, abaixa as calças e solta um caprichado troço, bosta molhada feita de argila mole. Ergue-se e suspende as calças, num pulo, apontando o cagalhão com os dedos sujos.

Beleza de obra, hein? A cara de vocês...

O homem da plateia tem ânsia de vômito. Cospe no chão, baba. As duas senhoras viram o rosto, enojadas, e conclamam os espectadores a deixar a praça.

VOLNEI / PAPAI NOEL / EUSÉBIO (*gritando*)

Isso mesmo! Vão pra casa, todos! Em fila, corja! A mulherzinha está esperando com o frango no forno! O maridinho também, com a TV ligada no Sílvio Santos! Mas ele exige silêncio absoluto, pra ouvir a "Semana do Presidente", hein!

O palhaço bate no bumbo, ritmando conhecida marcha militar.

VOLNEI / PAPAI NOEL / EUSÉBIO

Um, dois...

feijão com arroz...

Um, dois... os cães vão depois!

PRIMEIRA SENHORA

Você devia ser preso, comunista de merda! Devia ser enforcado! Devia ser fuzilado! E fique sabendo que cadela é a sua mãe! *(quase chorando)* Cadela é a sua mãe, lazarento!

(o palhaço bate os pratos, com força)

Os atores começam a cantar "Sílvio Santos vem aí". Volnei / Papai Noel / Eusébio levanta os braços, pedindo silêncio. Todos se calam.

VOLNEI / PAPAI NOEL / EUSÉBIO *(debochado)*

Ui... Três, quatro...

já, já eu te mato!

Cinco, seis... lá no xadrez!

(arrancando a barba postiça) Sou parecido com o Herzog, dondoca?

SEGUNDA SENHORA

Já chamamos a polícia! *(para a plateia)* Vamos embora, meu povo! *(aponta para Volnei / Papai Noel / Eusébio)* Aquele ateu comunista vai ter o que merece! Vai tomar choque no saco... no cu, pra aprender a ser gente! Quero ver se vai cagar com uma garrafa de cerveja enfiada até o gargalo no toba! Quero ver se vai mostrar o rabo pra gente de família!

VOLNEI / PAPAI NOEL / EUSÉBIO (*mostra a língua, enfia a mão no outro bolso e despeja, no chão, um amontoado de doces e confeitos. Abaixa-se e desembrulha duas balas*)

Vejam! Uma Chita e outra Juquinha. Qual é qual, hein?

(*Levanta-se e as joga para cima, abocanhando-as com destreza acrobática*)

Hummmmm! Que docinho! O brasileiro não sabe quem é o menino, quem é o bicho! Cadê o macaco? Onde foi o milico?

Em seguida, arremessa o saco de brinquedos para fora do coreto e abre os braços, como um Cristo. Pacotes se espalham. Os moleques pegam todos e saem correndo. Em casa, ficarão muito putos com as caixas cheias de bolotas de jornal que embrulham lascas de cascalho e aforismos, como este:

"*A história dos grandes acontecimentos não passa de uma história de crimes.*
– *Voltaire* – Essai sur les moeurs et l'esprit des nations".

VOLNEI / PAPAI NOEL / EUSÉBIO (*cuspindo as balas na plateia*)

Fechar os olhos para o que está na cara de vocês é burrice fantasiada de civilidade! Barbárie que orneja, comboio de mentecaptos!

(*imita um jumento*)

Acho que cansei de ser capacho...

(o palhaço bate os pratos, com força)

HOMEM DA PLATEIA

Cê vai ser torturado, seu comuna! Assecla de Karl Marx! Miniatura de Brecht! Aleijão de Ariano Suassuna!

PALHAÇO

Fom   Foom   Foooooooommm...

Licurgo, até então cabisbaixo, sobe no parapeito do coreto, agarrado a uma de suas colunas.

LICURGO *(berrando o mais forte que pode)*

Sabem por que eu comi a mulher deste filho da puta aqui? *(aponta para Volnei / Papai Noel / Eusébio)*

Susto. Volnei / Papai Noel / Eusébio fica boquiaberto, todos os três. O primeiro em razão de não esperar os chifres do amigo de infância; o bom velhinho porque ninguém faria mal a ele, desde que tivesse guloseimas para todos, ainda que cuspidas; o autor da peça por não estar afeito aos improvisos de quem quer que fosse...

LICURGO *(repetindo-se, para conseguir o silêncio de todos)*

Sabem por quê?

HOMEM DA PLATEIA

Por quê?

PRIMEIRA SENHORA

Por quê?

SEGUNDA SENHORA

Por quê?

                tomás não se aguentou e acompanhou o coral,

por quê?,

        rebeca não estava gostando daquilo,

você é bobo, tomás?,

                  ele também se repetiu,

por quê?,

olha a polícia, ali, chegando...,

a coisa foi feia!,

                cá entre nós e o mundo, procópio, toda multidão, quando escuta uma voz que se finge o estribilho dela mesma, acaba por ecoar e escoar a estupidez das condutas descabidas, entende?,

        pois é,   arranham a voz e as outras partes do corpo de quem não acompanha os dobrados do dia, ai-ai,

        foi assim que chutaram a democracia pelas ruas do país, nas fábricas, no campo, nas igrejas e escolas,

   ...dentro de nossas casas, meu caro, o que é pior!,

        a peça de eusébio sousa tratava disso, concorda?,

    e ele tem razão, cacete!,   não podemos aceitar o terror, a desgraça pelada, a ignorância remida, cujo quinhão de infortúnios não nos cabe, meu amigo,   ...nunca, em nenhuma hipótese!,

os neofascistas se querem ventríloquos de bocas emudecidas,   então...,

   ...**xô, mumumudez!**, como diria aquele nosso famigerado amigo, tremendo de medo diante daquilo que sabia muito bem,

sim, já lhe disse isso nem sei quantas vezes,   ...também me ecoo?,

     ora, ora,   não faltam imbecis para dar a própria carne como látex desses fantoches!,

(o palhaço bate os pratos, com força)

LICURGO

O pau dele não endurece mais com a esposa! Ficou brocha!

PALHAÇO

Fom   Foom   Fooooooommm...

A plateia ri.

VOLNEI / PAPAI NOEL / EUSÉBIO *(transtornado)*

Curguim, eu vou te matar! *(avança contra o amigo dedo-duro)*

(o palhaço bate os pratos, com força)

LICURGO *(salta das grades, abre espaço entre os atores e se protege atrás do corpo de Mônica, esticando a cabeça sobre os ombros da azarada consorte)*

Você precisa de tratamento, Volnei! Você é doente da cabeça!

MÔNICA *(virando-se, empurrando-o para trás, com um safanão)*

Doente da cabeça? Como assim?

LICURGO *(os olhos arregalados)*

Ele é pedófilo, Mônica! *(agarrando as partes pudendas)* O pau só endurece perto de crianças! Por isso o desgraçado quer ser Papai Noel! Só por isso!

Silêncio. Todos estão imóveis. O palhaço rufa o suspense nos rudimentos possíveis de sua improvisada bateria. O músico para quando Volnei / Papai Noel / Eusébio dá dois passos para trás.

VOLNEI / PAPAI NOEL / EUSÉBIO

Curguim, você era meu amigo, Curguim... *(cai de joelhos)*

LICURGO *(para a plateia, subindo novamente no gradil do coreto)*

Ele ia colocar os rebentos das mui dignas famílias desta cidade no colo! *(pega uma boneca de pano, que lhe repassam)* Ia se esfregar nas crianças pertinho do santo presépio, onde nem o menino Jesus estaria seguro... *(passa o brinquedo no pau)* Ia gozar nelas, a troco de três balas mastigáveis, na frente dos pais, das mães e dos tios, que tirariam, felizes, a foto dos herdeiros e parentes entrando na vida em sociedade! *(aponta para o amigo, que chora)* Eis o Brasil que construíram, cambada de fariseus! Analfabetos políticos!

HOMEM DA PLATEIA *(raivoso, com o punho erguido)*

Todos vão morrer!   **Viva Le Cocq!**   **...Viva Le Cocq!**

LICURGO *(gritando)*

Vocês são os culpados de tudo ao nosso redor! Fazem isso todos os dias, bando de hipócritas! Carregam as...

(uma pedrada o acerta)

PRIMEIRA SENHORA *(desesperada e rouca)*

Lincha!   **Lincha!**   **...Lincha!**

(o palhaço bate os pratos, com força)

SEGUNDA SENHORA *(erguendo uma bandeira do Brasil)*

Deus, a família e a propriedade estão conosco, aliambeiros de uma figa!

Um grupo da plateia avança contra o coreto. Homens empunham galhos, paus e pedras do jardim da matriz. O palhaço sai correndo, abandonando de vez o dodecafonismo, sucedido por desembestada e previdente polifonia. Os atores saltam as grades, gritando por socorro. Um dos soldados, no entanto, atento ao clima político, em vez de proteger os artistas, prefere despejar neles alguns golpes bem dados com a dura borracha da lei. Arte é sangue, dizia Graciliano Ramos. A trupe entra no ônibus. Arrancam a toda, enquanto os vidros são quebrados. Na traseira do veículo, alguns perseguidores leem uma frase histórica e, ao mesmo tempo, profética, em letras garrafais, ao estilo da abertura de **Star Wars***:*

AGORA
É QUE COMEÇA
O ESPETÁCULO DOS LOUCOS

                                        rebeca entrou em casa tremendo,
tomás pegou um copo de água com açúcar, para acalmá-la,

o que foi aquilo, tomás?,

bom, eles abusaram, não acha?,

tomás, é uma peça de teatro!,

sei, mas um papai noel pedófilo, convenhamos...,

não seja bobo!,   ...a pedofilia não é invenção de dramaturgos pervertidos,

concordo,   no entanto, em praça pública...,

em praça pública, o quê?,

...as verdades mais civilizadas irrompem nessas bestialidades aí,

                       por que essa cara?,   ...você viu!,

(ela ri)

bobagem,   é arte,   ...a pedofilia era só um tipo de metáfora política,

tss, ah!   só falta você dizer que existem barbáries fundamentadas...,

e não existem?,   aliás, todas são, tomás!,   todas!,

não sei, rebeca,   eu,   ...acha mesmo que o terror de dimensões públicas é o rosto desmascarado deste país?,

                              ...todo mundo de calças arriadas, rasgadas no rego, mostrando a bunda por aí sem saber?,

(a esposa vira o copo, chupando o açúcar acumulado no fundo)

bom, tomás,   a arte é um tecido, entende?,   não é a fita métrica,   então...,

o marido pensou um pouco, os argumentos da esposa o incomodavam,

    ele não gostava de ser contrariado,   por isso, nessas ocasiões, vestia as ideias com muita roupa, supondo que os panos cobririam a nudez de alguma provável ignorância, protegendo-o do frio justamente nas discussões mais acaloradas,

                    dandismo de indesculpável mau gosto,

                                ...e mau cheiro, porque ele ficava com aquelas duas *pizzas* de suor sob os sovacos,

    ...talvez fosse isso, né?,

sim,   era o caso do professor astolfo, também,

    estudou apenas para entrar numa loja de departamentos e sair como se arremedasse um mendigo, embrulhado em trapos finos, enfatuado,

    ...pretensão desse tipinho intelectual que gosta de falar enrolado em cachecóis, com um ovo cozido, inteiro e ainda quente pelando as mucosas, dentro da boca, enquanto mordisca um cachimbo savinelli, baforando malemal a própria estupidez,

    uns pilordas...,

não passam disso, procópio,   ...menicacas da bunda suja!,   pfff,

(tomás foi para a cozinha e lavou um copo, antes de beber água e voltar à sala com uma resposta encapuchada)

    ...a civilização, rebeca, se faz numa espécie de luta hierárquica, o que pressupõe, de fato, uma fita,

    uma régua,

    uma trena,

    pés e palmos de acorrentadas lições e reações,

...não entendi,

é simples,

    os bens culturais reproduzem e perpetuam a configuração do poder!,

...foi o que eu disse, poxa!,

    a barbárie é uma fantasia da civilização, tomás!,

        de chita ou jacquard, tanto faz,

    ...às vezes o tecido esgarça e expõe as peles, sim,

    nessas horas de aperto contra-argumentativo, como fazia o professor astolfo, ele arrancava da memória uma analogia esdrúxula qualquer, fantasiando o pensamento com as frutas então apodrecidas daquele chapelão *kitsch* da carmem miranda, sabe como é?,

        ...coisa de quem não tem o que dizer,

olha, rebeca,   pense comigo,

    ...quem dirá que o ilê aiyê, por exemplo, é mais importante que os beethovens mundo afora, hein?,

(rebeca franze as sobrancelhas, antes de responder)

    ...que besteira, homem!,

para nós, brasileiros, ele é, mesmo que não seja em outros países, e daí?,

    ...a partitura do ilê se pauta num projeto de inclusão dos negros,

você nasceu no brasil, tomás!,   manda o beethoven cagar no mato...,

    o coitado não escutava nem o próprio peido!,

(levanta-se, calmamente, e leva o copo até a pia da cozinha, acompanhada por um marido que se remoía, sorumbático)

...se não descobrirem em viena, perdida num porão, uma peça para piano com o nome de

"sonata ao luar da senzala, quase uma fantasia de carnaval",

o que não vai acontecer nunquinha da silva, tomás, posso dizer, sim, que o ilê é tão importante quanto a obra de qualquer surdinho das europas,

...das cochinchinas, do raio que nos parta, até,

sim, rebeca sempre foi mais inteligente que o nosso amigo,

...mais espirituosa, pelo menos,

...ou você falou "beatlevens", e eu não entendi?,

(tomás pensa um pouco, dá uma bufada)

...joguinho de palavras, pra cima de mim?,

ela fechou a torneira, muito séria, mas, antes de sair da cozinha, virou-se para o marido concluindo com uma observação que, até hoje, sinto como implacável sentença, procópio,

aquele grupelho de estudos não serve pra nada, mesmo, né?, o caso da peça teatral em praça pública foi longe,

a confusão se estendeu por semanas,

o prefeito exonerou a secretária de cultura, disse que ele mesmo atiraria a primeira pedra nos desavergonhados, o que motivou os comentários mais contundentes dos opositores, que viam no ataque a confissão ao avesso de que ele mesmo cometera a teatralizada falta, uma vez que sua terceira esposa seria *vinte e três anos mais jovem, quase vinte e quatro,* segundo fidedignos cronistas que fixaram o início do prevaricado romance numa época em que a menina teria catorze anos, se tanto...,

moça bem bonita, por sinal,

houve aqueles que o defenderam, claro, amparados nos textos sagrados,

...esses exegetas de boteco, inclusive, chegaram a revelar, durante regelados debates, o texto que jesus cristo rabiscara com o dedo na terra, quando sugeriu que um homem sem pecados partisse, a tijoladas, a cabeça da adúltera, lembra?,

discordaram nas versões, é fato, mas todos amparados pelos sopros alísios que apagaram, no chão, uma ou outra palavra do messias, fenômeno meteorológico que autorizava o inteiro teor daqueles versículos apócrifos,

os mais pios disseram que o rei dos reis ridicularizava o pai, velhote que garatujara o granito, para moshè, pressupondo, no pétreo exercício caligráfico, uma eternidade constitucional que seria um tanto ingênua...,

deus não manjava porra nenhuma de política,   *...e deu no que deu!,* para o rebento de davi, segundo tal interpretação, o pó seria muito mais adequado, matéria da carne humana que, dada a sua origem moldável, reescreveria perenemente o texto sagrado, sempre de acordo com o clima histórico e os desejos inconfessáveis de homens e deuses,

        no barro, o verbo seria, inclusive, para dois ou três comentadores católicos, *pero no mucho* – fazendeiros de muitos alqueires que não viam com bons olhos o discurso subversivo de jesus –, a raiz das fundamentadas teses luteranas, bem como o chão que sustentaria *esses movimentos agrários comunistas, espalhados por aí...*,

   outros, mais gaiatos, foram por caminhos menos teológicos, afirmando que jesus apenas limpava os dedos na terra, porque estava gripado e acabara de assoar o nariz,

...mas, condenado ao milagre, rabiscara umas palavras sem querer, confissão espontânea que culminaria no gólgota, coitado, se é que não fosse mesmo uma derradeira e vingativa sacanagem paterna, plantando as provas que o levariam à crucificação, motivo pelo qual, ainda, pilatos lavara os dedos, depois de examinar as evidências,

não, não acho molecagem, juro,

   penso que o ranho de um deus possa mesmo modelar a história, procópio...,

        lembra do que lhe falei, a respeito da consistência da matéria humana como apropriada metáfora da criação?,

     opa, se expus!, do jeitinho que estou lhe falando,

o padre ornelas, é lógico, ficou puto, puto, puto..., ri dele, né?, muito depois, soubemos dos detalhes daquele dia,

    o tal eusébio sousa tinha um projeto artístico, no mínimo, curioso,

apresentava-se em diversas cidades,   sim, um grupo de são paulo,

       as duas senhoras e o homem da plateia eram atores, cuja função era pôr fogo nos outros, acredita?,

    o povo como canastrão de si, interpretando a realidade,

       três câmeras filmavam ação e público, discretamente, compondo uma obra que, depois, editada aos pedaços, remendando as partes de diversas apresentações, pelos mais díspares confins do brasil, seria exibida com o título de

"OS DESCENDENTES DOS VERMES",

       designação que aludia ao fato de boa parte da humanidade involuir, saltando para trás, impulso que os neodarwinistas chamariam de penetrância parcial,

       ou impenetrância total, agora não me lembro, porque acho que eu mesmo desdobrei para mim essa hipótese que, hoje, reputo como elegante teoria, por cabais provas políticas,

    ...não é preciso ser biólogo para ver que muita gente desonra, com suas ideias, o legado primata de nossa condição, estabelecendo um vínculo direto com seres bastante primitivos, espécies com as quais, enfim, mantemos algum parentesco, quando não efetiva afinidade,

    uns mais,   outros bem mais, concorda?,

o jair taschettine, por exemplo, sempre teve cara de lombriga, né?, fiquei sabendo que o filme nunca saiu do papel,

                 ou das praças, pra não mentir,

     uma pena...,

         teria ficado uma bosta, mas interessante de ver, se concordarmos com rebeca e paulo emílio sales gomes, não obstante o amor do crítico por jean vigo, ou, talvez, por isso mesmo...,

    pois é,   alguém me disse que o tal eusébio sousa se matou, um tiro na cabeça, no peito, sei lá,

                 ou terá pulado de um prédio, se é que não foi morto por algum mariscot da vida, vai saber,

os próprios atores incitando um público bem maior do que imaginavam,

      ...lembrei-me agora, num lampejo, de jorge mautner, procópio, **o demiurgo**, *uma fábula-musical-chanchada-filosófica que retrata muita coisa, em primeiro lugar, a saudade do brasil,* segundo o artista, revisitando a seu modo a *canção do exílio,* como todos nós, aliás, em algum momento de dor profunda,

     não conhece?,   sugiro que o veja,   que o leia...,

           pra mim, sua **mitologia do kaos** nos vale mais que os aforismos nietzscheanos,

             ...e eu não morri coisa nenhuma e ando por aí sambando e chorando com um copo de laranjada na mão,

embora?,

        não quer esperar a isaura?,

                daqui a pouco,

então tá,   deixa pro sábado,

          não vou mentir, nem ela sabe de tudo...,

        então, teria de esconder umas partes importantes, você entende como são as esposas...,

        o tempo ajuda, ruminando o acontecido,

            não,   ninguém regurgita o que não comeu, você entenderá,

                vai ter paciência?,

    hoje, a gente se vê obrigado a falar como num videoclipe, caralho!,

        eu até que tento, porque um homem deve saber estar em seu tempo, sendo-o de algum modo, mas sem abrir muito as pernas, pra não ficar com cara de nove e quinze, quando todos deveriam vê-lo como quinze pras três...,

        se é que tem jeito, concorda?,

sim,

    o tempo nos empurrando para uma vigésima quinta hora, fora dos relógios...,

   aqui em casa, mesmo,

      às vezes, acordo e não sei onde estou, levanto-me e perco a noção do lado para o qual devo seguir, habitando cômodos antigos,

  cheguei a topar com uma parede,   você também?,

acordo cedo,

   isaura costuma sair,

      feira,

        casa da mãe, pra variar,

a dona cátia não anda muito bem, coitada, estão pensando num asilo, seria o melhor pra ela, mas os filhos...,

   ...muito mais os gastos, pra não mentir,

     bem, qualquer coisa vamos até a pracinha, onde poderemos conversar sem ninguém encher o saco, pode ser?,

   não, prometo que termino a história,

  você poderá coçar a cabeça de sua sherazade num outro dia, porque inês finalmente morta,

a boca rota não há de condenar a realeza,
meu amigo, do mesmo modo que o bico fechado não será a salvaguarda do nosso plebeísmo,

então...,

mande um abraço pra creusa,　　...putz, travei a língua,

quer levar umas bananas?,
cortei ontem um cacho,

tem outro quase no ponto,

vão perder...,

isaura reclamou de que ela ainda não apareceu,

então tá,

combinado,

mande um abraço pra ela, hein!,

meu e da isaura, é lógico,

bobão...,

^^